Für Susanne von
Ihrer Patentante
Notburga

Dieses Buch hat eine Verwandte
von mir geschrieben!

Februar 1997

Hans Pasch

DER WANDERNDE FELS

Die römisch-katholische Kirche Österreichs, der Papst und sein „Gottesstaat“

HANS PASCH

DER WANDERNDE FELS

Die römisch-katholische Kirche Österreichs, der Papst und sein „Gottesstaat“

IBERA & MOLDEN VERLAG

Die Deutsche Bibliothek – CIP-Einheitsaufnahme
Der wandernde Fels – Die römisch-katholische Kirche Österreichs, der Papst und sein „Gottesstaat" / Hans Pasch. – Wien: Ibera-Verl., 1996
ISBN 3-900436-39-8

Lektorat: Dr. Hubert Feichtlbauer
Bild Schutzumschlag: Helga Pasch
Herstellung: Ibera Verlag, Wien
ISBN- 3-900436-39-8

Inhalt

Vorwort

Müßte ich dem Buch ein Motto voranstellen, würde ich sagen: „Über die römisch-katholische Kirche Österreichs, den Papst und den Vatikan zu schreiben, ist eine unmögliche, aber notwendige Aufgabe."

Ich habe für dieses Buch eine Mischform aus Sachbuch und Belletristik gewählt, weil ich glaube, daß dadurch mehr Lebendigkeit erreicht werden kann. Die vorkommenden Personen stehen für das vielfältige Bild, das die Kirche heute bietet.

So finden sich in diesen Seiten der Traditionalist, der Liberale, der Unterschreiber oder Verweigerer des Kirchenvolksbegehrens vereint. Auch historische Persönlichkeiten sind in Reflexionen über die Kirche eingebunden.

Es geht um die Frage, ob die internen Grabenkämpfe nicht bedeuten, daß die Kirche bereits außerhalb des Zeitgeistes steht.

Hans Pasch

Der Autor ist wenige Tage nach Vollendung des Manuskriptes für das vorliegende Buch in Wien einem schweren Leiden erlegen.

I. Kapitel,
in welchem Algerich seinem Schwager Justinus eine Bitte unterbreitet.

Justinus erklomm, sich von Zeit zu Zeit an seinem Tennisarm emporziehend, die Stufen zur Dachwohnung seines Schwagers Algerich. Der Lift war wieder einmal ausgefallen. Von oben genoß man einen „atemberaubenden" Blick auf das buntscheckige Liechtenwerder Fernheizwerk mit seiner goldglänzenden Kugel und den lapislazulifarbenen Schornsteinrillen. Weder in Los Angeles noch in irgendeiner anderen Weltstadt gebe es einen derartigen *Freizeitwert*, hatte der Bürgermeister der Bundeshauptstadt bei der Eröffnung trompetet und dabei mit weitausgestrecktem Arm auf die leuchtende Kugel gewiesen: „Wien ist eben anders!"
Justinus arbeitete im Haus-, Hof- und Staatsarchiv. Er hatte zu bestimmen, welche Dokumente nach Ablauf der Sperrfrist (er selbst sprach von *Schonfrist*) zu skartieren, also zu vernichten seien, eine heikle Aufgabe, bei der man sich, auch politisch, leicht vergaloppieren konnte. Aber war es nicht überhaupt vermessen, selbst für einen Archivar der achten Dienstklasse, beurteilen zu wollen, welches Schriftstück vor der Geschichte Bestand haben würde? Justinus, auch der Gerechte genannt, hatte sich allerdings im Laufe der Jahre, genauer Jahrzehnte, eine Art sechsten Sinnes angeeignet, der ihn mit untrüglicher Sicherheit die richtige Entscheidung treffen ließ. Selbst seine ärgsten beruflichen Widersacher zollten ihm Respekt wegen dieser Begabung.

Oft erkannte Justinus schon am äußeren Erscheinungsbild eines Dokumentes, ob es aufbewahrungswürdig sei oder zur Vernichtung heranstehe. Im Zweifelsfall entschloß er sich für das Skartieren. Das Geräusch des Aktenwolfes, auf mittelfein, aber Höchstgeschwindigkeit gestellt, ein für das menschliche Ohr fast unerträglicher Summton, bereitete ihm freudige Genugtuung. Justinus bezeichnete dieses Gefühl als „Entspannung durch das Ohr nach der Überanstrengung durch das Auge."
„Ah, der große Aktenzerstäuber!" begrüßte Algerich seinen Besucher. „Hast wieder eifrig skartiert, den Herrn der Geschichte gespielt!"
Justinus, dem diese Art von Ironie nicht lag, entgegnete etwas frostig: „Ich glaube, du unterschätzt meine Arbeit!" Er fuhr sich mehrmals hintereinander mit dem Handrücken über den Mund. „Man muß sehr genau prüfen, was bleibt und was abkanalisiert wird."
„Na, du warst schon immer ein Gerechtigkeitsfanatiker."
„Historisch gesehen gibt es keine Gerechtigkeit. Wer siegt, hat recht."
„Verzeih, es ist gerade umgekehrt. Die aufgehängten Revoluzzer waren es, die letzten Endes den Lauf der Geschichte bestimmt haben."
„Ja, aber nur, weil man zu *wenige* aufgehängt hat!"
„Eine typisch wertkonservative Feststellung!"
Justinus, der keine Lust hatte zu streiten, wechselte das Thema. „Was machst du denn gerade?"
Algerich beugte sich statt einer Antwort über ein Photo in DIN A4-Format, das ihn mit Papst Johannes Paul II. zeigte. Algerich sah damals noch verhältnismäßig jung aus, die Haare, die inzwischen schütter geworden waren, trug er keck gescheitelt. Er lächelte den Papst bewundernd an. (Auf späteren Bildern mit dem Heiligen Vater – auch wenn sie ebenfalls vom Päpstlichen Haus- und Hofphotographen Fe-

lici stammten – ist Algerichs Bewunderung einer gewissen Zurückhaltung, ja Skepsis gewichen.)

„Ah, du schwelgst in Erinnerungen", sagte Justinus. „Der Harry Piel hat sich auch immer seine alten Filme angeschaut."

„Ich schwelge nicht in Erinnerungen, sondern ich schlage mich mit ihnen herum. Wir versuchen alle, unsere Erinnerungen auf Illusionen zu reduzieren, aber es gelingt uns nicht."

Algerich nahm eine Lupe zur Hand und fuhr damit über die Bildfläche, als suche er nach weißen Flecken auf einer Landkarte. Er verharrte über dem Gesicht des Papstes. „Der Papst hier, auch er denkt zuviel an Vergangenes, an die Zeit seiner Beskidenwanderungen. ‚Fürchtet euch nicht!', sagt er, aber dabei hat er selbst große Angst, glaub' mir das. Er möchte die Menschen vor der Strafe Gottes retten, deswegen leidet er. Er hielt schon damals, als dieses Bild aufgenommen wurde, das Zweite Vatikanum für eine Katastrophe, fühlte sich berufen, das Unglück aufzuhalten oder wenigstens einzudämmen. Seither ist Johannes Paul II. sehr gealtert."

„Die Bürde des Amtes", meinte Justinus vage.

„Das ist es nicht. Es ist die Resignation, die ihn gezeichnet hat."

Algerich lehnte sich zurück, schloß die Augen.

„Ich kam ja damals, 1983, nach Rom wie der Pontius ins Credo. Verstand sehr wenig von Kirche, Papst und Vatikan. Was man halt so weiß als braver, erwachsener Katholik.

Ich war, wie die meisten meiner Kollegen, als Journalist sowohl beim italienischen Staat als auch beim Hl. Stuhl akkreditiert. Ich erinnere mich noch, wie mir der DPA-Korrespondent den Rat gab: ‚Vergessen Sie Italien!' Es spiele international so gut wie gar keine Rolle; in der Innenpolitik gebe es ständig die gleichen Gesichter (Andreotti, Craxi, de Mita und tutti quanti) sowie die gleichen Geschichten: Regierungskrisen, Schmiergeldaffären und Mafiamorde. Die Vorgänge und

Entwicklungen im Vatikan seien das eigentlich Beeindruckende und Berichtenswerte. Ich möge insbesonders auf die Personalentscheidungen des Papstes achten. Mit erhobenem Zeigefinger sagte der DPA-Mann: ‚Seine Personalentscheidungen sind wichtiger als die Enzykliken.‘ Im übrigen sei Johannes Paul II. ein Superas für die Journalisten: ‚Er gibt uns immer etwas zum Fressen. So einen Medienpapst hat es noch nie gegeben!‘

Im allgemeinen wußte man damals schon recht gut, wohin das Pontifikat trieb. Man kannte die Positionen des Papstes zum Pflichtzölibat, zur Frauenordination und zur Empfängnisregelung. Es gab Gerüchte, daß er die Ostpolitik Casarolis nicht billige, manche sprachen sogar von tiefgreifenden Meinungsverschiedenheiten. Na ja, Johannes Paul II. lehnte zwar den Dialog mit den kommunistischen Staaten nicht ab, war aber gegen jede Packelei.

Meine erste Begegnung mit dem Papst“, fuhr Algerich fort und betrachtete von neuem das Photo, „versetzte mich in ungeheure Spannung. Es war damals nicht üblich, daß der Hl. Vater einen Journalisten zu einem Vieraugengespräch empfing. Ich verdanke es den Interventionen des deutschen Botschafters und dem Umstand, daß mein Blatt, die „Frankfurter Abendzeitung“, über einen gewissen Einfluß verfügt.

Das Zeremoniell einer Papstaudienz ist relativ einfach und unkompliziert. Du wartest eine Weile in der Anticamera, kannst in aller Ruhe die Mäander des umständlich verlegten Marmorfußbodens verfolgen oder eine Heiligenstatue aus dem Settecento bewundern. Kaffee wird dir allerdings keiner serviert. Ein hochrangiger Diplomat, die Brust voller Orden, schwankt heran, Tränen in den Augen, drückt dir – einem völlig Unbekannten – die Hand und stammelt: ‚Wenn das meine Mutter erlebt hätte!‘ Dann rauscht ein Schwarm exotischer Bischöfe an dir vorbei, die eher verstört wirken. Hat ihnen der Hl. Vater die Leviten gelesen?

Schließlich führt dich ein freundlicher Monsignore in die sogenannte Privatbibliothek. Hinter der Tür steht der Papst und sagt: ‚Grüß Gott!' Er sagt es auf seine unnachahmlich polnische Art, das ü tief angesetzt, mit stark gerundeten Lippen, das o lang und offen. Der vertraute, heimatliche Gruß brachte mich, ob du es glaubst oder nicht, dem Hl. Vater um Meilen näher. Meine ursprüngliche Befangenheit war wie weggewischt.
Ich beugte mich nieder, um den Fischerring zu küssen, und wenn mir der Papst auch seine Hand nicht entzog, so hatte ich doch das Gefühl, daß er derartigen Ehrenbezeugungen keine übertriebene Bedeutung beimißt. Aber ich kann mich natürlich irren…"
Algerich blickte wieder durch die Lupe: „Was einem am Papst vor allem auffällt, ist die hohe gewölbte Stirnpartie. Auch seine Haltung ist gewölbt, machtvoll gewölbt. Johannes Paul II. wirkt wie ein Gewölbe, das die Kirche trägt.
‚Sie kommen also aus Österreich, von der schönen blauen Donau', eröffnete der Papst das Gespräch. ‚Tanzt man in Wien noch immer Walzer?' Ich hatte den Eindruck, daß der Hl. Vater sehr österreichfreundlich eingestellt ist. Na ja, es gibt schließlich genug Marienheiligtümer in unserem Land! – Über Bundespräsident Kirchschläger und Kardinal König war der Papst voll des Lobes. Kirchschläger nannte er einen Mann der Vorsehung für Österreich. Er, Johannes Paul, habe bei all seinen Auslandsreisen kein Staatsoberhaupt getroffen, das auf ihn einen ähnlich starken Eindruck gemacht habe und mit dem ein derart tiefschürfender Dialog möglich gewesen sei."
„Das hat der Papst wirklich gesagt?"
„Ja, du kannst es in meinen Notizen nachlesen! – Ich fühlte mich bemüßigt, darauf hinzuweisen, daß ich zwar Österreicher sei, aber für ein deutsches Blatt schreibe, für die ‚Frankfurter Abendzeitung'. ‚Ich weiß', entgegnete der Papst, ‚es

ist eine traditionsreiche Zeitung, die es mit der Wahrheit sehr ernst nimmt. Nicht alle Medien sind objektiv, insbesondere was die Kirche und den Papst betrifft.'
Ich hatte mir eine Reihe von Fragen zurechtgelegt. Von der Sala Stampa, dem päpstlichen Pressebüro, war mir eingeschärft worden, keinesfalls das Thema heranstehender Bischofsernennungen in Deutschland und Österreich anzuschneiden. Off limits! Es ging damals in erster Linie um die altersbedingte Nachfolge von Kardinal Höffner in Köln und von Kardinal König in Wien."
„Man hat dir tatsächlich einen Maulkorb umgehängt?"
„Man kann es so sehen. Ich fragte also, wann das nächste Konsistorium stattfinden werde, ob Seine Heiligkeit eine Reise in die Bundesrepublik vorhabe, ob dabei mit Selig- oder gar Heiligsprechungen zu rechnen sei usw. Der Papst gab nur unbestimmte Antworten. Lebhaft wurde er eigentlich erst, als ich ihn auf die Ostpolitik des Vatikans ansprach. Für den Erzbischof von Prag, den greisen Kardinal Tomasek, fand er Worte höchster Anerkennung: ‚Ein unerschrockener Kämpfer für den Glauben, ein tschechoslowakischer Wyszynsky.' Die Kirche habe es in der Tschechoslowakei besonders schwer; die Mehrzahl der Bistümer sei verwaist, man werde aber trotzdem keine Bischöfe ernennen, die es mit der Friedenspriester-Bewegung hielten.
Um Polen schien sich der Papst weniger Sorgen zu machen. Die Kirche in der Heimat des Papstes ist ja sehr stark, ein politisches Elementarereignis, im Gegensatz zur Kirche in der Tschechoslowakei. Zur Zeit Jaruzelskis haben die Bischöfe faktisch mitregiert. In der Tschechoslowakei war die Kirche eine quantité négligeable.
Verläßlichen Angaben zufolge", fuhr Algerich fort, „soll in Böhmen nur mehr jeder Fünfte katholisch sein. Die Mehrheit der Bevölkerung hat den Glauben längst über Bord geworfen. Die marxistische Prophezeiung vom Absterben der Reli-

gion droht ausgerechnet in unserem Nachbarland Wirklichkeit zu werden. Ich sage dir aber: Daran sind nur *zum Teil* die Kommunisten schuld. Die Habsburger haben den Tschechen den Katholizismus ausgetrieben und ihnen die rote Jakobinermütze schmackhaft gemacht!"

„Der Hus ist aber unter einem Luxemburger verbrannt worden!" warf Justinus ein.

„Ganz wurscht, Kaiser ist Kaiser! Nach der Schlacht am Weißen Berge ließ Kaiser Ferdinand II., ein fanatischer Habsburger mit seiner dicken Unterlippe, die aufgespießten Köpfe der Rebellen *wochenlang* vor dem Altstädter Brückenturm zur Schau stellen. Jeder Prager, der von einer Seite der Stadt zur anderen gelangen wollte, sah sich diesem Horrorspektakel ausgesetzt. Das haben uns die Tschechen nie verziehen! Die Gegenreformation war, langfristig betrachtet, ein Mißerfolg. Ich gehe allerdings nicht so weit wie mein Freund Markowitsch, der meint, es wäre besser gewesen, die Österreicher hätten die Schlacht am Weißen Berge verloren. Denn, so Markowitsch, hätten die Aufständischen gesiegt, wären wir jetzt alle Protestanten und hätten keine Probleme mit Rom, dem Hl. Vater und umstrittenen Bischöfen.

Zum Schluß der Audienz fragte ich den Papst, ob er auch nach Moskau reisen würde. Er meinte: ‚Jederzeit, wenn man mich einlädt.' Mit einem Lächeln fügte er hinzu, es sei allerdings wahrscheinlicher, daß ihm Gorbatschow in Rom einen Besuch abstatten werde.

Später habe ich mir oft die Frage vorgelegt, ob ich von meiner Begegnung mit dem Papst enttäuscht gewesen sei. Na ja, er ist nicht gerade ein Konversationsgenie. Rein journalistisch betrachtet, war das Gespräch nicht sehr ergiebig, menschlich aber bedeutete es einen unermeßlichen Gewinn. Es gewährte mir vor allem Einblick in die Persönlichkeit des Hl. Vaters und hat mir dadurch geholfen, das Pontifikat besser zu verstehen.

Erstaunlich, daß ich trotz der Dürftigkeit des Interviews einen halbwegs brauchbaren Artikel zusammenbrachte. Ich schrieb: Gorbatschow in Bälde beim Papst – Fortsetzung der Ostpolitik des Vatikans, aber keine Kompromisse – Bei Bischofsernennungen behält sich Johannes Paul II. volle Entscheidungsfreiheit vor – Datum des nächsten Konsistoriums noch ungewiß... Mein Lehrmeister Kellentrupp hatte schon recht, wenn er sagte: ‚Informationsnotstand ist das beste journalistische Stimulans.‘ “

„Ich habe beim Studium von Botschaftsberichten analoge Erfahrungen gesammelt. Je weniger ein Diplomat weiß, desto brillanter formuliert er“, bemerkte Justinus. „Wenn er gar nichts weiß, wird er zum Poeten. Wie der Lissburg den zu eng gewordenen Frack des griechischen Ministerpräsidenten beschreibt oder kein Detail über das verrutschte Dekolleté der Melina Mercouri ausläßt, – das sind literarische Meisterwerke. Über die Innenpolitik Griechenlands erfährt man natürlich gar nichts!“

„Hast du den Bericht skartiert?“

„Selbstverständlich nicht!“ entrüstete sich Justinus. „Der Frack des griechischen Ministerpräsidenten ist auf diese Weise in die Annalen der Geschichte eingegangen.“

„Apropos Annalen der Geschichte...“, Algerich ging zu einer eisernen Handkasse, schloß sie auf und entnahm ihr eine rote Mappe. „Ich habe hier...“, er zögerte ein wenig, „ein Manuskript, das ich dir gerne zum Lesen geben möchte.“

„Wovon handelt es denn?“ fragte Justinus vorsichtig. „Es sind... äh... Betrachtungen über den Vatikan; Notizen, Analysen. na halt so Vermischtes... aus meinen römischen Jahren. Nichts direkt Autobiographisches, brauchst keine Angst zu haben, ich hasse die Memoirenschreiberei.“

„Na ja, du weißt, der Vatikan ist nicht gerade mein Fachgebiet“, versuchte Justinus eine Ausflucht.

„Umso mehr wirst du von der Lektüre profitieren. Endlich

etwas Aktuelles. Das Studium alter, vergilbter Akten muß dir ja schon zum Hals heraushängen!"
„Trotzdem, ich kann deine Bitte nicht erfüllen."
„Warum? Ich würde auf dein Urteil besonderen Wert legen."
„Das ist es ja gerade. Sage ich, das Manuskript ist ausgezeichnet, glaubst du, ich will dir schmeicheln und hältst mich für einen Heuchler. Sag ich gar nichts, denkst du, das Buch ist großartig, ich will es aber aus Neid und Eifersucht nicht zugeben. Sag ich, das Manuskript ist schlecht, bist du ewig böse auf mich und hörst womöglich auf zu schreiben, und das wäre schade."
„Also ich bitt' dich, verschon' mich mit deinen dialektischen Spirifankerln!"
Jetzt mußte Justinus lachen. Er rieb sich ein paarmal besonders heftig die Lippen, dann sagte er: „Gut, ich mache es. Aber du mußt mir etwas Zeit lassen."
„Natürlich. Nur nicht hudeln. Das Ganze ist ja sub auspiciis aeternitatis geschrieben. Herzlichen Dank!" Und er überreichte seinem Schwager die rote Mappe.
Algerich und Justinus hatten anschließend noch einen Disput über Grillparzer, den der Westösterreicher heftig kritisierte. Er warf dem Dichter vor allem sprachliches Unvermögen vor, die „Schiefheit seiner Bilder". Und Justinus zitierte genüßlich die Worte, die Grillparzer dem Otto von Horneck über Österreich in den Mund legt:
„‚… O Vaterland! Inmitten
Dem Kind Italien und dem Manne Deutschland
Liegst du, der wangenrote Jüngling da.'
Österreich ist also ein *wangenroter* Jüngling – hat er vielleicht Rouge aufgetragen? Er muß ja, bei seiner fast tausendjährigen Vergangenheit, schon recht faltig gewesen sein! Und warum liegt er da, dieser Jüngling? Will er seine Ruhe haben? Schläft er seinen Rausch aus? Also mein Lieber, das ganze Bild ist doch abstrus und auch sprachlich verhunzt.

Wenn der Satz wenigstens in korrektem Deutsch verfaßt wäre! Richtig müßte es heißen: … inmitten des Kindes Italien und des Mannes Deutschland. Inmitten verlangt doch ganz stark den Genetiv!"
Justinus machte sich dann noch über die Ahnfrau lustig: „Ein lächerliches Gruselstück unter dem Niveau der Pradler Ritterspiele!"
Algerich wies bebend darauf hin, daß „Grillparzer doch ohne Zweifel große Literatur geschrieben habe, seine Tagebücher etwa oder die Novelle ‚Der arme Spielmann'. ‚Die Ahnfrau' war halt sein Erstlingsdrama, eine Art Jugendsünde, was willst du! Schillers ‚Räuber' sind keinesfalls besser als ‚Die Ahnfrau'. Daß die Mord- und Brandgesellen des Karl Moor ein Lied hervorbringen wie

> ‚Ein freies Leben führen wir,
> Ein Leben voller Wonne,
> Der Wald ist unser Nachtquartier,
> Der Mond ist unsre Sonne'

grenzt doch an Schwachsinn! Der einzige Fehler, der dem kaiserlichen Hofrat Grillparzer anzulasten ist, besteht darin, daß er kein Anti-Tell-Stück verfaßt hat. Eine Ehrenrettung des Landvogtes Gessler im österreichisch-patriotischen Sinn wäre längst fällig gewesen! Gessler hat schließlich seinen Schädel für die Habsburger hingehalten und deren Drecksarbeit verrichtet. Schiller, dieser notorische Habsburg-Fresser, ist mit Gessler ganz übel umgesprungen. Eine historische Fehlleistung! Der Landvogt hatte bei allen Untugenden, die ihm Schiller andichtet, nur eines im Auge: Das Reich und die gerechte Ordnung zu verteidigen. Er erfüllte nur seine Pflicht. Wilhelm Tell war ein linker Revoluzzer, ein hinterhältiger Heckenschütze, man hätte ihm das Armbrusttragen gar nicht erst erlauben dürfen. Das Geld für die Waffe steuerte die Sa-

lonkommunistin Berta von Brunegg bei, von der wir bei Schiller nicht viel mehr erfahren, als daß sie eine reiche Erbin war."
„Also wir im Ländle haben größte Sympathie für Wilhelm Tell, auch wenn er möglicherweise gar nicht gelebt hat. Vielleicht gerade deshalb", schoß Justinus nach. „Er ist für uns Vorarlberger ein Symbol des Kampfes gegen den Wiener Zentralismus", ritsch-ratsch-ritsch-ratsch, glitt der Handrücken wieder über den Mund, „des Kampfes, den wir zwar nicht mit der Armbrust führen, aber doch mit allen, den föderalistischen Zweck heiligenden Mitteln."
Algerich ließ an Schiller und Wilhelm Tell kein gutes Haar. Die Apfelgeschichte sei eine pure Erfindung, gehässige politische Propaganda. Das Motiv komme nicht nur in der nordischen Heldensage vor, sondern schon im alten China, wo es seit der 5. Ming-Dynastie bekannt sei. Bei den Bululu-Negern halte sich eine ähnliche Legende, nur müsse dort mit Lanzen auf Kokosnüsse geschossen werden.
Das Geplänkel zwischen Algerich und seinem Schwager dauerte noch eine Weile an, aber schließlich versöhnten sie sich wieder, als Justinus, ehrlich wie er war, gestand, einen böhmischen Großvater namens Slamacek zu haben. Algerich, gerührt, revanchierte sich mit der Bemerkung, er bedauere es außerordentlich, daß seine Ahnenreihe keine Alemannen aufweise, „ein betrübliches Manko, das leider nicht mehr behebbar ist".
Beim Hinausgehen, in der Türe, drehte sich Justinus noch einmal um: „Was war denn dein Haupteindruck vom Vatikan?" Algerichs Antwort kam prompt: „Es gibt dort keine machthungrigen Monsignori, wie die vereinigte Linke behauptet, sondern nur irrende Menschen."
Nachdem Justinus gegangen war, trat Algerich wieder an seinen Schreibtisch und betrachtete das Gesicht des Papstes durch das Vergrößerungsglas.
Johannes Paul II., mit bürgerlichem Namen Karol Wojtyla...

Welchen Platz in der Kirchengeschichte würde er einst in Anspruch nehmen dürfen? Es war, sicherlich auch durch seine Krankheit bedingt, stiller um ihn geworden, aber das besagte nicht viel. Sein Buch, „Die Schwelle der Hoffnung“, 1994 erschienen, war ein Bestseller geworden. Nur: Lassen sich Erfolge oder Mißerfolge, vor allem aber Langzeitwirkungen, an Verkaufsziffern messen? Die Kirchenaustritte halten an, der Priestermangel wird endemisch. Manche meinen allerdings, daß die zunehmende Distanzierung der Gläubigen von der Kirche (wovon auch Protestanten und Orthodoxe ein Lied singen können) nicht unbedingt als „Verlust des Metaphysischen“ ausgelegt werden dürfe. In der Tat, dachte Algerich, der Besuch der Hl. Messe, Kommunion, Beichte etc. mögen zurückgehen, erlauben aber letztlich doch keinen Schluß auf die innere Einstellung der Menschen. An Stelle der gedankenlosen Einnahme der „katholischen Wahrheitsdroge“ ist ein Geist des Hinterfragens getreten. Ein Satz wie der des Hl. Augustinus: „Ich würde dem Evangelium nicht glauben, wenn mich nicht die Autorität der Kirche dazu bewegte“, läßt sich heute nicht mehr unter die Leute bringen. Diese haben, sei es aus Eigenbrötelei, Bequemlichkeit oder erhöhtem Bildungsniveau, abweichende Denkweisen entwickelt. Die Herrscher mußten das Recht ihrer Untertanen auf Glaubens- und Gewissensfreiheit in oft schwierigen Auseinandersetzungen anerkennen. Es wäre höchste Zeit für die Kirche, das Recht der „Herde“ auf private Häresien bzw. – nobler ausgedrückt – auf individuelle Positionen zu tolerieren. Dem wird der gegenwärtige Papst natürlich niemals zustimmen, seufzte Algerich, zumal er in diesem Punkt die Kurie auf seiner Seite weiß.
Johannes Paul II. … Was macht er falsch? Man gewinnt manchmal den Eindruck, er hämmere sich das Markenzeichen zurecht: „Der Mann, der gegen den Strom des Zeitgeistes schwimmt.“ Aus Bestemm. Will Papa Wojtyla als Trotz-

kopf in die Kirchengeschichte eingehen? Warum beharrt er auf der „Pillenenzyklika“ Pauls VI., obwohl er weiß, daß ihm die Mehrheit der Katholiken die Gefolgschaft verweigert? Verlangt er nicht von den Gläubigen ein Verhalten nach dem Muster: „Recht soll mich frieren, wenn ich römisch-katholisch bleiben will“?

Nachdenklich legte Algerich die Lupe wieder an ihren Platz zurück. Das DIN-A4-Photo ließ er auf seinem Schreibtisch liegen.

II. Kapitel,
in welchem Zyzarz jr. vorgestellt wird.

Zyzarz hatte sich wegen seines Namens schon immer zurückgesetzt und benachteiligt gefühlt. Die alphabetische Gesellschaftsordnung, in der wir leben, verurteilte ihn dazu, eine nach-, ja geradezu letztrangige Rolle zu spielen. Stets als Letzter aufgerufen zu werden und an die Reihe zu kommen, ist ein hartes Los und führt auch bei guten Dispositionen zu Niedergeschlagenheit, wenn nicht Daseinsverdrossenheit. Es heißt zwar: *Last but not least*, aber das war eine typisch britische Heuchelei. In Österreich galt jedenfalls das Diktum: Den Letzten beißen die Hunde.

Zyzarz' Leiden begannen schon in der Volksschule: Mit Gabelfrühstücks-Körbchen und Turnsackerl trottete er den anderen hinterdrein.

Beim Militär nannte man ihn „Zyzarz den Letzten". Na ja, gab es Alarm, kam er immer als Letzter angerannt, das Kappel schief sitzend und den Stahlhelm in der Hand. Das hing zwar nicht direkt mit seinem Namen zusammen, aber man wird das fatale *Nomen est omen* nicht so ohne weiteres los.

Zyzarz: Die Orthographie war eine Quelle beständiger Ärgernisse. Sei es Absicht, Bestemm oder Nachlässigkeit, kaum einer schrieb den Namen korrekt. Man kam auf Zsysar, Zyszarz, Cizarz, Czisarz etc. etc., der Phantasie waren keine Grenzen gesetzt. Zyzarz fühlte sich mißachtet und gedemütigt, da es offenbar niemand der Mühe wert fand, sich die Schreibweise seines Namens einzuprägen. Ein einziger „Leidensgenosse“ konnte es mit ihm aufnehmen, der Mitschüler Walczsinsky, der aus Bielitz stammte, dessen Familie aber bereits im ersten Kriegsjahr um Eindeutschung des Namens angesucht hatte. Tatsächlich dauerte es auch nicht lange und Walczsinsky durfte sich Waldenburg nennen, das stieß beim Buchstabieren auf keine Schwierigkeiten. Zyzarz stand mit seinem anstößigen Namen wieder allein auf weiter Flur.

Besondere Unzukömmlichkeiten ergaben sich bei der Aussprache seines Namens. Mit Grauen dachte Zyzarz an seinen ersten Schultag im Barnabiten-Gymnasium zurück. „Wie soll ich dich nennen?“ fragte der Klassenvorstand. Zyzarz verstand nicht recht, was der Professor meinte und stand verlegen da, wie einer, den man beim Abschreiben erwischt hatte. „Nun“, fuhr der Professor fort, „ich weiß zwar, wie man dich buchstabiert: Zeppelin – Ypsilon – Zeppelin – Anton – Richard – Zeppelin; soweit ich sehe, ist kein Hatschek vorhanden, weder auf dem Zeppelin noch auf dem Richard, aber wie spricht man es aus?“ – „Manche sagen Tschisar, manche sagen Tsischar“, antwortete Zyzarz ziemlich kleinlaut. In der Klasse erhob sich Gekicher. Der Professor, der Latein unterrichtete und dessen besonderes Anliegen der Frage galt, ob die Römer Tsäsar, Tschäsar oder gar Käsar gesagt hatten, insistierte: „Aber es muß doch eine authentische familieninterne Aussprache deines Namens geben!“ – Zyzarz, dem weder der Ausdruck „authentisch“ noch „familienintern“ untergekommen war, mißverstand seinen Klassenvorstand: „Mein Vater nennt mich Paul, meine Mutter“ – er zögerte ein bißchen – „Burli und meine Großmutter sagt Paulitschek, wenn sie von mir spricht, und Paulitschku, wenn sie mich ruft.“ Jetzt brüllte die Klasse vor Lachen, während Zyzarz glaubte, vor Scham in den Erdboden versinken zu müssen. Dabei hatte er den tschechischen Vokativ (o Paulchen!) durchaus korrekt wiedergegeben, was aber nicht einmal der Lateinprofessor wußte. Dieser fuhr barsch dazwischen: „Silentium! So sage mir, wie sich dein Vater nennt, wenn er auf eine Behörde geht." – Zyzarz wurde bockig: „Weiß ich nicht, er nimmt mich nie mit!" – „Also wie meldet er sich am Telephon?" – „Haben wir kein's." – Neuerlich wieherndes Gelächter, das Zyzarz noch heute, nach rund fünfzig Jahren, in den Ohren gellt. Trotzig stieß er hervor: „Im Sparverein nennen sie meinen Vater Tschisarz." – „Also gut, dann werden wir dich so rufen, wie man deinen Vater im Sparverein nennt: Tschisarz. Setz dich!"

Die Klassenkameraden überschütteten Zyzarz in der Folge mit Hohn und Spott. „Ist das eigentlich ein Name oder ein Zungenbrecher?" hieß es. Oder er wurde gefragt: „Kommst du leicht aus Tschaslau?" Ein beliebter Spaß bestand darin, daß einer der Schüler Zyzarz zurief: „Adam, wo bist du?", worauf die übrigen brüllend und skandierend einfielen: „Uhu, Paulitschku!" Eines Tages stand auf der Tafel: ZyzARSCH ist blöd! Aber da nahm ihn der Lateinprofessor in Schutz: „Zyzarz ist vermutlich eine slawische Ableitung von Cäsar=Kaiser und hat mit eurem schmutzigen Wort nichts zu tun. Die ganze Klasse sitzt eine Stunde nach, Zyzarz darf selbstredend nach Hause gehen!" – Na ja, man kann sich vorstellen, daß Zyzarz dadurch nicht beliebter wurde. Nur ein gewisser Grissemann, ein blonder, kräftiger Knabe, hielt zu ihm. Als ausgerechnet Walczsinsky–Waldenburg wieder einmal stänkerte, sagte Grissemann kurz: „Halt die Gosch'n, du Wasserpollack!" und schlug ihm die Nase blutig. Seither hatte Zyzarz Ruhe.

Schwierig verliefen die unmittelbaren Nachkriegsjahre. Ein Mensch, der der Letzte im Alphabet ist, hatte es besonders schwer in einer Zeit, da man von Bezugscheinen und vom Anstellen lebte. Es war Anstell-Zeit; nichts ging ohne Anstellen, ohne Warteschlange, ohne Aufgerufen-Werden: Ob man essen wollte, rauchen oder trinken, ob man Fensterglas benötigte oder Toilettenpapier. Darüberhinaus erschien es günstig, vorgemerkt zu sein: beim Wohnungsamt, beim Hilfsverein für Bombengeschädigte, bei der ÖVP oder bei der SPÖ. Am wichtigsten war der Vier-Zonen-Ausweis, den man aber wiederum nur auf Grund einer Unbedenklichkeitsbescheinigung, daß man kein Nazi gewesen war, erhielt. Um diese Unbedenklichkeitsbescheinigungen gab es ein großes „Griß“; Schlange stehen half nicht viel, man mußte vielmehr ein Hintertürl kennen, dann ging es leichter.

Im Herbst 1945 trat eine unerwartete Wende in Zyzarz' Leben ein. Um sich zusätzliche Lebensmittel zu verschaffen, tingelte Zyzarz mit einer Schauspiel-Gruppe der Hochschülerschaft durch Niederösterreich und das Mühlviertel. Die Boulevard-Komödien, die man spielte, waren von ausgesuchter Dümmlichkeit, ausgesucht insoferne, als man ohne Bühnenbild und mit wenigen Requisiten auszukommen hatte. Der Eintritt bestand in Naturalien, die unter der Gruppe mit viel Geschrei und persönlichem Einsatz aufgeteilt wurden. Zyzarz fand unter den Hauptdarstellerinnen eine Freundin, die sich an seinem Namen nicht stieß, aber Zyzarz dazu brachte, seinen Lebensmittelanteil in Pullis und Nylonstrümpfe umzusetzen. Alles in allem eine glückliche Zeit und insoferne richtungsweisend, als in Zyzarz der Wunsch reifte, Schauspieler zu werden. Gefördert wurde diese Idee durch die Aussicht, besagte Hauptdarstellerin mit weiteren Pullis zu versorgen, aber auch durch den Hintergedanken, sich einen Künstlernamen zulegen zu können. Zyzarz dachte zunächst an Aargauer oder Aalsborg, fand aber die beiden anlautenden a's doch übertrieben und entschied sich für – Algerich.

Zyzarz-Algerich absolvierte mit seiner Hauptdarstellerin sogar eine Zeitlang eine Schauspielschule. Die Pullover-Gerti, wie sie auch genannt wurde, heiratete jedoch bald darauf einen Amerikaner, der sie als Nummerngirl in seiner Inszenie-

rung am Raimund-Theater gesehen hatte. Gerti verschwand mit allen ihren Pullovern auf Nimmerwiedersehen.
Zyzarz-Algerich hatte als Schauspieler wenig Erfolg. Er erkannte rasch, daß er – selbst an Provinztheatern wie in Baden oder St. Pölten – bestenfalls sogenannte Wurzenrollen erhalten würde; zu einem Hamlet reichte es einfach nicht, *à la rigeur* zu einem Laertes, aber auch das war ungewiß. Algerich sattelte um: Er wollte Journalist werden.
Zunächst erhielt er ein Fulbright-Stipendium in den USA und einen Freiplatz an der Johns Hopkins-Universität in Bologna, wodurch er seine Sprachkenntnisse, die nach den sieben Nazijahren sehr im argen lagen, entscheidend ausweiten und vertiefen konnte.
Nach Wien zurückgekehrt, mußte er sich als Werkstudent durchschlagen. Er war zunächst im Expedit der Bundeskammer der gewerblichen Wirtschaft tätig, ehe man ihn für Auskunftserteilungen aus „Herders Adreßbuch" und dem „Industrie-Führer" heranzog. Schließlich half er in der Pressestelle aus, stand aber in bezug auf Eleganz des Stils und Treffsicherheit des Ausdrucks im Schatten seines Chefs, des Dr. Bründl-Au, der allgemein als Großneffe Arthur Schnitzlers galt. Algerich fragte ihn eines Tages, ob dieses Gerücht stimme. Dr. Bründl-Au blickte Algerich ganz entsetzt an, dann sagte er: „Was heißt Schnitzler? Mein Urgroßonkel ist der Adalbert Stifter!" – In seiner Verwirrung antwortete Algerich: „Entschuldigen Sie, bitte!" Dann fügte er hinzu: „No, da gratulier' ich ja!"
Bei einem internationalen Symposion – die damals aus dem Boden schossen – wurde einer der Herausgeber der „Frankfurter Abendzeitung", eines liberalen, traditionsverbundenen Blattes, auf die polyglotten Umgangsformen Algerichs aufmerksam. Beim Abschied schüttelte er dem jungen Mann kräftig die Hand und sagte: „Sie haben umfangreiche Sprachkenntnisse und eine gute Beobachtungsgabe. Wollen

Sie nicht als Volontär bei uns eintreten?" Algerich, der neben dem Urgroßneffen Stifters keine Chancen für sich sah, griff zu – sein zukünftiges Schicksal war dadurch besiegelt.
Algerich blieb lange Jahre Junggeselle. Der Status eines von den Ereignissen gehetzten Auslandskorrespondenten ist nicht gerade familienfreundlich. Mit 42 Jahren heiratete er Eileen Coppers, die Tochter eines Polarforschers, der im Packeis umgekommen war. Seine sterblichen Überreste sind nie gefunden worden. Eileen hatte ihren eigenen Beruf, sie war staatlich geprüfte Schätzmeisterin. Von Anfang an war daher klar, daß sie Algerich nicht auf seinen diversen Auslandspfaden begleiten würde. Algerich fügte sich dieser Situation, die er „getrenntes gemeinsames Leben" nannte.
Im Frühjahr 1983 wurde Algerich nach Rom versetzt. „Kommst du diesmal mit?" fragte er Eileen. „Nein, natürlich nicht. Wie denn?"
Um die Besetzung des römischen Postens hatte es ein riesiges Gerangel gegeben. Schließlich waren, als ernsthafte Konkurrenten, nur mehr Reibenscheidt und Algerich übriggeblieben. Der Stellvertretende Chefredakteur pochte auf seine guten Italienischkenntnisse. Diese gaben schließlich den Ausschlag, und Algerich machte das Rennen. Der Leser wird verstehen, daß dieser fürderhin von seiten Reibenscheidts nichts Gutes mehr zu erwarten hatte…

III. Kapitel,
in welchem Algerich an der Mitternachtsmette des Hl. Vaters teilnimmt.

In der ersten Reihe des VIP-Sektors erkannte Algerich Außenminister Andreotti, Otto von Habsburg mit allerhöchster Gemahlin und den Generalbevollmächtigten des FIAT-Konzerns, Romiti. Neben Otto saß der bundesdeutsche Landwirtschaftsminister, ein Bauer aus Feldafing in Oberbayern. Mit dem Asiaten, der den Eckplatz behauptete, konnte Algerich wenig anfangen. Koreaner? Indonesier? Ah, vermutlich ein Japaner, die sind doch überall dabei und haben auch schon längst ihre Finger nach dem Vatikan ausgestreckt. Japanische Firmengelder machten es möglich, die aufwendigen Restaurierungsarbeiten in der Sixtinischen Kapelle zu finanzieren.

Algerich staunte. Er hatte sich die Menschenmenge, die zur Christmette in den Petersdom geströmt war, nicht so zahlreich vorgestellt. Der gewaltige Bau, der, wie in den Boden eingelassene Markierungen bezeugen, bequem dem Mailänder Dom, Notre Dame de Paris oder der Kathedrale von Westminster Platz bieten würde, war gesteckt voll. Die Besucher – wieviele davon mochten Gläubige, wieviele Skeptiker oder gar Ungläubige sein – standen oder saßen dicht gedrängt, bildeten die Form eines Kreuzes – da gab es kein Entrinnen…

Das großartige Bild überwältigte Algerich, verdrängte für Augenblicke die Anwesenheit des neben ihm sitzenden Reiben-

scheidt. Der Stellvertretende Chefredakteur der „Frankfurter Abendzeitung“ war in gewisser Hinsicht der Vorgesetzte Algerichs, aber auch dessen beruflicher Erzrivale und ewiger Besserwisser in Sachen Vatikan. Ihn gerade zu Weihnachten nach Rom zu schicken und hier herumschnüffeln zu lassen, war eine ausgepichte Perfidie der Redaktion.
Reibenscheidt würde ohne Zweifel lästige Fragen stellen, Algerich auszuholen versuchen und dann einen Leitartikel schreiben, der aussah, als wäre er auf dem Mist des Stellvertretenden Chefredakteurs gewachsen. Algerich kannte diese unredliche Methode zur Genüge! Darüberhinaus stand zu befürchten, daß es Reibenscheidt darauf anlegen würde, Algerich, der seinen römischen Posten erst vor kurzem angetreten hatte, Wissenslücken nachzuweisen. Nichts leichter als das! Wie konnte Algerich zum Beispiel die Namen all dieser Kardinäle kennen, die – streng nach Dienstrang geordnet, eine rote Phalanx – dem Papstaltar gegenüber saßen? Wie sollte er deren Funktionen und Meriten hersagen können? Ein Teil von ihnen war längst im Ruhestand, „emeritiert“, wie es hieß. Man wußte nicht genau, wie sie ihre Tage hinbrachten. Sie zelebrierten sicherlich Messen, hielten Vorträge vor katholischen Bildungseinrichtungen, studierten wohl auch das eine oder das andere theologische Werk. Manche, die weder Ordensmitglieder waren noch Familienangehörige hatten, lebten in einer jener geistlichen Pensionen, die ein bescheidenes Appartement und Verpflegung boten. Es tat ihnen wohl, die Mahlzeiten im gemeinsamen Refektorium einzunehmen und mit Gleichgestellten Konversation zu machen, würdig und einsam, wie sie waren. All diese Pensionisten aber warteten darauf, daß der Ruf an sie erginge, an einer Papstmesse teilzunehmen, wo sie wieder den Kardinalspurpur anlegen konnten. Das Recht, den Hl. Vater zu wählen, hatten sie mit Erreichung des achtzigsten Lebensjahres verwirkt, aber sie waren Staffage der großen kirchlichen Feste geblieben.

Algerich wurde jäh aus seinen Betrachtungen gerissen. Reibenscheidt sagte:
„Könnten Sie mir Erzbischof Marcinkus zeigen?"
Marcinkus war das Delektans der Vatikan-Journalisten. Wenn sie über ihn schrieben, verfehlten sie nie, darauf hinzuweisen, daß er ein passionierter Golfspieler sei. Er hatte eine Zeitlang als Reisemarschall des Papstes fungiert, diesem einmal so gut wie das Leben gerettet, indem er einem anspringenden Attentäter das Messer entwand. Dann war es mit der Karriere Marcinkus' steil aufwärts gegangen. Er übernahm die Leitung des „Instituto per le Opere di Religione" und wurde dadurch praktisch zum Herren des vatikanischen Finanzimperiums. Mit zweifelhaftem Erfolg, wie sich zeigen sollte. Vieles ging schief, manch unrühmlicher Verdacht tauchte auf und blieb an Marcinkus hängen.
„Er müßte hier sein", sagte Algerich, müde und träge vom vorausgegangenen Weihnachtsessen. „Warum eigentlich nicht?"
„Es heißt, Marcinkus wage sich nicht mehr aus dem Vatikan heraus", sagte Reibenscheidt.
„Man spricht auch von einer Liaison mit der Frau eines schlagflüssigen Hollywood-Schauspielers."
„Ist alles Quatsch!" knurrte Algerich.
„Vielleicht sollten Sie aber doch einmal über Marcinkus recherchieren!"
„Das ist höchstens ein Thema für die ‚Bildzeitung' ", gab Algerich zurück.
„Täuschen Sie sich nicht, mein Bester." Die Stimme Reibenscheidts troff vor Hohn.
„Sie sind da als Österreicher nicht ganz *au fait*. Bedenken Sie, daß Frankfurt der erste Börseplatz Deutschlands ist. Was in der Welt der Hochfinanz vor sich geht, bewegt nun einmal die Gemüter der Frankfurter Bürger. Denen genügt nicht die Erinnerung an ihren Goethe oder an den Frankfurter Fürsten-

tag. Das gehört natürlich zu ihrem kulturellen und historischen Patrimonium, aber es gibt auch die drängende Gegenwart. Darum legt unser Blatt so großen Wert auf den Finanzteil und das Feuilleton. Ich glaube, ich muß einen Mann der Rubrik „Geld und Märkte“ nach Rom beordern, um der Marcinkus-Story auf den Grund zu gehen.“

„Damit werden wir uns beim Vatikan wenig Freunde schaffen!“

„Und wenn schon! Wir haben nicht nur die Pflicht zur offenen, sondern auch zur vollständigen Berichterstattung. Außerdem sind die finanziellen Beiträge unserer Bischofskonferenz zur Schuldentilgung des Vatikans beachtlich. – Sagen Sie mir, wer ist der Schwarze in der zweiten Reihe der Kardinäle?“

Algerich war glücklicherweise im Bilde: „Kardinal Gantin. Er stammt aus Benin.“

„Ah, so ein neuer afrikanischer Staat.“

„Gantin ist Präfekt der Bischofskongregation; steht beim Hl. Vater hoch im Kurs; ist eine Art Aushängeschild für die Dritte-Welt-Politik des Vatikans; soll die Universalität der Kirche unterstreichen“, leierte Algerich herunter.

„Ich verstehe: Rassenübergreifendes Kirchenbild! Könnte dieser... äh... “

„Gantin“, kam Algerich zur Hilfe.

„... möglicherweise der nächste Papst sein?“

„Darüber zu spekulieren, verbietet mir der gesunde Menschenverstand.“

„Sie sollten aber, als Korrespondent der FAZ, eine Meinung darüber haben, eine Vorstellung vom Möglichen, zumindest aber einen Wunschkandidaten!“

„Unser Wunschdenken steht oft im Widerspruch zu den Absichten des Hl. Geistes“, antwortete Algerich philosophisch.

„Da haben Sie recht“, lenkte Reibenscheidt ein. „Wir werden ja sehen, was in Köln passiert, wenn Kardinal Höffner

zurücktritt." Nach einer Weile des Schauens: „Wer ist der Kardinal im Rollstuhl?"
„Monsignore Deskur, ein Landsmann des Papstes und, wie man sagt, enger Vertrauter Seiner Heiligkeit. Zieht mit dem persönlichen Sekretär des Papstes, Monsignore Dziwisz, viele Fäden."
Reibenscheidt entnahm seiner Brusttasche ein abgewetztes Notizbuch, warf einen Blick hinein und sagte dann vertraulichen Tones: „Habe am 28. Dezember um siebzehn Uhr Audienz bei Kardinal Ratzinger. Dabei könnte Material abfallen für meinen Neujahrsartikel. Ich möchte etwas in die Zukunft Weisendes, Aufbauendes schreiben, schon das dritte christliche Jahrtausend ansprechen; hoffe, daß der Kardinal einem Landsmann gegenüber gesprächsbereit ist. Bei den Bayern weiß man allerdings nie. Die haben oft Ressentiments gegen uns Diaspora-Katholiken. Außerdem paßt den Bayern unser Appel – woi net!"
Wie auf ein geheimes Zeichen kamen plötzlich die Platzanweiser (die „Hinsetzer", wie der deutsche Vatikan-Botschafter Hengstorff sie zu nennen pflegte, es waren aber durchwegs päpstliche Ehrenkämmerer) zur Ruhe. Die Menschen erhoben sich von ihren Sitzen, reckten die Hälse, ein Seufzer der Erfüllung, aber auch der Erwartung, ging durch den riesigen Raum. Scheinwerfer flammten auf. Vom Chor her ertönte Halleluja-Gesang. Langsam nahm der Papst mit seiner Assistenz den Weg durch den Dom, nickend und segnend. Sein Ziel war die sakrale Mitte des Wunderbauwerkes, der Ort, wo zwischen der oberirdisch schwebenden Kuppel und dem unterirdisch verborgenen Petrusgrab der Papstaltar errichtet ist. Altäre, dachte Algerich, sind die archimedischen Punkte des Glaubens; an ihnen renkt Gott die Welt wieder ein.
Der Chorgesang verstummte, als der Papst hinter dem Altar Aufstellung nahm. Johannes Paul II. breitete seine Arme aus und sprach mit lauter Stimme:

„Dominus vobiscum!"
Reibenscheidt packte Algerich erregt am Arm und flüsterte: „Das wahre Gesamtkunstwerk! Architektur, bildende Kunst, Musik und das Wort Gottes glücklich vereint!
Was ist Richard Wagner mit seinen jämmerlichen Versuchen dagegen? Er läßt uns bestenfalls in eine sächsische Grottenbahn blicken!"
Algerich sah Reibenscheidt erstaunt an. Will er das, dachte er, in seinem Neujahrsartikel verwenden?
Die Messe dauerte bis halb drei Uhr früh. Algerich gelang es trotz größter Mühe nicht, seine Andacht bis zum Ende durchzuhalten. Zu viele Gedanken lenkten ihn ab.
Da war die Erinnerung an die Weihnachtsmette in Obertauern. Eine Stunde lang hatte sich Algerich mit seinen Freunden von der Hütte abwärts durch den Schnee gekämpft, um das kleine Kirchlein am Paß zu erreichen. Da standen sie, eng gegeneinander gepreßt, und hörten die schlichte Predigt. „Das Stroh eines armen Bauern", sagte der alte Pfarrer, „hat Jesus Christus das Leben gerettet, sonst wäre das Kindlein in der bitteren Kälte erfroren. Daran seht ihr, daß nichts zu gering ist, um dem Herrn zu dienen."
Andere Weihnachtspredigten fielen ihm ein. Da war Pater Diego Goetz, der in den Fünfzigerjahren so großen Zulauf hatte. Schauspieler, Maler und Universitätsprofessoren drängten sich in den Bänken der Wiener Dominikanerkirche. Pater Diego Goetz hatte harmonische (vielleicht sogar einstudierte) Gesten, das schwarz-weiße Dominikanerhabit stand ihm gut, seine Predigten waren mitreißend, herzklopfenerregend, aber schon am nächsten Tag konnte man sich an nichts mehr erinnern, außer an den Eindruck, daß man einer „schönen" Predigt beigewohnt hatte.
Algerich warf einen verstohlenen Blick auf Reibenscheidt. Dieser schien völlig in sich gekehrt, nahm von der Anwesenheit Algerichs keine Notiz. War er so überwältigt von den

Superlativen dieser Papstmesse, der in der Tat nichts Gleichwertiges gegenübergestellt werden konnte, oder arbeitete er schon an seinem Leitartikel?
Würde Reibenscheidt den Christbaum erwähnen, der draußen auf dem Petersplatz stand? Er stammte heuer aus Tirol, wies eine Rekordhöhe auf und war von der römischen Feuerwehr unter Lebensgefahr hochgezogen worden. Bei der feierlichen Übergabe der Tanne an Kardinal Biaggi, der aus irgendwelchen Gründen für diese Aktion zuständig war, hatte die Schützenkapelle von Inzing gespielt und war ein paar Mal über den Petersplatz marschiert. Der Kardinal hatte sich über die Uniformen gewundert, noch mehr aber über die Dekorationen, denn er glaubte, darunter auch einige Auszeichnungen aus dem Zweiten Weltkrieg zu erkennen. Am wunderlichsten fand er die Marketenderin, die aus einem Fäßchen Branntwein an die eher spärlichen Neugierigen ausschenkte. „Noch a Schluckele Brennabi?“ lockte sie, was Kardinal Biaggi natürlich nicht verstand, aber ahnte. Die Marketenderin sang kräftig mit, als die Schützenkapelle das „Es hat sich eröffnet das himmlische Tor“ intonierte, dieses urige Weihnachtslied mit den herumkugelnden „Engelan“. Die Inzinger Schützenkapelle spielte allerdings auch das „Stille Nacht, heilige Nacht“ ganz anständig. Nur der zweite Trompeter vergickste sich und blies, als es beim „Schlafe in himmlischer Ruh' “ hinaufging, um eine Quint zu hoch.
Sonderbarerweise gingen Algerich auch „unfrisierte“ Gedanken durch den Kopf. Er fragte sich zum Beispiel, warum der Erlöser Jesus Christus erst so spät in die Welt gekommen war. Während der Hl. Augustinus noch schrieb, seit der Erschaffung von Adam und Eva seien nicht ganz 6000 Jahre vergangen, nehmen wir Heutigen an, daß menschliche Wesen schon vor mehr als 500.000 Jahren existiert haben. Warum ließ sich Gott so lange Zeit, ehe er uns seinen Sohn zur Vergebung der Sünden schickte? Was ist das Los derjenigen, de-

nen die Gnade der späten Geburt nicht zuteil geworden ist? Armer Pithekantropus Erectus, armer Neandertaler…
Algerichs Gedanken trieben weiter. Verstört fuhr er sich mit dem Zeigefinger zwischen Hals und Hemdkragen. War die weihnachtliche Frohbotschaft nicht kompromittiert, „angepatzt", durch den Bethlehemschen Kindermord? Schuld daran trugen diese sonderbaren Heiligen Drei Könige, auch Weise aus dem Morgenland geheißen, die in Jerusalem herumschnüffelten und überall erzählten, sie suchten den neugeborenen König der Juden. Natürlich kam das auch Herodes zu Ohren, der es mit der Angst zu tun bekam; war dieser Neugeborene etwa der von den Juden erwartete Messias, der die Macht im Lande an sich reißen und ihn vom Thron stürzen würde? Dem sei Gott vor! Also ließ Herodes sicherheitshalber alle männlichen Säuglinge in Bethlehem und Umgebung töten. Eine abstoßende Geschichte! Der Lebensweg Christi beginnt mit dem Abschlachten unschuldiger Kinder, der Heiland bringt zunächst Blut und Tränen in die Welt. War das der Eintrittspreis für die Menschwerdung Gottes? Jedenfalls verdunkelt der Kindermord von Bethlehem das Erlösungsgeschehen, ja er wirft sogar einen Schatten auf Gott selbst, der es als Lenker der Geschicke in der Hand gehabt hätte, seinen Sohn auch ohne dieses Massaker den Menschen beizugesellen.
Algerich erschrak. Was war heute los mit ihm? Gerade in der Christnacht, in freudiger Erwartung der Weihnachtsbotschaft mit ihren vielen trauten Erinnerungen, waren zersetzende Reflexionen fehl am Platz. Sollte es der Anwesenheit Reibenscheidts zuzuschreiben sein, daß er in diese dunklen Gedankenlöcher fiel?
Nach dem Ende des Pontifikalamtes führte Algerich seinen Nachbarn zum Diplomatensektor hinüber, wo sie den deutschen Botschafter gerade noch erwischten. Hengstorff begrüßte Algerich besonders freundlich, ja herzlich. Zu Rei-

benscheidt gewendet, sagte er: „Sie haben einen guten Mann in Rom, einen prächtigen Österreicher. Er arbeitet mit den Fingerspitzen und nicht mit den Kniescheiben. Das Rumrutschen im Gebet oder vor den Monsignori liegt ihm nicht. Die Monsignori wissen das zu schätzen und vertrauen ihm." Bei diesen Worten verfinsterten sich die Züge Reibenscheidts, und seine Krähenfüße begannen zu zucken.
„Was halten Sie von Weihnachten?" fragte Hengstorff plötzlich und packte Reibenscheidt am Revers seines Überziehers. Der Stellvertretende Chefredakteur der „Frankfurter Abendzeitung" stand wie gelähmt vor dieser Attacke, aber ehe er reagieren konnte, gab der Botschafter selbst die Antwort:
„Weihnachten bedeutet, das Dunkle in uns ans Licht zu bringen. Fröhliche Weihnachten, meine Herrn!" Damit entschwand Hengstorff im Gewühl.

IV. Kapitel,
in welchem Justinus der Gerechte das Manuskript seines Schwagers anliest und kommentiert.

Justinus steckte umständlich, mit viel Drehen und Schwenken, eine Zigarre in Brand. Er vergönnte sich heute eine Davidoff Nr. 1, die ihm vor einiger Zeit aus dem Nachlaß eines entfernten lateinamerikanischen Verwandten zugekommen war.

Justinus genoß seine „Raucherstündchen" daheim schon deshalb ganz besonders, weil ihm seine Sekretärin, eine hübsche Brünhilde, das Rauchen im Büro nicht gestattete. „Diese Mischung aus Aktenstaub und Zigarrengestank ist unerträglich", hatte sie am Tag ihres Dienstantrittes erklärt, und damit war die Sache erledigt. Man mußte ja froh sein, überhaupt eine Sekretärin zu haben.

Justinus' zögernde Haltung, das Manuskript seines Schwagers zu lesen, war natürlich reine Spiegelfechterei gewesen. In Wirklichkeit brannte er darauf, Algerichs literarische Hervorbringung kennenzulernen. Endlich ein Text, den er nicht auf eventuelle Vernichtbarkeit zu untersuchen hatte! Korrigieren bereitete ihm Spaß, und bei Algerich würde er sicher auf seine Rechnung kommen, denn sein Schwager war ein äußerst unbedarfter Rechtschreiber, von seiner Interpunktationsschwäche ganz abgesehen.

Genießerisch umwölkte sich Justinus mit dem Rauch seiner Davidoff, rutschte noch ein wenig in der Sitzmulde seines Streckfauteuils hin und her, dann öffnete er mit einer delika-

ten Geste die rote Flügelmappe Algerichs. Fast feierlich nahm er die erste Seite des Manuskriptes heraus.
Aha – statt eines Vorwortes bringt Algerich Zitate! Justinus' Handrücken wetzte über seine Lippen. Der gute Schwager! Der Einstieg ist nicht neu. Ist auch nicht unproblematisch, denn jede Textauswahl vermittelt ein subjektives Bild, verrät aber gleichzeitig die Absichten ihres Urhebers. Schau, schau, Algerich beginnt mit Goethe, diesem sonderbaren Heiligen:
„Denn welcher Kluge fänd' im Vatikan nicht seinen Meister."

(Torquato Tasso)

Selten gespieltes Stück! Hab' es das letzte Mal mit Oskar Werner in der Titelrolle gesehen.

„Ein Monarch, der über das Gewissen von zweihundert Millionen Menschen verfügt, ist ein großer Monarch."

(Bismarck über die Rolle des Papstes)

Nun, heute gebietet der Papst über fast eine Milliarde Menschen, aber wieviele gehorchen ihm?

„Der Vatikan ist das Zentrum eines großen Regierungssystems." *(Aus dem Motivenbericht der französischen Nationalversammlung, anläßlich der Wiederaufnahme der diplomatischen Beziehungen mit dem Hl. Stuhl).*

Heuchlerische Begründung! Warum haben die Franzosen dann die Beziehungen vorher abgebrochen?

„Wenn ich heute aufgefordert würde, das leitende Problem des Papsttums, der Kirche in den hundert Jahren von 1870 bis 1970 zu nennen, so würde ich – ohne Zögern – antworten: Es war und es ist das Papsttum, die Kirche aus ihrer europäisch-zentrierten in die ökumenische, in die in aller Tatsächlichkeit weltumspannende Epoche hinüberzuleiten."

(Engel-Janosi, Historiker)

Ziemlich holpriger Satzbau.

„Car le Vatican est toujours au premier plan de l'actualité."
(Kardinal Poupard)
Poupard? Wer ist der Kardinal Poupard?

„Aber die Kirche Christi ist keine Partei, keine Vereinigung, kein Club, ihre tiefe und unaufhebbare Struktur ist nicht demokratisch, sondern sakramental, folglich hierarchisch."
(Kardinal Ratzinger)
Wichtiges Zitat, vielleicht ein wenig zu apodiktisch, aber als Präfekt der Glaubenskongregation muß der Kardinal natürlich für die Hierarchie sein.

„The Roman Catholic Church is a major player on the international stage, and Pope John Paul is one of the world's great men." *(„The Times", London, 20. 2. 1988)*
Muß der „Times" schwer gefallen sein, das zuzugeben!

„Die Kirche ist auf der Seite der Armen." (Johannes Paul II)

Schon aus mit den Zitaten. Etwas dürftig, aber bisher keine Rechtschreibfehler. Bei Johannes Paul II. fehlt der Punkt nach der römischen Ziffer. – Aha, es geht mit den Zitaten doch weiter: Johannes Paul II.:
„Ein Mensch, der die Welt seit zehn Jahren nicht zur Ruhe kommen läßt." *(Del Rio, 1988)*
Ist das positiv oder negativ gemeint?

„Ein neuer Mose"
„Un papa in giro per il mondo" – Sollte übersetzt werden.
„Papa spettacolo" – Das versteht jeder.
„Wojtyla superstar"
„Heiliger Showmaster"
„Der eilige Vater" – ... schon etwas abgebraucht...
„Dieser Pole" – Hm, hm, hm.

„Im Grunde seiner Seele muß eine mystische Spannung herrschen.“ *(Del Rio)*
Wie kann Del Rio das wissen?

„Ayatollah Wojtyla“ – … eine Beleidigung.
„Law and order-Papst“
Na ja, es wäre an der Zeit, daß in der Kirche wieder mehr Disziplin einkehrt. Eheschließungen zwischen Homosexuellen wird dieser Papst sicher *nicht* zulassen.

„Ein konservativer Revolutionär“ *(Otto Kallscheuer)*
Eine contradictio in adjectu! Allerdings, Revolutionen von rechts hat es immer gegeben.

„Johannes Paul II., Bischof von Rom, Statthalter Jesu Christi, Nachfolger des Apostelfürsten, Pontifex Maximus der Universalkirche, Patriarch des Abendlandes, Primas von Italien, Erzbischof und Metropolit der Römischen Kirchenprovinz, Souverän des Staates der Vatikan-Stadt, Diener der Diener Gottes.“
Nur Kaiser Franz Joseph hat es auf mehr Titel gebracht!

„Ein bißchen Philosoph, ein bißchen Dichter, ein bißchen Schauspieler, aber wenig Theologe.“ *(Juan Arias)*
Äußerst oberflächliches Urteil!

„Ein Papst, der keine Zweifel kennt, der immer weiß, was zu tun ist.“ *(Monsignore Hönigmann)*

„Er verkörpert für das katholische Fußvolk die Antwort auf dessen Daseinsängste.“ *(Mynarek, Religionsphilosoph)*
Mynarek hat mein Schneider geheißen.
„Symbolfigur für eine neue konservative Großoffensive.“
(derselbe)

„Ein Papst, der zeigt, daß sich konservative Politik modern und mondän machen läßt.“ *(derselbe)*

„We like the man but not his song.“
(Eine amerikanische Pressestimme anläßlich der Reise des Papstes in die USA 1987).

„Ein Papst, der die Kirche in eine Sackgasse geführt hat.“
Stark übertrieben; stammt sicher von einem linksliberalen Journalisten.

„Papa apocalittico“
Versteh ich nicht. Kommt Papa Wojtyla als apokalyptischer Reiter daher? – Ah, schau, schau, Algerich zitiert sich selbst: „Eine paradoxe, polyedrische, inkommensurable Persönlichkeit, kurz: das Rätsel Wojtyla.“
Immer wieder diese Prädilektion Algerichs für ausgefallene Fremdwörter! Wer weiß schon, was eine polyedrische Persönlichkeit ist? Also bleibt das Rätsel Wojtyla für die meisten Leser ungelöst. – Aber gehen wir jetzt einmal das Einleitungskapitel an.

Dieses begann folgendermaßen:
„Die Stellung des Papstes – eines geistlichen Wahlfürsten mit unumschränkter Gewalt – gründet sich nach katholischer Auffassung darauf, daß dieser in seiner Eigenschaft als Bischof von Rom der Nachfolger des Apostels Petrus ist, den Jesus Christus selbst zu seinem Stellvertreter eingesetzt hat: ‚Du bist Petrus‘, heißt es in Mat. 16, 18 f., ‚und auf diesen Felsen will ich meine Kirche bauen… Und dir werde ich die Schlüssel des Himmelreiches geben. Was immer du binden wirst auf Erden, das wird auch im Himmel gebunden sein…‘ “
An sich nichts Neues, murmelte Justinus, aber bis jetzt keine Rechtschreibfehler.

„Neben dem Petrusamt übten die Päpste seit dem Ausgang des Altertums auch weltliche Hoheitsrechte aus. Der Papst war Souverän des Kirchenstaates, dessen Ursprung auf die sogenannte Pippinische Schenkung zurückgeht."

Mein Gott, jetzt kommt er wieder mit Pippin dem Kurzen (714 bis 768) daher, seufzte Justinus und ließ das Manuskript entmutigt sinken.

Er erinnerte sich der Zeiten, da Algerich der ganzen Familie und sämtlichen Freunden mit seinen Reden über den längst vermoderten und vergessenen Frankenkönig fürchterlich auf die Nerven gegangen war.

Algerich behauptete, die Pippinische Schenkung sei nicht nur rechtswidrig, sondern auch theologisch unzulässig gewesen. Rechtswidrig, weil Pippin, der dem Papst halb Italien schenkte, gar nicht Eigentümer dieser Gebiete war. Theologisch unzulässig, weil im Widerspruch zum Evangelium stehend. Christus sagt ausdrücklich: „Mein Reich ist nicht von dieser Welt!" Der Papst hätte also eine Schenkung dieses Ausmaßes keinesfalls entgegennehmen dürfen.

Pippin, so Algerich, der den letzten Merowinger in ein Kloster gebracht habe, sei von der fixen Idee besessen gewesen, sich vom Papst zum König der Franken salben zu lassen. Für dieses „Einölen der oberen Gesichtspartie" habe er Stephan II. versprochen, gegen die Langobarden zu ziehen, die sich damals anschickten, Italien unter ihrer Krone zu vereinen, ein für das Papsttum unerträglicher Gedanke. Der Sieg Pippins über die Langobarden und deren endgültige Unterwerfung durch Karl den Großen sei ein riesiges Unglück für Italien gewesen. Dadurch habe sich eine unüberbrückbare Kluft zwischen Nord und Süd aufgetan, das zersplitterte Land sei das Opfer laufender Angriffe von außen geworden; Sarazenen, Normannen, Spanier, Franzosen und last not least die Deutschen hätten es dauernd mit Krieg überzogen und in ihre Gewalt bringen wollen. Wären die Langobarden seinerzeit

die Herren der Apenninenhalbinsel geworden, so Algerich, hätte sich Italien das ganze mühsame und blutige Risorgimento erspart. Es gäbe heute keinen unterentwickelten Mezzogiorno, keine permanenten Regierungskrisen und keine Mafia, sondern schlimmstenfalls Schmiergeldaffären. Und Südtirol wäre noch bei Österreich, denn ein national seit dem frühen Mittelalter geeintes Italien hätte gar kein Interesse daran gehabt, die schenkelklopfenden und dabei hüpfenden Tiroler südlich des Brenner ihrem Staatsverband einzugliedern.
„Der streitsüchtige, keulenschwingende Pippin", hatte sich Algerich weiters ereifert, „ist auch der Urheber des Heiligen Römischen Reiches Deutscher Nation; von dem jeder Mittelschüler weiß, daß es weder heilig noch römisch noch deutsch und schon gar kein Reich gewesen ist. Pippin und sein Sohn Karl der Große haben diese schreckliche, im Grunde genommen lächerliche Fehlkonstruktion, die das ganze Mittelalter zu einem finsteren gemacht hat, auf dem Gewissen. Das Heilige Römische Reich Deutscher Nation war ein non plus ultra an Absurdität!"
Justinus der Gerechte hielt die Bedeutung, die Algerich dem Frankenkönig Pippin beimaß, für übertrieben. Sein Schwager machte, echt journalistisch, aus einer Mücke einen Elefanten. Im Grunde war Algerich ein Opfer der leichtfertigen Geschichtsbetrachtung Toynbees, der das „Heilige Römische Reich Deutscher Nation" abschätzig eine Wahnidee genannt hatte. Nun, von einem Engländer war kein Verständnis für eine Institution wie das Heilige Römische Reich zu erwarten. Toynbee, in der elitären inselbritischen Tradition erzogen, ein typischer Eaton-Boy, konnte sich ein Imperium nur in Form eines Kolonialreiches vorstellen.
Algerich beurteilte übrigens Pippin den Kurzen in späteren Jahren weniger streng. Die europäischen Krisen und Kriege wären zweifellos auch ausgebrochen, meinte er, wenn es das „Heilige Römische Reich Deutscher Nation" nicht gegeben

hätte. Der abendländische Mensch sei nun einmal dynamisch, das heißt auf Kriegführen und Wegnehmen, angelegt. Zweitausend Jahre Christentum hätten daran nichts zu ändern vermocht, Europa sei der alte „Henkerskontinent“ geblieben.

Algerich hatte über Pippin den Kurzen seinerzeit sogar ein belletristisches Opusculum verfaßt. Ein schwieriger Schriftsteller, hinter dem Thomas Bernhard vermutet wurde, unterhält sich während eines Spitalsaufenthaltes mit seinen Besuchern über die Auswirkungen der Pippinischen Schenkung. Justinus fand den Rahmen, den Algerich – aus leicht durchschaubaren Gründen – gewählt hatte, geschmacklos, hegte aber auch als Historiker schwerwiegende Bedenken gegen die Thesen seines Schwagers.

Wegen dieser Arbeit hatte sich Algerich mit einem namhaften Politiker der christdemokratischen ÖVP überworfen. Die Auseinandersetzung führte zu einer offenen Feindschaft und nahm geradezu den Charakter eines Glaubenskampfes an. Der Abgeordnete H. (er war auch Erster Stellvertretender Vorsitzender der österreichischen Apothekerkammer) hegte eine fanatische Bewunderung für das Heilige Römische Reich Deutscher Nation. Er vermeinte, eine direkte Linie vom „Gottesstaat“ des Hl. Augustinus über das „Heilige Römische Reich Deutscher Nation“ bis zur Europäischen Gemeinschaft ziehen zu können und war – wie übrigens auch Otto von Habsburg – von der Gegenwartsbezogenheit des Heiligen Römischen Reiches überzeugt. „In dem von Karl dem Großen gegründeten Campo Santo Teutonico, rief er aus, „dem Friedhof der Deutschen nächst dem Petersdom, lebt noch ein Rest des altehrwürdigen Reiches weiter!“ Im Verwaltungsrat der Erzbruderschaft zur Schmerzhaften Muttergottes, dem die Vergabe der Grabstätten obliege, säßen nicht nur der deutsche und der österreichische Botschafter, sondern auch der Rektor des belgischen und des holländischen Kollegs, Vertreter von Ländern also, die seinerzeit dem Heiligen Römischen Reich Deutscher Nation angehört hatten. Man könne daher mit gutem Grund sagen, dieser Verwaltungsrat sei „das letzte, auch heute noch funktionierende Organ des „Heiligen Römischen Reiches Deutscher Nation." Der Abgeordnete wurde von der Erzbruderschaft nicht nur wegen dieser These geschätzt, sondern auch, weil er es verstand, laufend Subventionen für den Campo Santo aufzutreiben. Das von seinen Gegnern ausgestreute Gerücht, er habe sich im Gegenzug einen Eckplatz an der Friedhofsmauer reservieren lassen, entbehrte jedoch sicher jeglicher Grundlage (andere sagten: entbehrte jeglicher sicheren Grundlage).

Justinus übersprang nicht nur die Ausführungen Algerichs über die Pippinische Schenkung, sondern „ersparte" sich auch den anschließenden historischen Teil, da neue Erkenntnisse auf diesem gründlich durchforsteten Gebiet kaum zu erwarten waren. Er hielt nicht sehr viel von der Geschichtswissenschaft, obwohl er selbst dieser Zunft angehörte. Sie sei ein Tummelplatz für die Gedankengebäude notorischer Besserwisser, pflegte er zu sagen. Er nahm die Lektüre des Manuskriptes erst beim Pontifikat Pius IX. wieder auf.

Erstaunlich, wenn auch verständlich, sinnierte Justinus, war der Wandel Giovanni Maria Mastai-Ferrettis von einem liberalen zu einem restaurativen Papst. Nun, liberal war vielleicht nicht die richtige Etikettierung. Man hielt Pius IX. anfangs für liberal, in Wirklichkeit war er so etwas wie ein aufgeklärter Monarch alter Schule. Respekt verdient seine Entscheidung, die päpstlichen Truppen nicht gegen Österreich entsandt zu haben, als Radetzky den 48er Aufstand blutig (muß Algerich wirklich „blutig" sagen?) niederschlug. Natürlich waren die sogenannten Patrioten, die Insurgenten und Carbonari, über diese Haltung ergrimmt; „Papa traditore!" schrien sie. Aber es war doch nicht zu erwarten, daß sich Pius IX. als Handlanger antiklerikaler Revolutionäre mißbrauchen lassen würde! Im übrigen hätten die Herren Garibaldi & Co. den Kirchenstaat so oder so zerstört, ob der Papst nun gegen Österreich marschiert wäre oder nicht. Der Kirchenstaat stand längst auf der linksliberalen Abschußliste. Meines Erachtens, dachte Justinus der Gerechte, geht Algerich mit Pius IX. allzu hart ins Gericht.

Auch die Kritik Algerichs am 1. Vatikanischen Konzil fand Justinus übertrieben. Was er über das damals beschlossene Unfehlbarkeits-Dogma schreibt, könnte glatt von Hans Küng stammen, wenn nicht von ärgeren Herumnörglern. Nun ja, gewisse Enuntiationen Pius IX., so die Enzyklika „Quanta cura“ von 1864 mit dem „die hauptsächlichsten Irrtümer unserer Zeit“ enthaltenden „Syllabus“, sind wohl heute überholt, aber man muß sie im Lichte des damaligen Zeitgeistes, der Kirchenfeindlichkeit und der Kulturkampf-Situation lesen. Justinus räumte ein, daß das 1854 verkündete Dogma von der *Unbefleckten Empfängnis* vielleicht überflüssig war, aber: Es stört doch niemanden, *es ist doch völlig harmlos* in seiner Aussage. Erstaunlich, daß sich die protestantischen Aggressionen gerade gegen dieses Dogma mit solcher Wucht gerichtet haben!

Über das Ende des Kirchenstaates ließ sich Algerich wie folgt vernehmen:

„Nachdem Alarich, der Gotenkönig“ (es fehlt der Beistrich nach Gotenkönig) „Rom im Jahre 410 erobert und geplündert hatte, murrten die Christen und sagten: Der fromme Kaiser Konstantin hat seinen Widersacher Maxentius im Zeichen des Kreuzes besiegt. Warum hilft das Kreuz jetzt nicht gegen die Barbaren aus dem Norden? – Ähnlich mochten brave, papsttreue Katholiken 1870 empfunden haben: Warum läßt Gott den Hl. Vater im Stich und duldet es, daß seine Feinde die Ewige Stadt besetzen? – Ja, es ist die alte Frage: Hält es Gott, der Herr der Geschichte, mit den Gerechten oder mit den stärkeren Bataillonen? Oder sollte er gar mit dem Zeit-

geist gehen, der einmal bei den Gerechten, ein andermal bei den stärkeren Bataillonen zu finden ist?"
Immer diese unproduktiven Scheinfragen! Justinus runzelte unwillig die Stirn, las aber dennoch weiter.
„Unmittelbar nach dem Fall Roms wurden die Reste des Kirchenstaates dem Königreich Italien einverleibt. Man schritt zwar zu einer hastig organisierten Volksabstimmung, doch diente diese lediglich dazu, dem gewaltsam herbeigeführten Faktenstand ein Mäntelchen von Rechtsstaatlichkeit umzuhängen." (Schön gesagt! Das Mäntelchen war reichlich durchsichtig.) „Geht man von der Pippinischen Schenkung aus, fanden so 1147 Jahre weltlicher Herrschaft des Papsttumes ihr unrühmliches Ende." (Wieso *unrühmlich*? Gerade durch die versuchte – wenn auch nicht *ernsthaft* versuchte – Verteidigung Roms blieb der Rechtsanspruch des Papstes gewahrt!)
„Was Pius IX. für undenkbar gehalten hatte, war definitiv geworden. Erfaßte der Hl. Vater die Tragweite der Ereignisse? Pius IX. konnte das Kirchenregiment weiterhin ungestört ausüben, sein Hofstaat und seine Privilegien blieben unangetastet, im Hochgefühl seiner moralischen Autorität wies er alle Vorschläge der italienischen Regierung für eine formelle, staatsrechtliche Regelung seiner Stellung ab. Er zog es vor, sich als ‚Gefangenen Italiens in den Mauern des Vatikans' zu sehen. Immer wieder wird die Frage gestellt, ob Pius IX. und seine Nachfolger damit die richtige Entscheidung getroffen haben, statt die unumkehrbaren Realitäten zur Kenntnis zu nehmen. Tatsache ist, daß die sogenannte ‚Römische Frage' erst 1929 durch die Lateranverträge zwischen Pius XI. und Mussolini einer Lösung zugeführt werden konnte.
Die sang- und klanglose Auflösung des Kirchenstaates war ein Schock für die katholische Welt, eine ‚Ohrfeige in das heilige Antlitz der Kirche', wie es der Kirchenhistoriker Andreas Kramreiter formulierte. Dennoch hat der Antichrist

keinen Sieg davongetragen. Im Gegenteil, das Papsttum, auf seine spirituelle Aufgabe beschränkt, gewann neues Ansehen in der Welt.
Tatsächlich ist der Hl. Stuhl durch die Auflösung des Kirchenstaates unbequemen Ballast losgeworden. Das Papsttum wurde endlich von den Fesseln der Pippinischen Schenkung befreit.
Das Regieren des Kirchenstaates mit seinen vielfältigen wirtschaftlichen und sozialen Problemen, von den internationalen Verstrickungen ganz zu schweigen, war zusehends schwieriger geworden. Es galt, mit einer vom Fieber des Nationalismus geschüttelten, widerspenstigen und halb heidnischen Bevölkerung zu Rande zu kommen, das Los der Landarbeiter, der Ärmsten der Armen, zu lindern, die streitenden, intrigierenden Adelsgeschlechter zu zügeln und die politischen Ambitionen eines immer mächtiger werdenden Besitzbürgertums abzuwehren, das vorwiegend laizistisch, wenn nicht antiklerikal, eingestellt war. Sollte man den demokratischen Weg gehen? Den Massen das Wahlrecht einräumen? Sollte man industrialisieren, Handel und Gewerbe entwickeln, das Schulwesen ausbauen? Den wirtschaftlichen Fortschritt zu fördern, war nicht unbedingt die Sache Pius' IX., abgesehen davon, daß dem Vatikan infolge seiner chronischen Finanznot die erforderlichen Mittel fehlten.
Nach dem Ende des Kirchenstaates brauchte man sich mit diesen Problemen nicht mehr herumzuschlagen. Das Streben nach Spiritualität und Verinnerlichung führte zu einem Aufschwung des Glaubens. Der Kampf gegen den liberalen Zeitgeist und den Materialismus stützte sich auf zwei Säulen: Apologetik und Wiederbelebung der Volksfrömmigkeit. Die Marienverehrung erlebte eine neue Blüte. Es sah so aus, als wollte man dem Glauben an das ‚alleinseligmachende' Walten der Vernunft und dem blanken Atheismus à la Nietzsche gerade jene Heilige entgegensetzen, die am meisten von der

Aura des Geheimnisvollen und Unbegreiflichen umgeben war, die Gottesmutter Maria. Alle wesentlichen Ereignisse in ihrem Leben entziehen sich ja einer rationalen Deutung, sei es nun die erbsündefreie Empfängnis ihrer eigenen wunderbaren Befruchtung, die Jungfrauengeburt oder die Auffahrt in den Himmel. Von allen Personen des Evangeliums ist die Hl. Maria am rätselhaftesten, aber gerade deshalb vertraute man sich ihr an, fühlte sich unter ihren Fittichen geborgen. Ein unterschwelliger, von den Menschen jener Zeit oft nicht eingestandener Hang zur Schwärmerei, ja zum Obskurantismus, kam darin gleichfalls zum Ausdruck. In gewisser Weise grenzt die katholische Heiligenverehrung an Aberglauben, der nicht zuletzt im Devotionalien-Kitsch seinen Niederschlag findet."

(Aha, auf Grund besserer Einsicht hat Algerich den letzten Satz wieder durchgestrichen, wenn auch nur mit Bleistift!)

„Der Kult vom „Heiligsten Herzen Jesu" war wie geschaffen für überhitzte Gemüter. Andere wiederum erblickten in Wundertaten und frommen Weissagungen Fingerzeige Gottes, an die man mehr glaubte als an die Erkenntnisse der exakten Wissenschaften. "

(Na ja, diese Erkenntnisse haben sich häufig als falsch herausgestellt!)

„Wie so oft in Zeiten sozialer Spannung, geistiger Umbrüche und stürmischer wirtschaftlicher Entwicklungen reagierte die Kirche nicht mit einem Reformkurs, sondern mit einer restaurativen Politik. Sie igelte sich ein. Man blickte nostalgisch in die Vergangenheit und pries sich glücklich, im Besitze jahrhundertealter Wahrheiten zu sein, die der Papst immer wieder aufs neue verkündete und verteidigte.Man betrieb eine kluge und geschickte Apologetik, aber mitunter blieb die Berufung auf die Tradition das letzte und entscheidende Argument im Kampf gegen die ‚Irrtümer der Zeit'.

Pius IX. benützte den Ausdruck ‚Gefangener des Vatikans'

nicht ungern und mit einer gewissen Koketterie, ja er stellte seine Kirchenpolitik darauf ab. Der italienische Staat sollte ‚geschnitten' werden; der Papst erließ sogar ein formelles Verbot für Katholiken, sich an den nationalen Wahlen zu beteiligen. Dieses Ignorieren der Geschichte, diese Vogel-Strauß-Politik, erwies sich als verfehlt. Die Bevölkerung war nicht bereit, die Gefangenschaft des Papstes zu teilen. Der Großteil des Adels fiel vom Papst ab, nur eine Minderheit, die ‚schwarze Aristokratie' (so genannt, weil sie aus Kummer über das Ende des Kirchenstaates Trauerkleidung trug) blieb bei der Stange, sei es aus Treue, sei es, weil gewisse Privilegien und Titel winkten."

Algerich warf dann – vorsichtig formulierend – die Frage auf, ob der Vatikan nicht gerade durch den Ausstieg aus den weltlichen Geschäften um ein Jahrhundert zurückgeworfen worden sei. Der Hl. Stuhl habe die gesellschaftliche Entwicklung des 19. Jahrhunderts nicht mitgemacht, geschweige denn mitgestaltet. Er lehne bis heute demokratische Vorgänge in der Institution Kirche weitgehend ab, wie man dem eingangs erwähnten Ratzinger-Zitat entnehmen könne. Warum sollte es aber gegen göttliches Gebot verstoßen, einen Bischof von der Versammlung der Gläubigen, der Pfarrer oder den Mitgliedern des Domkapitels wählen zu lassen? Die Kirche habe sich, so Algerich, in ihr absolutistisch–monarchistisches Weltbild eingesponnen. Hätte sie Länder und Provinzen zu verwalten gehabt, wäre es ihr nicht erspart geblieben, mit der Zeit zu gehen. Algerich wörtlich:

„Die Kirche ist diesem Lernprozeß nicht unterworfen gewesen. Die Abschaffung des Kirchenstaates enthob sie der Notwendigkeit, sich der gesellschaftspolitischen Wirklichkeit anzupassen. Was die Kirche an spiritueller Tiefe gewann, verlor sie an geistiger Breite und Toleranz. Einer offenen, wenn auch von Zweifeln geplagten Gesellschaft setzte sie die unfehlbare Autorität des Papstes vor. Von der katholischen

Soziallehre wird viel Aufhebens gemacht. Man darf aber daran erinnern, daß die angeblich so bahnbrechende Enzyklika Leos XIII., ‚Rerum novarum', erst 1891 herauskam. Mit anderen Worten: Vierundzwanzig Jahre nach dem Erscheinen des ‚Kapitals' von Karl Marx und 43 Jahre nach der Veröffentlichung des ‚Kommunistischen Manifestes' entdeckte der Hl. Stuhl die Arbeiterfrage. Die Emanzipationsbestrebungen der Frau hat die Kirche überhaupt verschlafen. Von der Ablehnung der Darwinschen Abstammungslehre über das Aus für die Arbeiterpriester führt eine direkte Linie zum Ministrantinnen-Verbot."

Justinus der Gerechte mußte gähnen. „Genug für heute", murmelte er und legte das Manuskript zur Seite. „Es ist höchste Zeit, schlafen zu gehen. Ich muß morgen fit sein für meine Tennispartie mit dem Generaldirektor der Verbundgesellschaft. Ein scharfer Spieler, Killertyp, der schlägt mir mit seinen Forehandschlägen fast das Racket aus der Hand."

Ehe sich Justinus der Gerechte zu Bett begab, benutzte er noch mit großer Gewissenhaftigkeit seine elektrische Zahnbürste, deren Geräusch ihn, diskret und unaufdringlich, an seinen geliebten Aktenwolf erinnerte.

V. Kapitel,
welches eine Unterredung zwischen Algerich und dem deutschen Botschafter beim Vatikan zum Gegenstand hat.

Der deutsche Botschafter empfing Algerich in seinem festungsartig ausgebauten Amtssitz, den man nur unter Beobachtung strengster Sicherheitsvorkehrungen betreten konnte. Algerich nahm in einem bequemen Nappa-Fauteuil Platz, geblendet vom hellen Sonnenlicht, das durch die schwer vergitterten Fenster hereinflutete.

„Tja, so'n Himmel haben wir zu Hause nicht um diese Jahreszeit", sagte der Botschafter und deutete zum Fenster hinaus. „Darf ich Ihnen eine Tasse Nescafé anbieten?"

„Äh... vielleicht einen Campari-Soda?" schlug Algerich vor, verbesserte sich aber sofort, als er den gequälten Blick bemerkte, den die Sekretärin ihrem Chef zuwarf: „... oder irgendeinen soft drink."

„Also gut, dann ein Schweppes", entschied der Botschafter. „Ich komme soeben von einer Sitzung des Verwaltungsrates der Erzbruderschaft vom Campo Santo Teutonico. Is'n komischer Verein. Verstehe gar nicht, warum sich die Leute dort so beißen. Na ja, der Rektor ist ein guter Mann, natürlich Deutscher, aus Dinslaken. Gibt sich unendlich viel Mühe, Bücher über den Campo Santo herauszubringen. Mein österreichischer Kollege läßt die Dinge nach meinem Dafürhalten allzusehr schleifen. Ißt dafür umso mehr Brötchen. Ich halte mich da zurück, die Qualität der Schnittchen ist nicht besonders.

Heute war wieder eine langweilige Tagesordnung. Die Lautsprecheranlage in der Kirche ist kaputt und soll repariert werden. Hatte nichts dagegen. Dann gab's wieder das übliche Gefeilsche um die Grabstätten. Ein Schreinermeister aus der Eifel (oder dem Hunsrück) möchte für seine Nichte einen Platz mit Blick auf den Petersdom. Na so wat! Ein Oberstudienrat a. D. aus Wien, Akademisches Gymnasium glaub ich, will unbedingt neben Johannes Urzidil begraben werden. Der Mann ist vermutlich Germanist! Es gibt einfach nicht genug Platz, um alle Kandidaten zu berücksichtigen. Wir können doch in den paar Kubikmetern Campo Santo nicht rumbuddeln wie die Maulwürfe! Sollen wir den Leuten Stehgräber anbieten? Am besten wäre natürlich ein Urnenhain, auf diese Weise gelänge es, den Belag zu verzehnfachen. Bei geschickter Plazierung brächten wir es auf das Zwanzigfache! Aber die Leute wollen von der Feuerbestattung nichts wissen. Kremierung – komisches Wort! Bin ja auch gegen die Verbrennung, weiß gar nicht, ob das kirchlich jetzt schon erlaubt ist. Müßte mal den Ratzinger fragen. Hygienischer isses ja. Ich sage Ihnen, bei manchen Verwaltungsratssitzungen steigt da 'n ganz schöner Duft hoch. Ich höre auch, daß sich die Seminaristen beschweren, die Geruchsbelästigung störe sie beim Studium. Sollen doch mal im Ruhrpott studieren, da riecht's auch nicht nach Schokolade! Sind übertrieben empfindlich, die jungen Herren; von den Bischöfen, die im Gästehaus absteigen, hat sich noch keiner beklagt!

Mir geht's ja beim Campo Santo mehr ums Prinzipielle. Die Finanzen müssen endlich auf solide Grundlagen gestellt werden. Die Immobilien der Erzbruderschaft, selbst in den besten römischen Lagen, sind verrottete alte Palazzi und werfen so gut wie nichts ab. Die Bewohner zahlen lächerliche Mieten. Wollen wir erhöhen, heißt's gleich, wir seien blutsaugerische Kapitalisten, wo bleibe die christliche Nächstenliebe. Also wird nichts repariert. Ich plädiere daher fürs Ver-

kaufen der Grundstücke und Anlegen des Erlöses in Industrieobligationen. Es gibt doch in Deutschland 'ne Masse von Betrieben, die enorme Gewinne abwerfen: Mercedes, Grundig, Siemens etc. Ihr Landsmann war als einziger dagegen! Wissen Sie, was er mir geantwortet hat? Und was machen wir, wenn die Firmen in fünf Jahren keine Dividenden mehr ausschütten? War ganz überrascht, daß er solche Fachausdrücke kennt. Ich entgegnete bewußt knapp: Mit Gottes Hilfe werden die immer Gewinne schreiben! Aber was führt Sie eigentlich zu mir, lieber Herr Algerich?"
Dieser hatte schon die längste Zeit überlegt, wie er den Botschafter am besten „aufmachen" könnte. Er entschloß sich zu einer Annäherung, die bei Diplomaten fast immer Erfolg hatte, nämlich an deren (vorgebliches oder tatsächliches) Insider-Wissen zu appellieren und eigenen Informationsnotstand vorzutäuschen. Er sagte also:
„Meine Redaktion, verehrter Herr Botschafter, will von mir wissen, ob Johannes Paul II. ein konservativer oder ein progressiver Papst ist, ob er eher links oder rechts steht. Es ist schwer, darauf zu antworten. Wen soll man fragen? Die Monsignori im Vatikan, vor allem die Gralshüter der Glaubenskongregation, geraten bei dieser Frage ganz aus dem Häuschen. Eine solche Unterscheidung verkenne das Wesen der Kirche, behaupten sie; die Frage gehe ekklesiologisch ins Leere. Die Monsignori ignorieren die Fakten! Sie kennen nur ein Oben und Unten. Oben sitzt der liebe Gott und unten der Teufel, für links und rechts gibt's keinen Platz. Natürlich besteht für einen religiösen Menschen kein Zweifel, daß Glaube und Gnade, göttliche Inspiration und dergleichen von oben kommen. Aber es ist doch, bei Gott, nicht wurscht, ob der Glaube auf brüderlichem Weg, sozusagen von Haus zu Haus, vermittelt oder von den politischen Machthabern auf-oktroyiert wird. Wir kennen genug Beispiele solcher Bekehrungen von oben: Die Sachsenzüge Karls des Großen; die

Zwangstaufe der Russen unter dem Großfürsten Wladimir – man trieb die Leute einfach in den Dnjepr, damit waren sie getauft. Von der Christianisierung Lateinamerikas manu militari will ich erst gar nicht reden. Auch der berühmt- berüchtigte Grundsatz *cuius regio eius religio* hatte Zwangscharakter: Religionsfreiheit genossen zwar die Fürsten, aber die Untertanen hatten ihnen im Glauben zu folgen. Was ist Ihre Meinung, verehrter Herr Botschafter?"

Der Botschafter lehnte sich zurück. Es fehlte nur, daß er die Hände faltet, dachte Algerich.

„Über die Frage wurde schon eine Menge Bücher geschrieben", versetzte der Diplomat. „Das ist der Beweis dafür, daß das Problem existiert. Die Antworten darauf sind freilich subjektiv, weil sich jeder aussuchen kann, was er darüber zu denken beliebt. Leider besteht ja heutzutage auch für die Theologen Gedankenfreiheit. Ein Agnostiker soll meinetwegen über die Religion denken, wie's ihm paßt, aber doch nicht ein Theologe! Wenn in jetzigen Zeiten ein Pfarrer von der Kanzel herunter predigt: Christus ist auferstanden, schreien die Linken: Seht her, welch ein Reaktionär!"

„Aber sagen nicht die Konservativen ihrerseits, daß jeder, der die Jungfräulichkeit der Heiligen Maria in Zweifel zieht, ein Linker ist?"

„Dann ist er kein Linker, sondern ein Häretiker! Also die Frage der Anerkennung eines Dogmas hat doch mit links- oder rechtsstehend nichts zu tun. Linke Bewegungen, lieber Algerich, hat es in der Geschichte der Kirche immer gegeben. Jede Epoche brachte ihre Linksabweichler hervor, wenn ich mir diesen Terminus des Dialektischen Materialismus gestatten darf, was ich höchst ungern tue. Denken Sie an die Donatisten, die der Hl. Augustinus so vehement bekämpfte. Die Hussiten, die Waldenser, Florian Geyers schwarze Haufen, von Thomas Müntzer ganz zu schweigen – alles die gleichen linken Brüder! Die für die Heilslehre völlig bedeutungslose Frage, ob man Christus, der ja arm gewesen ist, auch in diesem Punkte nachfolgen müsse, hat zur Entstehung der unseligen Bettelorden und dem Phänomen der Fraticellen geführt, die wie Heuschreckenschwärme landzerstörerisch und schmarotzend durch ganz Europa zogen. Die Bettelorden sind ja auch heute noch ein Kreuz, mit dem die Päpste leben müssen: Brutstätten sozialrevolutionärer Ideen, Nester der Befreiungstheologie! Gott will eine konservative Kirche, denn Gott ist unsere Mitte und die Mitte ist konservativ. Jeder, der Rom ablehnt, ist ein Linker!" Der Botschafter hatte sich jetzt, wie man in Österreich zu sagen pflegt, in einen Wirbel hineingeredet. „Adam", fuhr er mit gehobener Stimme fort, „war der größte Linke aller Zeiten. Er hörte auf das revolutionäre Gesäusel der Schlange, die ihn aufforderte, Gott zu stürzen und sich an seine Stelle zu setzen. Adams Biß in den Apfel war ein linksrevolutionärer Akt. – Auch der Feminismus ist eine Linksabweichung. Die dienende Rolle der Frau ist nun mal im Alten Testament festgeschrieben, ist 'ne Folge des Sündenfalles. ‚Unter der Gewalt des Mannes sollst du sein, er wird über dich herrschen', sagt Gott zu Eva. Sie können es in der Genesis nachlesen. Ich bin ja tolerant den Frauen gegenüber, liebe sie sogar, führe eine partnerschaftliche Ehe, putze mir mal auch selbst die Schuhe, wenn's sein muß, aber der Griff der Frau nach dem Priesteramt, nach dem Buß- und Altarsakrament, ist schlicht und einfach pervers. Stellen Sie sich vor, Sie gehen nichtsahnend in einen Beichtstuhl, bona fide sozusagen, und dann sitzt 'ne Frau drin, fragt Sie ab, stellt indiskrete Fragen: Wie oft, mit wem? Ich bitte Sie, ist doch enorm peinlich!"

„Und umgekehrt – Mann befragt Frau – soll's weniger peinlich sein?"

„Ach Menschenskind, kommen Sie! Die Frauen halten doch nicht dicht, quatschen herum. Von wegen Beichtgeheimnis! Christus hat schon gewußt, warum er nicht einmal seiner leib-

lichen Mutter das Priesteramt zugestand. Sie können sagen, was Sie wollen: 'ne Frau im Beichtstuhl, 'ne Frau, die Ihnen in hochschwangerem Zustand mit *so* 'nem dicken Bauch die Hl. Kommunion spendet, der bloße Gedanke ist irritierend!"
„Also mich irritiert's gar nicht. Was mich hingegen irritiert, ist die Behauptung der Konservativen, daß jeder, der den Papst kritisiert, schon deshalb ein Linker ist."
„Es irritiert nicht die Kritik als solche, sondern der Quatsch, den diese Herren verzapfen. Drewermann zum Beispiel will uns weismachen, daß es die Erlösungslehre schon im alten Ägypten gab. Na wenn schon, was beweist das? Man kann doch daraus – Himmelherrgottnocheinmal – nicht ein Argument gegen den christlichen Auferstehungsglauben fabrizieren!"
„Drewermann übertreibt manchmal, das gebe ich schon zu, aber es fällt halt den Menschen des ausgehenden 20. Jahrhunderts schwer, an das Dogma von Mariae Himmelfahrt zu glauben."
„Also wenn Sie damit Schwierigkeiten haben, gebe ich Ihnen gern den Namen und die Telephonnummer eines Monsignore der Glaubenskongregation, der Ihnen dieses Dogma klitzeklein erklären kann."
„Das ist ja die Crux von vielen Dogmen der Kirche, daß man sie erst mühsam aufbereiten und erklären muß und sie dem einfachen Gläubigen nicht so ohne weiters einleuchten. Mehr Transparenz wäre vonnöten."
„Ach was, Transparenz gibt's doch nicht einmal in der Politik, da können die Pressefritzen noch so sehr herumschnüffeln! Und ausgerechnet die Kirche, der geheimnisvolle Leib Christi, sollte für uns durchschaubar sein? Nee, nee, mein Lieber, eine Prise Mysterienkult, Geheimnistuerei, wenn Sie wollen, Geschichtchen wie die von der frommen Jungfrau, der der liebe Gott einen Schnurrbart wachsen ließ, damit sie der böse Mohr nicht rumkriegte, die Weissagungen von Fatima und dergleichen, das spornt den Glauben an. Waren Sie

schon in Lourdes? Ich rate Ihnen, einmal hinzufahren, oder wenigstens nach Medjugorje, das liegt näher. Ich bin überzeugt, Ihre rationelle Denkweise kriegt dort einen Knacks!"
„Ein Grund mehr, um *nicht* hinzufahren! Aber um auf meine ursprüngliche Frage zurückzukommen: Sie halten also Johannes Paul II. für einen konservativen Papst?"
„Ich hege nicht den geringsten Zweifel daran. Die Leute haben sich getäuscht, die annahmen, er sei in Glaubensfragen konservativ, aber in seinen gesellschaftspolitischen Ansichten progressiv. Der Papst hat natürlich gewisse Schlagworte wie die ‚Option für die Armen' – ist ja an und für sich nichts Schlechtes! – übernommen, aber spätestens seit seinem Vorgehen gegen die Befreiungstheologen ist klar, daß der Papst kein Schwärmer nach der Art des Hl. Franz von Assisi ist.
Die Progressiven haben Wojtyla mit Vorschußlorbeeren bedacht. Gerade weil er kein Italiener war, hielt man ihn für ‚open-minded'. Er hatte als Priester in einem kommunistischen Land unter Druck und Verfolgung gelitten; durfte man ihn da nicht für liberal (was immer das heißen mag!) halten? Seine Vertrautheit mit dem Arbeitermilieu schien ihn für eine ‚linke' Linie zu prädestinieren. Er war der Mann von Nebenan, der Bergfex und Sportkamerad, kurz: ein Kumpel. Man sagte: Ein Papst, der in den Dolomiten Ski fährt und sich beim Schwimmen photographieren läßt, kann kein konservativer Papst sein! Für mich gibt es jedoch überhaupt keinen Zweifel, daß wir es bei Johannes Paul II. mit dem längst fälligen restaurativen Pontifex Maximus zu tun haben. Und das ist gut so für die Kirche und die Welt. Die Theologen werden endlich Schluß machen müssen mit ihren krausen Theorien. Die Umtriebigkeit linker Ordensleute, die ihren Karl Marx am liebsten heiliggesprochen sähen, wird niemanden mehr hinter dem Ofen hervorlocken. Boff, dieser Wirrkopp, hat sich ja glücklicherweise mit seinem ‚Spiegel'-Interview selbst ans Messer geliefert. Die Kirche ist eine Hure! Es war

irrwitzig, so etwas zu sagen. Der Ratzi wird nicht eher ruhen, als bis er den Pater zur Strecke gebracht hat. Und der Papst wird nicht eher ruhen, als bis in Lateinamerika *endlich* die richtigen Bischöfe am Ruder sind. Ich gebe keinen roten Heller mehr für die Befreiungstheologie und ihre Anhänger."

„Aber sind nicht die Basisgemeinden in Lateinamerika angesichts des katastrophalen Priestermangels eine pastorale Notwendigkeit?" wendete Algerich ein.

„Wenn man nur die Hälfte aller dieser durchaus entbehrlichen Befreiungstheologen in den Busch schickte, würde es in Lateinamerika keinen Priestermangel mehr geben!"

„Aber Herr Botschafter, viele Befreiungstheologen sind doch schon in den Busch geschickt worden! Mangel an Priestern herrscht dort auch deshalb, weil die konservativen Geistlichen nicht in den Busch gehen wollen! Oder sehen Sie die parfumduftenden Herren von Opus Dei mit ihren Rolex-Uhren im brasilianischen Regenwald?"

„Also jetzt reicht's aber, lieber Herr Algerich! Das sind ja keine sachlichen Argumente mehr! Ich bin auch kein Freund von Opus Dei. Habe da einige böse Erfahrungen in meiner eigenen Familie gemacht. Ich glaube nur, der Papst hat recht, wenn er die Wucherungen und den Wildwuchs der postkonziliaren Kirche beschneiden möchte."

„Vielleicht macht sich da die Kurie zu viele Sorgen. Es ist schon dafür gesorgt, daß die Bäume nicht in den Himmel wachsen."

„Tja, wenn man gute Gärtner hätte!"

Zum Schluß der Unterredung stellte der Botschafter, offenbar als Zeichen versöhnlicher Gesinnung, Algerich eine Abschrift seines sogenannten „Allgemeinen Postenberichtes Hl. Stuhl" zur Verfügung.

„Als Hintergrundinformation", betonte er. „Sie dürfen es nicht abschreiben, aber wenn Sie's trotzdem tun, lassen Sie wenigstens meinen Namen aus dem Spiel."

VI. Kapitel,
in welchem der „Allgemeine Postenbericht" des deutschen Botschafters (auszugsweise) wiedergegeben wird.

Der Abschnitt des „Allgemeinen Postenberichtes" über den Papst las sich folgendermaßen:

„Johannes Paul II., mit bürgerlichem Namen Karol Wojtyla, erblickte am 18. Mai 1920 in dem Städtchen Wadowice, etwa dreißig Kilometer südwestlich von Krakau, das Licht der Welt. Seine priesterlichen Studien begann der Papst noch während des Krieges am Erzbischöflichen Seminar zu Krakau. Nach der Priesterweihe 1946 war er zunächst seelsorglich, später auch als Universitätslehrer tätig. Seit 1958 Weihbischof, wurde er 1963 zum Erzbischof von Krakau ernannt. Als solcher erhielt er 1967 den Kardinalshut.

Bei seiner Wahl zum Papst (1978) zählte Johannes Paul II. erst 58 Jahre. Nach dem unerwarteten Ableben Johannes Pauls I., der lediglich dreißig Tage den Stuhl Petri innegehabt hatte, entschied sich das Kardinalskollegium bewußt, wie mir mein Attaché für kirchliche Angelegenheiten, Monsgre. Hönigmann, versichert, für einen in der Vollkraft seiner Jahre stehenden Mann, da von diesem Kontinuität über einen längeren Zeitraum zu erwarten war. Der Erzbischof von Krakau schien geeignet, die Kirche erfolgreich (wenn dieser Ausdruck gestattet ist) in das dritte christliche Jahrtausend zu führen. Es darf angenommen werden, daß die Kardinäle aus den Ländern der ehemaligen Donaumonarchie eine wichtige Rolle bei der Papstwahl gespielt haben. In diesem Zusam-

menhang wird immer wieder der Erzbischof von Wien, Kardinal König, als der eigentliche ‚Papstmacher' genannt.
Der polnische Papst galt als Sensation auf dem Stuhl Petri, obwohl schon seit längerer Zeit von der Möglichkeit eines nichtitalienischen Papstes gesprochen worden war. Johannes Paul II. fand sich verhältnismäßig rasch in seinem neuen Amt zurecht, wozu sein offenes, humorvolles Wesen wesentlich beitrug. Der Papst ist eine kraftvolle, pastorale und von tiefer Glaubensüberzeugung durchdrungene Persönlichkeit, der aber die Kunst des Taktierens zur Erreichung seiner Zwecke keinesfalls fehlte. Er sucht nicht die Konfrontation, ist aber, wenn er herausgefordert wird, von großer Standfestigkeit, ja Hartnäckigkeit. Auch kommt es durchaus vor, daß er Entscheidungen trifft, die mit den Ansichten seiner Mitarbeiter nicht übereinstimmen. Die von Botschafter Francois-Roux an Pius XI. gerühmte ‚audace intellectuelle' ist auch Johannes Paul II. in hohem Maße eigen.
Es ist ein vom Unterzeichneten persönlich wahrgenommenes Phänomen, daß der Papst im Vieraugengespräch weniger intensiv wirkt, während er im Umgang mit einer größeren Menschenmenge zur Höchstform aufläuft. Er spricht sehr eindringlich und mit wohltönender Stimme, die weniger von uns Deutschen als von den Italienern als etwas zu guttural empfunden wird. Es erscheint in diesem Zusammenhang nicht ganz unerheblich, daß der Papst, als er noch polnische Philologie studierte, ein besonderes Talent für das rhapsodische Theater entwickelte. Auch seine literarische Seite ist stark ausgeprägt.
Mit Fortschreiten des Pontifikates tritt die marianische Komponente im Glaubensverständnis Johannes Pauls II. immer deutlicher in den Vordergrund. So schreibt er zum Beispiel seine Errettung bei dem Attentat im Jahre 1981 der Fürsprache der Gottesmutter zu. Die Hl. Maria ist auch eine wichtige Brücke für die Annäherung an die orthodoxen Kirchen, wäh-

rend die marianische Neigung des Papstes von den Protestanten weniger geschätzt wird.

Johannes Paul II. ist sich des universellen Charakters seines Amtes voll bewußt. Trotzdem hängt er in tiefer Liebe an seiner polnischen Heimat und ist stolz darauf, der erste slawische Papst der Geschichte zu sein.

Karol Wojtyla entstammt einer Familie aus dem cisleithanischen Teil der ehemaligen Habsburgermonarchie. Sein Vater war k. u. k. Rechnungsunteroffizier, der später in den Dienst der polnischen Armee übernommen wurde. Manches deutet darauf hin, daß die Familie großösterreichisch eingestellt war. Es existiert ein Familienphoto, das den kleinen Karol in einer Kinderuniform zeigt, mit der typischen österreichischen Militärmütze – en miniature – auf dem Kopf. Ob Papst Wojtyla den Untergang der Donaumonarchie bedauert und für ein Unglück der davon betroffenen Völker hält, wissen wir nicht. Seine Affinität zum mitteleuropäischen Raum wird jedoch von Gesprächspartnern bezeugt, die mir persönlich darüber berichtet haben. Der Papst gerät ins Schwärmen, wenn er von den europäischen Hauptstädten Prag, Wien, Budapest oder Krakau (sic!) spricht.

Die Einstellung des Papstes zu Deutschland, womit ich sowohl die Bundesrepublik als auch die sogenannte DDR meine, ist schwierig zu analysieren. Bei einem patriotischen Polen ist von vornherein *nicht* mit einer besonderen Neigung zu unserem Volk zu rechnen, doch würde ich Achtung und Respekt vor unseren kulturellen und wirtschaftlichen Leistungen annehmen.

Auch ist auffällig, daß Johannes Paul II. nicht wenige Deutsche in hohe und höchste Stellungen an der Kurie berufen hat. Eine für sein Pontifikat ungemein bedeutsame, wenn nicht die bedeutsamste Ernennung war die des Münchner Erzbischofs und Theologieprofessors Josef Kardinal Ratzinger zum Präfekten (Leiter) der Glaubenskongregation, die als

Nachfolgerin des Heiligen Offiziums, vormals ‚Römische und Universale Inquisition' unseligen Angedenkens, über die Reinheit der Lehre und deren korrekte Interpretation zu wachen hat. Ein weiterer Deutscher, wohl nicht zufällig ebenfalls Bayer, der Benediktinerpater Augustin Mayer, wurde vom Papst sogar mit der Leitung zweier ‚Diskasterien' (Regierungsämter) betraut, der Kongregation für die Sakramentenspendung und der Kongregation für den Gottesdienst. Monsignore Hönigmann ist der Auffassung, die ich durchaus teile, daß Kardinal Ratzinger dank seiner überragenden geistigen Fähigkeiten und seiner profunden theologischen Kenntnisse nach dem Papst selbst und Kardinalstaatssekretär Casaroli die wichtigste Rolle an der Kurie spielt. Kardinal Ratzingers spiritueller Einfluß kann nicht hoch genug veranschlagt werden und dürfte selbst den des Kardinalstaatssekretärs übertreffen. Im Sommer 1984 machte der Präfekt der Glaubenskongregation durch ein Interview von sich reden. Wenngleich nicht als eine authentische Äußerung des Hl. Stuhles anzusehen, kann das Interview m. E. als ‚Initialzündung' eines – um einen Ausdruck Kardinal Ratzingers zu verwenden – restaurativen Kirchenkurses gewertet werden. Der Tübinger Theologieprofessor Hans Küng (Schweizer!), dem wegen seiner papstkritischen, progressiven Ideen die *venia legendi* (das Recht, Vorlesungen zu halten) entzogen worden ist, hat das Interview bezeichnenderweise scharf kritisiert und für den Kardinal sehr abschätzige Worte gefunden.

Die Kirche unseres Landes nimmt somit im Vatikan neuerlich ihren sicheren, angestammten Platz ein, den sie, wenn auch unter anderen Vorzeichen, bereits unter Pius XII. innehatte. Der Papst wird den heranstehenden Bischofsernennungen zweifellos sein persönliches Augenmerk widmen, wobei auszuschließen ist, daß sogenannte progressive Kandidaten zum Zuge kommen.

Für das Interesse des Hl. Vaters an der Herstellung vertiefter Beziehungen zu unserem Land sind nicht, wie manchmal mit einer gewissen Häme, vor allem seitens linker Journalisten, behauptet wird, die von der Bischofskonferenz geleisteten finanziellen Zuwendungen maßgebend; es ist vielmehr der Hl. Stuhl davon überzeugt, daß die Kirche unseres Landes – anders als in Holland, Belgien, der Schweiz und leider auch Österreich in unwandelbarer Treue zum Hl. Vater steht. Durch die Seligsprechung Edith Steins hat der Papst ganz Deutschland geehrt, ja in gewisser Weise sogar rehabilitiert. Wie ich aus authentischen und gut unterrichteten Kreisen höre, soll das Seligsprechungsverfahren für den bayerischen Rauchfangkehrermeister Mitterhöfer unmittelbar vor dem Abschluß stehen. Auch der Fall des Paters Kolping harrt guter Aussichten auf positive Erledigung durch die zuständige Kongregation, in deren Schosse ein deutscher Monsignore vorbildliche Arbeit leistet. Österreich, das sei hier *sine ira et studio* angemerkt, muß sich mit der Beatifikation eines Landsmannes wohl noch einige Zeit gedulden, obwohl eine nicht unansehnliche Pressure-group für die Seligsprechung des letzten Kaisers der österreichisch-ungarischen Monarchie eintritt. Diese Kräfte werden von der Ex-Kaiserin Zita angetrieben, die sich die Erhebung ihres Gemahls zur Ehre der Altäre noch *vor* ihrem in Bälde zu erwartenden Ableben erhofft.

Mein hochgeschätzter Vorgänger hat mit Geschäftszahl GEH-Erg. Vat. 148 vom 24. Nov. 1981 auf verschiedene Zielvorstellungen des Hl. Vaters hingewiesen. Ich darf diese Ausführungen wie folgt ergänzen:

Wie Herr von Zierold zutreffenderweise feststellt, ist es das oberste Ziel des Papstes, der Säkularisierung, die sich weltweit unter den verschiedensten Formen ausbreitet, Einhalt zu gebieten, und eine neue Phase der Glaubensverkündigung einzuleiten. Als Haupthindernis einer Re-Evangelisierung sieht der Hl. Vater neben dem atheistischen Kommunismus den westlichen Konsumismus und eine damit verbundene schrankenlose Liberalität an. Aber auch Bewegungen wie ‚New Age' und die unzähligen Sekten stellen in den Augen des Papstes eine Gefahr für die (alleinseligmachende) Kirche dar. Dem geistig-moralischen Verfall soll die Wiedergeburt des Heiligen (*rinascita del sacro*) bzw. die Rückkehr Gottes in die Gesellschaft entgegengesetzt werden. Ein näheres Programm über die Art und Weise dieser Re-Evangelisierung steht noch aus oder wurde nicht veröffentlicht. Von mir kontaktierte Vertrauensleute der Kurie versichern, über ein solches Programm nicht unterrichtet zu sein, was glaubwürdig erscheint.

Im Dienste des Rechristianisierungs-Gedankens stehen die zahlreichen Auslandsreisen des Papstes, die zum Teil einer ungerechtfertigten Kritik (wegen der hohen Kosten) ausgesetzt sind. Dazu wäre zu sagen, daß sich der Hl. Vater als oberster Glaubensverkünder auf den Spuren des Hl. Paulus, des Völkerapostels, fühlt, dessen Namen er ja auch trägt. Der Papst möchte den Auftrag ‚Gehet hin und lehret die Völker!' nicht nur dem Geiste nach, sondern auch buchstabengetreu erfüllen.

In früheren Zeiten war es ungewöhnlich, daß die Päpste Rom verließen. Man sah im Hl. Vater den ruhenden Pol der Christenheit, um den herum sich alles bewegte. Die Seinen kamen zu ihm, nicht er kam zu den Seinen. Es mußten schon außergewöhnliche Umstände obwalten, um einen Papst zum Verlassen der Ewigen Stadt zu bewegen.

Erst die Gegenwart brachte einen Wandel. Als der greise Johannes XXIII. einige italienische Diözesen besuchte, staunte das Kirchenvolk und nannte ihn scherzhaft-liebevoll ‚Jonny Walker'. Die eigentliche Auslandsreisetätigkeit der Päpste setzte mit Paul VI. ein, der den indischen Subkontinent besuchte, nach Jerusalem pilgerte und vor den Vereinten Natio-

nen in New York eine vielbeachtete Rede hielt. Es blieb Johannes Paul II. vorbehalten, die Auslandsreisen zu institutionalisieren und daraus ein wesentliches Instrument seiner Kirchenpolitik zu schmieden.
Die Visiten des Papstes werden in der Terminologie der Kurie als Pastoralreisen bezeichnet. Der Begriff sagt nicht alles aus, wenn er auch nicht gerade irreführend ist. Festzuhalten ist, daß pastorale Anliegen wie freie Ausübung des Kultes, allgemein zugänglicher Religionsunterricht, Sicherung des Priesternachwuchses usw. bestimmte politische Verhältnisse voraussetzen. In einem Staat mit atheistischem Gesellschaftskonzept wird die Forderung nach Glaubens- und Gewissensfreiheit als eminent politischer, ja subversiver Akt angesehen werden. So betrachtet, hat jede Papstreise auch eine politische Dimension, die freilich von Fall zu Fall sehr verschieden sein kann.
Mit seiner Herkunft aus einem Land des europäischen Ostens hängt ein weiteres Hauptanliegen des Papstes zusammen: Die Überwindung der Ost-West-Spaltung Europas. Diese müsse im Zeichen des Kreuzes geschehen. Es sei hoch an der Zeit, daß sich Europa wieder seiner christlichen Wurzeln besinne. ‚Europa wird christlich sein oder es wird nicht sein', sagte der englische Schriftsteller G. K. Chesterton schon in den Dreißigerjahren. Der Gedanke, den alten Kontinent im Zeichen Christi zu einigen, ist eine kühne und großartige Vision, die allerdings von manchen kleinmütigen Geistern als ‚wishful thinking' abgetan wird und im linksliberalen Lager auf offenen Widerspruch stößt. Der Papst jedoch setzt in besonderem Maße auf den Glaubenseifer seiner polnischen Landsleute und vertraut der Fürbitte der Hl. Jungfrau Maria.
Es darf gebeten werden, die vorstehenden Ausführungen *streng* vertraulich zu behandeln und insbesonders von einer Weitergabe an den Herrn Staatssekretär für Öffentlichkeitsarbeit abzusehen."

VII. Kapitel,
in welchem Algerich Überlegungen zur sogenannten Befreiungstheologie anstellt und eine Instruktion der Glaubenskongregation analysiert.

Noch 1968, als die Lateinamerikanische Bischofskonferenz zu Medellin die „vorrangige Option für die Armen" beschloß, fand das Thema der Befreiungstheologie in Europa kaum Beachtung. Die führenden Köpfe dieser Bewegung, P. Gustavo Gutierrez (Peru) und P. Leonardo Boff (Brasilien), waren hierzulande so gut wie unbekannt. Natürlich hielten KNA und Kathpress ihre Abonnenten auf dem laufenden und sowohl die „Herderkorrespondenz" in Deutschland als auch die katholische Wochenzeitung „Kristall" in Österreich brachten gelegentlich Kurzbeiträge, aber die Frage wurde bestenfalls in Priesterseminaren oder von aufgeregten Linkskatholiken diskutiert, die dabei Dampf gegen die Amtskirche ablassen konnten.

Anfang der Achtzigerjahre änderte sich das Bild. Das Thema begann allmählich „heiß" zu werden. War plötzlich das Mitgefühl der Europäer für die Armen Lateinamerikas erwacht? Nun, kircheninterne Spannungen und Reibereien ans Licht des Tages gebracht, stoßen stets auf das nachhaltige Interesse der Öffentlichkeit, wobei „brennende Sorge" um das Wohl der Kirche vorgegeben wird.

Algerich trug sich daher mit dem Gedanken, einen analytischen Artikel über die Befreiungstheologie zu verfassen.

Um sich zu informieren, suchte er einige lateinamerikanische Monsignori auf, die an der Kurie dienten. Es stellte sich aber

bald heraus, daß sie entweder Anhänger oder Gegner der Befreiungstheologie waren; Algerich durfte daher eine objektive Wertung nicht erwarten.
Sehr offen äußerte sich ein österreichischer Prälat, der Lateinamerika kreuz und quer bereist hatte. Er erblickte in der Befreiungstheologie und in der Förderung der Basisgemeinden die einzige Chance für die dortige Kirche, zu überleben. Die Christianisierung der Eingeborenen im Zuge der europäischen Landnahme sei einerseits mit militärischen Mitteln, andererseits sehr oberflächlich erfolgt. Später, bei den Unabhängigkeitsbewegungen des 18. und 19. Jahrhunderts, habe unter dem Deckmantel von Liberalismus und Aufklärung zum Teil offene Glaubensfeindlichkeit geherrscht. Seither seien die halbheidnischen Indios, die heimlich noch immer die alten Götter verehrten, dem gottlosen, amoralischen Establishment hilflos ausgeliefert. Die Kirche müsse sich entweder für die Armen oder für die Reichen entscheiden, da sie sonst in Gefahr gerate, zwischen den Fronten zermahlen zu werden. „Ich verstehe das Ressentiment Roms gegenüber den Basisgemeinden nicht. Wenn man die Basisgemeinden umbringt, werden die Sekten, die über viel Geld verfügen, bald das Sagen haben."
Aufschlußreich war auch Algerichs Gespräch mit einem peruanischen Bischof deutscher Abstammung, der sich anläßlich eines Ad-limina-Besuches in Rom aufhielt. Der Bischof räumte ein, daß sich die Befreiungstheologen der marxistischen Gesellschaftsanalyse bedienten, doch treffe der Vorwurf, die Anhänger der Bewegung seien allesamt Marxisten oder Kommunisten, keinesfalls zu. Leider hätten einige Amtsbrüder die Befreiungstheologie in Rom als häretische Irrlehre denunziert und betrieben deren Verurteilung durch die Glaubenskongregation, aber Kardinal Ratzinger selbst scheine in dieser Frage eine differenziertere Haltung einzunehmen.

„Die Befreiungstheologie“, erläuterte Bischof D., der jetzt etwas ins Dozieren geriet, „ist nicht leicht zu analysieren, und die zahlreichen Strömungen sind schwer auf einen gemeinsamen Nenner zu bringen. Bischof Ivo Lorscheiter sieht das Gemeinsame der Befreiungstheologien darin, daß die Erlösungsbotschaft des Evangeliums im weitesten Sinn aufgefaßt wird, nicht nur als Befreiung von der Sünde, sondern ‚von allem, was unterdrückt: Von der Unwissenheit, der Krankheit, dem materiellen Elend, der politischen Unterdrückung, der internationalen Abhängigkeit.“ Bischof D. fuhr fort: „Das Evangelium wird als Aufruf zur Herstellung einer gerechten sozialen und wirtschaftlichen Ordnung verstanden. Der Christ kann sich diesem Auftrag nicht entziehen. P. Leonardo Boff sagt es in noch kräftigeren Farben: ‚So wird das Christentum zu einem Faktor der gesellschaftlichen Veränderung und figuriert auf der Liste der revolutionären Kräfte.‘ Daraus entwickeln manche Befreiungstheologen eine ‚Zweikirchentheorie‘: Es gibt die ‚gute‘ Kirche der Armen und die ‚böse‘ Kirche der Herrschenden, die überwunden werden muß. Konsequent durchdacht, führen diese Thesen zur Rechtfertigung von Gewaltanwendung und Terrorismus, wenn anders die ungerechte (‚sündige‘) Ordnung nicht beseitigt werden kann. Am Ende der Gedankenkette steht der Priester-Guerrillero.“
Über Gutierrez äußerte sich Algerichs Gesprächspartner kritisch. P. Gustavo sei ein indianischer Windbeutel, der sich nicht fassen und greifen lasse, der heute einer These abschwöre, die er anderntags in veränderter Form neuerlich präsentiere. „E un gran' furbo“, fuhr der Bischof auf italienisch fort, unwillkürlich in die heimliche Amtssprache des Vatikans verfallend. Ein Umstand, der tief blicken ließ: An der Kurie hielt man den Befreiungstheologen offenbar für ein ziemliches Schlitzohr. Der Bischof fügte noch hinzu, Gutierrez sei heute ein wohlhabender Herr, ein Kapitalist; für seine

Bücher, die in zahlreiche Sprachen übersetzt worden seien, habe er enorme Tantiemen eingestreift. Wörtlich sagte der Bischof: „Gutierrez ist durch seinen Kampf für die Armen selbst ganz schön reich geworden. Von franziskanischer Dürftigkeit ist da nichts mehr zu spüren!“

Die Befreiungstheologie war schon bei ihrem Aufkommen umstritten. Der Meinungsbogen reichte von „marxistischer Schwindel“ bis „Aufbruch zur zweiten Reformation“ (der Münsteraner Theologieprofessor J. B. Metz, Begründer der politischen Theologie).

Das Vorgehen des Hl. Stuhles und die Haltung der Päpste (Paul VI. und Johannes Paul II.) war anfangs behutsam-abwartend, auf Abwiegelung bedacht; es kam weder zu Verurteilungen noch zu Disziplinierungen. Rom wünschte, die zuständigen Ortsbischöfe beziehungsweise Bischofskonferenzen sollten schlichtend eingreifen oder notfalls entscheiden.

Da jedoch die Auseinandersetzungen kein Ende nahmen und das religiöse Klima in Lateinamerika zu vergiften drohten, ja ein Abkippen nach links nicht mehr auszuschließen war, gab der Papst der Glaubenskongregation den Auftrag, eine lehramtliche Äußerung zum Thema abzugeben.

Die diesbezügliche Instruktion wurde am 3. September 1984 unter dem Titel „Über einige Aspekte der Theologie der Befreiung“ veröffentlicht. Das Dokument erwies sich als schwer verdaulich. Es kostete Algerich zwei Nächte des Durcharbeitens, ehe er seinen Artikel fertig hatte und an die Redaktion faxen konnte.

Der Artikel lautete:

Glaubenskongregation Kardinal Ratzingers zur Befreiungstheologie:

Verurteilung, Warnung oder Duldung?

„Das Dokument fängt recht forsch an mit den Worten: ‚Das Evangelium Christi ist eine Botschaft der Freiheit und eine Kraft der Befreiung.‘ Aber, fährt die Instruktion einschrän-

kend fort, ‚die Befreiung ist vor allem und grundsätzlich eine Befreiung von der radikalen Knechtschaft der Sünde.' Damit erteilt Rom der allzu einseitigen Fixierung der Befreiungstheologie auf weltliche, das heißt also soziale und politische Anliegen, eine klare Absage. Warnend erhebt Ratzinger seinen Zeigefinger: Das Seelenheil hat Vorrang!
So durchzieht ein Weg des Sowohl-als-auch, ein gewisser Dualismus, aber mit eindeutiger Rangordnung, die gesamte Instruktion. Dadurch dürfen sich sowohl die Konservativen als auch die gemäßigten Befreiungstheologen bestätigt sehen. Hier hakt allerdings auch die Kritik ein, die Glaubenskongregation habe sich mit einem ‚Jein' aus der Affäre gezogen."
(Der Ausdruck „Jein" wurde in der Redaktionssitzung lange diskutiert, schließlich aber doch beibehalten).
„Trifft dieser Vorwurf wirklich zu? Ratzinger akzeptiert, was keinen Schaden stiftet, deckt aber Gefahren und Fallen auf, die es zu vermeiden gelte. Man kann aus dem Dokument jedenfalls *kein* allgemeines Verdammungsurteil herauslesen.
Die Instruktion anerkennt einerseits, daß das Eintreten der Kirche für die Armen und Unterdrückten sowohl richtig als auch notwendig ist (die ‚vorrangige Option für die Armen' im Sinne des Beschlusses von Medellin wird *expressis verbis* bestätigt), lehnt aber andererseits die Analysen und Methoden des Marxismus–Leninismus als dem christlichen Glauben zuwiderlaufend ab. Für sich genommen sei der Ausdruck Theologie der Befreiung ein ‚vollgültiger Ausdruck'. Insoferne sich die Befreiungstheologie allerdings von den biblischen Grundlagen entferne, das Wort Gottes verzerre und profaniere, gehe sie in die Irre. Dies geschehe durch das Eindringen und die Übernahme marxistischen Gedankengutes. Der Aufruf zur Gewaltanwendung, der in der Klassenkampfthese enthalten sei, widerspreche der Friedensbotschaft des Evangeliums. Der christlichen Ethik werde jede Grundlage

entzogen, wenn der Mensch nicht frei für Gut und Böse entscheiden könne, sondern wenn sich sein Verhalten zwangsläufig nach der Zugehörigkeit zu einer bestimmten Klasse richte. Scharf wird gegen die Zweikirchenlehre Stellung bezogen. Diese Auffassung bedeute das Hineintragen des Klassenkampfes in die Kirche selbst.

‚Der Klassenkampf', heißt es in der kirchlichen Lehraussage, ‚als Weg zu einer klassenlosen Gesellschaft ist ein Mythos, der die Reformen verhindert und die Ungerechtigkeiten verschlimmert. Diejenigen, die sich von diesen Mythen faszinieren lassen, sollten die bitteren geschichtlichen Erfahrungen bedenken, zu denen dieser geführt hat.' Unschwer ist in diesen Worten der Erlebnishintergrund des Papstes selbst zu erkennen.

Die Glaubenskongregation hat sich ihre Aufgabe nicht leicht gemacht. Es galt, vieles zu prüfen und abzuwägen. Bei dem Versuch, das vermeintliche Übel zu neutralisieren, ist eine recht ambivalente Dissertation über Freiheit, Marxismus–Leninismus, Orthodoxie usw. herausgekommen. Ratzinger hat verurteilt, indem er einen Freispruch fällte."

Der Erzbischof von Sao Paulo, Kardinal E. Arns, ein engagierter Befürworter der Befreiungstheologie, fand die Instruktion langweilig. Und das sagte er denn auch, sogar öffentlich, nicht etwa in *camera caritatis*. Ratzinger dürfte sich über diese Bemerkung kaum gefreut haben. Die Revanche aus Rom kam 1989: Die Riesendiözese Arns' wurde aufgeteilt, zerschlagen, auf ihrem Gebiet entstanden vier neue Bischofssitze, die der Papst mit konservativen Bischöfen besetzte. „Kardinal Arns entmachtet", hieß es damals in der Presse.

Die Kommunisten fühlten sich durch Ratzingers harsche Verurteilung des Marxismus–Leninismus „auf den Schlips getreten", wie sich der deutsche Botschafter ausdrückte. Natta, Chef der Kommunistischen Partei Italiens, warf der Kirche vor, Töne des kalten Krieges angeschlagen und einen Bannstrahl gegen die sozialistischen Länder geschleudert zu haben. In der kommunistischen Presse mußte sich Ratzinger sogar den Vorwurf gefallen lassen, im Solde der CIA zu stehen. Erbost sprachen Vertreter osteuropäischer Länder im Vatikan vor und drückten ihre Mißbilligung aus. Die von der Glaubenskongregation verfochtenen Thesen bedeuteten, wenn man sie ernst nähme, das Ende des Dialoges zwischen Kirche und Kommunismus. Die Monsignori antworteten kühl, das Führen eines Dialoges bedeute keineswegs, den eigenen Standpunkt hinfort zu verschweigen. Besondere Aufregung gab es wegen des Ausdruckes „Schande des Jahrhunderts", den Ratzinger im Zusammenhang mit dem Sowjetimperium verwendet hatte. Der Korrespondent der „Prawda", ein Jude aus dem Baltikum, warf mir an den Kopf: „Wie kann ausgerechnet ein Deutscher so etwas sagen? Hat er noch nie etwas vom Holocaust gehört?"

Der *„Consiglio per gli Affari Pubblici"*, das päpstliche Außenamt, war über die Instruktion der Glaubenskongregation nicht allzu glücklich. In der fast rein italienisch beziehungsweise romanisch geprägten Gedankenküche der päpstlichen Diplomatie fand man das Dokument zu lang, man kritisierte die zahlreichen Wiederholungen und stieß sich an einzelnen, für allzu teutonisch gehaltene Formulierungen. Wenn schon die Marxismus-Schelte herhalten mußte, um die lateinamerikanische Kirche zur Ordnung zu rufen, hätte man sich eine feinere Klinge gewünscht: Nicht den Bihänder, sondern das Florett. Kardinal-Staatssekretär Casaroli, Vater und Gestalter der Ostpolitik des Vatikans, war naturgemäß besonders betroffen. Daß er geschäumt habe, dürfte übertrieben sein; man kann sich einen „schäumenden" Casaroli schwer vorstellen. Der Kardinal-Staatssekretär zog es jedenfalls vor, seine Hände in Unschuld zu waschen, indem er vor Journalisten erklärte, bei der Endabstimmung über die Instruktion gar nicht zugegen gewesen zu sein. Diese „Handwäsche“ war wohl als Signal an die Ostblockstaaten zu verstehen, der Vatikan wünsche weiterhin ein positives Gesprächsklima bzw. die Fortsetzung des Dialoges.

***

Wenige Tage nach Veröffentlichung der Instruktion wurde P. Leonardo Boff von Kardinal Ratzinger zu einem Kolloquium empfangen, das sich, wenn nicht alles täuscht, am Rande eines lehramtlichen Verfahrens bewegte. Inquisitorisch dürfte es dabei allerdings nicht zugegangen sein. Kardinal Arns, der an der letzten Phase des Kolloquiums als „Schutzengel“ P. Leonardos teilnahm, erklärte gegenüber Journalisten, alles sei „rosarot und himmelblau“ gelaufen.

P. Boff beging dann allerdings die Unvorsichtigkeit, sei es aus Naivität, sei es aus Geltungssucht, sich mit „Spiegel“-Reportern einzulassen, die aus seinen Antworten eine üble Story zusammenbrauten. So war schon die Überschrift: „Die Kirche ist eine Hure“ (tatsächlich ein Sager des Paters) für den Franziskaner vernichtend. An sich gab P. Boff keine unebenen Antworten, er brachte sogar gute Argumente für die Befreiungstheologie vor, scheint aber den Präfekten der Glaubenskongregation mit seiner Art doch ziemlich genervt zu haben.

Einige Zeit später erhielt P. Boff von der Glaubenskongregation ein befristetes Schreib- und Redeverbot, von Rom diskret als „Sabbatjahr“ bezeichnet. Das Ende des Befreiungstheologen Boff war abzusehen…

VIII. Kapitel,
in welchem sich Algerich mit einem Interview Kardinal Ratzingers auseinandersetzt, mit dem deutschen Botschafter darüber diskutiert und schließlich einen Artikel schreibt.

Aus Algerichs Manuskript:

Unter dem Titel „Rapporto sulla Fede" (Bericht über den Glauben) erschien im November 1984 ein vierzehn Seiten langes Interview Kardinal Ratzingers. Es handelte sich um die Wiedergabe eines Gesprächs, das der Präfekt der Glaubenskongregation während des Sommers mit dem Journalisten Messori geführt hatte, fern von Rom, fern vom düsteren Gemäuer der Glaubenskongregation, in der Stille des südtirolischen Brixen, wo der Kardinal seine Urlaube zu verbringen pflegt.
Die Bedeutung des Interviews wurde vom päpstlichen Pressesaal umgehend geleugnet; man verschanzte sich hinter der Beteuerung, es habe sich um eine private Äußerung des Kardinals gehandelt.– Ein Versuchsballon also? – Nein, nein, keineswegs. – Die Monsignori, die ich befragte, stellten sich (bis auf eine rühmliche Ausnahme) stumm und taub; sie schützten vor, nicht den ganzen Text, sondern nur Auszüge zu kennen, also sei es ihnen nicht möglich, ein Urteil abzugeben…
Als alter Medienhase begriff ich sofort die Tragweite der Aussagen Ratzingers. Sie stellten in meinen Augen den Auftakt für eine konservative Gegenoffensive der katholischen Kirche dar. Ich war überzeugt davon, daß der Kardinal im Einvernehmen mit dem Papst, wenn nicht in dessen Auftrag, selbst die Initiative zu diesem Interview ergriffen hatte.

Ratzinger sprach von einer *Krise*, in welche die Kirche nach dem zweiten Vatikanischen Konzil geschlittert sei. Die Hauptschuld an den postkonziliaren Mißständen ordnete er dem Umstand zu, daß sich eine falsche Ekklesiologie, das heißt ein falsches Kirchenverständnis, ausgebreitet habe. Ratzinger hielt auch ein Heilmittel parat: Kirche müsse wieder als „geheimnisvoller Leib Christi" verstanden und gelebt werden.

Eigenartig war, daß das „Volk Gottes" in seiner Mehrheit von einer solchen dramatischen Krise der Kirche bisher wenig bemerkt hatte. Die Frage des Zölibats war ein alter Hut und betraf schließlich vorwiegend den Klerus. Auch die Stellung der Frauen bildete zunächst nur für eine Minderheit ein Streitthema. Man war vielfach bereit, ihnen mehr Rechte einzuräumen; einen (gemäßigten) Feminismus hielt man durchaus für angemessen. An die Pillenverbots-Enzyklika Pauls VI. hielt sich ohnedies niemand, am allerwenigsten zerbrachen sich diejenigen den Kopf darüber, die in einer einigermaßen intakten Ehe lebten. Nachdem der gute Papst Johannes XXIII. die Katholiken von der Vorstellung befreit hatte, daß die Welt um sie herum nur schlecht und feindselig sei, waren die Katholiken darangegangen, sich mit ihr zu versöhnen, vielleicht auch zu arrangieren. Das aber war vermutlich das Krisensymptom, das der Kardinal anprangern wollte.

Die sogenannte Herde war also von Ratzingers Unheilsbilanz eher unangenehm berührt. Seit Johannes XXIII. erwarteten die Gläubigen von der Kirche Optimismus statt Krankjammerei. Rom versuchte daher, Dampf abzulassen und die Bedeutung des Interviews herunterzuspielen. Kardinal Ratzingers Äußerungen seien ja nicht in dessen Eigenschaft als Glaubenspräfekt erfolgt und stellten daher keine lehramtlichen Aussagen dar. Der Kardinal habe nur sommerlich, urlaubsweise und beiläufig dahingeplaudert bzw. nachgedacht und, sozusagen zwischen Nachmittagsschläfchen und Kaf-

fee, einige an ihn gerichtete Fragen beantwortet. Indessen ist die Annahme, Ratzinger habe seine private Meinung zum besten gegeben, lächerlich.
Der eigentliche Stein des Anstoßes, von manchen als bewußte Provokation empfunden, war die Feststellung Ratzingers, nach all den Unsicherheiten im Gefolge des 2. Vatikanischen Konzils sei eine *Restauration* der Kirche „nicht nur wünschenswert, sondern bereits im Gange". Angesichts der Reaktionen in der Öffentlichkeit suchten die Adepten der Kurie, aber auch der Kardinal selbst, diese Feststellung abzuschwächen bzw. zu relativieren. Allerdings verkennt die Deutung, Ratzinger habe sich in der Wortwahl vergriffen und vielleicht damals noch sprachliche Schwierigkeiten im Italienischen gehabt, im übrigen sei ihm das Vokabel von dem Journalisten in den Mund gelegt worden, verkennt – sage ich – diese Deutung das zutiefst bayerische Wesen des Kardinals, der geradezu erpicht darauf ist, heiße Eisen anzufassen und die Dinge bei ihrem Namen zu nennen. Finassieren und in gedeckten Wendungen um den heißen Brei herumzureden, wie es dem Stil der Kurie und insbesondere der Sala Stampa entspricht, liegt dem Kardinal völlig fern.
Mein Vertrauensmann berichtete mir, daß im Vatikan eine geradezu „explosive" Stimmung herrsche. Das Wort von einer „Abrechnung des Kardinals mit zwanzig Nachkonzilsjahren" mache die Runde. Man unterstellte dem Kardinal sogar persönliche Gründe: Ressentiments gegen seinen einstigen Fakultätskollegen, den Schweizer Reformtheologen Hans Küng, S.J., dem 1979 die Lehrbefugnis entzogen worden war. Ratzingers Interview-Aussagen läsen sich streckenweise geradezu wie ex auctoritate-Antworten auf die von Küng vertretenen Thesen. Ratzinger, sagte man, habe es nie verwunden, daß die „aufregenden" Vorlesungen Küngs starken Zulauf fanden, während er selbst vor halbleeren Hörsälen sprach. „Die Studenten dösten vor sich hin", erinnerte sich

Monsignore Hönigmann. „Man ging zu Ratzinger, weil man mußte, aber sein Vortrag war entsetzlich langweilig."
Ich schrieb gerade an meinem Artikel über das Ratzinger-Interview (ich muß gestehen, daß mich die Arbeit faszinierte), als der deutsche Botschafter anrief.
„Was sagen Sie zum Interview Ratzingers? Ich finde es ganz *großartig*! Unterschreibe jede Zeile! Endlich einmal Klartext aus dem Vatikan, deutsche Fraktur! Die Kirche braucht Heiligkeit, nicht Management, sagt der Kardinal. Ein großes Wort! Wird in die Kirchengeschichte eingehen. In diesem Sinn berichte ich nach Bonn. Daß Sie mir ja einen anständigen Artikel für die FAZ zusammenbasteln, nicht so was Knieweiches, Kritisches! Das tut schon die Herder-Korrespondenz. Nee, nee, Sie müssen diesmal voll rangehen, ganz hoch auf die Barrikaden steigen für den Kardinal. Der hat sich ja schon längst den Unmut, was sage ich, die Wut aller Liberalen und Linken zugezogen. Auch die Affari Pubblici sind nicht begeistert; zwischen denen und der Glaubenskongregation herrscht ja eine enorme Rivalität. Die ganze französische Mafia schäumt. Also nix wie Schützenhilfe für den Ratzi! Sperrfeuer, lieber Algerich! Ratzinger ist ja schließlich fast ein Österreicher. Marktl, wo er zur Welt kam, liegt bloß fuffzehn Kilometer von Braunau entfernt, dem Geburtsort Ihres Landsmannes Adolf Hitler. Aber schreiben Sie das ja nicht, das könnte dem Kardinal ganz schön schaden!"
Bei allem Respekt vor Hengstorff, aber ich lasse mir von ihm keine Vorschriften machen! Ich sagte daher verärgert ins Telephon: „Ich habe wenig Lust, über die Sache zu schreiben, das überlasse ich gerne dem Reibenscheidt."
„Machen Sie sich nicht kleiner, als Sie sind! Das Ratzinger-Interview ist *Ihre* Story. Davon verstehen Sie nämlich mehr als der Reibenscheidt. Ich möchte das Thema gerne mit Ihnen erörtern, könnten Sie nicht mal rasch zu 'nem Kaffee rüberkommen?"

Bei dem Wort „Kaffee“ zuckte ich zusammen. Mein Gott, nur jetzt keinen Nescafé! Ich sagte daher: „Im Moment geht's beim besten Willen nicht.“
„Ach Mensch, Sind Sie doch nicht so hoppedatschig! So sagt man doch bei Ihnen in Österreich? Meine österreichischen Kriegskameraden warfen mir das immer vor. Ich weiß zwar nicht genau, was das Wort bedeutet; wohl 'ne österreichische Abart von stur, mit 'nem Schuß von Überheblichkeit.“
Ich sah schon, daß sich Hengstorff nicht abwimmeln ließ. Vielleicht hatte er auch Informationen, die ich verwerten konnte. Ich antwortete daher mit einem hörbaren Seufzer: „Also gut, wenn Sie mich so auf österreichisch anreden. Aber gehen wir in die Villa Borghese spazieren, da plaudert sich's besser.“
„Trifft sich ausgezeichnet!“ rief Hengstorff aus. „Ich muß ohnedies meinen Enkel Hans-Jochen ausführen, meine Tochter hat wieder mal keine Zeit. Dafür hat sie offenbar um so mehr Geld! Will in die Via Condotti einkaufen gehen! Könnten Sie um 15 Uhr in meinem Büro sein? Wir fahren dann schnell rüber in den Borghese-Park.“
„Einverstanden. Aber ich glaube kaum, daß ich bei dem Verkehr pünktlich sein kann.“
„Kein Problem. Ich schicke Ihnen meinen Panzerwagen. Der Chauffeur kämpft sich ganz wacker durchs Gewühl.“
Wir saßen im gepanzerten Dienstfahrzeug des Botschafters, einem schwerfälligen schwarzen Mercedes mit abgedunkelten Scheiben. Zwischen Hengstorff und mir hatte sich der Knabe Hans-Jochen breit gemacht und fuchtelte mit einer glücklicherweise nicht geladenen Spritzpistole herum. Der Leibwächter, ein stattlicher Bursche mit dicken Haarbüscheln an der Nasenwurzel, saß neben dem Fahrer.
Ein richtiges Gespräch konnte nicht aufkommen, da Hans-Jochen den Chauffeur unablässig ins Ohr zwickte und dabei schrie: „Dreh dich doch um und piek' mich auch!“, worauf

der Botschafter jedesmal mahnte: „Nicht doch, Hans-Jochen!“ Der Chauffeur war sichtlich geladen, schon deshalb, weil ihn der Botschafter vor mir aufgefordert hatte, doch „gefälligst“ seine Mütze mit der Bundeskokarde aufzusetzen. Hingegen schien sich der Leibwächter zu langweilen.
Wir nahmen die Anfahrt über die Piazza della Trinità dei Monti und hielten vor dem Casino Valadier, „wo diese komischen Risorgimento-Büsten rumstehen, denen die Hippies rote Wangen aufgemalt haben“, wie der Botschafter bemerkte.
Hans-Jochen sprang über den Schoß seines Großvaters hinweg aus dem Mercedes und lief in Richtung des Kinderspielplatzes davon, unverzüglich verfolgt vom Leibwächter, der im Einfangen des Knaben offenbar Übung hatte und Hans-Jochen tatsächlich binnen kürzester Zeit im Jiu-Jitsu-Griff zurückbrachte.
„Na, lassen Sie mal los!“ sagte der Botschafter gütig.
„Ich will zum Ringelspiel, Opa, Düsenbomber fahren. Das knallt ganz prima.“
„Also meinetwegen. Gehn Sie mit ihm, Kunzmann. Ich hab ja noch Ihren Kollegen vom Bundesgrenzschutz.“ Tatsächlich war jetzt zwischen den Büsten des Risorgimento ein anderer Hühne aufgetaucht, der ein wachsames Auge auf uns hielt.
Unter seinem Schutz gingen wir die Alleen entlang, aber Hengstorff wirkte sichtlich zerstreut. Er brach eine Lanze für Ratzinger: „Sie wissen, als Preuße bin ich ja nicht unbedingt ein Freund der Bayern, aber der Kardinal hat mich tief beeindruckt. Ganz große Klasse, Kirchenfürst durch und durch, würdig eines Döpfner, Höffner und Faulhaber. Gehen wir links rüber zum Spielplatz, ich muß sehen, was Hans-Jochen macht. Ist'n richtiger Lausebengel. Meine Tochter hat ihn antiautoritär erzogen, gegen den Willen meines Schwiegersohnes, von mir ganz zu schweigen. Aber ich wollte mich da nicht einmischen. Sie sehen ja das Ergebnis! Das wird auch

in der Kirche herauskommen, wenn Autorität und Disziplin zum Teufel gehen. Die Hierarchie muß bleiben, da hat der Ratzinger ganz recht. Der Papst", Hengstorff seufzte, „kann sich nicht von den Theologen in die Ohren zwicken lassen wie mein Chauffeur von Hans-Jochen. Law and order, lieber Algerich, haben die Kirche groß gemacht, nur straff geführt konnte sie die Zeitläufe überdauern. Ich habe ja die Konzilstexte nicht so genau studiert, sie sind mir zu langatmig, weniger wäre mehr gewesen, am besten wäre gar nichts gewesen, dann gäb's auch keinen Geist des Konzils, mit dem man jede Abweichung des Glaubens rechtfertigen kann. Der liebe, aber naive, wenn nicht sogar etwas beschränkte Johannes XXIII. hat die unselige, gänzlich überflüssige Idee in die Welt gesetzt, ein Konzil einzuberufen, niemand wußte genau, zu welchem Zweck. Als das Konzil dann schiefzulaufen drohte, ist der Papst gottlob gestorben. Er hat vor den Unglückspropheten gewarnt, ist aber selbst das größte Unglück für die Kirche gewesen! Sein Nachfolger, Paul VI., hat das Konzil in extremis zum Abschluß bringen können; es ist ihm gelungen, einen allgemeinen Dammbruch zu verhindern und zu retten, was noch zu retten war. Paul VI. hat sich ja auch nicht breitschlagen lassen, alle diese scheußlichen Verhütungsmittel zu tolerieren. Mit Johannes Paul II. ist nun die Zeit gekommen, die ursprüngliche Ordnung der Dinge wiederherzustellen und mit den Übeln des 2. Vatikanums aufzuräumen. Natürlich kann der Papst die Konzilstexte nicht einfach ignorieren, aber die sind ja Gott sei Dank so umfangreich, daß sie auch genug konservatives Material enthalten. Man braucht es nur herauszufiltern, und das wird der Ratzi schon besorgen!"

Da ich Hengstorff nicht direkt widersprechen wollte, merkte ich an, es sei die Spezialität Ratzingers, die Gewichte nicht auszutauschen, sondern zu verschieben. Die Kirchenkonstitution „Lumen Gentium" spreche ausdrücklich von der Kir-

che als „Gemeinschaft", als „Volk Gottes", das durch die Fährnisse dieser Welt seiner endzeitlichen Bestimmung, dem „ewigen Reich Gottes" entgegenwandere. Ein schönes, poetisches, aber auch griffiges Bild, das übrigens schon beim Hl. Augustinus vorkomme, der wohl über jedem Verdacht stehe, linkslastig oder progressiv zu sein. In den nachkonziliaren Jahren sei gerade dieses Bild durch die Gläubigen, insbesonders die Jugend, gut aufgenommen worden und habe auch bei der Gestaltung des Meßopfers, z. B. in Form neuer Lieder und Gebete, seinen Niederschlag gefunden.
Demgegenüber sei die Vorstellung von der Kirche als dem „mystischen Leib Christi", als „Jerusalem des Himmels", als „Braut Christi", ja als „Schafstall, dessen einzige und offene Tür Christus ist" (Johannes 10, 1) nicht sehr überzeugend. Unter Kirche als dem „geheimnisvollen Leib Christi" könne sich der Mensch an der Schwelle des dritten Jahrtausends einfach nichts vorstellen. „ ‚Christus als das Haupt, die Getauften als die Glieder dieses Leibes', das ist ein Bild, mit dem der moderne Mensch nichts anfangen kann. Es drückt allerdings in nicht zu überbietender Deutlichkeit den Grundgedanken des Gehorsamschristentums aus: Der Kopf (der Papst mit den Kirchenobern) schafft an, die Glieder (die Gläubigen) haben zu gehorchen. Der Christ ist auf die Rolle eines Befehlsempfängers reduziert. Oder nehmen Sie ein anderes Bild: Wenn ich meinem Sohn sage, die Kirche ist die Braut Christi, denkt er zunächst unweigerlich an etwas Sexuelles. Rede ich aber von der ‚pilgernden Kirche', so vermag er sich junge Leute vorzustellen, die zu Fuß oder per Rad ins Grüne ziehen und dort Lieder wie ‚I'm on my way, get on my travelling shoes' oder ‚Am Brunnen vor dem Tore' anstimmen. Ist nicht die Stelle: ‚Der Hut flog mir vom Kopfe, ich wendete mich nicht' ein packendes Bild der durch diese Welt pilgernden Christenheit? Die Konservativen aber bestehen darauf, daß die Kirche der mystische Leib Christi sei.

Ratzinger reitet immer wieder darauf herum, versucht das ‚Geheimnis' zu erklären und erfindet immer neue ‚Geheimnisse'. Das ist der entscheidende Fehler, den die Kirche bei der Transmission von Glaubenswahrheiten begeht: Einleuchtende Erklärungen, die greifen, die spirituell fruchtbar wären, schiebt sie mit allerlei Wenn und Aber zur Seite bzw. diskriminiert sie als ‚Verkürzungen', statt sich darauf zu konzentrieren, das Bild von der Kirche als einer begreifbaren, erfahrbaren, vor allem aber lebendigen Gemeinschaft zu vertiefen und zu entfalten."

Wir waren jetzt beim Ringelspiel angelangt. Hans-Jochen saß im Düsenbomber und feuerte wie verrückt auf den Leibwächter, der – auf einem hölzernen Pferd sitzend – auf- und niederschwebte. Mitten in voller Fahrt sprang Hans-Jochen ab und fiel auf die Nase, direkt seinem Opa vor die Füße.

„War 'ne Notlandung", sagte der Knabe, „Fahrgestell fiel aus." Hans-Jochen blutete ziemlich stark, weil er sich beim Sturz in die Oberlippe gebissen hatte. Aber das steckte er weg wie ein Indianer; zimperlich war der Knabe nicht, das mußte man ihm lassen. Kunzmann war inzwischen ebenfalls abgesprungen und leistete erste Hilfe; als Bodyguard hatte er alles Nötige bei sich.

Wir begaben uns wieder in die Alleen zurück. Der Botschafter deutete nach links: „Dort drüben riskieren wir nicht, von wildgewordenen Skateboard-Fahrern niedergestoßen zu werden."

„Warum muß", bemerkte ich, „Ratzinger unbedingt den Teufel ausgraben, um den Glauben zu stärken? Warum schreckt er uns dauernd mit den apokalyptischen Reitern? Mir steckt zuviel Pessimismus, ja Angstmacherei in seiner Rede. Ich gebe allerdings zu, daß die These vom ‚Big Bang' auch die Möglichkeit eines apokalyptischen Schlußknalles wieder salonfähig gemacht hat."

„Ich schätze Ihre Übertreibungen, das gefällt mir an Ihnen.

Ist nie langweilig. Haben Sie noch so 'nen Spruch auf Lager?"
„Ja, Ratzinger nimmt die Kirche gegen die Theologen in Schutz, Küng die Theologen gegen die Kirche."
„Gut, sehr gut! Also es war ja auch wirklich notwendig, den Befreiungstheologen 'nen Warnschuß vor den Latz zu knallen. – Aber jetzt heraus mit der Sprache: Was werden Sie über das Ratzinger-Interview schreiben?"
„Weiß noch nicht", log ich. „Reibenscheidt will die Sache selbst machen. Ich habe ihm den Text des Interviews schon durchgefaxt, aber das hilft ihm nix, weil er nicht italienisch kann. Er wünscht, daß ich ihm eine Übersetzung liefere. Da stelle ich mich aber hoppedatschig! Ich bin Korrespondent, aber kein Übersetzer. Der Reibenscheidt soll sich halt einen Auszug des Interviews von KNA beschaffen. Aber der gute Mann möchte sich nicht mit einer solchen Anfrage blamieren, also kaut er jetzt ganz schön an seinen Nägeln herum. Ich nehme an, daß er es mit Associated-Press- oder mit UPI-Meldungen probieren wird, englisch kann er ja zur Not."
Wir diskutierten dann noch eine Weile über die „Kernaussage" des Interviews, „die Sache mit der Restauration", wie sich Hengstorff ausdrückte. Das sei allerdings starker Tobak gewesen, räumte der Botschafter ein. „Ratzinger wendet die Bedeutung der Worte in ihr Gegenteil", schoß ich nach. Seine diversen Rückzieher – Restauration sei die Suche nach einem neuen Gleichgewicht, sei die Wiedergewinnung verlorener Werte, bedeute in Wirklichkeit nichts anderes als *Reform* – stifteten nur Verwirrung. „Ich bin felsenfest davon überzeugt", sagte ich, „daß der Kardinal mit *Restauration* genau das meint, was jeder Historiker darunter versteht. Ich habe mir die Mühe gegeben, im Brockhaus nachzuschlagen. Dort wird Restauration als die Wiederherstellung einer durch Revolution vertriebenen Dynastie definiert. Die Restauration der Bourbonen – so der Brockhaus – sei von einer Wieder-

herstellung überlebter politischer Zustände begleitet gewesen, das Wort habe dadurch die gleiche Bedeutung wie *Reaktion* erhalten. Ratzingers Definition, Restauration sei nur ein anderes Wort für *Reform*, kommt geradezu einer Verdrehung beziehungsweise Umkehr des Begriffes gleich!"

„Ich gebe zu, der Terminus ist unglücklich gewählt; das dürfte der Ratzi inzwischen auch selbst eingesehen haben."

„Halte zu Gnaden, ein Kirchenfürst, der mit historischen Fachausdrücken herumwirft wie mit faulen Tomaten..."

Meine Rede wurde durch Hans-Jochen unterbrochen, der einen Eisverkäufer herbeigewunken hatte und lautstark nach einem Schleckeis, genauer gesagt nach einer Calippo-Tüte, verlangte.

„Du hast schon drei gekriegt!" leistete der Botschafter Widerstand.

„Dafür hatte ich gestern nur zwei!" entgegnete Hans-Jochen.

„Du wirst wieder Halsweh kriegen", änderte Hengstorff seine Argumentationslinie.

„Nicht die Spur! Hör doch mal, wie ich singen kann: Trara die Post ist da, trara die Post ist da..."

„Also gut, wenn du gleich nach dem Heimkommen deine Rechenaufgabe machst."

„Die mach' ich morgen vor der Schule. Muß aber zum Frühstück einen Calippo kriegen!"

Die Angelegenheit wurde antiautoritär, das heißt durch den Kauf eines Calippo, geregelt. Botschafter Hengstorff und ich konnten uns wieder der Analyse des Ratzinger-Interviews zuwenden...

Plötzlich ertönte hinter uns das Gebrüll des Chauffeurs: „Delinquente! Cretino! Assassino!" Hans-Jochen hatte seine Spritzpistole heimlich geladen und in das Gesicht des Fahrers „abgefeuert".

Der Botschafter gab Kunzmann einen Wink. Doch ehe dieser seinen Jiu-Jitsu-Griff anbringen konnte, klatschte ihm der

Knabe den triefenden, in allen Farben des Regenbogens schillernden Eislutscher auf die Hemdenbrust. Hengstorff eilte mit Riesenschritten auf seinen Enkel zu und verpaßte ihm eine gewaltige Ohrfeige. Anschließend wurde der strampelnde, wild um sich schlagende Knabe im „Panzerwagen" nach Hause expediert. Unser Gespräch über das Interview Kardinal Ratzingers fand so ein abruptes Ende.
Mein journalistischer Grundsatz: Biß ja, Bissigkeit nein! spiegelte sich auch in dem Artikel wider, den ich über Ratzingers Glaubens-Rapport verfaßte.
Er lautete wie folgt:
Deutscher Kurienkardinal bläst zur Gegenreformation!
Untertitel:
Zweites Vatikanum schuld am Niedergang der Kirche!
Das Wort Krise – Krise der Kirche, Krise des Glaubens – durchzieht wie ein roter Faden ein Interview mit dem deutschen Kurienkardinal Josef Ratzinger, das in der Novembernummer der von der St. Paulsgesellschaft (Mailand) herausgegebenen Zeitung „Jesus" erschienen ist und einigen Staub aufgewirbelt hat.
Das Interview kam während des Urlaubsaufenthaltes des Kardinals in Brixen zustande: Drei Tage lang stellte sich der Leiter der römischen Glaubenskongregation den Fragen des Journalisten. Die komplette Fassung soll zu Beginn 1985 in Buchform unter dem Titel „Bericht über die Lage des Glaubens" erscheinen. Schon diese Absicht bezeugt, daß es sich bei dem Interview nicht um eine journalistische Eintagsfliege handelt, sondern um Öffentlichkeitsarbeit auf lange Sicht.
Die Erwartungen des 2. Vatikanischen Konzils, meint Ratzinger, seien nicht in Erfüllung gegangen. Es sei nicht zu einem Sprung nach vorn, sondern zu einem „fortschreitenden Prozeß der Dekadenz" gekommen. Ratzinger spricht von einem „Konzils-Ungeist", der alles schon deshalb für besser halte, weil es modern sei.

Ob eine *Restauration* der Kirche vor sich gehe, fragte der Interviewer. Nein, antwortete der Kardinal, wenn man darunter ein Rückwärtsschreiten verstehe. Wenn man damit aber die Suche nach einem neuen Gleichgewicht meine, die Abkehr von einer allzu positiven Interpretation der agnostischen und atheistischen Welt, dann sei die Restauration *wünschenswert und auch bereits im Gange*. Dieses Ansprechen einer kirchlichen Restauration hat begreiflicherweise die progressiven Katholiken aufgeschreckt und in ihrer Meinung bestätigt, daß Ratzinger die Kirche auf einen vorkonziliaren Kurs bringen wolle.

Die Gefahren, führt der Kardinal aus, lauerten sowohl im Inneren der Kirche: ein Losbrechen schwelender aggressiver, polemischer, vom Zentrum wegstrebender Kräfte, als auch außerhalb derselben: ein Zusammenprall mit der „bürgerlichen Kulturrevolution", die der Glaubenspräfekt als Sich-Durchsetzen der oberen Mittelklasse mit ihrem liberal-radikalen Gedankengut individualistischer und hedonistischer Prägung definiert.

Der Angriff Ratzingers gegen das liberale Besitzbürgertum erstaunt. Hat der aus kleinstädtisch-engen Verhältnissen stammende Kardinal hier Probleme, kommen dabei persönliche Erfahrungen zum Tragen? Wie dem auch sei: Ratzinger glaubt, im Liberalismus des gehobenen Mittelstandes jenen Trend, jene Zeichen der Zeit feststellen zu können, die den Glauben und die Kirche bedrohen. Ratzingers Irritation ist daran zu messen, daß er sich für dieses – echte oder vermeintliche – Phänomen eines Ausdruckes bedient, der dem Politlexikon des Maoismus entlehnt ist: „Kulturrevolution."

Sehr deutlich klingt Ratzingers hierarchisches Glaubens- und Kirchenverständnis durch, wenn er sagt: Die Krise des Glaubens, insofern sie eine Krise des Glaubens an *Gott* ist, hängt damit zusammen, daß es der moderne Mensch ablehne, eine Autorität anzuerkennen, vor der er seine Knie beuge. Man ziehe es vor, von Partnerschaft, Freundschaft oder Beziehungen unter Gleichen zu sprechen.

Die Krise des Glaubens an die christlichen *Dogmen* komme darin zum Ausdruck, daß viele Katecheten die Dogmen und die christliche Ethik nicht mehr in ihrer Gesamtheit lehren, sondern einzelne Aspekte, die „interessant" seien, herausgreifen, so zum Beispiel das Element der Erlösung = Befreiung.

In Lateinamerika lege man das Schwergewicht auf die Befreiung vom Elend, von den „sündigen" sozialen und ökonomischen Machtstrukturen (Stichwort „Befreiungstheologie"). Im Westen suche man Befreiung von der Ethik des Christentums, indem man die traditionellen Verhaltensweisen über Bord werfe.

In Afrika und Asien verstehe man unter Befreiung die Abkehr vom Erbe des Kolonialismus und die Suche nach eigener Identität. Ratzinger warnt aber vor einer „Afrikanisierung des Christentums". So wäre zum Beispiel die Akzeptanz der Polygamie eine „Fixierung auf eine durch das Evangelium überwundene Stufe sozialer Entwicklung". Der Kardinal greift hier ein Thema von großer missionarischer Relevanz auf, wird doch der Fortschritt des Islam in Afrika nicht zuletzt dem Umstand zugeschrieben, daß diese, die Polygamie (bis zu vier Frauen!) zulassende Religion der afrikanischen Tradition entgegenkomme.

Paradoxerweise – betont Ratzinger – sei der Glaube gerade dort am stärksten, wo er von Staats wegen verfolgt werde, nämlich in den Ländern des „realen Sozialismus". Dort könnten die Gläubigen jeden Tag aufs Neue das Versagen des „menschlichen Messianismus" am eigenen Leibe verspüren.

Den atheistischen Marxismus–Leninismus hält Kardinal Ratzinger deshalb für einen besonders gefährlichen Gegner der Katholischen Kirche, da er über eine ausgearbeitete Philosophie verfüge und sich moralische Autorität anmaße. Ein

wenig überzogen erscheint die Feststellung des Kardinals, das judeo-christliche Erbe habe im Marxismus–Leninismus zu einem „Prophetismus ohne Gott“ geführt.
Das scharfe Herausarbeiten des kommunistischen Feindbildes erleichtert natürlich nicht die vatikanische *Ostpolitik*, die insbesonders von Kardinal-Staatssekretär Casaroli beharrlich verfolgt wird. Dessen Bestreben ist nach wie vor ein schrittweiser Ausbau des Dialogs mit den Staaten des europäischen Ostens, um der Kirche in diesen Ländern den erforderlichen pastoralen Freiraum zu schaffen. Die Gerüchte über wachsende Meinungsverschiedenheiten zwischen dem Kardinal-Staatssekretär und dem Präfekten der Glaubenskongregation wollen daher nicht verstummen.
Dennoch bleibt der Rundumschlag des Kardinals Ratzinger in Sachen des Glaubens und der Kirche eine außerordentliche intellektuelle Leistung. Es ist das Ziel des Glaubenspräfekten, mit gewissen nachkonziliaren Verwirrungen Schluß zu machen, eine von vielen diagnostizierte Orientierungslosigkeit zu beseitigen, und die Integrität des Glaubens, der Disziplin und der Lehre wiederherzustellen.

IX. Kapitel, in welchem Algerich ein weiteres Gespräch mit dem deutschen Botschafter führt, das in eine Diskussion über den „Gottesstaat“ des Hl. Augustinus mündet. Algerichs anhaltende Beschäftigung mit diesem Thema.

Wieder einmal schlürfte Algerich Nescafé im Büro des deutschen Botschafters. Die flachbrüstige Sekretärin drehte verlegen am Türknopf:
„Für das morgige Bläserkonzert fehlen uns noch immer die Notenständer!“
„Aber Frau Haeckele, ich sagte Ihnen doch schon, wenden Sie sich an die Päpstliche Musikakademie. Wir haben dort einen Landsmann sitzen, ausnahmsweise keinen Bayern, Monsignore Opferböck... Ofenbeck... oder wie der schon mal heißt.“
„Hab ich doch längst versucht. Die brauchen ihre Notenständer selbst, weil sie einen Orgelabend veranstalten – ausgerechnet heute!“
„Tja, Frau Haeckele, wir können nun aber nicht gut die Mailänder Scala anpumpen. Probieren Sie's nochmals woanders, beim Goethe-Institut zum Beispiel.“
„Die sind nicht sehr hilfsbereit, behaupten, wir machen ihnen Konkurrenz mit unseren Veranstaltungen. Ist ja überhaupt eine ausgemachte Laienbande, das Goethe-Institut“, ereiferte sich Frau Haeckele. „Mit denen möchte ich nichts zu tun haben. Lauter ‚Spiegel‘-Leser; ja, den ‚Spiegel‘ haben die überall herumliegen, sogar auf den Toiletten, Pardon, Herr Botschafter.“ Frau Haeckele errötete leicht.
Algerich meldete sich zu Wort: „Vielleicht kann das Öster-

reichische Kulturinstitut einspringen. Ich kenne den Direktor seit vielen Jahren, er ist ein Du-Freund von mir."

„Ah, ihr Österreicher duzt euch doch alle, vom Bundespräsidenten abwärts. Bei uns duzen sich nicht einmal die Gewerkschafter, bestenfalls die Grünen. Aber wenn Sie mir aus der momentanen Patsche helfen könnten…"

„Mit dem größten Vergnügen! Dürfte ich kurz telephonieren?"

Der Botschafter schob Algerich das Telephon hin. In wenigen Minuten war die Angelegenheit erledigt, der Botschafter würde die Notenständer noch heute nachmittags abholen lassen können.

„Danke für die Nachbarschaftshilfe! Ich sage ja immer: Wo kämen wir hin ohne die Österreicher? Unseren größten Erfolg nach dem Krieg, den Volkswagen, verdanken wir einem Landsmann von Ihnen. Ich bin sehr froh, daß *Sie* für die FAZ schreiben und nicht so 'n Linksskribent aus der Bundesrepublik! Werde ich Sie morgen beim Konzert begrüßen dürfen? Es spielt das weltbekannte Darmstädter Blechbläser-Ensemble. Nachher gibt's natürlich kaltes Buffet. Fischmayonnaise, gefülltes Ei in Kapernsauce, Sojabohnen-Plätzchen, Pilaw mit Apfelmus usw. Und dazu reichlich Bier, die Bläser werden durstig sein. Ich hoffe, daß uns auch Kardinal Ratzinger die Ehre geben wird. Für ihn habe ich eigens bayrisches Bier einfliegen lassen. Mit Kardinal Maier rechne ich sicher, er ist ja für Kirchenmusik zuständig. Hat erst kürzlich ein Dekret über Konzertveranstaltungen in Kirchen erlassen. Danach ist das Spielen profaner Musik in Räumlichkeiten, die dem Kult gewidmet sind, verboten. Ich glaube, das Dokument geht auf einen Vorfall bei den Salzburger Festspielen zurück. Einer dieser Skandalregisseure, ein gewisser Taborsky oder Taborinsky, ungarischer oder polnischer Emigrant, inszenierte das ‚Buch mit den sieben Siegeln' von Franz Schmidt mit grellsten Effekten und ließ den Evangelisten Johannes im Adamskostüm auftreten bzw. 'ne Leiter rauf- und runterklettern. Also, das mußte ja Maiers Reaktion herausfordern! Warum hat der Hl. Johannes nackt zu sein, wenn er die Apokalypse singt? Wie gesagt, keine profanen Musikstücke mehr in der Kirche und religiöse Werke nur dann, wenn der Eintritt frei ist. Geschieht ihm ganz recht, diesem Taborsky! Man kann das Geistliche vom Weltlichen nicht scharf genug trennen. Das hat schon der Hl. Augustinus in seinem ‚Gottesstaat' ganz klar herausgestellt."

„Ich habe, ehrlich gesagt, nie begriffen, was der Hl. Augustinus unter ‚Gottesstaat' versteht. Niemand versteht es, obwohl jeder vorgibt, es zu wissen, um sich die Sache dann in seinem Sinn zurechtzulegen."

„Aber ich bitte Sie: Der *Gottesstaat* ist die Kirche."

„So einfach dürften die Dinge nicht liegen. Seit Jahrhunderten suchen die Gelehrten, den Sinn von Augustins *Gottesstaat* zu ergründen. Lange Zeit herrschte die Meinung vor, vom *Gottesstaat* des Hl. Augustinus führe ein direkter Weg zur karolingisch-ottonischen Reichsidee. Ich selbst habe das noch so an der Universität gelernt."

Der Botschafter krümmte sich in seinem Fauteuil. „Der Hl. Augustinus als Ahnherr des ‚Heiligen Römischen Reiches Deutscher Nation!' Diese schulmeisterliche Verirrung hat sooo 'nen Rauschebart!" Mit beiden Händen deutete er die Länge des Rauschebartes an.

„Aber das gesamte Mittelalter war doch geprägt vom religiös-politischen Denken des Hl. Augustinus! Alle beriefen sich auf seinen *Gottesstaat*: Kaiser und Könige ebenso wie der Papst. Die mittelalterliche Zweischwerterlehre beruht auf der augustinischen Unterscheidung zwischen *civitas Dei* und *civitas terrena*, zwischen *sacerdotium* und *imperium*. Gott habe zwei Schwerter verliehen: Das geistliche kriegte der Papst, das weltliche der Kaiser. In der Praxis gab es deswegen unentwegt Streit. Das Malheur war, daß sowohl der Kai-

ser als auch der Papst auf die Idee kamen, Gott habe ihnen *beide* Schwerter gegeben. Das ging so weit, daß manchmal der Kaiser den Papst, dann wieder der Papst den Kaiser absetzte. Canossa, verehrter Herr Botschafter, der traurige Kniefall Heinrichs IV. vor Gregor VII., wäre ohne den Hl. Augustinus nie passiert!"
„Aber Sie können doch nicht den Investiturstreit dem Hl. Augustinus in die Schuhe schieben!"
„Seine Schuhe sind groß genug!"
„Also ich kann dazu nur sagen, daß Kardinal Ratzinger jede theokratische Deutung von Augustins *Gottesstaat* ablehnt. Ich führte darüber erst kürzlich ein Gespräch mit ihm. Ich verstand zwar seine Ausführungen nicht ganz, da hätte ich wohl Theologe sein müssen, aber immerhin kriegte ich mit, daß zwischen *civitas terrena* und *civitas Dei* ein unaufhebbarer Gegensatz besteht, der sowohl eine Verkirchlichung des Staates als auch eine Verstaatlichung der Kirche ausschließt."
Bei diesen Worten blickte der Botschafter seinen Besucher triumphierend an, der trocken entgegnete:
„Dann begreife ich nicht, warum sich die Kirche so lange und vehement gegen die Trennung von Kirche und Staat gesträubt hat."
„Nun, die Kirche glaubte eben, ihren Heilsauftrag am besten in enger Zusammenarbeit mit den weltlichen Mächten erfüllen zu können."
„Meiner Meinung nach hat die Kirche die Dinge zu manichäisch gesehen: Die Geschäfte dieser Welt seien grundsätzlich von Übel, seien Teufelswerk; ein braver Christenmensch habe damit nichts zu schaffen, er mache sich dabei nur die Hände schmutzig. Pius XII. fing schon ein bißchen damit an, aber erst Johannes XXIII. hat diesem Manichäismus – hie böse Welt, dort heile Kirchlichkeit – aufgeräumt und die Türen und Fenster zur Welt aufgerissen, weil er überzeugt davon war, daß die Welt nicht schlicht und einfach

böse ist. (Daraus ließe sich vielleicht auch ableiten, daß er nicht alles nur deshalb für gut hielt, weil es kirchlich war). Kardinal Ratzinger hingegen, das theologische Sprachrohr Johannes Pauls II., will wieder auf den Weltpessimismus des Hl. Augustinus zurückschalten. Er hat Angst vor dem Liberalismus wie weiland Pius IX. Schade, daß dieser gescheite und umfassend gebildete Kardinal sogar das Teufels-Szenario des Hl. Augustinus ausgegraben hat. Ratzinger scheint uns zu signalisieren: Wer nicht an den Teufel glaubt, glaubt auch nicht an den lieben Gott."

„Tja, mit dem Teufel ist das so eine Sache. Ich bin überzeugt, daß der Teufel in persona auf dieser Welt sein Unwesen treibt und uns das Leben versaut. Insofern liegt der Hl. Augustinus auch für unsere Tage goldrichtig. Ich habe", der Botschafter hob triumphierend ein dickes Buch hoch, „hier auf meinem Schreibtisch eine, im übrigen zweisprachige Ausgabe des „Gottesstaates" liegen. Ich zitiere daraus häufig, um meinen politischen Berichten erhöhte Glaubwürdigkeit zu verleihen. Die Herren in Bonn sollten sich gefälligst mehr am Hl. Augustinus orientieren als an den Vorstellungen des Weißen Hauses. Hören Sie", der Botschafter schlug eine Seite auf, die durch ein Lesezeichen markiert war, „wie der Hl. Augustinus den Geist des Weltstaates schildert:

‚Die Verehrer und Liebhaber der Götter – gemeint sind die heidnischen Herrscher – kümmert es nicht im geringsten, wenn der Staat häßlich und abscheulich ist. Wenn er nur, sagen sie, steht; wenn er nur blüht, reich an Schätzen... Was geht uns das übrige an? Nein, uns liegt nur daran, daß jeder seinen Reichtum immerfort vermehre. Dann hat man genug für die tägliche Verschwendung.' (Ich frage Sie, Herr Algerich: Was geschieht anderes in den Industriestaaten als die tägliche Verschwendung?) – ‚Mögen die Armen den Reichen gehorchen, um satt zu werden und unter ihrem Schutz träger Ruhe sich erfreuen... (Träge Ruhe! Wie wahr für die Beam-

ten unserer Ministerien!) – Die Menge soll nicht denen Beifall klatschen, die ihr zum Besten raten, sondern denen, die ihr zum Vergnügen helfen. Nichts Unbequemes soll befohlen, nichts Angenehmes verboten werden.' (Das trifft perfekt das Bild unserer gegenwärtigen permissiven Gesellschaft!) ,Im übrigen mag jeder mit seiner Habe, seinen Angehörigen und allen, die ihm zu Willen sind, tun, wie ihm beliebt. Öffentliche Dirnen soll's geben für alle, die Lust büßen wollen (es fehlt nur noch der Hinweis auf die kostenlose Ausgabe von Kondomen zur AIDS-Bekämpfung), große, prächtige Häuser soll man bauen, üppige Gelage in Menge veranstalten, jeder soll, wie er mag und kann, Tag und Nacht spielen, saufen, speien, in Saus und Braus leben...' Kommt Ihnen diese Situationsschilderung nicht aktuell vor? Hält uns der Hl. Augustinus nicht einen Spiegel vors Gesicht?"
Nach diesem Zitat, das seinen Eindruck auf Algerich nicht verfehlte, schien der Botschafter das Gespräch für beendet zu halten. Da er auch keinen weiteren Nescafé anbot, trat Algerich den geordneten Rückzug an.
Auf dem Nachhauseweg hielt er sich die Ohren zu. Dieser Hengstorff mit seinen Monologen! Es ist ja immer interessant, aber man kommt selbst nie zu Wort, die besten eigenen Gedanken fallen unter den Tisch, verloren auf ewig. Jetzt will der Botschafter unsere Dialoge im Borghese-Park fortsetzen! Da brauche ich zwar seinen dürftigen Kaffee nicht mehr zu trinken, dafür werden mich aber seine beiden Leibwächter nervös machen.
Indessen brachte Algerich das Thema des Gottesstaates nicht aus seinem Kopf. War er vielleicht doch zu brüsk gewesen in seiner Argumentation? Er, Algerich, konnte sich nicht auf ein wirklich solides, ausgewogenes Wissen stützen. In den Seminaren über deutsche Rechtsgeschichte war natürlich auch von der „Civitas Dei" des Hl. Augustinus die Rede gewesen; das Werk wurde häufig zitiert, ragte wie ein erratischer

Block aus den Wirren der antiken Endzeit und war gleichsam unantastbar, tabu, „self-sufficient". Man handelte damit wie mit einer gängigen Ware, welcher Denkschule oder Richtung man auch angehören mochte. Der Respekt vor dem Autor war so groß, daß niemand daran dachte, ihn zu lesen. So besehen, hatte der „Gottesstaat" des Hl. Augustinus viel Gemeinsames mit dem „Kapital" von Karl Marx. Ich werde mich mit dem Text auseinandersetzen müssen, dachte Algerich.

Schon am nächsten Tag begab er sich in die deutsche Buchhandlung auf der Piazza di Montecitorio und erstand eine Dünndruckausgabe des „Gottesstaates".

Die folgenden Wochen und Monate brachte Algerich mit dem Studium des Textes zu. Eintausenddreihundert Seiten! „Ein großes und schweres Werk" hatte der Hl. Augustinus seine Schrift „De Civitate Dei" genannt. Ja, auch die Lektüre erwies sich als großer und schwerer Brocken.

Der Grund, der den Hl. Augustinus bewogen hatte, den „Gottesstaat" zu verfassen, war ein polemischer gewesen. In einem seiner letzten Werke, den „Retractiones", legte sich der Kirchenvater selbst fest:

„Währenddessen ward Rom beim Einfall der Goten unter König Alarich aufs fürchterlichste verwüstet. Diese Plünderung suchten die Verehrer der vielen falschen Götter, die wir gewöhnlich Heiden nennen, der christlichen Religion aufzubürden und fingen an, heftiger und noch erbitterter als sonst den wahren Gott zu lästern. Da entbrannte ich vor Eifer für das Haus des Herrn und beschloß, wider ihre Lästerungen und Irrtümer Bücher über den Gottesstaat zu schreiben. Dieses Werk beschäftigte mich eine Reihe von Jahren, denn es kam vieles andere dazwischen, was sich nicht aufschieben ließ und erst erledigt sein wollte. Aber endlich wurde das umfangreiche Werk in zweiundzwanzig Bänden abgeschlossen."

Erstaunt stellte Algerich fest, daß sich Augustinus als Meister der Ironie entpuppte, der das „Verreißen" seiner Gegner perfekt beherrschte und offensichtlich genoß. Mit einem gezielten Prankenhieb machte er den alten römischen Götterglauben lächerlich (Hengstorff würde sagen: „zur Schnecke"). Der Legende nach war Rom beim Einfall der Gallier durch das Geschnatter der kapitolinischen Gänse gerettet worden. Hintersinnig fragt Augustinus: „Wo waren damals die Götter? Schliefen sie? Auch der kapitolinische Hügel wäre erobert worden, hätten nicht, während die Götter schliefen, die Gänse gewacht."

Bei näherer Betrachtung fand Algerich die Argumentation allerdings zweischneidig. Sie konnte sich ebensogut gegen den Christengott richten. Warum hatte der „wahre Gott" Rom nicht vor der Germaneninvasion geschützt? Tatsächlich stellten damals viele Christen diese Frage. Sie fühlten sich von „ihrem" Gott im Stich gelassen. Im Grunde, überlegte Algerich, waren die Christen das Opfer ihrer eigenen Legenden. Sie hatten sich einst daran aufgerichtet, daß Kaiser Konstantin seinen Widersacher Maxentius im Zeichen des Kreuzes besiegt hatte, jetzt aber, gegen die Goten, half das Kreuz nicht mehr... Es zeigt sich, schloß Algerich, wie unsinnig es ist, historische Ereignisse heilsgeschichtlich, das heißt als Interventionen Gottes, zu deuten. Einmal gibt er den Seinen den Sieg, dann wieder läßt er sie die Bitterkeit der Niederlage schmecken. Augustin wußte freilich auch darauf eine Antwort: „Die Gerechtigkeit Gottes bleibt den Menschen verborgen..."

Eigenartigerweise ging der Hl. Augustinus mit den Kriegern Alarichs weniger hart ins Gericht als mit den heidnischen Römern. Er hielt den Goten, die dem arianischen Christentum anhingen, zugute, das Leben von Christen, die sich in ihre Kirchen geflüchtet hatten, verschont zu haben, obwohl das Töten und Verschleppen von Zivilisten dem damaligen

Kriegsbrauch entsprach. Den Heiden hingegen warf Augustinus Heuchelei und Undankbarkeit vor: Manche hätten sich, um ihr Leben zu retten, als Christen ausgegeben und in den Kirchen versteckt. Trotzdem seien sie später nicht davor zurückgeschreckt, dem Christentum die Schuld an der Plünderung Roms in die Schuhe zu schieben.
Auch das Räuberbanden-Motiv erregte Algerichs Aufmerksamkeit. Der Hl. Augustinus vergleicht Staaten, denen die Gerechtigkeit fehle, mit „großen Räuberbanden". Er zitiert ein Gespräch, das Alexander der Große mit einem aufgegriffenen Seeräuber geführt habe. Was ihm einfalle, fragte Alexander, das Meer unsicher zu machen. Der Mann erwiderte: „Und was fällt dir ein, daß du das Erdreich unsicher machst? Freilich, weil ich's mit einem kleinen Fahrzeug tue, heiße ich Räuber. Du tust's mit einer großen Flotte und heißest Imperator!"
In der Sache selbst sah Algerich noch immer nicht klar. War der Gottesstaat doch mit der Kirche identisch, wie Hengstorff meinte? Andrerseits sprach vieles dafür, das Reich Konstantins des Großen oder des Kaisers Theodosius, der das Christentum zur Reichsreligion erhoben und den Kult der alten Götter bei Strafe verboten hatte, für eine Verwirklichung des Gottesstaates zu halten. Und das sogenannte „Heilige Römische Reich"? Von Karl dem Großen bis Karl V. und darüber hinaus schwebte den Kaisern, die sich auch für das Seelenheil ihrer Untertanen verantwortlich fühlten, die christliche Universalmonarchie vor. Schließlich, war zu fragen, hätte nicht der vom Papst geleitete Kirchenstaat mit größtem Recht in Anspruch nehmen können, der Staat Gottes auf Erden zu sein?
Das Studium der Fachliteratur stürzte Algerich erst recht in Bedrängnis. Die Urteile der Gelehrten waren verwirrend.
Dann aber kam das große Erfolgserlebnis, Algerich fand heraus, daß eine Formulierung aus dem „Gottesstaat" (XVIII, 51, 2) wörtlich, ja sogar unter Zitierung des Autors, in den

Text des Konzildokumentes „Lumen Gentium“ übernommen worden war. In 1, 8 heißt es wörtlich: „Die Kirche schreitet zwischen den Verfolgungen der Welt und den Tröstungen Gottes auf ihrem Pilgerweg dahin.“
Algerich jubelte: Das war eine wichtige ekkologische Feststellung. Wir sind mehr religiöse Wandervögel als Bestandteile des Mystischen Leibes Christi!
Außer dem Studium des Originals und der Sekundärliteratur tat Algerich noch ein übriges: Er führte Gespräche mit Kirchenmännern und unterrichteten Laien, um möglichst viele Meinungen gegeneinander abwägen zu können. Über diese Interviews legte er Aufzeichnungen an, die er in einer (grünen) Sammelmappe verstaute.
Hier einige Kostproben:
Msgre. Hönigmann spricht vom *Weltpessimismus* des Hl. Augustinus. Dieser Weltpessimismus werde im Grunde auch von Kardinal Ratzinger geteilt, der ihn allerdings „veredelt“ habe und geradezu kultiviere. Letztlich akzeptiere der Hl. Augustinus die menschliche Grundsituation des „irdischen Jammertales“, das wir alle in der Hoffnung auf das ewige Leben zu durchschreiten haben. Im Gegensatz dazu wollen die Sozialreformer (Hönigmann wörtlich: „die Linken“) die Gesellschaft verändern, verbessern, für soziale Gerechtigkeit hier und heute sorgen, kurz, das Paradies auf Erden verwirklichen, was aber natürlich nicht möglich sei.
Professor Schindler, Leiter des Kirchenchores der „Anima“ *(*deutschsprachiges, von österreichischen Prälaten geführtes Institut in Rom*)* meint: „Der Gottesstaat ist die Gemeinschaft von Menschen, die in der Liebe zu Gott und zueinander die treibende Kraft ihres Handelns sehen. Jawohl, das Verhalten von Menschen, die im Sinn des Evangeliums lieber die andere Backe hinhalten, als das Schwert ergreifen.“
Msgre. Polifka, Kongregation für das katholische Bildungswesen: „Der Gottesstaat des Hl. Augustinus will ein I*deal-*

bild vorstellen, das wegen des Sündenfalles auf dieser Welt nicht zu verwirklichen ist. Die Erfüllung dieses Ideals gibt es erst im Jenseits, im Jerusalem coelestis."

Der Pfarrer von Santa Maria in Trastevere, ein lieber, alter Herr, über Sinn und Bedeutung des Gottesstaates befragt, antwortete: „Ma, cosi semplice! Der Gottesstaat ist die Heilige römisch-katholische Kirche mit unserem Papst Johannes Paul II. an der Spitze." – Basta, Punktum, der Pfarrer von Santa Maria in Trastevere hatte dem nichts hinzuzufügen. Wie gut, daß er bei seinen Sonntagspredigten vor zweifelnden Fragen seiner Gläubigen gefeit ist.

Benediktinerpater Gütler: „Der Gottesstaat ist das Reich der Caritas. Er steckt in dem Satz: Liebe deinen Nächsten wie dich selbst. Ist die Bergpredigt. Suchen Sie nicht weiter."

Der Jesuitenpater Buxbaum meint, die Hauptbedeutung des augustinischen Werkes liege in der geschichtlich vollfundierten Kritik am Imperium Romanum. „Aber der Hl. Augustinus hütet sich, ein gesellschaftliches Programm zu entwickeln, ein Ordnungsschema für Staat und Gesellschaft zu geben. Nein, nein, er will keine Sozialdoktrin liefern", erklärte der Professor lebhaft, „das war ja mit ein Grund dafür, daß sich die christliche Soziallehre erst so spät entwickelt hat."

Der Direktor des Goethe-Institutes: „Der Hl. Augustinus als Urheber der karolingischen Reichsidee? Augustinus war ein Vielschreiber, dabei fiel für jeden etwas ab. Auch die Inquisition fand einen ‚Aufhänger'. Sie berief sich darauf, daß Augustinus beispielgebend jenes seltsame Gleichnis vom Gastmahl des reichen Herren (ich glaube, es steht bei Lukas unter 14, 15) zitiert: Die Geladenen entschuldigen sich samt und sonders, weigern sich zu kommen. Der eine wegen der Erwerbung eines Landgutes, der andere wegen des Kaufes von Ochsen. Einer redet sich darauf aus, er habe ein Weib genommen. Der zornige Herr sendet daraufhin seinen Knecht aus, zunächst auf die Straßen und Gassen der Stadt, um die Armen, Schwachen und Lahmen zum Gastmahl zu führen. Als diese nicht ausreichen, den Saal zu füllen, befiehlt er seinem Knecht: Geh' hinaus an die Wege und Zäune und *nötige sie hereinzukommen.* Dieses evangelische *coge intrare*, also der Zwang, hineinzugehen (gemeint ist natürlich in die Kirche), sollte später die Scheiterhaufen der Inquisition rechtfertigen… Aber um Ihre Frage zu beantworten: Fast *alle* beriefen sich auf den Hl. Augustinus. Warum sollten sich die deutschen Kaiser *nicht* auf ihn berufen? Halten Sie sich nicht allzusehr mit den Fiktionen des Hl. Augustinus auf. Sein religiöses Spintisieren, sein angestrengtes Hin- und Hertüfteln, hat die widersprüchlichsten Interpretationen ins Kraut schießen lassen. Vergessen Sie nicht: Der Hl. Augustinus lebte an der Schwelle vom 4. zum 5. Jahrhundert. Damals begeisterten sich selbst die einfachsten Menschen an intellektuellen Spitzfindigkeiten. Geistige Auseinandersetzungen wurden als Sport, als Wettbewerb empfunden. Daß sich Augustinus in fünfzehn Büchern über die Trinität verbreitete, fand niemand ungewöhnlich, geschweige denn anstößig. Heute sehnen sich die Leute nach Vereinfachung, nach Deppensicherheit. Die bevorzugte literarische Form unserer Tage ist die Gebrauchsanweisung, möglichst in Kurzenglisch: Press button! und die ferngesteuerte Gartensprenganlage läuft. Das Problem für die Kirche ist, daß sie sich mit ihren komplizierten Dogmen selbst im Wege steht. Man hat fast den Eindruck, sie richte sich nach dem Grundsatz, je unglaubwürdiger ein Dogma, desto besser; am besten, man versteht es gar nicht.

Nehmen Sie die Lehre von der Menschwerdung Christi. Der Sündenfall schwächte die Natur des Menschen, entband den Hang zum Bösen, bescherte ihm Krankheit und Tod, kurz, der Sündenfall bewirkte, daß wir hier auf Erden in Blut und Tränen wandeln müssen. Ich halte die Lehre vom Sündenfall

für einen geistreichen Versuch, die Übel dieser Welt zu erklären. Aber dann liefert die Kirche diese ganze umständliche Erlösungsgeschichte nach: Gott zeugt einen Sohn, der – geboren aus einer unversehrten Jungfrau, aus einer ‚reinen Magd'– Menschengestalt annimmt und gekreuzigt wird. Sie kennen das apostolische Glaubensbekenntnis vermutlich besser als ich: Sind nicht die meisten dieser straff formulierten Lehr- und Merksätze eine Attacke wider die Vernunft? *Credo quia absurdum* – ich glaube, weil es absurd ist, heißt es verkürzt nach einer Stelle bei Tertullian. Der Originaltext ist noch viel erstaunlicher: ‚Daß der Sohn Gottes gekreuzigt wurde, ist eine Schande, weil es schändlich ist; daß Gottes Sohn gestorben ist, ist ganz und gar unglaubwürdig, weil es ungereimt ist; daß Gottes Sohn wiederauferstanden ist, ist *wahr*, weil es *unmöglich* ist.'
Natürlich finden sich heute immer weniger Menschen, die bereit sind zu glauben, was unmöglich ist. Das hat Tertullian, der um das Jahr 200 lebte, vielleicht nicht bedacht. Aber wodurch unterscheidet sich der Glaube, der sich auf das Absurde, Ungereimte und Unmögliche geradezu versteift, vom Regenmacher-Aberglauben oder vom Voodoo-Zauber? Die Vorstellung, daß Gott seinen eigenen Sohn zum Kreuzestod bestimmt hat, um die Menschheit von der Erbsünde zu erlösen, war den Juden ein Ärgernis und den Griechen eine Torheit. Die Moslems lösen das Problem pragmatisch, auf einfache Weise. Schon die erste Sure des Korans beschreibt den Sündenfall von Adam und seiner Gefährtin. Auch im Koran wird das erste Menschenpaar mit List und Tücke vom Teufel verführt, auch im Koran wird es aus dem Paradies, dem Garten Eden, vertrieben. Aber bald arrangiert sich Gott mit den Sündern: Adam lernt von Gott Worte des Gebetes, und der Herr kehrt sich ihm wieder ‚in Gnade' zu. Der Koran gibt sogar eine Erklärung für diese glückliche Wendung der Dinge: Gott sei eben der ‚Verzeihende und Barmherzige'. Im Islam

bedarf es also zur Versöhnung nicht der umwegigen Menschwerdung des Gottessohnes mit all den spirituellen und dogmatischen Komplikationen, die sich daraus für die katholische Lehre ergeben."
Während seines Urlaubes im Waldviertel, den er traditionsgemäß im Hause seiner Großmutter in Dankholz verbrachte, dachte Algerich noch weiter über das Thema des Gottesstaates nach. Reflektierend wanderte er die altvertrauten, schlehenumsäumten Wege entlang, von Zeit zu Zeit nahm er auf einem der Hochstände Platz und starrte in das schwermütige Grün der Wälder. Eines Tages suchte er den, wie er ihn seit den Jugendjahren nannte, „Einsiedlerkrebs" auf, der in einem langsam verfallenden Herrenhaus, von Büchern, Schallplatten und überquellenden Zettelkästen umgeben, „auf sein Ableben wartete".
Das Gespräch faßte Algerich wie folgt zusammen:
„Einsiedlerkrebs: Atheistische Grundhaltung, daher romantisch-zynische Neigungen und Abneigungen. Trägt noch immer (seit Kriegsende!) die alten Herrgottsschlapfen, wiegt nur mehr achtundvierzig Kilo, trotz seines bis zum Gürtel reichenden Vollbartes. Sagt: ‚Zum Studium des Augustinus wünsche ich dir viel Glück. Der Mann litt sichtlich unter einer Zwangsneurose: Er mußte unentwegt schreiben. War vielleicht sexuell bedingt. Nach stürmischen Jahren der Befriedigung seines Geschlechtstriebes – Brunftjahre in Karthago! – wandte er sich der Askese zu. Das konnte nicht gut gehen. Starke Mutterbindung. Nach dem Tod Monikas, die den eigenen sexuellen Frust durch die Affenliebe zu ihrem Sohn kompensiert hatte, wurde Augustinus aggressiv. Er legte sich mit allen an. Wer nicht glaubte, was Augustinus gerade für richtig hielt – er hat ja seine Meinungen wiederholt geändert – wurde von ihm niedergemacht. Augustinus schwebte klarerweise ein theokratisches System vor. Wenn jemand nach dem Staatsanwalt schreit, um Häretiker auf den rechten Weg

zu bringen, ist er doch fürs Staatskirchentum! Augustinus war ein systemangepaßter Mann der Pax Romana, Befürworter einer mit Zwangs- und Strafgewalt ausgestatteten politischen Ordnung. Er hat die weltliche Gesellschaft nie in Frage gestellt. Augustinus akzeptiert es, wenn die organisierte ‚Räuberbande' Staat von einem ‚Räuberhauptmann' geführt wird. Freilich wäre es ihm sympathischer, wenn ein Herrscher an der Spitze stünde, der brav den richtigen Gott verehrt und auch seine Untertanen zu dieser Verehrung bringt, aber *faute de mieux* ist auch ein Räuberhauptmann akzeptabel – umso eher verdienen sich die geplagten Bürger das ewige Himmelreich.' "

Nach seiner Rückkehr vom Urlaub gedachte Algerich, noch ehe ihn das römische Leben aufsaugen würde, die Summe seiner Betrachtungen über den Gottesstaat des Hl. Augustinus zu ziehen. Das Waldviertler Refugium hatte vielleicht für die notwendigen gedanklichen „Verkürzungen" gesorgt.

Mehrere Wochen ging er gedankenschwanger. Dann fügte er seiner (grünen) Sammelmappe folgende Schlußworte bei:

„Daß Augustinus ein christliches Kaiserreich (sacrum imperium) gewollt habe, trifft sicher nicht zu. Das Mittelalter hat allerdings den gegenteiligen Standpunkt übernommen. Ansatzpunkt für diese ‚Fehlinterpretation' könnte sein, daß für Augustinus alle weltliche Macht letztlich von Gott ausgeht. Der Begriff der *Volkssouveränität* ist ihm völlig fremd.

Die Gleichung: *Civitas Dei* sei die Kirche, *civitas terrena* sei der Staat, läßt sich nicht aufrechthalten. Augustinus sagt ganz deutlich, die Grenze zwischen den beiden Reichen gehe sowohl durch die Kirche als auch durch den Weltstaat und werde erst beim Jüngsten Gericht offenbar.

Augustinus hält den irdischen Staat nicht für reformierbar. Der Entwicklungs- geschweige denn Fortschrittsgedanke hat in seinem geistigen Konzept keinen Platz. Nirgends spricht er von der Möglichkeit bzw. Notwendigkeit, die *civitas terre-*

na gerechter, menschenwürdiger und toleranter zu gestalten. Augustinus empfindet offenbar keine Skrupel, daß die menschlichen Ungleichheiten, die Unterschiede zwischen arm und reich, zwischen Herren und Knechten, weiterbestehen; er hält sie für gottgewollt. (Dazu mein verehrter Lehrer Univ.-Prof. A. M. Knoll in einem Brief aus 1962: ‚Der Kirche ist es ja nicht darum zu tun, wie Augustin schon lehrte, aus Sklaven ‚Freie' zu machen, sondern aus ‚schlechten' Sklaven – ‚gute' Sklaven! Ebenso aus ‚schlechten' Herren – ‚gute' Herren'). Gesellschaftsverändernde Maßnahmen sind bei Augustin nicht vorgesehen. Die einzige Reform, die Augustinus fordert, ist die *conversio*, die Umkehr des Einzelnen, zu Gott. Ist der Herrscher, wie Konstantin der Große oder Theodosius (beide vom Hl. Augustinus erwähnt) der christlichen Sache zugetan, entspricht der Monarch dem Bild, das der Kirchenvater im 5. Buch des ‚Gottesstaates' vom christlichen Staatenlenker zeichnet, sind die Völker glücklich zu preisen. Aber auch dem heidnischen, ja verbrecherischen Herrscher schuldet der Untertan Gehorsam. (Hat dieser Gedanke das Verhalten der Österreicher im 2. Weltkrieg beeinflußt?)
Als Nebenprodukt stellt Augustinus übrigens die These auf, Regierungen seien ein notwendiges Übel, um die durch Adams Sündenfall aus den Fugen geratene Ordnung wieder halbwegs zusammenzuhalten. Der Staat als Strafe für das Vergehen der ersten Menschen, – jetzt wissen wir also, warum wir Steuern zahlen und Wehrdienst leisten müssen!"

X. Kapitel,
in welchem der Hl. Augustinus zum ersten Mal erscheint.

Der Hl. Augustinus trat bis auf wenige Schritte an Algerichs Bett heran. Seine Augen bewegten sich unruhig in ihren Höhlen.
Er erinnert mich an jemanden, grübelte Algerich, aber ich weiß nicht an wen. (Er wird es nie wissen, das Gesicht des Hl. Augustinus wird für Algerich immer ein Vexierbild bleiben.)
Der Kirchenvater trug einen weiten Überwurf, halb Windfang, halb liturgisches Gewand. Sieht aus wie Heideggers Schwarzwälder Regenpelerine, dachte Algerich; die Toga des Rhetors stünde ihm besser. Aber er kann halt sein Provinzlertum nicht verleugnen, mochte er auch noch so lange die eleganten Mailänder Salons frequentiert haben.
Eine Bischofsmütze wölbte sich über dem Haupt des Hl. Augustinus. Sie war etwas zu groß geraten und saß auf den Ohren auf, die dadurch seitlich abstanden wie Henkel: Wohl ein frühchristliches Modell, würde Eileen sagen. Daß der Heilige bei seinem nächtlichen Besuch diese ungefüge Kopfbedeckung (eigentlich eine Modetorheit!) angelegt hatte, überraschte Algerich.
„Warum hast du so viel geschrieben?" ging er den Hl. Augustinus an. „Sechzehntausend Seiten, das sind zwölf dicke Folianten!"
„Gott der Herr gab mir die Leichtigkeit des Schreibens, also

schuldete ich ihm, dieses Talent zu nutzen. Bedenke: Sechzehntausend Seiten sind wenig, um die Unergründlichkeit Gottes auszuschöpfen. Ein spielendes Kind am Strand von Hippo Regius lehrte mich, daß es leichter sei, die Tropfen des Meeres zu zählen, als Gott zu begreifen."
„Warum hast du es trotzdem versucht?"
„Auch du schreibst ja. Und wenn ich nicht irre, (was durchaus möglich ist) bist du dem Herrn näher, als du glaubst. Wir kommen jeder von einer anderen Seite. Du von der Seite des Zweifelns, ich von der Seite der Gewißheit. Aber wer zweifelt, ist bereits auf dem richtigen Weg. Zweifelnd wissen wir, wissend zweifeln wir."
„Du und Deinesgleichen, die kirchlichen Vielschreiber, ihr habt uns mit euren Traktaten und komplizierten Spekulationen den Glauben verstellt. Konntet ihr euch nicht kürzer und einfacher fassen? Durch euch ist der christliche Glaube zu einem gewaltigen Papierberg angeschwollen, auf dem sich als einzige Gewißheit ein schweres Kreuz erhebt, an dem wir zu tragen haben."
„Dinge, die sich nicht begreifen lassen, muß man beschreiben. Das nachzuweisen, war der Sinn meiner Werke."
„Aber was soll ein einfacher Köhler mit so viel Text anfangen?"
„Der Köhler glaubt, was die Kirche glaubt. Auch ich glaube, was die Kirche glaubt. Rom ist größer als wir. Rom hat das letzte Wort."
„So haben wir keine Freiheit im Glauben? So bleibt uns nur die totale Unterwerfung?"
„Gott hat uns die Freiheit gegeben, damit wir seine Unerforschlichkeit erkennen. Wenn wir die Unerforschlichkeit Gottes erkannt haben, stellt sich die Frage nach der Freiheit nicht mehr."
Zur Bekräftigung seiner Worte hob der Hl. Augustinus den Bischofsstab.

„Non liquet!“ rief Algerich, „Es ist nicht geklärt! Und im übrigen kannst du dich mit diesem apokryphen Gerede nicht aus der Affäre ziehen! Die Kirche sagt einerseits, Gott ist unbegreiflich, andererseits aber schreibt sie uns genau vor, was wir von ihm zu halten haben. Du selbst hast dich ja über einen Aspekt Gottes, nämlich die Dreifaltigkeit, des langen und breiten ausgelassen; woher kommt dir, der Gott ‚unausdenkbar‘, ‚unaussprechbar‘ nennt, dieses Wissen? Wie konnte, wenn Gott jenseits des menschlichen Begreifens und Vorstellungsvermögens liegt, das Konzil von Nizäa, eine Versammlung unwissender Männer, darüber abstimmen, ob Christus eines Wesens mit dem Vater ist oder nicht? Noch kühner scheint mir die Behauptung unserer römisch-katholischen Kirche, der Heilige Geist gehe vom Vater *und* vom Sohne aus, was die Orthodoxen bekanntlich bestreiten. Haben wir lateinischen Christen eine besonders intime Kenntnis vom Innenleben Gottes, die andere nicht haben? Man könnte auch fragen: Wozu wird überhaupt Theologie betrieben, wenn der Gegenstand der Studien unergründbar ist? Wie, wenn ‚alles Stroh‘ wäre, was sich die Theologen im Laufe der Zeit so zusammengereimt haben? War das ‚Omne foenum‘ nicht die letzte Erkenntnis Thomas von Aquins, ehe er ein paar Monate vor seinem Tode aufhörte zu schreiben, mitten in der Arbeit an seiner ‚Summa theologiae‘, die unvollendet geblieben ist?!“
„Verlange von mir nicht, die Aussprüche des Thomas von Aquin zu deuten,“ versetzte der Hl. Augustinus spitz. (Algerich glaubte, aus seiner Stimme ein wenig Konkurrenzneid herauszuhören). „Er hat zu viel Aristoteles gelesen. Ich glaube, um zu erkennen; Thomas von Aquin will erkennen, um zu glauben. Vielleicht hat er schließlich eingesehen, daß er den falschen Weg gegangen ist. Laß dir gesagt sein: Unser Begehren, Gott zu erkennen, ist größer als die Einsicht, daß uns das nie möglich sein wird. Auch die Mücke begreift nicht das Licht, in welches sie fliegt, um zu verbrennen.“

Er hält die Menschen für Mücken; man müßte ihm widersprechen, dachte Algerich. Da er aber noch andere Fragen auf dem Herzen hatte, wechselte er das Thema.
„Hans Küng meint, du seist der Vater des bis heute gültigen lateinisch-mittelalterlichen Paradigmas der Kirche."
„Warum verwendet er ausgerechnet ein griechisches Wort?"
„Ich weiß nicht. – Küng ist jedenfalls davon überzeugt, daß dieses lateinisch-mittelalterliche Paradigma zu Ende geht."
Der Hl. Augustinus schien sich zu wundern: „So?" fragte er. „Worin besteht denn dieses Paradigma, dessen Vater ich sein soll?"
„Küng nennt vor allem die Unterordnung des Individuums unter die Kirche, die als Institution, als Anstalt des Heils und Verwalterin der Gnadenmittel ebenso unfehlbar wie unerläßlich ist."
„Habe ich damit nicht recht? Warum sollten die Menschen davon abkommen?"
„Die Leute sind skeptisch geworden. Sie gehorchen nicht mehr so ohne weiters."
„Das ist schade. Es ist eigentlich kein Fortschritt. Welches Amt bekleidet dieser Küng?"
„Er ist Theologieprofessor, aber die Kirche hat ihm die Lehrerlaubnis entzogen. Sein Landsmann Hans Urs von Balthasar nennt ihn einen Häretiker."
„Warum?"
„Er wirft Küng vor, Christus nicht für den Sohn Gottes zu halten."
„Das ist allerdings eine schwere Häresie! Warum beschlagnahmt man nicht sein Vermögen und schickt ihn nach Kleinasien in die Verbannung?"
„Tja, das geht heute nicht mehr. Man kann auch nicht seine Bücher verbrennen. Selbst wenn Rom sie verbietet, werden sie weiter gedruckt – und verkauft."
„Und das ist das neue, wie Küng es nennt, Paradigma?" Der

Hl. Augustinus griff sich an die Bischofsmütze. „Das *coge intrare*, du erinnerst dich, es steht im Gleichnis vom Gastmahl des reichen Mannes, das *coge intrare* darf nicht preisgegeben werden! – Doch jetzt mein Sohn, lebe wohl, ehe du mir mit deinen Fragen weiteren Kummer bereitest. Paradigma, Paradigma…“ Kopfschüttelnd verschwand der Hl. Augustinus.

XI. Kapitel, welches vom Rücktritt Kardinal Königs als Erzbischof von Wien handelt.

Justinus setzt die Lektüre von Algerichs Manuskript fort:

In der Entwicklung des österreichischen Katholizismus der Nachkriegsjahre lassen sich vier Hauptphasen unterscheiden:
1.) Der „renouveau catholique", der Hand in Hand mit der Absage an den politischen Katholizismus und der Bekräftigung des Grundsatzes „Freie Kirche in einer freien Gesellschaft" (Mariazeller Manifest 1952) ging.
2.) Das Ende des Antiklerikalismus der Sozialistischen Partei und der Berührungsangst zwischen Kirche und Sozialdemokratie bzw. Arbeiterschaft, von den konservativen Katholiken „Der Weg der Kirche nach links" genannt.
3.) Der konziliare Aufbruch: „Kirche sind wir alle."
4.) Die Wiederkehr der Konservativen. Diese Phase erreichte einen vorläufigen Höhepunkt mit der Ernennung Kurt Krenns zum Bischof von St. Pölten; vorläufig, weil manche es immer noch für möglich halten, daß Krenn die Nachfolge von Kardinal Groer in Wien antreten wird.
1945 begannen sich in Österreich ebenso wie in anderen Ländern die Gotteshäuser wieder zu füllen, mit denen, die durchgehalten hatten, und denen, die sich wieder ihres religiösen Wurzelgrundes entsannen. Besonders die Jugend, auch die studierende, war von dieser Stimmung ergriffen. Die Menschen waren durch Menschenwort belogen und in

die Irre geführt worden. Nun dünkte es sie an der Zeit, wieder dem Wort Gottes zu lauschen, in den Trümmern der zerstörten Städte und in den verwüsteten Seelen der Überlebenden nach den ewigen Dingen zu suchen. Die Kirche bot Trost und Hilfe, gab Antwort auf die bedrängende Frage nach dem *Warum*...

So fanden nach dem Krieg viele Versprengte, Abgefallene und Enttäuschte zum Glauben der Väter zurück. Ist es nicht bezeichnend, daß Bischof Krenn, Sohn eines 1941 aus der Kirche ausgetretenen NS-Ortsgruppenleiters, ebenfalls diesen Weg ging und sogar Priester wurde?

Europa stand damals an der Schwelle einer Rechristianisierung. Ob sich die Kirche der Situation gewachsen zeigte, ihre Chance wahrnahm, ist eine umstrittene Frage und läßt sich heute noch nicht eindeutig beantworten.

Der religiöse Aufbruch ging eher in die konservative Richtung. Man versuchte eine Wiedereinsetzung in den vorigen Stand, orientierte sich an dem Kirchenbild der Zwischenkriegszeit. Die Suche nach „Neuland" stand nicht im Vordergrund. Im Vatikan saß mit Pius XII. ein Papst, von dem zukunfstweisende Impulse nicht mehr zu erwarten waren. Als ob es keine brennendere Sorge gegeben hätte, als das Dogma von der Aufnahme Marias in den Himmel zu verkünden! Daß Pius XII. zeitlebens glühender Antikommunist geblieben ist, gereicht ihm zur Ehre, aber es verhinderte andererseits jeden Dialog mit den Machthabern Osteuropas, wodurch die pastorale Situation der Katholiken hinter dem Eisernen Vorhang nicht gerade gefördert wurde.

Sehr rasch setzte sich in Österreich die Auffassung durch, daß es ein Zurück zum politischen Katholizismus der Zwischenkriegsjahre nicht geben könne. Nicht zuletzt aus diesem Grund eliminierte die alte „Christlichsoziale Partei" das „hohe C" aus ihrem Namen und nannte sich, neutral, aber allumfassend, „Österreichische Volkspartei". Die Kirche ihrerseits machte Ernst mit dem Grundsatz, daß sich Geistliche aus der Politik zurückzuziehen hätten und jegliche Bindung an eine politische Partei zu unterlassen sei. Die traditionelle Allianz zwischen Staat und Kirche, zwischen *imperium* und *sacerdotium*, gehörte der Vergangenheit an.

Der Hl. Stuhl vermochte dieser keineswegs kirchenfeindlichen, aber nichtsdestoweniger laizistischen Entwicklung naturgemäß wenig abzugewinnen. Auch unter den konservativen Katholiken regte sich Widerspruch. Man hatte in schwerer Zeit durchgehalten und Verfolgungen erduldet, den Gedanken einer *restitutio in integrum* im Verhältnis Kirche-Staat gepflegt und gehegt, jetzt fühlte man sich überrollt, zum alten Eisen geworfen. Die so dachten, gerieten ins Abseits, gaben sich aber nicht geschlagen. Unter Johannes Paul II. sollte ihre Stunde wiederkehren.

Um die Beziehungen zwischen der schwarz-roten Koalition und dem Hl. Stuhl stand es zeitweilig nicht zum Besten. Rom erwartete, daß das Konkordat aus 1933, das der katholischen Kirche einen privilegierten Status einräumte, ohne Abstriche wieder in Kraft gesetzt würde. Dies hätte unter anderem auch die Wiedereinführung des kirchlichen Eherechtes bedeutet, das von der Unauflöslichkeit der Ehe ausging und daher weder eine Scheidung (Trennung des ehelichen Bandes) noch eine Wiederverheiratung zuließ.

Die Sozialisten weigerten sich überhaupt, die Gültigkeit des Konkordates anzuerkennen; es stamme aus der ständischen Ära und sei nicht auf demokratischem Weg zustandegekommen. Rom warf aber auch der ÖVP vor, in Sachen des Konkordates nur halbherzig vorzugehen. In der Tat handelte es sich für die Volkspartei nicht um eine Frage von Sein oder Nichtsein. Auch in ihren Reihen gab es zahlreiche wiederverheiratete Geschiedene; andere wollten sich diese Option offen halten. So bot die ÖVP Teillösungen an, rührte aber nicht an der heiklen Frage der Ehegesetzgebung. Pius XII., der das österreichische Konkordat einst als Kardinal-Staatssekretär unterzeichnet hatte, wollte hingegen alles oder nichts. Er setzte die Bundesregierung und den österreichischen Episkopat unter Druck: Franz König, seit 1956 Erzbischof von Wien, würde erst dann den Kardinalshut erhalten, wenn die Bundesregierung das Konkordat anerkannt habe.

Eine Entspannung trat erst mit dem Tod Pius' XII. ein. Dessen Nachfolger, Johannes XXIII., beschloß, den umgekehrten Weg einzuschlagen. Er ernannte Erzbischof Franz König zum Kardinal und stimmte der Aufnahme von Teilverhandlungen über das Konkordat zu, die tatsächlich in den Sechzigerjahren erfolgreich abgeschlossen werden konnten. Dabei half es, daß in der SPÖ allmählich jene Stimmen die Oberhand gewonnen hatten, die – sei es aus Überzeugung, sei es aus politischem Kalkül – einen Ausgleich mit der katholischen Kirche suchten. Die Ehefrage freilich blieb ausgeklammert. Rom mußte sich wohl oder übel damit abfinden, daß eine Rückkehr zum *status quo ante* nicht durchsetzbar war.

Der „renouveau catholique" der Nachkriegsjahre büßte mit dem zeitlichen Abstand vom Kriegsende und mit der allgemeinen Verbesserung der Lebensbedingungen an Schwung und Schlagkraft ein, doch waren die frühen Sechzigerjahre durch politischen, sozialen und wirtschaftlichen Optimismus gekennzeichnet. Der kalte Krieg hing zwar drohend über der Welt, doch herrschte im Westen Befriedigung über die gelungene Bewältigung der Nachkriegsprobleme. Die alten Erbfeindschaften Europas schienen begraben, und die wirtschaftlichen Einigungsbestrebungen sowie das politische Zusammenrücken im freien Teil des Kontinents machten lebhafte Fortschritte.

Diese Stimmung nützte Johannes XXIII. zur Ankündigung des 2. Vatikanischen Konzils, das der Kirche auf ihrem Weg in das dritte Jahrtausend ein modernes und weltoffenes Gesicht geben sollte. Schlagworte wie „aggiornamento", „mündiger Christ", „Pluralismus der Kirche" usw. prägten diese Epoche.

In Österreich verlief diese Entwicklung merkwürdig widerspruchsvoll. Während sich das katholische Lager von allzu strenger kirchlicher Bevormundung freizumachen suchte und der Grundsatz „Roma locuta causa finita" nicht mehr so ohne weiteres akzeptiert wurde, rückten die Sozialisten der Kirche näher. Das große Umdenken setzte bereits unter Vizekanzler Bruno Pittermann ein; Bruno Kreisky setzte diese Linie dann fort. Im Gegensatz zu einer Reihe von Sozialisten, die sich offen zum Katholizismus bekannten (z. B. Justizminister Otto Tschadek), liebte es Kreisky, sich als *Agnostiker* zu bezeichnen. Er habe nicht die Gnade des Glaubens, ließ er verlauten; über Gott könne man nichts Sicheres wissen, doch sei es nicht ausgeschlossen, daß es ihn gebe. Diese Haltung machte nicht nur in Parteikreisen Schule, sondern auch unter den Intellektuellen, die in Kreisky den großen Guru sahen. Man kann vielleicht sagen, daß der Rückgang des traditionellen Glaubensverständnisses bei den katholischen Kernschichten durch eine positiv gefärbte Einstellung weiter SPÖ-Kreise zur Kirche ausgeglichen, wenn nicht überkompensiert wurde. Dem Ende des politischen Katholizismus folgte das Ende des Antiklerikalismus.

„Braven, glaubenstreuen" Katholiken paßte diese Entwicklung nicht in den Kram. Man warf dem Erzbischof von Wien, hämisch „roter Kardinal" genannt, vor, die Kirche nach links geführt zu haben. Königs Politik der *Äquidistanz* den politischen Parteien gegenüber sei in Hinblick auf die Dienste, die seinerzeit die Christlichsozialen und nunmehr die ÖVP der Kirche stets geleistet hatten, unfair und kränkend. Undank sei der Lohn für die bisher bezeugte Treue, seufzte man. Wer habe sich letzten Endes für die Anliegen der Kirche eingesetzt, wer den Kopf für manches Unpopuläre hingehalten, wenn nicht die Volkspartei? Hätte man dafür nicht eine gewisse Sonderbehandlung erwarten dürfen? (Der solcherart kritisierte Kardinal hat im übrigen immer behauptet, den Ausdruck Äquidistanz nie verwendet zu haben; er vertrete die Auffassung, daß es an den Parteien liege, ihre Nähe bzw. Ferne zur Kirche zu bestimmen). Man rieb sich an Königs „Intellektualität“ und rügte seine „Weltläufigkeit“ („Er soll sich lieber um seine Diözese kümmern, als in der Welt herumzukutschieren!“). Es war freilich auch viel Neid im Spiel: Der Kardinal hatte sich durch seinen Dialog mit der Kirche hinter dem Eisernen Vorhang und mit der Orthodoxie international hohes Ansehen verschafft; daß er darüberhinaus auch das Gespräch mit dem Islam, ja selbst mit den Juden und – das Schrecklichste vom Schrecklichen! – mit den Freimaurern pflegte, stieß bei Konservativen auf Unverständnis, ja Ablehnung. Seine Funktion als Präsident des Päpstlichen Sekretariates für die Nicht-Glaubenden trug ihm bissige Kommentare ein: „Na ja, Ungläubige gäb’s auch in Wien genug!“ Das korrekte Verhältnis zu Kreisky war vielen ein Dorn im Auge, aber konnte man den Kardinal dafür verantwortlich machen, daß der SPÖ-Chef auf den klugen Schachzug verfiel, den praktizierenden Katholiken Rudolf Kirchschläger als Kandidaten für die Wahl zum Bundespräsidenten aufzustellen? Die Konservativen grollten: Fast hätte man glauben können, sie hätten sich wieder einen Atheisten als Staatsoberhaupt gewünscht.

Solange der starke, international angesehene und offenbar auch in Rom wohlgelittene Kardinal König an der Spitze der österreichischen Kirche stand, solange Kreisky für die Ruhigstellung des alten Gegensatzes zwischen Kirche und Sozialdemokratie sorgte und Bundespräsident Kirchschläger als oberster Repräsentant des Staates offen als Katholik auftrat, hatten die Konservativen keine Chance. Aber sie bereiteten ihr Comeback vor. Der Kardinal war schließlich alt, auch eine Reihe anderer Oberhirten stand wegen Erreichens der Altersgrenze zur Ablöse heran. Es ging daher darum, sicherzustellen, daß ihnen konservativ eingestellte Bischöfe nachfolgten. Dadurch würde es möglich sein, die Mehrheitsverhältnisse in der Bischofskonferenz umzudrehen und die Kirche Österreichs wieder auf den „richtigen“ Kurs zu bringen. Die von Kardinal König gewünschten Nachfolgekandidaten mußten unter allen Umständen verhindert werden. Die Konservativen nutzten ihre Kontakte in Rom, um den Wiener Erzbischof anzuschwärzen, dem man die Schuld an den tatsächlichen oder vermeintlichen Mißständen gab: den Kirchenaustritten, dem Priestermangel, dem Rückgang der Ordensberufungen, dem nachlassenden Gottesdienst-Besuch etc., als ob es das alles anderswo nicht auch gegeben hätte! In den Seminaren und an den theologischen Fakultäten herrsche zu viel Gedankenfreiheit und Neuerungssucht, der wahre Glaube werde gar nicht mehr unterrichtet! Und Karl Rahner zerbreche sich über einen „Strukturwandel der Kirche“ den Kopf, da höre sich denn doch alles auf. Kein Zufall, hieß es, daß sich Kardinal König ausgerechnet den Professor Rahner als Konzilsberater ausgesucht hat! Dabei ist Rahner nicht einmal Österreicher, sondern Deutscher... Ja, die österreichische Kirche ist krank, führungslos, verrottet; es herrschen Zustände wie in Holland oder in Deutschland, wo der Hans Küng sein Unwesen treibt... Der Kardinal läßt disziplinär alle fünf gerade sein: Daß er sich ein *scandalum* wie Holl gefallen läßt! Und überhaupt, im Bereich des 6. Gebotes herrscht reine Zügellosigkeit. Die Maria Troster Erklärung der österreichischen Bischöfe zur Empfängnisverhütung verkehrt ja „Humanae vitae“ ins Gegenteil: Freie Bahn der Pille, wenn's das Gewissen erlaubt! Maria Trost: Ein Freibrief für schrankenlosen Geschlechtsverkehr in der Ehe! Hinter all dem steckt der böse Weihbischof Krätzl. Eine von ihm mit erzbischöflicher Druckerlaubnis herausgegebene Broschüre

zu diesem Thema liegt – bitte sehr – als Beweismaterial vor (Seite 18, ist alles nachzulesen). Also der Mann kann doch als Erzbischof für Wien nicht in Betracht kommen, jetzt, wo die empfängnispolitische Linie des Hl. Stuhles noch verschärft wurde! Und was hat die österreichische Kirche (= Kardinal König) schon wirklich gegen die Erlassung eines Abtreibungsgesetzes unternommen? Hat sie wirklich gekämpft? Wenn ja, so doch höchstens lauwarm! Was haben dem Kardinal seine angeblich so guten Beziehungen zu Kreisky genützt? Gar nichts! Oder brachte er sie nicht ins Spiel? Und Kirchschläger, Außenminister in der Regierung Kreisky? Kirchschläger hätte damals aus Protest zurücktreten müssen!
Solches und ähnliches ließen die Konservativen in Rom verbreiten; Zuträger aus den Reihen der Geistlichen, Politiker, Universitätsprofessoren oder Berufskatholiken fanden sich genug. Es fanden sich auch genug Anlaufstellen an der Kurie, die diese Weise begierig in sich aufsogen und weitergaben. So wurde Kardinal König allmählich suspekt, ungeachtet der bedeutenden Rolle, die er bei der Wahl Wojtylas zum Oberhaupt der Katholischen Kirche gespielt hatte, auf die er sich aber vielleicht allzusehr verlassen hatte.
1983, als das Großereignis des Papstbesuches, verbunden mit dem Österreichischen Katholikentag (nach anderer Lesart: der Österreichische Katholikentag, verbunden mit dem Papstbesuch) stattfand, befand ich mich bereits in Rom. Ich erhielt erwartungsgemäß von der Redaktion den Auftrag, mich nach Wien zu begeben. „Sie beherrschen ja die dortige Landessprache!“ bemerkte Reibenscheidt süffisant.
Diese von allen hochgelobte Veranstaltung („größtes kirchliches Ereignis in der Geschichte Österreichs“; Kardinal König, der allzeit Gelassene, sprach von einem „kleinen Pfingsten“) stellt sich aus heutiger Sicht als die letzte Solidaritätskundgebung des österreichischen Katholizismus dar, ehe die Turbulenzen ausbrachen.

Auch ich war damals eingefangen vom wahrhaft *phantastischen* Ambiente dieser Tage, von der Brüderlichkeit (Schwesterlichkeit) in Christo, welche die Menschen durchflutete. Es schien alles heil zu sein in der Kirche Österreichs.
Es war auch der Höhepunkt im Leben des Erzbischofs von Wien. Er, der zeit seiner Amtsführung nicht selten gescholten worden war, konnte einen verdienten Triumph feiern und dem Hl. Vater eine mit Rom und dem Papst *sichtbar* verbundene Kirche vorstellen. Auch wenn Hans Urs von Balthasar meint, Kirche sei Mysterium und nicht Organisation, so war es doch beeindruckend, wie vorzüglich der Ablauf des Besuches klappte.
Blieben Wünsche offen? Blieb ein Rest von Nicht-Erfülltem, Nicht-Erfüllbarem? Ich vermag es auch heute, nach fast einem Jahrzehnt, nicht zu sagen.
Alle wichtigen katholischen Presseleute des Landes zeigten sich euphorisch. Otto Schulmeister schrieb glänzende Artikel, fand schöne Bilder, unnachahmliche Tiraden, zog alle Register seiner mächtigen Wort-Orgel. (Dies sollte ihn allerdings nicht abhalten, ein Jahr später, den Papstbesuch erinnernd, zu bemerken: „In Schlagzeilen zu stehen, macht noch keinen Hl. Paulus").
Und dennoch, dennoch… Wie sagt Josef Weinheber:
„War net Wean, wenn net durt,
Wo ka Gfrett is, ans wurt…"
War es wirklich eine gute Idee gewesen, Katholikentag und Papstbesuch zu koppeln? Verdunkelte nicht ein Ereignis die Bedeutung des anderen? Auch der schlußendliche Erfolg vermochte die Zweifel nicht aus der Welt zu schaffen.
Unterstellungen machten die Runde. Es wurde gewispert, die österreichischen Bischöfe hätten kein wirkliches Interesse an dem Besuch gehabt. Im Gegensatz dazu behaupteten manche, man habe den Papst zur „Auffettung" des Katholikentages dringend benötigt, weil sonst zu wenig „Publikum" er-

schienen wäre. Richtig dürfte sein, daß dem Episkopat eine Koppelung von Papstbesuch und Katholikentag aus organisatorischen und finanziellen Gründen lieb war. Die Belastungen wären in der Tat bei kurzer Aufeinanderfolge der beiden Ereignisse enorm und kaum verkraftbar gewesen. Interessant ist der Hinweis Kardinal Königs, die Vorbereitungskommission habe zum Großteil aus Laien bestanden; es sei diese Kommission gewesen, die sich für die Zusammenlegung ausgesprochen habe. (In: „Der Weg der Kirche", Patmos-Verlag 1986).

Wie dem auch sei: Eine gewisse Entfremdung zwischen dem Wiener Oberhirten und dem Hl. Vater scheint um den Papstbesuch herum eingetreten zu sein. In Haarrissen zeichneten sich die Vorläufer jener Sprünge ab, die später zwischen der Kurie und dem österreichischen Episkopat sichtbar werden sollten.

Trotzdem sprach der Papst dem Kardinal bei dessen Dankbesuch im Dezember 1983 das uneingeschränkte Vertrauen aus. Der Papst habe ihm bedeutet, daß er noch eine Weile an der Spitze der Erzdiözese bleiben werde, teilte der Kardinal nach seiner Rückkehr aus Rom mit. Für die große Mehrheit der österreichischen Katholiken war dies eine beruhigende Vorstellung, man war die Ungewißheit, wer dem so beliebt gewordenen Kardinal nachfolgen würde, wenigstens für eine Weile los.

Ob der Betroffene die ihm verbliebene Zeitspanne für die Regelung der Nachfolgefrage in seinem Sinne optimal genützt hat, wird von den Beobachtern unterschiedlich beurteilt. Er habe sich mit klaren Äußerungen (aus Takt, falscher Bescheidenheit usw.) zu lange zurückgehalten, den Kopf in den Sand gesteckt, statt intensives Lobbying zu betreiben. Demgegenüber hörte man an der Kurie, jeder, der mit der Frage befaßt gewesen sei, und natürlich auch der Papst, habe um die Präferenz des Kardinals für Weihbischof Helmut

Krätzl gewußt. Von einem „Sich-Verschweigen“ Königs könne keine Rede sein.
Gravierend war die Ernennung eines neuen Nuntius für Österreich. Im April 1985 löste Erzbischof Michele Cecchini (zu deutsch „Heckenschütze“, wie manche, die in diesem Namen ein böses Vorzeichen erblickten, vielsagend lächelnd bemerkten) den durch einen Schlaganfall in seinen Aktivitäten stark reduzierten Nuntius Monsignore Cagna ab. Cecchini lag starr auf der Linie des Papstes und wollte – oder sollte – „es der österreichischen Kirche zeigen“, in ihr „Mode machen“ und „aufräumen“. Er hatte ähnliches in Belgrad probiert und war von dort abgereist, ohne Freunde zu hinterlassen.
Es ist nie ganz geklärt worden, ob Nuntius Cagna den in derartigen Fällen üblichen Dreiervorschlag für die Besetzung des erzbischöflichen Stuhles nach Rom geschickt hatte oder nicht. Mir persönlich sagte er in einer Unterredung um die Jahreswende 1983/84, er habe „alles Notwendige veranlaßt“. Ihn kann man als Zeugen nicht mehr befragen, weil er kurz nach seiner Pensionierung starb.
Gewisses Aufsehen in eingeweihten Kreisen erregte ein Artikel des Direktors der Politischen Akademie der Volkspartei, des Nationalrats-Abgeordneten und Univ.-Dozenten Dr. Andreas Khol, im Mai 1985. (Quelle: „Österreichisches Jahrbuch für Politik 1985“). Der Tiroler galt als Ultrakonservativer, der aber innerhalb der Österreichischen Volkspartei keinesfalls allein dastand. Ausgehend von einer Analyse des Katholikentages 1983, rügte Khol den „pluralistischen Katholizismus“, der einen religiösen „Meinungsbrei“ produziert habe, dessen „Geschmack nicht mehr wahrnehmbar“ sei. Scharf trat Khol Weggemeinschaften von Katholiken mit Sozialisten und Kommunisten (solche unheilige Allianzen hatte es insbesondere in Fragen der Entwicklungshilfe-Politik gegeben) entgegen. Der Hierarchie warf er vor, dabei das

Lehramt nicht ausgeübt zu haben. Widersprüchlich erscheint Khols Beurteilung des Katholikentages. Nur durch die Teilnahme des Papstes sei die Veranstaltung zu einem Großereignis geworden, der „Motivierungseffekt" müsse aber als außerordentlich gering veranschlagt werden. (Also hat es nicht einmal der Papst geschafft, mit Langzeitwirkung zu zünden!) Schließlich feuert Khol eine volle Breitseite gegen den progressiven Katholizismus ab: Der Papst habe bei seinem Besuch in Österreich allen Demokratisierungsbestrebungen innerhalb der Kirche und allen Tendenzen in Richtung einer „Kirche des Volkes" eine eindeutige Absage erteilt.

Nun, es ist anzunehmen, daß Nuntius Cecchini diesen Artikel der Kurie übermittelt hat, vielleicht legte er sogar noch „ein Schäuferl nach". Wieder hatte Rom Material gegen die Kirchenlinie Kardinal Königs in Händen.

Waren diese innerösterreichischen Positionierungen schon im Lichte eines bevorstehenden Rücktritts Kardinal Königs zu sehen? Tatsache ist, daß allgemein das Gefühl herrschte, die Frage sei ins Rollen gekommen, „rogglert" geworden, um es österreichisch auszudrücken, und der Papst könnte den 80. Geburtstag des Kardinals im August 1985 zum Anlaß nehmen, das Rücktrittsgesuch zu akzeptieren. Die Konservativen vervielfältigten ihre Aktivitäten, Spekulationen über die möglichen Nachfolgekandidaten schossen üppig ins Kraut, Startlöcher wurden ausgehoben und wieder zugeschüttet. In der „Furche", der traditionsreichen, aber durchaus nicht konservativen katholischen Wochenschrift, erschien Ende Mai ein Artikel, in dem unter dem Titel: „Wie sollte ein Bischof sein?" für die Linie Johannes' XXIII. und Königs plädiert wurde. Realistischer zeigte sich Hubert Feichtlbauer in einer Glosse unter dem Titel „Wer wird Kardinal?" („Furche", 7. 6. 1985); „Auf einen neuen Kardinal zu setzen, der mit Küng-, Rahner- und Boff-Zitaten auf die Pilgrim-Kanzel von

Sankt Stephan steigt, wäre wohl ein wenig zu arglos spekuliert."
Indessen verging der Sommer und damit der 80. Geburtstag des Kardinals, ohne daß etwas geschehen wäre.
Als ich am 16. September 1985 den „Osservatore Romano" aufschlug, las ich: „Der Hl. Vater hat den von seiner hochwürdigsten Eminenz, Herrn Franz Kardinal König, gemäß Can. 401 des Codex Iuris Canonici unterbreiteten Rücktritt angenommen." Die Nachricht kam nicht unerwartet, dennoch stockte mir der Atem: Eine Epoche, nichts mehr und nichts weniger, ging zu Ende.
Wer würde die Nachfolge des Kardinals antreten? Hatte Rom bereits eine Entscheidung, gewissermaßen Zug um Zug, getroffen?
Ein Gespräch mit dem österreichischen Botschafter erwies sich als unergiebig. Den Diplomaten plagten andere Sorgen: „Wien hat meine Repräsentationszulage gekürzt. Eine Katastrophe! Dabei steckt halb Österreich seine Nase in meine Residenz und will bewirtet werden! Sparen bei der Qualität? Kommt nicht in Frage! Ich könnte natürlich meine Kinder servieren lassen, wie der Tari Blankenberg, aber das würde bei der römischen Aristokratie, die ohnedies recht *snob* ist," er rümpfte zweimal kurz die Nase, „einen schlechten Eindruck machen." Ich war froh, daß mein häufiger Gastgeber nicht an seinen vorzüglichen Weinen rütteln wollte, die an den eleganten Empfängen von greisen Principessinnen spitzlippig gekostet und von den Kardinälen (herumstehendem Purpur, wie ein Besucher ironisch bemerkte) sehr geschätzt wurden.
Ich suchte auch Hengstorff auf, der mich seinerseits auszuholen versuchte. Wie ich zu Kardinal König stünde, fragte er mich. König habe ja, international gesehen, einen hervorragenden Ruf; seine Verdienste um die „Ostpolitik" des Vatikans würden auch in der Bundesrepublik, ja selbst in der

„Zone", hochgeschätzt. „Da wart ihr Österreicher uns immer um etliche Nasenlängen voraus." Er, Hengstorff, habe mit Seiner Eminenz einmal ein längeres Gespräch geführt und sei sehr beeindruckt von der „gedanklichen Eindringtiefe und tadellosen Diktion" des Kardinals gewesen. Da sei kein österreichisches „ich bitt' schön" oder „na ja, so direkt grad nicht" zu hören gewesen. „Der Mann hat sich glasklar ausgedrückt, kein bißchen mit den Antworten gezögert. War auch recht selbstbewußt... Aber sagen Sie mal, steht der Kardinal nicht einigermaßen links?" Hengstorff blickte mich bei diesen Worten durchdringender an als sonst. Seine Frage verdiente eine eindeutige Antwort und kein österreichisches Naja-so-direkt-grad-nicht. Ich sagte daher:

„Er steht nicht links, aber er ist nach links hin offen. Er hegt die feste Überzeugung, daß das Evangelium für alle da ist, auch für die Linken. Ihn deshalb einen *roten Kardinal* zu nennen, ginge zu weit. König vertritt die Glaubens- und Kirchenlinie Johannes' XXIII., den er über alles schätzte. Das dürfte reziprok gewesen sein: Auf dem Totenbett vermachte der Hl. Vater dem Kardinal sein Brustkreuz. Sah er in ihm seinen Nachfolger?"

Hengstorff, der Gesprächige, schwieg daraufhin eine geraume Weile. Dieses Schweigen blieb mir von meinem damaligen Gespräch ganz besonders in Erinnerung.

XII. Kapitel, in welchem Algerich ein nächtliches Gespräch über die Nachfolge Kardinal Königs führt. Er schreibt einen Artikel über die wundersame Ernennung von P. Groer zum Erzbischof von Wien.

Aus Algerichs Manuskript:

Im Mai 1986 erhielt ich den Besuch eines Politikers der ÖVP, der sowohl in der Bundespartei als auch in einer Landesorganisation verankert war. Er stand nicht gerade in vorderster Reihe, hatte aber infolge seiner Rolle in der Wirtschaft einen gewissen Einfluß und war als Ratgeber geschätzt. Aus Gründen der Diskretion ist es mir nicht möglich, seinen Namen zu nennen.

In meiner Lieblingstrattoria in Trastevere führten wir ein längeres nächtliches Gespräch.

„Ich bin“, sagte er, „nicht in offiziellem Auftrag meiner Partei hier, noch viel weniger in einem regierungsamtlichen. Meine Sondierung ist rein privater Natur, obwohl mich gewisse Parteifreunde dazu ermuntert haben. Um es vorwegzunehmen: Ich sehe weder in der ÖVP den säkularen Arm der Kirche, noch in der Kirche ein Instrument der ÖVP, bin aber der Meinung, daß die Kirche in Österreich nach wie vor eine wichtige gesellschaftspolitische Rolle zu spielen hat, die wir unterstützen sollten. Es ist daher nicht gleichgültig, welche Persönlichkeiten an der Spitze der kirchlichen Hierarchie stehen. Wir, das heißt unsere Gruppe, machen uns größte Sorgen, wer die Nachfolge von Kardinal König antreten wird. Wir waren zwar über den Kardinal nicht immer glücklich, glauben aber doch, daß sein Kurs, der ja auch der Kurs Johannes' XXIII. ist, fortgesetzt werden soll. Derzeit herrscht beträchtliche Unsicherheit über die Absichten des Vatikans. Welches Spiel spielt der Nuntius? Vor allem aber ist eine längere Sedisvakanz schädlich. Das führt zur Einbetonierung der Positionen, zu einer Perpetuierung der Flügelkämpfe. Ein rascher dezisiver Schnitt wäre besser als dieses ‚Herumschwassern'."

„Ich bin ja Jurist", fuhr mein Gesprächspartner fort, „habe mir daher die kirchenrechtlichen Bestimmungen angesehen. Canon 377, ß des Codex Juris Canonici bestimmt, daß der Papst die Bischöfe frei ernennt. So weit, so gut. Dennoch glauben die Leute, echt österreichisch, die Suppe werde nicht so heiß gegessen. Es gehöre sich doch wohl, daß man den Kardinal frage, wen er sich als Nachfolger wünsche; daß man die Meinung des Domkapitels und der Dechanten einhole und last not least, auch die Stimmung des Kirchenvolkes berücksichtige. Außerdem sollten doch auch die politischen Kräfte des Landes, insbesonders die nach wie vor kirchentreue ÖVP, ein Wörterl mitzureden haben. Wir tun ja auch genug für die Kirche! Wer am Sonntagsgottesdienst teilnimmt, das sind halt doch hauptsächlich die Wähler der ÖVP. Darüberhinaus billige ich nicht nur dem schwarzen Landeshauptmann von Niederösterreich, sondern auch dem roten Bürgermeister von Wien, mit denen der neue Erzbischof ja dann zusammenarbeiten muß, zu, ihr Interesse wahrzunehmen. Es allen recht zu machen, ist sicher unmöglich; jeder hat seinen Lieblingskandidaten, der eine erhofft sich vom Neuen dieses, der andere jenes, aber Gottigkeit, romtreu sind wir alle, auch wenn wir manchmal mit der Kirchensteuer ein bisserl im Verzug sind und uns eine Lockerung in der Frage der Empfängnisverhütung recht wäre. Kurzum, die Leute meinen: ‚Bitt' schön, Hl. Vater, wir werden schon keinen Richter brauchen!' "

Inzwischen sei aber durchgesickert, so mein Besucher, daß der Papst mit der Linie Königs unzufrieden ist und den Wienern oder überhaupt den Österreichern einen neuen Kirchenkurs verordnen will. „Wir waren natürlich überrascht. Haben wir jahrzehntelang etwas Falsches gemacht? Wir sind doch treu und brav dem 2. Vatikanischen Konzil gefolgt, haben es als Aggiornamento, als Öffnung und als neuen Aufbruch verstanden. Wozu haben wir die Altäre umgedreht, das Vaterunser neu beten gelernt? Und was sagen wir unseren Kindern, die natürlich die Pille nehmen?

Allmählich erkennen wir, daß das 2. Vatikanum nicht mehr so gefragt ist in Rom. Vielleicht mit Recht, es gab ja gewiß Übertreibungen, Auswüchse; vor allem machte sich auch in der Kirche linkes Gedankengut breit. Aber ich bitte Sie, das ist doch in Österreich vergleichsweise harmlos! Es herrschen keineswegs holländische Verhältnisse. Niemand, außer ein paar Verrückten, denkt daran, die Homosexuellen-Ehe einzuführen. Nicht einmal die Theologen sind bei uns radikal, wir leisten uns weder einen Edward Schillebeecks noch einen Hans Küng, von Drewermann ganz zu schweigen. Und was dieser Pfarrer Schermann aus Gramatneusiedl, oder was weiß ich woher, in seiner Zeitung ‚Kirche Intern' schreibt, ist doch nur halb so schlimm. Die Konservativen nehmen sich schließlich auch kein Blatt vor den Mund. Ihre Referenz-Postille, der Dreizehnte, kommt nicht gerade auf Samtpfoten daher...

Irgendetwas müsse passiert sein", sinnierte der ÖVP-Politiker weiter. „Vielleicht hat der Papst bei seinem Österreich-Besuch 1983 doch nicht einen so guten Eindruck mitbekommen, wie wir glaubten. Ich lasse mir nicht nehmen, daß es seit dieser Zeit zu einer Abkühlung im Verhältnis zwischen Rom und der Kirche Österreichs gekommen ist.

Natürlich haben auch andere Gründe mitgespielt. Man hat den Papst mit negativen Informationen geradezu gefüttert.

Das ging nicht vom seinerzeitigen Nuntius Cagna aus; das Schlechtmachen der Kirche Österreichs haben andere Leute besorgt, die zum Teil sogar in meiner Partei sitzen. Ich brauche keine Namen zu nennen, aber es sind diese permanenten Campo-Santo-Pilger! Leider stößt der neue Nuntius ganz in dieses Horn, hört auf diese Verleumder!"
„Ja", meldete ich mich zu Wort. „Die Verleumder haben ihr Ziel erreicht. Der Papst hält Österreich für ein glaubensgefährdetes Land und gibt den Bischöfen, allen voran Kardinal König, die Schuld an dieser Entwicklung. Der österreichische Kurienkardinal Stickler, Leiter der Vatikanischen Bibliothek, bestärkt den Papst in dieser Haltung."
„Dieser kleine Salesianerpater nimmt seine Revanche am österreichischen Episkopat, weil man ihn nie so richtig ernstgenommen hat! War sicher ein Fehler! Aber was weiß Stickler schon von den österreichischen Verhältnissen? Er lebt doch seit vierzig Jahren in Italien, die meiste Zeit im Elfenbeinturm seiner Salesianeruniversität! Jetzt spielt er sich zum Richter über Österreichs Kirche auf."
„Aber der Papst hält viel von ihm. Das hat mir erst kürzlich ein hoher Kuriale versichert. Dann ist er Mitglied zahlreicher Gremien, kommt also viel umher. Er wird selbst an der Kurie als Erzkonservativer angesehen, der absolut vorkonziliar denkt. Von Stickler ist der Ausspruch verbürgt: ‚Das ganze Unheil in der Kirche hat mit der Tolerierung des Samstagabend-Gottesdienstes als Ersatz für die Sonntagsmesse begonnen.' Das zeigt doch die geistige Enge dieses Menschen. Man muß", fuhr ich fort, „die Dinge klar sehen. Als Nachfolger Königs kommt keiner aus seiner ‚Schule' in Betracht, am allerwenigsten sein Wunschkandidat, Weihbischof Krätzl. Der neue Erzbischof von Wien muß ein firmer Dogmatiker sein, ein Vollstrecker von *Law and order*."
„Das heißt mit anderen Worten, daß die Sorge meiner Freunde berechtigt ist: Kurt Krenn steht ante portas!"

„Es sieht ganz so aus! Wien wäre aber nur der Anfang der großen Säuberung. Auch Erzbischof Karl Berg von Salzburg und Bischof Bruno Wechner von Vorarlberg haben die Altersgrenze bereits überschritten, die Bischöfe von St. Pölten und Eisenstadt werden folgen. Mit ihrer Ersetzung durch Vertreter eines restaurativen Kurses und der Nominierung einiger folgsamer Weihbischöfe wird das Ziel des Hl. Stuhles bald erreicht sein, die österreichische Bischofskonferenz mehrheitlich auf die römische Linie zu bringen.

Rom denkt natürlich nicht daran, seine Karten vorzeitig aufzudecken. Immer wieder sind aus dem Vatikan beschwichtigende Töne zu hören, Worte wie: ‚Der Hl. Vater versteht euch, habet Geduld, er wird schon das Richtige für euch tun, er weiß, was euch frommt. Helfet durch euer Gebet, daß es eine gute Entscheidung werde!‘ So gelingt es Rom, nicht nur die breite Masse der Gläubigen in Sicherheit zu wiegen, sondern selbst versierte Vatikanisten zu täuschen."

Mein Gegenüber machte ein betroffenes Gesicht: „Eine Hauptschwierigkeit besteht darin, daß sich die ÖVP zu keiner einheitlichen Haltung durchringen kann. Zahlreiche ÖVP-Granden sind für Krätzl oder einen der niederösterreichischen Äbte, die durchwegs einen guten Ruf genießen und außerhalb der Parteiungen am Stephansplatz stehen. Die Konservativen halten sich bedeckt; sie wollen nicht Gefahr laufen, auf das falsche Pferd zu setzen, wühlen aber umso intensiver gegen Krätzl. Der Vizepräsident des Bundesrates, Univ.-Prof. Dr. Herbert Schambeck, hat öffentlich erklärt, mit der Personalpolitik der Kirche nichts zu tun zu haben. Der Ausspruch:‚Ich kann zwar keine Bischöfe machen, aber verhindern kann ich sie!‘ werde ihm fälschlich zugeschrieben. Der Bundesparteiobmann hat nichts gegen Krenn, er hält ihm sogar zugute, daß er ohne Scheu an ÖVP-Veranstaltungen teilnimmt. Die SPÖ ist zu wenig informiert, um mitmischen zu können; sie zöge natürlich einen progressiven

Kandidaten vor, wird aber keine Initiative in dieser Richtung ergreifen. Was kann man also tun, um Krenn zu verhindern?"
„Der Vatikan nimmt Informationen an, wo er sie bekommt. Das ist vielleicht eine Chance für Sie. Ich gebe Ihnen eine Telephonnummer; es ist ein Kontakt, der Ihnen weiterhelfen könnte. Berufen Sie sich auf mich."
Ich zog mein Notizbuch heraus und schrieb meinem Gesprächspartner eine Nummer auf die Visitkarte. Wir sprachen dann noch lange über dieses und jenes, über Gott und die Welt, wie man so sagt. Es war, auch für mich, ein anregender Abend. Meine Theorie über Pippin den Kurzen fand der Politiker bestechend. „Es war mir absolut neu, daß die Päpste den Langobarden die Einigung Italiens vermasselt haben", meinte er. „Immer wieder staunt man, welche Lücken unsere Geschichtskenntnisse aufweisen. Ich fürchte, die Zusammenhänge der Gegenwart bleiben uns erst recht verborgen."
Der Mann hat sich bei mir nie wieder blicken lassen. Hat er die von mir angebotene Kontaktperson aufgesucht? Ist er höheren Ortes vorstellig geworden, um seine Argumente vorzutragen? Vielleicht wollte er mich auch nur aushorchen, war er sogar ein *agent provocateur*? Beim österreichischen Botschafter hat er sich jedenfalls nicht gemeldet; ich traf überhaupt niemanden, dem er begegnet wäre…
Inzwischen verging die Zeit.
„Warum dauert es so lang?" klopfte ich bei meinen Monsignori an.
„Ah, ah, Wien ist ein wichtiger Metropolitansitz, die Besetzung will überlegt sein. Gut Ding braucht Weile!"
„Aber gerade weil Wien wichtig ist, sollte der Hl. Stuhl rasch handeln…"
„Nun, es ist alles auf dem Weg! Nur keine Ungeduld, so pressiert es ja nicht, die interimistische Leitung der Erzdiözese ist in besten Händen…"
„Aber das Kirchenvolk wird unruhig, versucht, sich einen

Reim auf die Verzögerung zu machen. Man fragt mißtrauisch, welches Ei da ausgebrütet werden soll…"
„Seien Sie unbesorgt, es wird bestimmt ein gutes sein! Im übrigen sind längere Sedisvakanzen durchaus nichts Ungewöhnliches. München ist nach der Berufung Kardinal Ratzingers zum Glaubenspräfekten fast ein Jahr unbesetzt geblieben. Und bei Lüttich hat es gar anderthalb Jahre gedauert…"
Zu Spekulationen über Namen geben sich die Monsignori erst recht nicht her. Der österreichische Botschafter jammerte: „Ich tappe völlig im Dunkeln. Bischofsernennungen sind schwieriger vorherzusagen als Papstwahlen! Also hüte ich mich vor Prophezeiungen! Man kann sehr leicht danebenhauen und sich unsterblich blamieren. Warum soll ich meinen Kollegen im Ministerium diese Freud' machen? Ich sage immer: Lieber blöd dastehen als blamiert! Wenn der Minister unbedingt einen Namen will, soll er halt den Nuntius fragen! Ich steh' hier vor einer Mauer des Schweigens. Schon die Frage nach dem *Wann* wird als ungeziemende Einmischung betrachtet. Man sieht mich jedesmal scheel an, wenn ich im Staatssekretariat auftauche: Will er schon wieder wissen, wer der neue Wiener Erzbischof wird?" Der Botschafter seufzte: „Ich sage Ihnen, es ist penibel! Einer meiner Vorgänger in den Zwanzigerjahren, der Ludwig von Pastor, hatte es leicht. Er überreichte Pius XI. von Zeit zu Zeit einen Band seiner Endlos-Biographie über die Päpste, mit einer lateinischen Widmung versehen, und hatte natürlich einen Stein im Brett. Kein Wunder, daß der Papst dem Pastor hie und da etwas steckte! Ich bin dagegen ein Armutschkerl und muß froh sein, wenn mir der Hl. Vater gelegentlich für meine Familie den Apostolischen Segen erteilt. Als Korrespondent der einflußreichen FAZ haben Sie viel mehr Möglichkeiten als ich, über die Absichten des Hl. Vaters etwas in Erfahrung zu bringen. Ja, die Presse ist eine gewaltige Macht, ihr unterwirft sich manchmal sogar der Hl. Stuhl!"

War diese Bemerkung ironisch gemeint? Der so harmlos aussehende Botschafter mit seinen treuen Dackelaugen konnte ein ziemlicher Bosnigel sein. Wußte er etwas Näheres oder nicht? Ich brachte jedenfalls nichts aus ihm heraus.
Die Gemäßigten hofften noch bis in den Sommer des Jahres 1986 hinein, der Papst werde schließlich doch noch einen Mann der Mitte ernennen, vielleicht Bischof Maximilian Aichern von Linz, Bischof Egon Kapellari von Klagenfurt oder einen der niederösterreichischen Äbte.
Ich empfand es als schmerzlich, daß selbst die „Königstreuen“ auf die Behauptungen des konservativen Klüngels hereinfielen, Kardinal König habe es unterlassen, rechtzeitig und mit Nachdruck für seine Wunschkandidaten einzutreten. Eine wahre Dolchstoßlegende!
Mein Freund Markowitsch vertrat später den Standpunkt, der Nuntius habe von Anfang an Krenn forciert. „Dieser Wunsch war ja dem Papst von der Nase abzulesen. Erzbischof Cecchini, der mit Genagelten über das heikle Wiener Parkett stapft, sich aber für einen geriebenen Burschen hält, hat dann eine Fragebogenaktion durchgeführt, wer der neue Erzbischof sein soll. An die dreitausend Formulare schickte die Nuntiatur aus, aber es war eine reine Augenauswischerei, eine Pimperlkomödie!“ ereiferte sich Markowitsch. „Wie zu erwarten, haben weder Krenn und schon gar nicht Groer, der damals praktisch unbekannt war, nennenswerte Stimmenanteile gekriegt. Das ist dem Heckenschützen natürlich wurscht gewesen. Er legte in seinem Bericht nach Rom das Schwergewicht darauf, die Befragung habe ein sehr uneinheitliches Bild ergeben, und zog den Schluß: In dieser Situation bietet sich Krenn als der beste aller Kandidaten an! Cecchini hat sich dann gelb und grün geärgert, daß sein Schmalzerl nicht zum Zug gekommen ist. Seither sinnt er auf Rache, das heißt, er denkt Tag und Nacht darüber nach, wie er Krenn wieder ins Spiel bringen kann.“

Ende Juni fragte ich einen Kurienprälaten, zu dem ich wegen seiner offenen Art besonderes Vertrauen gefaßt hatte:
„Kann man Rom nicht dazu bewegen, einen sowohl vom konservativen als auch vom progressiven Flügel akzeptierten Kandidaten zu ernennen? Eine integrative Persönlichkeit wäre das Gebot der Stunde. Solche ‚Episkopale' gibt es doch! Andernfalls riskiert der Vatikan eine verschärfte Polarisierung, ein weiteres Auseinanderdriften im katholischen Lager."
„Mein guter Algerich", antwortete der Monsignore mit sanfter Stimme, „derzeit sind streitbare Typen gesucht, die wissen, wo's lang geht. Die Polarisierung wird geradezu gewünscht. Dem pluralistischen Kirchenbild Johannes' XXIII. steht das monolithische Kirchenbild Johannes Pauls II. gegenüber. Roncalli wollte Öffnung zur Welt, Wojtyla will Geschlossenheit hinter dem Papst."
„Wollen Sie damit sagen, daß eine Ära des katholischen Fundamentalismus angebrochen ist?"
„So weit würde ich nicht gehen. Aber wir spüren auf Schritt und Tritt, daß es mit dem Aggiornamento Johannes' XXIII. vorbei ist. Das 2. Vatikanische Konzil wollte Neues bringen, so verstand es die Mehrheit der Konzilsväter und deren Berater, so sah es auch der Roncalli-Papst selbst. Inzwischen ist aus dem Grundsatz von Vatikan II „plus ultra", das heißt, „immer weiter", der Grundsatz „non plus ultra", also „bis hierher und nicht weiter", geworden. Ein Riß geht durch die Kirche, beide Teile beten zu Gott um Hilfe, aber wir wissen nicht, wen er erhören wird. Wir haben schlaflose Nächte..."
Ich mußte lange über diese Worte nachdenken. Mehr und mehr schien mir, daß die „bösen Geister" und Ohrenbläser in Österreich nur das soufflierten, was der Papst gerne hören wollte, ja was er längst schon selber zu wissen glaubte. *Er* war die treibende Kraft der Kurskorrektur, die Zwischenträger bestätigten nur seine Ansichten. So besehen, bedurfte es

erst gar nicht der Manöver österreichischer Politiker, um Weihbischof Krätzl aus dem Rennen zu werfen. Krenn hatte sich bereits längst die beste Startposition erkämpft. Das Besondere an der Situation bestand darin, daß Krenn nicht der Exponent einer bestimmten Pressure- group war: Er war sein eigener Kandidat! Der unerforschliche Weg Gottes hatte ihn an den Mittagstisch des Hl. Vaters und damit zu höheren Ehren geführt.

***

Meiner Zeitung hatte ich folgenden Artikel geliefert:
Ein Benediktinermönch neuer Erzbischof von Wien.
„Am 17. Juli 1986 ernannte Johannes Paul II. den Benediktinerpater Hermann Groer zum Erzbischof von Wien. Damit ist, nach dem Rücktritt Kardinal Königs, eine Sedisvakanz von rund zehn Monaten zu Ende gegangen.
Die Entscheidung des Papstes löste allgemeine Verblüffung aus, fiel aber schließlich doch rascher, als Schwarzmaler befürchtet hatten.
Mit P. Groer, einem weithin unbekannten Mönch der traditionsreichen Benediktinerabtei Göttweig in Niederösterreich, ist ein Außenseiter zum Zuge gekommen. Deutet dieser Umstand auf ein vorausgegangenes Tauziehen, spiegelt er etwa gar die Meinungsverschiedenheiten zwischen Wien und Rom wider? Bei der bekannt zurückhaltenden Informationspolitik des Hl. Stuhles und dem Schweigegebot für alle Beteiligten wird man darüber nichts Authentisches erfahren können.
Sicher ist, daß der Papst an der Entscheidung aktiven Anteil nahm. Wien ist ja nicht irgendeine Erzdiözese, sondern stand unter dem international hoch angesehenen Kardinal König im Mittelpunkt beobachtenden Interesses, sei es als möglicher Weg einer Ortskirche in postkonziliarer Zeit, sei es als Aushängeschild in Richtung Osteuropa oder als Pfeiler einer Dialogsituation, wie sie das 2. Vatikanische Konzil geschaffen hatte. Die Erzdiözese Wien schien wie nach Maß auf den

bisherigen Amtsinhaber Kardinal König zugeschnitten. Wird der Nachfolger in den Mantel des Vorgängers passen oder zumindest hineinwachsen? lautet daher die bange Frage, die sich viele stellen.
Ohne Zweifel erfüllt der neue Erzbischof genau jene Kriterien, die in den Augen des derzeitigen Papstes für die Besetzung so hoher und verantwortungsvoller Ämter erforderlich sind: Verläßlichkeit in Glaubensfragen, Abstandnahme von ‚Experimenten'; missionarischer Eifer, marianisches Engagement (P. Groer war bisher Leiter des Wallfahrtszentrums Maria-Roggendorf) und entschiedene konservative Grundhaltung. Auf der Negativseite steht P. Groers geringe Erfahrung in Sachen der Landes- und Bundespolitik, doch sieht Rom vielleicht gerade in dieser ‚Unbefangenheit' ein Atout: Keine der in Österreich existierenden Parteiungen, Gruppen oder Grüppchen kann ihn für sich reklamieren.
P. Groer stand dem kirchlichen Establishment seines Landes bisher fern. Auch das scheint Johannes Paul II. bedacht, wenn nicht gewollt zu haben. Die Wahl des Papstes fiel weder auf einen Bischof noch auf einen Ordensoberen, ja nicht einmal auf einen Universitätsprofessor: Ausdruck profunden Mißtrauens des Hl. Vaters gegenüber allem, was in Österreichs Kirche Rang und Namen hat? P. Groer war, wenn man von seiner Stellung als Leiter des erzbischöflichen Aufbaugymnasiums Hollabrunn und seiner Rolle in der Legio Mariae absieht, nie in einer gehobenen kirchlichen Funktion tätig gewesen. Für ihn spricht, daß er sich, im Gegensatz zu anderen, nie in das Amt gedrängt hat. Er war aber auch sicher nicht jener Kandidat, der bei der herbstlichen Befragungsaktion des Wiener Nuntius eine Mehrheit von Stimmen auf sich vereinen konnte.
Johannes Paul II. hat die kirchliche Hierarchie Österreichs bewußt übergangen, ja deren Brüskierung in Kauf genommen. Das läßt darauf schließen, daß er keinem der Bischöfe

bzw. sonstwie Etablierten zutraut, die von ihm gewünschte Wende herbeizuführen. Nach Auffassung des Hl. Vaters, die von einflußreichen Kurienpersönlichkeiten und insbesonders vom österreichischen Kurienkardinal Stickler geteilt wird, steht es ‚schlimm' um den Glauben in Österreich. Schuld an dieser Situation gibt der Papst manchen Bischöfen oder, anders ausgedrückt, dem von Kardinal König vertretenen ‚liberalen' und allzu ‚weichen' Kirchenkurs. Selbst die ‚Standesmoral' habe unter seiner Ägide gelitten. Kardinal König sei daher, wie man hier hört, schon vor Erscheinen seines Anti-Ratzinger-Buches ‚Der Weg der Kirche' beim Hl. Vater in Ungnade gefallen. So zeichnet sich mit der Bestellung des deutlich als Konservativen einzustufenden P. Groer ein Einschnitt in der Kirchengeschichte Österreichs ab.
Letztlich geht es bei dem Richtungsstreit, der oft allzu vereinfachend auf den Gegensatz konservativ-progressiv zurückgeführt wird, um die Einstellung zum 2. Vatikanischen Konzil. Für Johannes Paul II. und seinen Glaubenspräfekten ist das Konzil, wie der Papst scheltend bei seinem Besuch in Holland erklärte, ‚schlecht verstanden, schlecht aufgenommen und schlecht angewendet' worden. Es geht für ihn nicht um eine Versöhnung mit dem Zeitgeist, sondern darum, diesen (üblen) Zeitgeist aus der Kirche hinauszudrängen. Das Konzil sei ein *Mark*stein gewesen, gewiß, aber im Sinn von *Grenz*stein: Der Weg der Kirche dürfe darüber nicht hinausgehen. In den Konzilstexten sieht der Papst *Festschreibung*, nicht Ansätze für *Fortschreibung*.
Der *homo novus* auf dem Wiener Bischofssitz wird also sein Amt im Sinne des Kirchenverständnisses Johannes Pauls II. auszuüben haben. ‚Wien braucht wieder einen Seelsorger als Erzbischof und nicht einen Reisenden in Sachen Ökumene oder Ost-West-Dialog', ließ ein Kurienkardinal verlauten.
Tatsächlich deutet der Lebenslauf P. Groers in diese Rich-

tung. Der neue Erzbischof war lange Zeit seelsorglich und erzieherisch tätig. Es ist jedoch fraglich, ob er die internationalen sowie diplomatischen Aktivitäten Kardinal Königs weiterführen wird, wenngleich ihm sein Hang zu Marienwallfahrten auch Anstoß zu Reisen in die österreichischen Nachbarländer geben mag.

Mitunter hört man, daß Erzbischof Groer mit seinen 67 Jahren eine Übergangslösung darstelle. Nun, er war vielleicht ein Kompromißkandidat, insoferne der militante Konservative, Univ.-Prof. Kurt Krenn, nicht zum Zuge kam, aber P. Groer dürfte doch berufen sein, die österreichische Kirche in das dritte christliche Jahrtausend zu führen. Er steht für den diskussionslosen, eindimensionalen Katholizismus der Zwischenkriegszeit. P. Groer steht aber auch unter Erfolgszwang, denn Johannes Paul II. erwartet von ihm nicht mehr und nicht weniger als eine neue Missionierung Österreichs.

Wird es dem väterlich und bieder wirkenden neuen Oberhirten Wiens gelingen, die Überraschung, die seine Ernennung ausgelöst hat, zu seinen Gunsten auszurichten? Wird er imstande sein, die in der österreichischen Kirche aufgetretenen Spannungen mit Geduld und Takt zu überwinden und ein Klima wachsender evangelischer Eintracht herzustellen, das notwendig sein wird, um dem schleichenden Glaubensverlust entgegenzuwirken?“

Ich schloß meinen Artikel in der FAZ mit diesen Fragen.

XIII. Kapitel,
in welchem unter anderem über einen Empfang auf der österreichischen Botschaft berichtet wird.

Aus Algerichs Manuskript:

Es war schon September, nach der Bischofsweihe P. Groers. Ich saß mit P. Anselmus am Marmortischchen einer Cafeteria. Er trug nicht sein Habit, sondern ein weißes, weit geöffnetes Ausschlaghemd, so daß man das Brustkreuz sehen konnte.

P. Anselmus breitete genießerisch die Arme aus und rief: „Wie herrlich ist dieses irdische Jammertal, wenn man vor einem guten Espresso sitzt! Lieber Herrgott, ich danke Dir dafür und fühle mich wohl in meiner Benediktinerhaut!"

„Sie haben ja jetzt einen Benediktinerpater als Erzbischof von Wien", fuhr er fort. „Groer war allerdings nicht die erste Wahl. In der Plenaria legte sich ein einflußreicher Kardinal quer, als der Name Krenn aufs Tapet gebracht wurde. Die beiden kannten einander von Deutschland her. Aber täuschen Sie sich nicht: Die Causa Krenn ist noch nicht ausgestanden. Krenn ist ein begnadeter Selbstdarsteller. Kriegt alle herum, besonders die Polen", lachte mein Gesprächspartner. Dann nahm er einen Schluck von seinem Espresso.

„Wer waren die anderen Kandidaten?" erkundigte ich mich.

„Lieber Freund", er blinzelte mir zu, „ich stehe unter Beichtgeheimnis. Wenn ich etwas sage, riskiere ich ein paar Jahre Fegefeuer. Cecchini schrieb fünf Namen auf seine Liste, obwohl drei genügt hätten. Außer Krenn und Groer war noch ein niederösterreichischer Abt dabei, ferner ein Jesuitenpater, aber der Fünfte ist mir entfallen, eine eher unbedeutende Erscheinung, der aber sicher noch Bischof wird. Na ja, im Falle Groer hat sich der Heilige Geist ganz klein gemacht. Aber es ist heutzutage schon ein Wunder, wenn er überhaupt in Erscheinung tritt und ein größeres Unglück verhindert."

Einige Tage nach diesem Gespräch, am 26. September 1986, stattete der neue Erzbischof von Wien dem Papst seinen obligaten Höflichkeitsbesuch ab. Aus diesem Anlaß sah sich der österreichische Botschafter beim Heiligen Stuhl bestimmt, einen sogenannten „brillanten Empfang", wie es im Diplomatenjargon heißt, zu veranstalten.

Erzbischof Groer verspätete sich beträchtlich, da sich sein Chauffeur, der Stadt und ihrer Besonderheiten unkundig, hoffnungslos im Straßenverkehr verheddert hatte. Der exquisit möblierte Salon war gesteckt voll, man stand sozusagen Gesäß an Gesäß. Der Botschafter äußerte sich zufrieden:

„Nur wenn sich die Leute buchstäblich aneinander reiben, ist der Empfang ein Erfolg. Sehen Sie die Prominenz!" Er wies in die Runde: „Fünf Kardinäle und neun Bischöfe. Großer Bahnhof! Das festigt meine Stellung im Ministerium, vor allem, wenn es in den Massenmedien erwähnt wird. Auf die Auslandspresse wird immer besonders geachtet", setzte er beziehungsvoll hinzu. Nun, an Prominenten herrschte tatsächlich kein Mangel.

In einer Ecke stöberte ich meinen alten Freund Markowitsch auf, Redakteur der österreichischen Wochenzeitung „Kristall". Er griff sich gerade von einem Beistelltischchen eine Handvoll Salzmandeln, die er gierig in sich hineinstopfte, weil mit dem Essen auf den hohen Gast gewartet werden mußte. Sein Blick lief unruhig im Saal umher. „Moment mal!" rief er aus, „dort steht der Alt-Bundeskanzler Klaus! Ich muß ihn begrüßen gehen."

Markowitsch stürzte sich ins Gewühl, kehrte aber gleich wieder zurück: „Klaus ist soeben von Pilic in Beschlag genommen worden!"

„Dein Pech!" versetzte ich. „Wenn der dem Klaus die Ostpolitik des Vatikans erklärt, kann es dauern. Sag mir lieber, wie man in Wien die Ernennung Groers aufgenommen hat."

„Also es begann mit einer Panne. Die Ernennung machte bereits am Vortag der offiziellen Verlautbarung die Runde. Eine Indiskretion oder Wichtigtuerei des Außenministers nach dem Ministerrat. Die Regierung hatte natürlich keinen Grund, ihre Zustimmung aus ‚Gründen allgemein politischer Natur', wie es im Konkordat heißt, zu verweigern. Nach dem Bekanntwerden stand alles Kopf. Echt! Die Überraschung war total. Die Wiener Geistlichkeit fühlte sich ausgesperrt, überrumpelt. Kein Mensch weiß, wer Groer erfunden hat, wie er auf die Liste Cecchinis gekommen ist. Der Pater Hermann war außerhalb der Umgebung von Hollabrunn so gut wie unbekannt, und selbst dort haben ihn die meisten für einen etwas schrulligen Außenseiter gehalten. Na ja, vielleicht hat ihn doch der Kardinal Opilio Rossi ins Spiel gebracht. Der ist als Nuntius in Wien, aber auch später, von Rom aus, wiederholt nach Maria Roggendorf gekommen. Andere tippen auf die ‚Patronanz' des Erzbischofs Meisner von Berlin. Auch eine polnische ‚connection' in der Person Kardinal Macharskis, Nachfolger Wojtylas in Krakau, wird vermutet. Der Sekretär der Bischofskonferenz, Monsignore Kostelecky, soll von der Sache gewußt haben, desgleichen ein Rechtsanwalt namens Geymayer, aber es fällt mir schwer, die beiden als ‚Königsmacher' zu sehen. Schambeck will völlig überrascht worden sein. Schulmeister schrieb sich in einem Leitartikel seine Frustration von der Leber; bissig merkte er an, der Papst habe ‚sich einen Wallfahrtsdirektor einfallen lassen'. Wahrscheinlich war seine Eigenliebe verletzt, weil seine Vorhersage nicht eingetroffen ist.

Die erste Pressekonferenz Groers – er ließ uns alle das Vaterunser beten – verlief voller Schnurren. Groer wirkte eher belehrend als überzeugend. Um seine ökumenische Gesinnung zu bezeugen, sagte er: ‚Ich hatte eine furchtbar liebe evangelische Großmutter.' Alle fragten sich, ob hinter dieser gekünstelten Naivität nicht eine große Portion Schlauheit verborgen sei.
Dann landete ‚Basta' diesen ‚scoop': Eine Redakteurin des Blattes, die sich als Lehrerin ausgab, ersuchte Groer um ein Beichtgespräch, das sie dann, gestützt auf ein heimlich angefertigtes Tonband, als Interview veröffentlichte. Ich verurteile solche Methoden. Man mag zu Groer stehen, wie man will, aber es war eine Schweinerei, ihn so hineinzulegen. Was er der recht cleveren Reporterin sagte, war mehr als kraus; es war haarsträubend und hat ihn lächerlich gemacht. Ich kann's und will's nicht wiederholen, was er in puncto sechstem Gebot von sich gegeben hat; man kann es nur vergessen, aber es kennzeichnet den Mann. Groer ließ sich auch zu kritischen Bemerkungen über Kardinal König hinreißen: Dieser habe zu viel Wert auf Symposien hier, Symposien da, Hochschulwochen dort etc. gelegt, statt auf die Wurzeln der Kirche zu achten. Unglaublich! König wiederum hatte in seiner ersten Wortmeldung zur Ernennung seines Nachfolgers gemeint, P. Groer werde sich über den Kreis der von ihm bisher betreuten Legio Mariae hinaus öffnen müssen. Bitte, wenn das nicht deutlich war! Mir ist dabei eines unbegreiflich: Rom mußte doch gewußt haben, daß der Kardinal mit Groer nicht so besonders gut stand. Na, warten wir's ab, wie sich der Pater Hermann in seinem Amt entwickelt, er hat ja schon etliche Wandlungen durchgemacht. Den österreichischen Theologen prophezeie ich kein leichtes Leben. Von wegen freier Forschung – kommt gar nicht in Frage! Ab jetzt gilt der Obskuranten-Standpunkt: Die Herren Professoren haben sich dem Lehramt unterzuordnen. Statt ‚singuläre

Theorien' zu entwickeln, sollen sie sich gefälligst an die Offenbarung halten. Dabei hält sich doch das Lehramt selbst am allerwenigsten an die Offenbarung. Ich bitte dich: Was steht im Evangelium vom Pillenverbot? Und vom Zölibat ist auch nirgends die Rede. Dafür streitet das Lehramt ab, daß Jesus Geschwister gehabt hat. – Die neue Linie läuft doch nur darauf hinaus, von Priestern und Laien unbedingten Gehorsam gegenüber den Kirchenobern zu verlangen. Der *mündige Christ*, sage ich dir, hat ausgespielt. Gefragt ist ein Typ, der durch das Absingen marianischer Lieder daran gehindert wird, über Gott und den Glauben nachzudenken. Das Geleier des Rosenkranzes soll alle Versuche einschläfern, zu neuen Ufern aufzubrechen. Dabei hat Groer offenbar nur eine Angst, daß man ihn für einen Konservativen halten könnte.
Als Kaplan in Vöslau habe er auch mit Arbeitern diskutiert! Na stell' dir vor: Der neue Erzbischof von Wien ist eigentlich ein Progressiver, aber *niemand weiß es!*
Kirchschläger hat sich auch einen anderen als Erzbischof gewünscht, er ist ja mit König sehr konform gegangen. Er hatte einen Vorzugskandidaten, sagte aber nicht, welchen. Ist auf den Cecchini ziemlich sauer. Er wird mit dem Ärger auf seine Weise fertig und meint, man dürfe die Frage der Person nicht überbewerten."
Allmählich verlaufen sich die Gäste. Kardinal Stickler rauscht mit kurzen, entschlossenen Schritten, wie sie für Kleinwüchsige typisch sind, an mir vorüber und bemerkt: „Glauben Sie mir, es war eine gute Wahl. Die Vorsehung hatte ihre Hand im Spiel." – „Und die Pressepolemiken?" – Nun, vor solchen Auseinandersetzungen brauche man sich nicht zu fürchten, das sei heilsam und kläre die Fronten.
Pilic, der zu uns gestoßen ist, pflichtet dem Kardinal rückhaltlos bei. Für ihn ist alles in Ordnung, was vom slawischen Papst ausgeht. „Der Cheilige Vater chat mit untrüglichem Gespür den richtigen Mann zur richtigen Stunde ausge-

wählt", läßt er sich vernehmen. „Wir stehen vor einer konservativen Wende in der Kirche Österreichs." Das sollte ein kleiner Seitenhieb gegen mich sein, dessen liberale Ansichten er kennt.
Gegen Ende des Empfanges, im kleinen Kreis, komme ich zu meinem Interview. Der Botschafter stellt mich mit den Worten vor: Dr. Algerich, Vatikan-Korrespondent der FAZ. Er ist aber Österreicher!"
„Das klingt ja wie eine Drohung!" sage ich lachend.
Groer nimmt den Ball auf: „Selbst wenn es eine wäre, wollen wir annehmen, daß sie unbegründet ist. Sie führen allerdings, wie ich höre, eine ziemlich spitze Feder!"
Das muß ihm der Botschafter (oder der „Anima"-Rektor) gesteckt haben, denke ich mir im Stillen. Laut entgegne ich: „Exzellenz, es fällt einem halt manchmal schwer, über die Kirche nicht die Wahrheit zu schreiben."
„Wenn Sie bei der Wahrheit bleiben, wird Ihnen das niemand verübeln. Aber leider wird von der Presse sehr viel manipuliert und unterstellt. Man spielt auf Subkutanes, Unterschwelliges an. So spricht man zum Beispiel vom polnischen Papst. Der Heilige Vater soll mit dem Hinweis auf sein Heimatland herabgesetzt werden."
Wir kommen auf die Waldheim-Kampagne zu sprechen. Groer betont, daß keinerlei Beweise für das inkriminierte Verhalten des Bundespräsidenten vorlägen. Ich ziehe eine Parallele:
„Die Reaktion auf die Waldheim-Kampagne hat einen latenten Antisemitismus zum Vorschein gebracht, die Kampagne gegen Sie, Exzellenz, einen latenten Antiklerikalismus."
Der Erzbischof pflichtet mir bei: Ja, es sei direkt zu einem Ausbruch des Hasses gegen alles Kirchliche gekommen. Ich versuche, Groer zu trösten: Im sogenannten katholischen Italien seien Angriffe gegen die Kirche, gegen die Geistlichkeit, ja gegen den Papst selbst gang und gäbe.

Ob diese Bemerkung dem Erzbischof wirklich zum Trost gereichen wird? Er scheint sich eher in einer Märtyrerrolle zu sehen.
Groer erzählt unter anderem, er habe vor der Bischofsweihe mündliche und schriftliche Drohungen erhalten. Tatsächlich habe ein Mann die Zeremonie durch laute Zwischenrufe gestört und versucht, in seine Nähe zu gelangen. „Ein harmloser Spinner", meint einer aus der Runde, der dabei war. Ich habe den Eindruck, daß Groer hinter dem Zwischenfall mehr vermutet.
Zum Abschluß des Abends läßt der Botschafter Wein auffahren. Markowitsch flüstert mir ins Ohr: „Roggendorfer Spätlese!"

***

Nachts im Garten der deutschen Botschaft. Ich habe Nescafé refusiert, dafür energisch Whisky pur verlangt und auch erhalten. Ich sage dem deutschen Botschafter ungefähr folgendes:
„Eigentlich wurde über den Modus der Bischofsernennungen schon immer gestritten. Die fast zweitausendjährige Geschichte des Christentums ist reich an Beispielen. Der Investiturstreit, der zwischen Kaiser Heinrich IV. und Gregor VII. tobte, war der Gipfelpunkt dieser Auseinandersetzungen. Theoretisch gäbe es eine Reihe von Möglichkeiten: Wahl durch das Volk, durch den lokalen oder benachbarten Klerus, Bestellung durch den Landesherrn oder freie Ernennung durch den Papst. Augustinus wurde durch seinen Vorgänger auf den Bischofssitz von Hippo gehoben, unter dem drängenden Zuspruch der Gemeinde; Rom hatte damit nichts zu tun. Gerade der Hl. Augustinus aber erwies sich als besonders ‚romtreu und verläßlich'.
Im Grunde ging es um Machtfragen. Die Bischofsernennungen waren hochpolitische Auseinandersetzungen zwischen Kaiser und Papst, Landesherren und Kirchenfürsten. Oft

standen enorme finanzielle Interessen auf dem Spiel. Wer zahlt, der fahrt! verehrter Herr Botschafter. So besehen könnte es sein, daß Rom mit seinem Anspruch auf freie Bischofsernennung langfristig nicht durchkommt, wenn es in zunehmendem Maß auf die finanzielle Hilfe reicher Ortskirchen (wie zum Beispiel der deutschen) angewiesen ist, um die Kosten für das Kurienpersonal, die aufwendigen Reisen, die Rückzahlung von Bankschulden etc. aufbringen zu können.
Theologisch wird begründet: Christus habe die Apostel persönlich berufen, ergo könne auch nur der Papst als sein Stellvertreter auf Erden deren Nachfolger, die Bischöfe, bestellen. Da bis ins hohe Mittelalter die Bischöfe zum Teil vom Ortsklerus, zum Teil vom Landesherrn ernannt wurden, wären fünfzehn Jahrhunderte Kirchengeschichte ein Irrweg, eine Abweichung von göttlichen Vorschriften gewesen?
Aber: Ist nicht alles ein Streit um des Kaisers Bart? Ist es nicht gleich, wer den Bischof aussucht? Entscheidend ist doch letzten Endes das Wirken des Heiligen Geistes. Er kann das Volk, den Klerus oder den Landesherrn ebenso erleuchten wie den Papst und seine Kurialen! (Lassen wir einmal den Einwand beiseite, daß sich der Heilige Geist nicht bei allen Bischofsernennungen, wie immer sie auch erfolgten, in überzeugender Weise manifestiert hat)."
Hengstorff ist ganz auf seiten des Papstes: „Der Heilige Vater kann ernennen, wen er will. Ohne Rücksicht auf Verluste. Irgendeiner wird immer beleidigt sein, weil er's nicht geworden ist. Der Papst darf sich keine Sentimentalität leisten, wenn es um das Wohl der Gesamtkirche geht.
Bischofswahl durch den lokalen Klerus oder gar durch das Volk? Das sind doch Kokolores! Wie stellen sie sich das praktisch vor? Daß die Kandidaten Wahlreden halten? Daß Plakate gedruckt werden wie: X ist der Beste, er garantiert die Religion Eurer Väter! Y fordert mehr Sparsamkeit am Bischofshof! Z: Ich werde für die Pille kämpfen! Womöglich

mischen sich dann noch die Frauen ein, zeigen ihre Reize, um wer weiß welche krausen Forderungen durchzusetzen. Nee, nee, das führt zu nischt!"

„Was mich am meisten stört", versetzte ich, „sind nicht so sehr die ex-auctoritate-Entscheidungen, denn es werden ja Meinungen eingeholt, Dossiers angelegt, Sitzungen abgehalten usw., sondern die Geheimniskrämerei und Undurchsichtigkeit des Verfahrens. Wer sind konkret die Leute, auf die es ankommt, auf wen verläßt sich der Papst schließlich und endlich? Persönliche Ressentiments spielen oft eine ausschlaggebende Rolle; Ignoranten, die sich Liebkind machen, können unermeßlichen Schaden anrichten!"

„Mein lieber Algerich, wie – glauben Sie – werden die Top-Manager in der Industrie bestellt? Da gibt's doch auch Intrigen, Anschwärzungen, Fallstricke und dergleichen Praktiken, und dann wird derjenige Generaldirektor, der mit dem Aufsichtsratspräsidenten jagen geht und im richtigen Augenblick danebenschießt, damit der Chef die Trophäe kriegt!"

„Gewiß, gewiß, aber wenn der Generaldirektor das Werkel nicht schupft, wie man bei uns in Österreich sagt…"

„Also den Laden nicht schmeißt!"

„… sondern rote Zahlen schreibt, wird er gefeuert, und das passiert einem Bischof nicht; im Extremfall findet sich für ihn immer ein Plätzchen an der Kurie. Ich weiß nicht, warum sich der Hl. Stuhl so gegen einen Demokratisierungsprozeß stellt. Die Kirche stimmt schließlich auch darüber ab, wer Papst wird. Auf den frühen Konzilen sind sogar dogmatische Entscheidungen durch Mehrheitsbeschluß gefallen. Man hat eben in der Haltung der Mehrheit das Wirken des Hl. Geistes gesehen. Bezüglich der Bischöfe heißt es noch im ‚Decretum Gratiani', 1140: *Electio clericorum est, consensus plebis.* Die Wahl, es heißt ausdrücklich Wahl, ist Sache der Kleriker, die Zustimmung Sache des Volkes."

„Aber bedenken Sie, daß das nur Streit gibt! Wenn der Bischof vom Domkapitel gewählt wird und es zu keiner einheitlichen Stimmabgabe kommt, ist die unterlegene Partei ewig sauer auf die Sieger. Das kann doch in der Folge nur zu Reibereien am Bischofshof führen; einer wird dem andern Pflöcke in die Speichen stecken…"

„Diese Situation ist meines Erachtens weit weniger gravierend als eine generelle Unzufriedenheit. Das größte Übel stellt in meinen Augen die dominierende Rolle des Nuntius dar: Er ist eine ortsfremde Person, häufig ein Italiener, von seinen Oberen abhängig, weil er ja Karriere machen will. Im Zweifel wird er nicht die Besten auf seine Liste setzen, sondern diejenigen, von denen er annimmt, sie seien von Rom gewünscht. Es gibt wenige Nuntien, die sich mit der Ortskirche identifizieren, im Gegenteil: Die meisten wollen die Bischöfe gängeln, fühlen sich als deren Vorgesetzte, als Statthalter des Papstes. Um sein Spiel spielen zu können, verläßt sich der Nuntius weder auf die ‚Granden' der Ortskirche noch auf die ‚Troupiers' draußen in den Pfarreien, die in Tuchfühlung mit der Bevölkerung stehen, sondern auf obskure Zwischenträger, Schlüsselloch-Experten und Speichellecker. Und ich sage Ihnen aus eigener Erfahrung: Diese inoffiziellen Mitmischer finden stets ein geneigtes Ohr!

Aber davon abgesehen: Bei allem Respekt vor der Arbeitsweise der Kurie, der Apparat ist einfach überfordert. Wie kann Rom den Überblick über rund 4200 Bischöfe, die in der ganzen Welt verstreut sind, bewahren? Die Kirche ist für die Kurie längst zu groß und vielfältig geworden. Der Papst mag sich auf vertrautem Terrain bewegen, wenn es sich um die Neubesetzung des Bischofssitzes von Krakau oder Posen handelt, aber was versteht er davon, wenn eine von den rund 370 Diözesen Brasiliens besetzt werden soll? Ist da nicht dem Zufall Tür und Tor geöffnet? Und dazu dieses geheimpolizeiliche Ermittlungsverfahren mit all den Schnüffeleien in der Vergangenheit der Kandidaten. Papier ist geduldig,

aber auch verräterisch; manche sagen daher nur mündlich, was sie gegen diesen oder jenen Kandidaten auf dem Herzen haben, und der Arme kann es nicht entkräften, kann sich gegen die Vorwürfe gar nicht zur Wehr setzen."
Hengstorff war jetzt doch etwas nachdenklich geworden. Er sagte: „Gewiß berichtet ein Nuntius so, wie es Rom gerne von ihm hören möchte. Ich mache es mit meinen Rapporten ebenso. Aber gerade das, mein lieber Algerich, gewährleistet die Einheitlichkeit der Kirche. Sonst fällt doch alles auseinander, sonst landen wir doch im Protestantismus!"
„Trotzdem halte ich es für absurd, daß das *Volk Gottes* oder, um bei der Terminologie des Hl. Augustinus zu bleiben, die *civitas Dei*, von der Bestellung der Apostelnachfolger ausgeschlossen bleibt. Das bedeutet eine Schwächung der Position der Diözesanbischöfe: Nur gehorsame Befehlsempfänger kommen zum Zug, die allezeit nach dem Papst schielen, wenn es für die sogenannte Herde etwas zu bedenken oder zu entscheiden gilt."

XIV. Kapitel,
in welchem über die Ernennung Univ.-Prof. Krenns zum Weihbischof von Wien reflektiert wird.

Fortsetzung von Algerichs Manuskript:

„Unheil, nimm deinen Lauf!" schrieb ich in mein Tagebuch am 8. März 1987. Die Ernennung Kurt Krenns zum Weihbischof von Wien mit kulturellen Agenden wurde von einer namhaften deutschen Zeitung (Klassiker zitierend) recht unfreundlich glossiert.
Es war mir nicht unlieb, daß mein Wiener Kollege die Sache wahrnahm. Ich befand mich dadurch außer Obligo, die vatikan-kritischen Äußerungen gingen diesmal nicht auf mein Konto. In der Vergangenheit hatte ich mir ja wiederholt Vorhaltungen seitens der Sala Stampa wegen meiner angeblich respektlosen Schreibweise gefallen lassen müssen.
Trotzdem begann ich mit der Anlegung eines Dossiers, da ich die Absicht hatte, die Weiterungen, welche die Ernennung Krenns ohne Zweifel nach sich ziehen würde, genau im Auge zu behalten.
Sachlich betrachtet, war die Bestellung eines vierten Weihbischofs für Wien gänzlich überflüssig. Es hätte genügt, die anfallenden Agenden auf die Weihbischöfe Moser, Krätzl und Kuntner aufzuteilen. Die Frage war nur: Entsprach dies den Wünschen Roms? Wollte Rom nicht vielmehr den Bereich Wissenschaft, Kunst und Kultur herauslösen, verselbständigen und einem besonderen Vertrauensmann, eben Weih-

bischof Krenn, überantworten? Bestand die hintergründige Absicht darin, für Krenn eine Art *chasse gardée* zu schaffen, eine reservierte Domäne, wo Groer selbst nichts mehr zu reden hatte? War dies der Fall, kam die Bestellung Krenns einer Teilentmachtung des Erzbischofs von Wien gleich. Die Optik war jedenfalls schief; Groer geriet in den Geruch, der Papst habe ihm ein Stützmieder verpaßt, weil er ihn allein nicht für stark genug ansah, den neuen Kirchenkurs durchzuziehen. Ich fühlte so etwas wie Mitleid mit dem Erzbischof; war Krenn gar als Kontrollor für seinen „Chef" eingeplant, sollte er durchs Hintertürl als heimlicher Leiter der Erzdiözese eingeschleust werden? Traf diese Annahme zu, war die Situation Groers nicht nur wenig komfortabel, sondern auch unverdient, denn er hatte sich – im Gegensatz zu Krenn – um den Posten des Erzbischofs nie „gerissen".

Um mehr zu erfahren, rief ich Markowitsch an. Mein alter Freund und Weggefährte war außer sich. Die Ernennung Krenns habe wie ein Blitz aus heiterem Himmel eingeschlagen. Man traue aber Groer, diesem „Hasenfuß", zu, Krenn selbst angefordert zu haben, als Erstplazierten! Vielleicht hat es ihm aber auch der „Heckenschütze" eingegeben. Ich hege sogar den Verdacht, daß ein Package-deal vorliegt: Groer wird Erzbischof, kriegt aber den kombattiven Krenn zur Seite, der die Grobarbeit verrichtet und das Kirchenvolk sowie die Geistlichkeit das Fürchten lehrt. Vor allem sollen die Theologieprofessoren auf Vordermann gebracht werden. Was denkt man sich eigentlich in Rom?" fragte mich Markowitsch aggressiv. „Hören die nur auf ein Rudel heulender Rechtskonservativer? Kann denn unser Botschafter nicht intervenieren? Er soll in Rom klipp und klar sagen, was da auf die Kirche in unserem Land zukommt... eine Kirchenspaltung..." Dem armen Markowitsch versagte die Stimme.

„Um Gottes willen", entgegnete ich, „da ist der Gute viel zu eingeschüchtert und vorsichtig. Der Mann ist doch ein gestandener Beamter! Der rührt keinen Finger, wenn er nicht eine ministerielle Weisung kriegt. Hat eine Heidenangst vor dem ,Vatikanisten' der ÖVP, dem so etwas nicht verborgen bliebe. Außerdem würde eine Intervention gar nichts nützen, sondern die Lage nur verschlimmern."

„Gibt es denn in Rom keine vernunftbegabten Österreicher oder Österreich-Freunde, die man einspannen könnte? Die Entwicklung ist ka-ta-stro-phal, wir müssen etwas unternehmen, die Gleichgesinnten mobilisieren, um die weitere Vertreibung der Gläubigen aus der Kirche zu verhindern! In Rom müssen wir ansetzen!"

„Kurienkardinal Stickler steht ganz auf seiten der Konservativen und agiert nur in ihrem Sinn! Kardinal Opilio Rossi, der Milde und Hilfreiche, ist längst von den Ereignissen überrollt; die anderen ,Österreicher' haben nichts zu reden, sind ohne Einfluß."

„Aber wie kann man dem Papst stecken, daß in Wien der Hut brennt? Die Dechanten bereiten einen Brief an den Papst vor, in dem sie gegen die Ernennung Krenns protestieren. Sie widerspreche dem Grundsatz der Teilhabe und Mitverantwortung, wie er noch auf der außerordentlichen Bischofssynode 1985 bekräftigt worden sei. Das ist doch ein starkes Argument, findest du nicht auch?"

„Es ist ein gutes Argument, aber es wird Johannes Paul nicht beeindrucken. Wenn er Widerstand spürt, verhärtet sich sein Standpunkt."

„Die Dechanten haben Krenn aufgefordert, sein Amt auszuschlagen. Ein unerhörter Vorgang in der österreichischen Kirchengeschichte. Das muß dem Papst doch zu denken geben, muß ihm doch die Augen öffnen!"

„Also ich glaube, daß die Ernennung Krenns kein Fall ist, der auf Mißinformation des Papstes, auf Intrigen, Denunziationen usw. zurückzuführen ist. Nein, Kurt Krenn ist einfach der Mann der Stunde, der Mann, den der Papst ausersehen hat, seine Linie zu vertreten und durchzusetzen. Er hält ihn für hart genug, um diese Aufgabe, die er Groer allein nicht zutraut, zu bewältigen. Täuscht euch nicht: Johannes Paul II. steckt selbst dahinter, obwohl es in Österreich noch fromme Seelen gibt, die sagen: Wenn das der Hl. Vater wüßte! Er weiß es, der Hl. Vater, das kannst du mir glauben!"

Eine Bestätigung meiner Lagebeurteilung kam paradoxerweise – aus der Kurie selbst. Es war eine österreichische Stimme, es war aber auch „His Master's Voice", die da vorgetragen wurde.

Das Interview, das Kardinal Stickler der „Kronenzeitung" gewährte und in der Ausgabe vom 26. März 1987 erschien, zeichnet sich jedenfalls durch das Verdienst aus, Klarheit zu schaffen, Klarheit über die Gründe, die den Papst bewogen hatten, einen Mann wie Krenn nach Wien zu schicken. Stickler versuchte wenigstens nicht, den Gläubigen ein X für ein U vorzumachen. In seiner simplen Salesianersprache sagte er:

„Wenn man ihn (Krenn) als Konservativen apostrophiert, kann ich nur sagen: Es ist höchste Zeit, daß heute wirklich von höchster Stelle (Sperrdruck von mir) das vertreten wird, worin der eigentliche Glaubensinhalt und die Sittennormen für den gläubigen, praktizierenden Katholiken bestehen."

„Gewisse Äußerungen" hätten im Vatikan „Mißfallen" erregt. Stickler nannte expressis verbis die Maria Troster Erklärung zur sogenannten Pillenenzyklika und das Drängen des österreichischen Episkopates, die Geschiedenenpastoral (Zulassung Wiederverheirateter zu den Sakramenten) zu „überdenken". (Also das bloße „Überdenken" einer Frage war in den Augen des Kardinals bereits Ungehorsam, Befehlsverweigerung). Zur Maria Troster Erklärung hatte sich Univ.-Prof. Wolfgang Waldstein, Ordinarius für Römisches Recht an der Universität Salzburg, in der „Furche" vom 10. 4. 1987 wie folgt vernehmen lassen:

„Eine der Tatsachen (Anm.: für die Unzufriedenheit des Hl. Stuhles) ist die Maria Troster Erklärung der Österreichischen Bischofskonferenz von 1968. Unter dem Druck von Beratern (sic!) hat sie die Lehre des Konzils, die mit „Humanae vitae" (HV) ausgeführt wurde (??), faktisch als nicht verbindlich erklärt. Entgegen den Ergebnissen der Bischofssynode 1980 hat die ÖBK noch weitergehend erklärt: ‚Ehegatten aber, die nach ernster Prüfung meinen, der in der Enzyklika „Humanae vitae" vorgelegten (Methode der) Empfängnisregelung nicht zustimmen zu können, verfehlen sich nicht, wenn sie bereit sind, ihre Überlegungen gewissenhaft fortzusetzen."
Im weiteren Verlauf des vorzitierten Interviews in der „Kronenzeitung" wird Stickler noch deutlicher: „Sicher hat der Papst ein Zeichen dafür gesetzt, daß gewisse Tendenzen, die nicht seinen Vorstellungen entsprechen, wieder ausgeglichen werden."
Wie mir Markowitsch noch am Erscheinungstag des Interviews berichtete, habe diese Einmischung Sticklers „in Dinge, die ihn nichts angehen" (wörtlich: „Er soll lieber weiter an seinem unterirdischen Bücherdepot, diesem Luftschutzbunker, bauen!"), viele Leute in Wien empört, selbst solche, die Krenn a priori nicht ablehnend gegenüberstehen.
Das Verhalten von Erzbischof Groer sei bezeichnend gewesen. Er habe öffentlich erklärt, wegen der Ernennung Krenns nicht in die Arena zu steigen, und sich einer Äußerung enthalten. „Eine de facto-Abdankung des Wiener Erzbischofs! Er sitzt lieber hinter zugezogenen Vorhängen in seinem Palais und ißt Lebkuchenherzerln, die ihm seine geistlichen Schwestern gebacken haben. Gerade in kritischen Momenten erwartet das Volk doch klärende Worte seines ‚Herdenführers'!" – Soweit mein Freund Markowitsch.
Ich selbst machte die Runde bei meinen Monsignori. Der Substitut soll gesagt haben, Kardinal Stickler sei zwar eine *personalità autorevole*, also eine anerkannte, mit Autorität

ausgestattete Persönlichkeit, habe aber lediglich seine persönliche Meinung ausgedrückt. Ich glaube nicht so recht an diese Version; meines Erachtens ist Stickler nicht der Mann, der sich ohne Rückendeckung an die Öffentlichkeit wendet. Nichtsdestoweniger bestätigten mir *alle* Gesprächspartner, Erklärungen von Kurienkardinälen zu personellen Entscheidungen in ihren Heimatländern stellten etwas durchaus Ungewöhnliches dar, Stickler hätte besser getan, zu schweigen.

Die Reaktion der Österreichischen Bischofskonferenz ließ nicht lange auf sich warten, die Bischöfe hatten damals noch mehr Mumm in den Knochen.

In einer öffentlichen Stellungnahme drückte der Salzburger Erzbischof Karl Berg die Sorge aus, daß es in der österreichischen Kirche zu einer Polarisierung kommen und – wörtlich – „das harmonische und herzliche Verhältnis der österreichischen Katholiken zum Hl. Vater gestört werden könnte." Leider gebe es Kreise, welche die Glaubens- und Kirchentreue der österreichischen Katholiken in Zweifel zögen. Als Vorsitzender der Österreichischen Bischofskonferenz sehe er, Erzbischof Berg, keine Veranlassung, von der grundlegenden pastoralen Linie abzugehen, die sich in der seelsorglichen Praxis bewährt habe und sich am 2. Vatikanischen Konzil orientiere. Eine hochgestellte Persönlichkeit, bringt es der Erzbischof schließlich auf den Punkt, habe Gerüchte von einem Mißbehagen im Vatikan über Äußerungen der Österreichischen Bischofskonferenz artikuliert und dazu bedauerlicherweise den Weg über eine Zeitung gewählt, statt ein brüderliches Gespräch zu suchen.

Markowitsch gestand mir später, er hätte Berg diese mannhafte Stellungnahme gar nicht zugetraut. „Der Wind aus Rom blies ihm damals heftig ins Gesicht! Er stand zwar zum altersbedingten Rücktritt heran, riskierte aber, wegen seiner offenen Sprache vom Papst noch vor dessen Besuch in Salzburg in Pension geschickt zu werden.

Ein bißchen fadenscheinig und von *wishful thinking* getragen war die Bergsche Erklärung schon, denn den österreichischen Bischöfen konnte doch nicht verborgen geblieben sein, daß der Papst mit ihrem bzw. dem Kurs Kardinal Königs unzufrieden war und auf Abhilfe sann.
Auch die renommierte „Presse“ trat auf den Plan. Die Ressortleiterin für „Kirchliches“, Pia Maria Plechl, rief Kardinal Stickler in Rom an und fragte ihn frei heraus, wie er zu den Erklärungen des Salzburger Oberhirten stehe. „Hätte ich gewußt, daß meine... Äußerungen den österreichischen Bischöfen solche Schwierigkeiten bereiten, hätte ich manches nicht oder nicht so gesagt“, gab sich Stickler versöhnlich, ja reuevoll. In der Sache selbst blieb er unerbittlich, ja er verschärfte seine Kritik. So meinte er z. B., die österreichischen Bischöfe hätten nicht verhindert, daß Theologieprofessoren und Seelsorger Meinungen vertreten, die im Widerspruch zum kirchlichen Lehramt, ja zu ewigen Wahrheiten stünden – geradezu ein Vorwurf der Häresie! Das Verhalten der Wiener Dechanten bezeichnete der Kardinal als „Rebellion“; Kritik am Papst sei „ganz einfach unzulässig“. Gerade das Aufbegehren der Dechanten beweise, wie sehr „gewisse Entscheidungen des Papstes notwendig geworden sind.“
Bei der Frühjahrsversammlung der Österreichischen Bischofskonferenz wurde eine typische Sowohl-als-auch-Lösung gefunden. In der Schlußerklärung heißt es, die Bischöfe begrüßten in ihrer Mitte mit selbstverständlicher Brüderlichkeit den neuernannten Weihbischof, der seinerseits willens sei, ihnen mit ebensolcher Brüderlichkeit zu begegnen. Fazit: Das Kriegsbeil gegen Krenn wird offiziell begraben, der Rebellion der Dechanten und anderer Aufmüpfiger keine Folge gegeben. Allerdings verwahrten sich die Bischöfe gegen die Art der Aussagen von Kardinal Stickler und die von ihm erhobenen pauschalen Vorwürfe. Das war ein ziemlich scharfer Schuß gegen den Kurienkardinal, aber traf man nicht den Falschen?

Noch immer hielten die Bischöfe die Fiktion aufrecht, der Hl. Vater sei dem österreichischen Episkopat gewogen: Der Papst habe, schrieben sie, „bei seinem Besuch in Österreich 1983 und auch sonst Zeichen seiner Anerkennung und der Verbundenheit der Kirche mit unserem Land und besonders auch mit uns Bischöfen gegeben… " Eine, wie sich später zeigen wird, verhängnisvolle Fehleinschätzung! Aus dem Umstand, daß sich der Papst – vorläufig noch – bedeckt hielt, leiteten die Bischöfe ab, der Hl. Vater sehe keinen Anlaß zu irgendwelchem Tadel, alles sei eben nur, wie sich Erzbischof Berg vor der Presse äußerte, „der dolce Tratsch di Roma".
Für die Verfechter eines konservativen Kirchenbildes war die Ernennung des eindeutig als gehorsamsorientiert einzustufenden Krenn, der eisern zu den traditionellen theologischen Positionen stand, ein Grund zu triumphieren. „Auch die verstocktesten Köche einer liberalen Kirchensuppe wissen jetzt, woran sie sind", soll einer von ihnen gesagt haben. Der rechte Flügel der ÖVP fand sich endlich in seinem Ausharren bestätigt. Man durfte wieder hoffen, einen direkten Draht zum Lieben Gott zu haben. Über die Rolle Schambecks ist in der Folge viel gerätselt worden.
Ich selbst war zugegen, wie er als Ständiger Stellvertretender Vorsitzender des Bundesrates in einer Audienz, an der zahlreiche hochrangige ÖVP-Politiker teilnahmen, dem Papst für die Ernennung von Groer und Krenn dankte: Österreich sei glücklich über diese *Wende*. Johannes Paul registrierte die Wortmeldung, wie ich seiner Mimik deutlich entnehmen konnte, mit Genugtuung. Angesichts der Zusammensetzung der österreichischen Delegation mußte der Papst die Äußerung Schambecks für repräsentativ, ja geradezu für offiziell halten. Darauf deutet auch der Umstand, daß der Hl. Vater in kleinem Kreise, als die Rede auf das Protestschreiben der Wiener Stadtdechanten kam, gemeint habe: „Aber Professor Schambeck hat mir doch den Dank für die getroffenen Entscheidungen ausgesprochen!"

XV. Kapitel,
in welchem der Hl. Augustinus ein zweites Mal erscheint.

Als der Hl. Augustinus Algerich ein zweites Mal erschien, machte er ein mißmutiges Gesicht. Irgendetwas ist ihm über die Leber gelaufen, dachte Algerich. Der Heilige wickelte sich fester in seine Heideggersche Regenpelerine und sagte:
„Es zieht in deinem Schlafzimmer!“
„Entschuldige bitte“, antwortete Algerich, „das ist die vollautomatisierte Klimaanlage. Ich kann sie leider nicht abstellen.“
„Ich spüre es in meinen Knochen.“ Der Hl. Augustinus griff sich mit der Hand ans Kreuz. „Ich habe ja fast vierzig Jahre in Hippo Regius verbracht. Das Klima der nordafrikanischen Küstenstriche ist äußerst ungesund, fast so schlecht wie in Mailand. Die Sommer sind schweißtreibend und erschöpfend, in den übrigen Monaten ist es windig und feucht. Die Kälte frißt sich durch die Haut bis auf das Gebein. In meinem Bischofshof gab es nur Holzkohlebecken, wir hatten keine zentrale Fußbodenheizung wie in Cassiciacum, im Landhaus meines Freundes Verecundus. Es half auch nicht viel, wenn man sich einen heißen Stein ins Bett legte und mit Bergen von Schafwolle zudeckte. Ja, ja, in Hippo Regius habe ich mir einen ganz schönen Rheumatismus geholt.“
„Das tut mir aufrichtig leid“, beeilte sich Algerich zu versichern. „Darf ich dich trotzdem etwas fragen? Mein Schwager, er heißt Justinus, ich nenne ihn den Gerechten, denn er

ist sehr genau, fast zu genau, wenn es um Geschichte geht, aber auch im Geben und im Nehmen, du verstehst, was ich meine: Strenge Rechnung, gute Freunde! – Justinus schlägt sich mit einem Problem herum, das ihn quält. Er glaubt, Gott sei zu hart gewesen, als er die ganze Menschheit für Adams Sündenfall bestrafte. Adam war, sagt Justinus, im Grunde kein schlechter Bursche, er habe jedenfalls nicht gemordet wie Kain. Sein Wunsch, Gott zu gleichen, zeuge zwar von Stolz und Überheblichkeit, lasse aber doch auch auf Naivität, ja auf eine gewisse geistige Beschränktheit schließen. Adam sei der Klugheit der Schlange einfach nicht gewachsen gewesen. Gott habe das Moment der Verführung – Anstiftung im juridischen Sinn – bedauerlicherweise nicht als strafmildernd anerkannt. Gott gab, sagt Justinus, Adam zwar die Freiheit, sich für oder gegen sein Gebot zu entscheiden, stattete ihn aber mit einer schwachen Erkenntnisfähigkeit aus, denn sonst wäre Adam nicht auf die unsinnigen Behauptungen der Schlange hereingefallen."

„Adam war nicht so einfältig, wie du meinst", versetzte der Hl. Augustinus. „Als ihn Gott zur Rede stellte, weil er von der verbotenen Frucht gegessen hatte, verteidigte er sich sehr geschickt: ‚Das Weib, *das du mir zugesellt hast*, gab mir vom Baum und ich aß.' Adam schob also die Schuld nicht allein auf Eva, sondern in letzter Instanz auf Gott selbst, dessen Fehler es gewesen sei, ihm eine sündhaftige Gefährtin zu geben. Die Antwort Adams war dreist, zeugt aber von seiner Intelligenz!"

„Nun, ich persönlich habe mit der Apfelgeschichte keine Schwierigkeiten. Ich finde, Gott war großzügig genug; er erlaubte Adam und Eva den schrankenlosen Gebrauch des Paradieses. Das eine und einzige Verbot hätten sie wahrlich einhalten können, es war nicht zu viel von ihnen verlangt. Trotzdem", Algerich zögerte ein wenig, „stelle ich mir die Frage: Hat Gott die ersten Menschen nicht erst durch das Verbot, vom Baum zu essen, auf die Idee gebracht, sich seinem Willen zu widersetzen? Gott stieß sie ja geradezu mit der Nase darauf! Ohne das Verbot hätten Adam und Eva friedlich dahingelebt, glücklich in der Anschauung Gottes, die unbegrenzten Süßigkeiten des Paradieses, die Wonnen sondergleichen, auf ewige Zeiten genießend. Warum hat ihnen Gott den Stachel des Aufbegehrens ins Herz gestoßen?"

„Das Verbot war kein Stachel, sondern Ausdruck der permanenten Ansprache Gottes: Denket daran, daß ihr meine Geschöpfe und damit der Erweis meiner innigsten Liebe seid! Die Hybris", rief der Hl. Augustinus emphatisch aus, „die Hybris hat Adam und Eva zu Fall gebracht."

Algerich setzte sich in seinem Bett auf. „Eugen Drewermann", sagte er, „behauptet, Adam und Eva hätten nicht aus Ungehorsam, sondern aus *Angst* gesündigt."

„Wovor sollten Adam und Eva Angst gehabt haben?"

„Nun, vor der *Entscheidung*, ob sie vom verbotenen Baum essen sollten oder nicht. Diese Entscheidung kam unausweichlich auf sie zu, war nicht zu umgehen, die Worte der Schlange haben sie nur beschleunigt. Adam und Eva standen unter anhaltendem Entscheidungsstreß, der Angst vor dem Entweder–Oder, dem Essen oder dem Nicht-Essen, dem Wissen oder Nicht-Wissen um Gut und Böse. Sie waren dieser Entscheidung ausgeliefert, in diese Entscheidung geworfen, ihr Schwanken konnte nicht ewig dauern. Sie *mußten* eines Tages schuldig werden, weil ihr Vertrauen in Gott nicht groß genug war; sie trauten ihm nicht zu, daß er es gut mit ihnen meine."

„Dann war ihr Vertrauen in Gott den Herrn geringer als das eines Kutschers, der sich anschickt, über eine Brücke zu fahren. Der Wagenlenker vertraut dem Architekten, der die Brücke gebaut hat, denn sonst würde er sich ja vor dem Überqueren die Baupläne geben lassen."

„Ein Kutscher fährt dem anderen nach! Wem aber hätten

Adam und Eva folgen sollen? Sie mußten, ganz auf sich selbst gestellt, für oder gegen Gott entscheiden. – Vielleicht glaubte Adam, mit dem Apfelessen das Richtige zu tun, just das zu tun, was der Herr von ihm erwartete, als er das Verbot aussprach. Die Wege Gottes sind ja unerforschlich, wir wissen nie, welche Absichten er verfolgt. Hatte Gott im Sinn, Adam sündigen zu lassen, um dann seinen Sohn zur Erlösung des Menschengeschlechtes auf die Erde zu senden? Wenn dem so wäre, hätte Adam, indem er vom Baum der Erkenntnis aß, den Heilsplan Gottes verwirklicht, jene glückliche Schuld, *felix culpa*, auf sich geladen, von der du in einer deiner Predigten gesprochen hast. Dieses Wort hat ja sogar Eingang in die kirchliche Osterliturgie gefunden."

„Die Schuld war eine glückliche, denn sie löste die überbordende Gnade Gottes aus. Das ändert aber nichts daran, daß die Sünde des ersten Menschenpaares in Ungehorsam bestand. Du kannst es in meinem Werk ‚Vom Gottesstaat' nachlesen!"

„Dann erlaube mir, daß ich Drewermann dagegen halte!"

Mit diesen Worten war Algerich offenbar zu weit gegangen, der Heilige nahm den Vergleich mit dem Mann aus dem Ruhrpott sichtlich krumm. Seine altmodische Bischofsmütze schwankte bedrohlich, sein Gebets- beziehungsweise Schlechtwetterumhang geriet in heftige Wallungen. Algerich beachtete ihn jedoch nicht, sondern griff sich von seinem Nachtkästchen ein dickes Buch, schwer wie ein Ziegelstein.

„Hier muß es stehen, gleich zu Beginn!" Fieberhaft schlug er Seite für Seite um. „Da!" rief er triumphierend. „Ich zitiere Drewermann, höre ihn selbst:

‚Die Schlange des Nichtseins (Gen. 3,1), dieses Symbol der Kontingenz und der Angst, verführte den Menschen aus Angst dazu, in wahnhafter Weise *wie Gott sein zu wollen.*' – Oder: Nicht ‚prometheischer Stolz', sondern der ‚Versuch einer verzweifelten Selbstrettung in der Unentrinnbarkeit einer immer weiter sich vergrößernden Daseinsangst‘ habe die Erbsünde induziert. Der Mensch – sagt Drewermann – suche in seiner Daseinsangst nach Unendlichkeit. Diese könne er entweder in Anlehnung an Gott finden oder er verfalle in den Wahn, Gott selbst sein zu wollen. Adam habe den zweiten Weg gewählt, aber er sündigte – zeigt Drewermann auf – nicht aus Ungehorsam, sondern aus Mangel an Gottvertrauen. In der biblischen Erzählung vom Sündenfall stehe nicht Gehorsam gegen Ungehorsam, sondern Gottvertrauen gegen Angst. Die Erbsünde sei eine Art Zwangsneurose; sündigen *müssen* sei unser Schicksal.“

Die – wie Henkel – abstehenden Ohren des Hl. Augustinus schwollen an; selbst im schwachen Dämmerlicht, das den Heiligen umgab, war zu erkennen, daß sie sich karmesinrot verfärbten. Schroff erwiderte Algerichs nächtlicher Besucher: „Drewermann ersetzt Sünde durch Angst und Erlösung durch Angstbefreiung. Wenn es nach ihm ginge, brauchte man keinen Heiland, sondern einen Arzt.“

„So weit geht Drewermann doch wohl nicht, aber man muß ihm zugute halten…“

Dem Hl. Augustinus riß jetzt die Geduld; er explodierte geradezu. „Non placet!“ schrie er in klassischem Latein, um mit fuchtelndem Bischofsstab fortzufahren: „Was Drewermann behauptet, ist Bockmist!“ Algerich wunderte sich, daß der Kirchenvater in einen derartigen Jargon verfiel, in die Ausdrucksweise von Kesselflickern und Hafenarbeitern. Der Hl. Augustinus schien mit diesem Milieu jedenfalls bestens vertraut gewesen zu sein!

Ruhiger geworden, sagte Augustinus: „Drewermann übersieht, daß es in der vollkommenen Glückseligkeit des Paradieses keinen Platz für die Angst gegeben hat. Die Angst ist nicht die Ursache, sondern die Folge des Sündenfalles.“

Damit rückte der Hl. Augustinus seine Bischofsmütze über den langsam wieder erblassenden Ohren zurecht, nahm die herabhängenden Zipfel seiner Schwarzwälder Regenpelerine auf und verschwand.

Algerich dachte noch eine Weile über seine zweite Begegnung mit dem Kirchenvater nach. Gewiß, Drewermann übertrieb die Bedeutung der Angst, legte zu viel hinein. Andere – Philosophen, „Kulturforscher", Soziologen usw. – stellten sonstige sogenannte Grundbefindlichkeiten unseres Daseins in den Vordergrund. Da gab es das *Prinzip Hoffnung* oder Sartres *Ekel* („Der Mensch ist ein Wesen, in dessen Herzen das Nichts haust"). Sigmund Freud erklärte den Menschen zu einem *libidinösen Verdränger.* – Heidegger wiederum wies der *Langeweile* einen bestimmenden Platz zu. Sie ist für ihn der Ausgangspunkt des Philosophierens überhaupt. Ohne die Schrecknisse der Langeweile keine Philosophie. Es fehlte nur noch, daß Heidegger die Langeweile für den Ausgangspunkt des Religiösen hält! – Besonders kurios war die Deutung des Menschen durch Nietzsche als eines Wesens, das überwunden werden muß. Friedell (oder war es Graf Kayserling?) hielt die *Neugier,* den *Zweifel*, das *Infragestellen* für die Haupttriebfeder der menschlichen Natur. Sollten Adam und Eva aus *Neugier* gesündigt haben? Wollten sie einfach wissen, was passieren würde, wenn sie von der verbotenen Frucht äßen, wenn sie – wie von der Schlange versprochen – Erkenntnis gewännen? Algerich schüttelte den Kopf: Nein, mit dem Hl. Augustinus, diesem ungeduldigen und keineswegs vorurteilslosen Menschen, wäre eine Diskussion über diese Themen nicht möglich gewesen…

XVI. Kapitel,
in welchem zu lesen ist, wie den österreichischen Bischöfen beim Ad-limina-Besuch in Rom vom Papst der Kopf gewaschen wird.

Aus Algerichs Manuskript:

Bei ihrer Frühjahrstagung 1987 zeigten sich die österreichischen Bischöfe störrisch und unbelehrbar. Sie bereinigten zwar den Fall Krenn, indem sie den Fall Stickler schufen, behaupteten aber nach wie vor, ihr Kirchenkurs sei richtig und werde von Rom auch nicht in Frage gestellt.
Es bedurfte also stärkerer Mittel, um klare Fronten zu schaffen.
Die Gelegenheit hiezu bot sich beim Ad-limina-Besuch der österreichischen Bischöfe, der – kirchenrechtlich alle fünf Jahre fällig – für die Zeit vom 15. bis 19. Juni 1987 angesetzt worden war.
Johannes Paul II. verabreichte dabei den österreichischen Bischöfen eine Abreibung, die sich gewaschen hatte. Ich wähle absichtlich diesen etwas vulgären, der Badewärtersprache entlehnten Ausdruck, der aber das Verdienst der Eindeutigkeit für sich in Anspruch nehmen darf und dadurch den Kontrast aufzeigt, der zwischen den Worten des Papstes und den verharmlosenden Kommentaren liegt, die von den Bischöfen nachher abgegeben wurden. Fast ist mir der schneidende Ton der päpstlichen Ansprache lieber als das Gesäusel der Bischöfe, die Ohrfeigen einstecken mußten und *post festum* sagten, sie seien gestreichelt worden. Dabei soll

die ursprüngliche Version der Papstrede noch härter gewesen sein; in Kreisen der Österreicher kursierte übrigens hartnäckig das Gerücht, wesentliche Teile des Textes stammten von Krenn.

Ahnte Erzbischof Berg, der als Vorsitzender der Österreichischen Bischofskonferenz die Delegation leitete, was auf ihn und seine Mitbrüder zukommen würde? In seiner Begrüßungsansprache wollte er den zu erwartenden Vorwürfen die Spitze nehmen, warb er vorbeugend um Verständnis. Er beklagte das „negative Bild", das „manche Massenmedien, Meinungsumfragen oder Einzelmenschen von der Kirche... zeichnen". Damit bedeutete er dem Papst, die Kirche Österreichs sei besser als der Ruf, den sie in Rom habe. Berg sprach ferner von „Informationsmängeln und Mißverständnissen", auf denen die Spannungen in der österreichischen Kirche zu einem erheblichen Teil beruhten. Hier verschleierte er die Tatsachen, steckte er den Kopf in den Sand: Die Protagonisten kannten sehr wohl die Ursachen der Spannungen; es gab keine „Informationsmängel" oder Mißverständnisse; die Dinge lagen klar: Man war eben über wichtige oder für wichtig gehaltene Punkte wie Geschiedenenpastoral oder Empfängnisverhütung geteilter Meinung. Und Rom nahm diese Meinungsverschiedenheiten ernster, als es manche Bischöfe oder Theologieprofessoren wahrhaben wollten.

In seiner Antwort ließ sich Johannes Paul II. daher auf die Gedankenführung Bergs gar nicht erst ein. In autoritärem Ton hielt er seinen Besuchern, reichlich Bibelstellen und Konzilstexte zitierend, das Anforderungsprofil eines Bischofs vor Augen. Das war schlimm genug, wenn man bedenkt, daß sich unter den Teilnehmern so „alte Hasen" wie die Bischöfe Franz Zak und Stefan Laszlo befanden, die ihr Amt seit rund dreißig Jahren ausübten.

Energisch pochte der Papst auf seine Rechte als Nachfolger Petri. Die Bischöfe seien berufen, stets „in voller Einheit mit dem Papst" zu handeln. Dabei verwendete er das traditionelle Herdenbild („Weide meine Schafe"): Die Bischöfe, mahnte der Papst, müßten ihre „Hirtenaufgabe" am Maßstab der Gesamtkirche und des obersten Lehramtes ausrichten. Das war eine Warnung vor kurial nicht abgesegneten Stellungnahmen und im Grunde das Verbot eigenständigen Weiterdenkens.

Die Probleme in Österreich, fuhr der Papst fort, glichen zwar denen in anderen Ländern, doch dürften die Bischöfe ihre „Anstrengungen" um eine Erneuerung der Kirche nicht mindern; er erwarte daher einen verstärkten pastoralen Einsatz. (Damit schlug der Papst genau in die Kerbe der – nicht zuletzt von Kardinal Stickler erhobenen – Vorwürfe gegen Kardinal König, sich zuviel um Intellektuelles, Weltläufiges und Außerkirchliches gekümmert zu haben, statt tüchtig Seelsorge zu betreiben.)

Dann faßte der Papst das aktuellste heiße Eisen an: die „Schwierigkeiten und Konflikte", die sich in Österreich im Zusammenhang mit einigen Bischofsernennungen ergeben hätten. In die angespannte Stille hinein sagte der Papst: „Ihr dürft keinen Zweifel an dem Recht des Papstes zur freien Ernennung der Bischöfe aufkommen lassen." Gerade dadurch sei sichergestellt, daß Ernennungen dem geistlichen Auftrag des Bischofsamtes und dem Gemeinwohl entsprächen. Polarisierungen, wie sie sich in den Auseinandersetzungen der letzten Monate gezeigt hätten, könnten so am besten überwunden werden. (Dabei waren es gerade die umstrittenen Ernennungen, die einen Polarisierungseffekt ausgelöst hatten!)

Erwartungsgemäß schnitt der Papst auch die Frage der Geburtenkontrolle an. Die österreichischen Bischöfe hatten sich ja unglückseligerweise hinreißen lassen, die Enzyklika „Humanae vitae" zu interpretieren. Statt es den Gläubigen freizustellen, wie sie sich im Ehebett verhalten wollten, veröffentlichten sie eine Erklärung, die zwar um den heißen Brei herumstrich, in ihrer Ambiguität aber für die Gläubigen hilfreich war. Die lobenswerte Absicht hatte leider einen unerwünschten Nebeneffekt: Die sogenannte Maria Troster Erklärung wurde von den Gegnern Kardinal Königs aufgegriffen und als Hauptargument gegen seinen angeblich allzu liberalen Kirchenkurs verwendet.

Nun, Ambiguitäten sind die Sache Wojtylas nicht. Volltönend ließ er sich wie folgt vernehmen: „An der Gültigkeit der (in der Enzyklika ‚Humanae vitae' dargestellten) sittlichen Ordnung darf kein Zweifel gelassen werden. Wenn im ersten Augenblick der Veröffentlichung der Enzyklika noch eine gewisse Ratlosigkeit (es herrschte Bestürzung, Niedergeschlagenheit!) verständlich war, die sich in manchen bischöflichen Erklärungen niedergeschlagen hat (eine deutliche Anspielung auf die Maria Troster Erklärung), so hat der Fortgang der Entwicklung die prophetische Kühnheit (sic!) der aus der Weisheit des Glaubens geschöpften Weisung Pauls VI. immer eindringlicher bestätigt."

Auch zur Geschiedenenpastoral erhob der Papst mahnend seinen Zeigefinger: Im Lichte der Unauflöslichkeit der Ehe bleibe es beim *Nein* der Kirche zum Sakramentenempfang wiederverheirateter Geschiedener. Das dürfe man nicht als Strafe, sondern eher als Dienst an ihnen sehen, argumentierte der Pontifex.

Schließlich wandte sich der Papst gegen „Sondermeinungen" von Theologen und Bischöfen. Die „Fülle der Wahrheit" sei nicht dem einzelnen verheißen, sondern der „ganzen Kirche in Einheit mit den Aposteln, mit Petrus". Es sei die Pflicht der Bischöfe, die Lehren des Konzils in Gemeinschaft mit dem Nachfolger Petri (also nicht kraft eigenen bischöflichen Amtes!) auszulegen, sowie Mißverständnissen und falschen Schlußfolgerungen zu wehren.

Man wird in diesen Ausführungen des Papstes kaum etwas anderes erblicken können als eine Bestätigung der Worte von

Kardinal Stickler und Weihbischof Krenn. Es war daher zugleich rührend, aber auch ärgerlich, zu konstatieren, daß die österreichischen Bischöfe versuchten, die Gardinenpredigt des Papstes herunterzuspielen und sich an einzelne „schöne Formulierungen“ oder an die „atmosphärische Herzlichkeit“, die vom Hl. Vater ausgegangen sei, zu klammern.
Auf die eindeutig kritischen, wenn nicht harten Äußerungen des Papstes angesprochen, meinte Erzbischof Berg in einem Pressegespräch, das noch in Rom stattfand, der Ton mache die Musik. Diese sei, fügte Bischof Weber hinzu, deutlich anders gewesen als die „kantige Wortmeldung Kardinal Sticklers“.
Also gab es in den Augen der österreichischen Bischöfe noch immer keinen Grund zur Beunruhigung? Die Herren fuhren, wenn nicht alles täuscht, heim, schüttelten den Staub der Ewigen Stadt von den Füßen und verharrten neuerlich in der Illusion, alles sei in Ordnung zwischen der Kirche Österreichs und Rom.
Erzbischof Berg äußerte zu „Kathpress“, er habe nicht den Eindruck gewonnen, der Papst wolle die österreichischen Bischöfe „disziplinieren“ oder „zurechtweisen“. Man werde die Aussagen des Papstes „in aller Ruhe studieren und aufarbeiten“; als ob es daran viel zu rütteln und zu deuteln gegeben hätte! Nein, von der Notwendigkeit einer „Kurskorrektur“, wolle er, Berg, nicht sprechen. Bischof Aichern erklärte, es gebe „keinen schwarzen Punkt für Österreich im Vatikan“, und Bischof Weber meinte in der „Furche“, bezüglich der Bischofsernennungen sei zu hoffen, daß „in Zukunft die Vorgangsweise eine solche sein kann, daß Erschütterungen, wie sie in letzter Zeit geschehen sind, nicht wieder vorkommen“. Nun, gewundener geht's schon nicht mehr!
Zahlreiche Kommentatoren sahen die Dinge allerdings anders. Selbst ein Diözesanorgan wie das Salzburger „Rupertusblatt“ mußte zugeben, daß der Ad-limina-Besuch in der

Öffentlichkeit eine sehr unterschiedliche Bewertung erfahren habe. In der „Presse“ sprach Pia Maria Plechl vorsichtig von einer „neuen Etappe“ für die Kirche Österreichs. „Es wird kälter“, schrieb mein Freund Markowitsch. Aber auch bittere Worte wie „Rüffel des Papstes für die österreichischen Bischöfe“, „eiserner Ruf Johannes Pauls II. zu Ordnung und Disziplin“, „letzte Warnung“ etc. machten die Runde.

Sine ira et studio wird man sagen können, daß der Papst ziemlich unverhohlen Kritik an der Linie der österreichischen Bischöfe geübt hat. In der Sache selbst gibt er Kardinal Stickler und Weihbischof Krenn recht. Meine zusammenfassende Analyse lautet daher: Johannes Paul II. hat die differenzierte Haltung des österreichischen Episkopates zu einzelnen Fragen der Moral- und Pastorallehre der Kirche verworfen.

Nicht unerwähnt bleibe, daß die „Herder Korrespondenz“ sowohl die Begrüßungsworte von Erzbischof Berg als auch die Ansprache des Papstes in vollem Wortlaut abdruckte.

In einer kurzen Einleitung unter dem Titel „Päpstliche Ermahnungen“ hob die Redaktion die „ungewöhnlich (!) klare Diktion“ der Rede hervor. „Die sehr grundsätzlichen Ausführungen des Papstes“, so die „Herder Korrespondenz“, hätten „Bedeutung über Österreich hinaus“.

In der Tat kann die Ansprache als eine gedrängte, aber durchaus komplette Darstellung des Pontifikats-Programmes von Johannes Paul II. angesehen werden.

XVII. Kapitel,
in welchem sich Algerich mit dem österreichischen Botschafter über den bevorstehenden Staatsbesuch von Bundespräsident Waldheim bei Johannes Paul II. unterhält. – Algerich schreibt sich in einem Brief an Eileen seinen Ärger von der Seele. Eileens Antwort.

Fortsetzung von Algerichs Manuskript:

Als ich die Ausgabe des „Osservatore Romano" vom 18. Juni 1987 zur Hand nahm, traute ich meinen Augen nicht. *Wie wir erfahren*, stand dort auf der ersten Seite zu lesen, *wird der Heilige Vater am 25. Juni laufenden Jahres seine Exzellenz Dr. Kurt Waldheim zu einem offiziellen Besuch empfangen.*
Ich rufe sofort den österreichischen Botschafter an. „Nun, was verschafft mir die Ehre und das Vergnügen deines Anrufes?" fragt er scheinheilig.
„Der bevorstehende Besuch des österreichischen Bundespräsidenten. Es steht heute im ‚Osservatore Romano'!"
Ich habe einen Ton vorwurfsvoller Strenge gewählt, aber er läßt sich nicht einschüchtern.
„Ja, genau so war es mit dem Staatssekretariat vereinbart worden. Sperrfrist 18. Juni."
„Du kommst mir unnatürlich gelassen vor! Der Besuch ist doch eine politische Sensation!"
„Wieso? Findest du es so ungewöhnlich, daß der erste Auslandsbesuch des katholischen Präsidenten eines katholischen Landes dem Oberhaupt der katholischen Kirche gilt?"
„Aha, so habt ihr euch das in Wien zurechtgelegt!" rufe ich gereizt in den Hörer. „Du weißt genau, daß da mehr dahintersteckt!"

„Ich sehe beim besten Willen nicht…"
„Aber es ist doch evident, daß der Hl. Stuhl die internationale Quarantäne Waldheims unterläuft. Der Besuch schafft einen Präzedenzfall!"
„Der Hl. Stuhl ist ein Völkerrechtssubjekt *sui generis*. Als solches kann er niemals einen Präzedenzfall setzen!"
„Aber der Vatikan liegt nun einmal in Italien. Wird Waldheim von Staatspräsident Cossiga empfangen werden?"
Pause. Ich höre, wie der Botschafter schluckt. Dann kommt die Antwort: „Also, das fällt nicht in meine Zuständigkeit. Tut mir leid! Frag meinen Kollegen beim Quirinal! Äh, worauf ich dich besonders hinweisen möchte: Im ‚Osservatore Romano' ist von *visita uffiziale* die Rede. Wir übersetzen das mit Staatsbesuch. Verstehst du: Gemäß unserer Terminologie handelt es sich um einen *Staatsbesuch.*"
„Aber das interessiert doch keinen Menschen! Was die Leute wissen wollen, ist, ob der Cossiga den Bundespräsidenten sehen wird oder nicht." Er stellt sich wieder einmal blöd, wie in einer Doppelconférence, das versteht er glänzend, denke ich innerlich und koche.
„Was ich noch sagen wollte", fährt der Botschafter fort, „der Besuch wird mit allem Pomp des vatikanischen Zeremoniells über die Bühne gehen."
„Wirklich? Großer Bahnhof also? Herumwieseln der päpstlichen Ehrenkämmerer und so?"
„Jawohl", entgegnet er voll Stolz. „Aufziehen eines Detachements der Schweizergarde, Squilli regolamentari, Nationalhymne, violett gesäumter Talar für die teilnehmenden Prälaten, Andachtsübung im Petersdom…"
„Ordensaustausch?" werfe ich ein.
Kurzes Zögern.
„Vor allem wird es eine Vorstellung des Diplomatischen Korps' geben. Es ist, wie du siehst, die höchstmögliche Protokollstufe vorgesehen."

„Also dann alle Achtung, wie ihr das hingekriegt habt. Na, die jüdische Lobby wird schäumen! Ein gefundenes Fressen für den Bronfman. Ich sehe schwarz für den Dialog der Katholischen Kirche mit dem Judentum. Das wird der arme Kardinal Willebrands mit seinen Leuten von der „Commissione per i Rapporti con l'Ebraismo" auszubaden haben. Hat Israel schon reagiert? Die werden das Ganze für eine antisemitische Provokation des Papstes halten!"
„Laß doch deine journalistischen Übertreibungen! Du hörst wieder einmal das Gras wachsen!"
„Besser übertreiben, als den Kopf in den Sand stecken!"
Ich frage anschließend noch nach einigen Details des Besuchsprogramms, aber der Botschafter gibt sich zugeknöpft. Nein, es werde keine allgemeine Pressekonferenz geben, er wolle sich aber, wenn ich Wert darauf legte, dafür verwenden, daß ich an einem Round-table-Gespräch für ausgewählte Journalisten teilnehmen könne. „Wir erwarten ein Massenaufgebot, ja einen Massenansturm von Medienleuten", verkündet er zum Abschluß siegessicher. „Und vergiß nicht: Es heißt *Staatsbesuch*!"
Algerich an Eileen:
„Es ist eine Riesenschweinerei, ein Vertrauensbruch ärgster Sorte! Ich bin außer mir! Dieser Diplomat im Westentaschel-Format, dieser lächerliche Schreibtisch-Aufputz hat mir kein Sterbenswort geflüstert. Er hat mich verkauft und verraten! Wie stehe ich jetzt da in den Augen meiner Redaktion? Reibenscheidt wird umhergehen und sagen: Algerich hat wieder einmal versagt; wir verlieren allmählich unsere Reputation und unsere Sonderstellung unter den Vatikankorrespondenten! Insgeheim reibt er sich natürlich die Hände und ist glücklich über meine Blamage. Irgendeine Andeutung hätte mir dieser Meisterversteller in der Via Reno doch machen können, wo ich ihn Jahr und Tag mit Gustostückerln aus dem Vatikan versorge, damit er seine Berichte aufmöbeln kann.

Er muß es doch längst gewußt haben! Als ich ihn stellte (ich hab' ihn ganz schön bei der Gurgel gepackt!), spielte er den Unschuldigen und wollte mir weismachen, daß alles die selbstverständlichste Sache der Welt sei, ein Routinebesuch wie jeder andere, Schema 08/15. Dabei ist es eine Weltsensation!
Für mich wäre es ja nur eine Background-Information gewesen, der Botschafter hätte sich auf meine Diskretion absolut (das Wort war zweimal dick unterstrichen) verlassen können. Ich hätte äußerstenfalls von einem *in Bälde zu erwartenden Besuch auf höchster Ebene* gesprochen. Aber der Mann ist eben, Duwort hin, Duwort her, ein mickriger Spießer, dem der große Atem fehlt. Vermutlich war es das erste Mal in seinem Leben, daß er die Gelegenheit gehabt hätte, einen echten Reißer von weltweitem Interesse zu lancieren. Unverständlich, daß er sich das entgehen ließ! Ich frage mich, wie Hengstorff, mit dem mich *nicht* das Duwort verbindet, reagiert hätte… "
Die lakonische Antwort Eileens lautete:
„Der Besuch ist ebenso unnötig wie die Diskretion darüber."
Algerich war von Eileens lapidarer, gleichwohl aber harschen Antwort keineswegs überrascht.
Seine Frau stand mit Autoritäten auf Kriegsfuß. Obrigkeitliches Denken war ihr verhaßt. Das hatte sich schon früh, im Kreis der Familie oder in der Schule gezeigt. Später entwickelte sie eine geradezu aggressive Aufsässigkeit, die bei Diskussionen manchmal zu heftigen Zusammenstößen führte.
Eileen, die eine streng katholische Erziehung „genossen" hatte, fühlte sich insbesonders als Opfer der Institution Kirche. Sie war tief religiös veranlagt, aber die Versuche der „schwarzen Pädagogik", ihren Freiheitsdrang zu beschränken und persönliches Glücksgefühl durch Ichverzicht und Opferbereitschaft zu vermitteln, hatten einen beachtlichen „Wutknoten" in ihr erzeugt. Eileens vitale Entwicklung wurde stark gehemmt,

früh bildeten sich Antennen für Leidende und Behinderte, und aufgerissene Gewissenskonflikte standen ihrem natürlichen Verlangen nach Festen und Vergnügen im Wege.

Eileen prägte für sich den Begriff vom „wütenden Christen". Sie akzeptierte ihr Helfersyndrom und verzieh jenen, die es oft schamlos in Anspruch nahmen, aber sie hatte aufgehört, sich vorzutäuschen, daß es sie glücklich mache. Sie erfand Gegensätzlichkeiten wie „praktizierende Katholiken" und „ausübende Christen" und begann, sich gegen die Lebensfeindlichkeit der Kirche aufzulehnen.

„Alles in der Kirche ist so düster", klagte sie. „Zu Ostern, beim ersten aufkeimenden Frühling, wird der Heiland zu Grabe getragen, nachdem man ihn grausam zu Tode gebracht hat. Im ‚Wonnemonat' Mai muß man Rosenkranz beten für die Keuschheit und im Juni mit aufregend duftenden Blüten im Haar einer Prozession folgen, in deren Namen das Wort ‚Leichnam' vorkommt. Vielleicht habe ich seither Probleme mit dem Frühling!"

Die Lieblingskirchen meiner Frau waren breit und ohne Seitenschiffe – ein großer Schoß sollte der sakrale Raum sein. Der schmale, gotische Weg zu Gott schien ihr zu sehr von Menschen ersonnen, deren angstgeprägtes Ich den engen, durch Tausende Gebote und Verbote gesicherten Steig benützte, statt vertrauensvoll der Stimme des Herzens folgend andere Wege zu ihm zu suchen; auch mit dem gewaltigen Petersdom konnte man Gott nicht besser „einfangen" als mit einer winzigen Kapelle im Gebirge. Die Nähe zu Gott war keine topographische Frage und keine der Hierarchie: der Gott, an den sie glaubte, kannte keine *prima fila*. Die Versuche, sich ihm zu nähern, hatten eine gemeinsame Quelle: Die Sehnsucht, zu IHM zu finden. Es gab keine guten und schlechten, sondern nur untaugliche Versuche. Es gab keine gute und schlechte Liebe, nur eine unzulängliche. Es gab keine unverzeihlichen Sünden, nur schmerzvolle.

Nein, Eileen war kein „broken tree“. Die Zweigspitzen ihrer Existenz wiesen nicht zu Boden. Ihr zurückgeschnittener Stamm trug kräftige Blüten, und das war das Wesentliche. Wer fragt schon nach dem Wohlbefinden einer Rose?
Diese Gedanken kamen Algerich, als er seinen Abendspaziergang machte und seine Augen der Reflexsonne in den römischen Brunnen folgte. Fragen, nichts als Fragen. Vielleicht war das unser schönstes Glaubensbekenntnis, dachte er. Er erinnerte sich an einen Satz von Rilke, den seine Frau gerne zitierte: „Der Glaube ist nur eine leise Färbung der Liebe, auf derjenigen Seite, mit der sie sich dem Unsichtbaren zukehrt.“

XVIII. Kapitel, in welchem verschiedene Aspekte des Waldheim-Besuches zur Sprache kommen.

Aus Algerichs Manuskript:

Es konnte in jenen Tagen keinem halbwegs wachen Beobachter verborgen bleiben, daß Waldheim den Besuch beim Papst mit der Absicht verband, seine internationale Quarantäne zu durchbrechen.
Tatsächlich wagte es ja keine westliche Staatskanzlei, den österreichischen Bundespräsidenten einzuladen, so stark war der Einfluß der jüdischen ‚Pressure-groups', ob wir es nun wahrhaben wollten oder nicht. Einer meiner arabischen Kollegen sagte mir damals mit allen Anzeichen persönlicher Sympathie: „Jetzt sehen Sie einmal selbst, was es heißt, das internationale Judentum gegen sich zu haben. Wir Araber können ein Lied davon singen..."
Die Partie ließ sich also spannend an. Ich klopfte meine Kontaktpersonen der Reihe nach ab. An vielen Stellen klang es hohl... Unaufrichtigkeit regierte die Stunde.
Markowitsch, den ich in seiner Redaktion anrief, bestätigte mir: „Ja, Waldheim rechnet fest damit, daß er von Cossiga empfangen wird. Ein hochrangiger ÖVP-Politiker, der sich gerne als guter Freund des italienischen Präsidenten ausgibt (du weißt, wen ich meine), soll ihm den Weg ebnen."
Im Augenblick regnete es jüdische Proteste von allen Seiten. Der israelische Ministerpräsident Schamir fuhr mit schwe-

rem Geschütz auf: Waldheim wolle den Besuch benutzen, um seine Nazi-Verbrechen zu rechtfertigen. Außenminister Peres ging nicht ganz so weit, meinte aber immerhin, der Vatikan habe nichts von dem Besuch, nur Waldheim werde davon profitieren, und das sei „überflüssig". Im israelischen Parlament gingen die Wogen des Unmutes hoch; die Sprecher extremistischer Gruppen fanden nicht nur für Waldheim, sondern auch für den Vatikan bittere Worte.
Besonders peinlich für den Hl. Stuhl war es, daß jüdischerseits das Verhalten der Kirche während des Zweiten Weltkriegs aufs Tapet gebracht wurde. Gerade in Rom standen viele zu dem Vorwurf, Pius XII. habe den Deportationen der jüdischen Mitbürger tatenlos zugesehen. Kreuz und Hakenkreuz wurden bei solchen Anlässen leicht in einen Topf geworfen. War die noch immer zarte Pflanze der katholisch-jüdischen Verständigung gefährdet?
Die jüdischen Organisationen ließen ihre Muskeln spielen. Herr Siegman vom „American Jewish Congress" äußerte in einer Brandrede, Waldheim habe um Audienz beim Papst angesucht, um den Public-Relations-Nutzen einer solchen Begegnung einzukassieren und seine Nazi-Vergangenheit zu entsorgen. Andere Gruppen drohten sogar, das im Rahmen der nächsten US-Reise des Papstes geplante Treffen mit Vertretern der jüdischen Gemeinde platzen zu lassen.
So überzogen die Reaktionen der jüdischen Kreise sein mochten, der Vatikan war betroffen, aber auch entschlossen, die Vorwürfe nicht auf sich beruhen zu lassen. Die Sala Stampa veröffentlichte am 21. Juni ein Kommuniqué, das an Deutlichkeit nichts zu wünschen übrig ließ, ja von manchen Beobachtern sogar als Zeichen schlechten Gewissens gedeutet wurde. Dem war meines Erachtens nicht so. Es handelte sich vielmehr für den Vatikan darum, die Urheber der wild übertreibenden Kampagne in ihre Schranken zu weisen.
Es überrasche und schmerze (sic!) – so das Kommuniqué –

daß die Ankündigung des Besuches von Bundespräsident Waldheim Zweifel an der Wertschätzung und dem Respekt des Hl. Vaters gegenüber dem jüdischen Volk ausgelöst habe. Vor nicht einmal zwei Monaten, anläßlich eines Besuches in Deutschland, habe der Papst den „Wahnsinn eines unmenschlichen Rassismus“ verurteilt und seinen Abscheu vor den Konzentrationslagern, in denen Millionen von Juden zusammen mit anderen Opfern umgekommen seien, zum Ausdruck gebracht.
Der Hl. Vater hege aber auch Wertschätzung und Respekt gegenüber anderen Völkern, im vorliegenden Fall gegenüber Österreich, „einem alten und noblen katholischen Land“, das durch jahrhundertelange und herzliche Beziehungen mit dem Hl. Stuhl verbunden sei.
Im letzten Jahr habe das österreichische Volk Herrn Waldheim auf demokratische Weise zum Präsidenten gewählt, jenen Herrn Waldheim, der zweimal hintereinander mit den Stimmen aller fünf ständigen Mitglieder des Sicherheitsrates zum Generalsekretär der UNO bestellt worden sei: Als solcher habe er Aufgaben von großer Verantwortung für den Frieden und die internationale Zusammenarbeit erfüllt.
Österreichs Bundespräsident – schließt das Kommuniqué – habe den offiziellen Wunsch ausgedrückt, dem Hl. Vater einen Staatsbesuch abzustatten. Der Hl. Stuhl beabsichtige, dieses Ansuchen in einer Weise zu verwirklichen, die den Beziehungen mit dem erwähnten Land entspricht.
Mehr konnte man nun wirklich nicht verlangen. Die Sache war es mir wert, den Leiter der Sala Stampa aufzusuchen und ihn zu dem Communiqué zu beglückwünschen, trotz meiner Reserven gegen den Genannten, der für meinen Geschmack allzusehr nach Opus Dei roch.

„Der Text war sehr couragiert“, lobte ich, „nur die Kirche kann sich so etwas leisten! Besonders gefreut hat mich der deutliche, wenn auch indirekte Hinweis (ein Volltreffer!) darauf, daß die Amerikaner *zweimal* für die Wahl Waldheims zum Generalsekretär der UNO eingetreten sind: Damals hat er ihnen gepaßt, heute werfen sie ihn der jüdischen Lobby zum Fraß vor. Waldheim war ein kleiner Oberleutnant der deutschen Wehrmacht; als Generalsekretär der UNO hat er für Frieden und Völkerversöhnung tausendmal mehr geleistet als so manche seiner selbstgerechten Ankläger von heute. Stammt die Anspielung auf das seinerzeitige UN-Placet der Amerikaner eigentlich von Ihnen oder vom Hl. Vater selbst?"

Zu meiner Überraschung war diese indiskrete, vielleicht sogar etwas plumpe Frage Ausgangspunkt eines längeren, sehr offenen Gesprächs.

Er sei, vertraute mir der Leiter des päpstlichen Pressebüros an, dieser Tage vom Hl. Vater zu einem Essen gebeten worden. Dabei habe man den Inhalt der Presseverlautbarung akkordiert. Er habe den Papst ausdrücklich gefragt, ob es bei dieser deutlichen Erwiderung selbst auf die Gefahr hin bleibe, daß die für September in Miami vorgesehene Begegnung mit den Vertretern der amerikanischen Juden abgesagt werde. Der Papst habe genickt und gemeint, dann werde das Treffen eben nicht zustande kommen.

Der Hl. Vater, fuhr mein Gesprächspartner fort, sei auf Grund seiner Herkunft außerordentlich österreichfreundlich, empfinde aber auch tiefe Sympathie für die Leiden des jüdischen Volkes. Er sei in den letzten Tagen wütend („arrabbiato") über seinen inneren Zwiespalt gewesen.

Auf Grund dieser verbürgten Äußerung des Papstes festigt sich mein Eindruck, daß es sich bei der Entscheidung, Waldheim mit allen protokollarischen Ehren zu empfangen, um einen einsamen Entschluß des Papstes gehandelt hat, der vom Kardinal-Staatssekretär und von den Monsignori des päpstlichen „Außenministeriums" nur zögernd nachvollzogen wurde. Von verläßlicher Seite hörte ich später, der Hl.

Stuhl habe bei der US-Regierung angefragt, ob gegen Waldheim konkrete Beweise für schuldhaftes Verhalten vorlägen. Erst als vom State Departement nach angemessener Frist keine Antwort eingelangt sei, habe der Hl. Stuhl grünes Licht für einen offiziellen Besuch des österreichischen Bundespräsidenten gegeben.

***

Journalisten wollen ja ihre Leser immer wieder mit G'schichterln füttern, weil sie glauben, daß ihre Berichte nicht nur einen Informations-, sondern auch einen Unterhaltungswert haben sollen. Beim Besuch Waldheims kamen die Leser indessen kaum auf ihre Rechnung. Na gut, zwei Polizeihubschrauber kreisten über dem Petersplatz, ein Rauchbombenanschlag Beate Klarfelds konnte verhindert werden (dabei entstand im Hotel Columbus *fast* ein Zimmerbrand), vier Rabbiner waren aus New York angereist, um gegen den Bundespräsidenten zu demonstrieren, aber mehr ließ sich beim besten Willen nicht herausschlagen. Auch die Beschreibung der Garderobe von Frau Waldheim gab wenig her.

Natürlich deuteten die meisten den wahren Besucherzweck richtig, wobei es auch zustimmende Kommentare gab. Endlich sei das internationale Judentum an die Grenzen seiner Macht gestoßen, der Papst lasse sich eben nicht manipulieren, gehe vor niemandem in die Knie.

Der hochprotokollarische Charakter des Besuches wurde von den Beobachtern genau registriert. Dabei entdeckte man, wie erstaunlich knapp ein offizieller Besuch beim Hl. Vater bemessen ist: Er dauert genau dreieinhalb Stunden, vom Abholen des Gästekonvois im Hotel bis zum Gegenbesuch des Kardinal-Staatssekretärs ebendort.

Bloß dreieinhalb Stunden, dafür aber Frackzwang, Pomp und Gloria: Welch anderes Staatsoberhaupt vermag mit einem Wunderbau wie dem Petersdom aufzutrumpfen? Rudel von Schweizergardisten und päpstlichen Ehrenkämmerern, Adetti und Sediari, sind in Bewegung oder halten sich stramm. Dutzende von Ehrenchargen intervenieren: der Almosenier Seiner Heiligkeit, der Generalvikar für die Vatikanstadt, der Sonderdelegierte der Päpstlichen Kommission des Staates der Vatikanstadt, der Konsultor, der Kommandant der Schweizergarde, der Präfekt des Päpstlichen Hauses, der Kardinal-Erzpriester von St. Peter usw. usw.

Unerreicht in ihrer dreifarbenen Galauniform sind die behelmten und hellebardenbewehrten Schweizergardisten, die im Damasus-Hof dem Gast die Ehrenbezeigung erweisen: Kommandos erschallen in rauhem Schwyzerdütsch, gedämpfter Trommelwirbel steigt aus den hohen, rotgeflammten Landsknechtstrommeln.

Es ist schwierig, sich diesen Eindrücken zu entziehen, selbst wenn man dem altertümelnden Prunk der Zeremonie skeptisch gegenübersteht, der die Kritik linker, aber auch pfennigfuchsender erzkatholischer Kreise herausfordert. Indessen meine ich, daß nicht alles, was glänzt, deswegen auch schon überflüssig ist.

Schier endlos scheinen die Wege, auf denen der Gast durch Galerien und Prunksäle geleitet wird. Staunenden Auges, fast im Trancezustand, läßt die Suite diese Opulenz von Macht und Mäzenatentum über sich ergehen. Beides ist vorbei, aber trotzdem gegenwärtig.

In der Sala del Tronetto erwartet der Papst seine Besucher. Er ist ganz in Weiß, der Hl. Vater, so wie man ihn von Photos und von Fernsehauftritten her kennt.

Weiß, das suggeriert transzendentale Abhebung, aber auch Vergegenwärtigung des Christuswortes: Ich bin bei euch alle Tage bis ans Ende der Welt…

Weiß ist die Kleidung des guten Hirten, der wacht, wenn alle schlafen; weiß ist der Umhang des nimmermüden Wächters, der Öl in die Lampe gießt, damit sie nicht verlösche…

Weiß waren die Engel unserer Kindheit…

Man kann sich vorstellen: So einer in Weiß sorgt sich um das Wohl und Wehe der Herde, er hat das Beste für die gesamte Menschheit im Auge, er vergißt weder die Eskimos noch die Papuas von Neuguinea oder die Müllkinder in den Vorstädten Kairos. Der Papst, ganz in Weiß, steht für so vieles: für Hoffnung, für Frieden, für den nach oben gerichteten Pfeil, für das Recht auf Leben. Der Glanz einer höheren Wahrheit geht von ihm aus... Damals, 1987, war das überbordende Charisma des Papstes noch ziemlich intakt, seine cherubinische Erscheinung strömte eine ungeheure Kraft aus.

Hinter dem Hl. Vater und seinem Gast schließt sich die Tür zum privaten Gespräch. „Dreißig Minuten sind vorgesehen", meint einer der Journalisten, der das Programm auswendig gelernt hat. „Das ist nicht viel, ist aber auch nicht wenig", ergänzt ein anderer.

Man spekuliert über die Themen, um die es gehen könnte. „Nun, der Papstbesuch in Österreich 1988 ist ja beschlossene Sache, da gibt's nicht viel zu reden." – „Ob Waldheim die Frage der Bischofsernennungen anschneiden wird?" – „Ich glaube nicht. Waldheim ist nicht der Typ, heiße Eisen anzufassen. Läßt lieber Vorsicht obwalten." „Man könnte es auch Opportunismus nennen." – „Na, so ein politisches Chamäleon wie Sie war er noch lange nicht! Er gibt einfach acht, nicht auszurutschen. Das ist doch legitim!"

Das Streitgespräch wird abrupt beendet, da jetzt auch die übrigen Teilnehmer in die sogenannte Privatbibliothek des Papstes gebeten werden. „Sie haben die Gesprächszeit um fünf Minuten überschritten", merkt einer an. „Ein gutes Omen!"

Die Corona nimmt erwartungsvoll Aufstellung, um die vorbereiteten Reden des Papstes und des Bundespräsidenten zu hören. Erst beim Austausch der Geschenke löst sich die Starre der Besucher, ja man wagt es sogar, hinter vorgehaltener Hand Kommentare zu flüstern.

„Waldheim war gut beraten, eine Vase mit dem Bildnis der Mariazeller Gnadenmutter auszusuchen. Das kommt der marianischen Frömmigkeit des Papstes entgegen." – „Hoffentlich schützt uns die Magna Mater Austriae vor weiteren unglücklichen Bischofsernennungen!"

Auf dem Rückweg werde ich Ohrenzeuge nachstehenden Dialoges, den zwei Journalisten miteinander führen:

A: Der Papst war *fabelhaft*! Er hat gegen Wind und Wetter an seiner Waldheim-Einladung festgehalten.

B: Vielleicht war doch auch ein bißchen politisches Kalkül dabei. Nachdem er die Österreicher mit den konservativen Bischofsernennungen vor den Kopf gestoßen hat, will er sich jetzt bei uns wieder „einhauen". Andersherum ausgedrückt: Er rechnet damit, wir würden ihm sein mutiges Eintreten für Waldheim entgelten und ihm bei seinem Besuch in Österreich einen freundlichen Empfang bereiten.

A: Es bleibt das Faktum, daß sich der Papst durch sein offizielles Treffen mit dem Bundespräsidenten arge Turbulenzen eingebrockt hat.

B: Waldheim hat sie ihm eingebrockt! Ich frage mich, ob es vom Bundespräsidenten und seinen Ratgebern kirchenfromm und romtreu gedacht war, den Papst in diese Ungelegenheiten hineinzureiten.

A: Aber der Papst mußte ja nicht zustimmen!

B: Hätte sich Johannes Paul II. eine Absage wirklich leisten können? Wollte er sie sich leisten? Das ist die Frage.

A: Darüber hab' ich auch schon nachgedacht. Manchmal werde ich das Gefühl nicht los, der Papst hat sich der Konfrontation mit der Waldheim-feindlichen Lobby nicht ungern gestellt, um es vorsichtig auszudrücken.

B: Da mögen Sie recht haben! Wojtyla ist kein Typ, der Konflikten aus dem Weg geht. Aber wie dem auch sei, es kam schließlich, wie es kommen mußte: Der Versuch Waldheims, auf dem Umweg über einen offiziellen Besuch beim Papst

von einem westlichen Staatsoberhaupt empfangen zu werden, ist gescheitert. Der Bundespräsident bleibt im Out. Das Ergebnis ließ sich voraussehen. Es war doch naiv zu glauben, daß ausgerechnet in Rom die Quarantäne Waldheims durchbrochen würde.
A: Aber es war immerhin den Versuch wert. Manchmal gibt's auch in der Politik Wunder.
B: (schüttelt den Kopf): Der Waldheim will einfach nicht einsehen, daß er im Labyrinth der Vergangenheit festsitzt.
Kurt Waldheim verfügte damals über einen hohen internationalen Bekanntheitsgrad. Seine Gegner sorgten dafür, daß die Debatte über seine Kriegsvergangenheit nicht einschlief; immer wieder tauchten neue „Enthüllungen“ auf, die vom Bundespräsidenten jeweils umgehend dementiert wurden. Ob er dadurch seiner Sache nützte und nicht vielmehr erst recht die Aufmerksamkeit auf sich lenkte, ist eine andere Frage. Waldheim fühlte sich unschuldig und wollte dies aller Welt beweisen. Die im Frühjahr getroffene Entscheidung der US-Administration, ihn auf die sogenannte *Watchlist* zu setzen, das heißt ein Einreiseverbot zu verhängen, war ein schwerer Schlag gegen sein Prestige, denn er wurde dadurch für die Staatskanzleien und Massenmedien des Westens zum „bad guy“.
Während Waldheims Verhalten im Dritten Reich für die österreichischen Journalisten ein ausgeschlachtetes, nicht mehr aktuelles Thema darstellte, war das internationale Interesse noch nicht ausgereizt. Die Begegnung zwischen dem polnischen Papst und dem ehemaligen Offizier der Deutschen Wehrmacht ließ sich, wenn man vorgängig die richtige Spannung erzeugte, zu einer Weltsensation aufbauschen. Die italienischen Medien, die sich der Vorverurteilung Waldheims ohne viel Skrupel angeschlossen hatten, machten auch die Kampagne um den Vatikanbesuch eifrig mit. Das half, den Vorwurf zu verdrängen, Italien habe selbst an der Seite

Hitlerdeutschlands gekämpft und sei bei seinen imperialistischen Eroberungszügen in Libyen und Abessinien mit der einheimischen Bevölkerung nicht gerade zimperlich umgegangen. Typisch für die italienische Haltung war eine ständig wiederkehrende Sequenz in den Nachrichtensendungen der staatlichen Fernsehanstalten: Zuerst erschien ein aktuelles Brustbild des Bundespräsidenten; dann folgte ein Kriegsphoto, das den Oberleutnant Waldheim im Kreise deutscher Offiziere zeigte. Pikanterweise war neben ihm der damalige Oberkommandierende von Montenegro, der italienische General Roncaglia-Escola, zu sehen! Die „Dokumentationsreihe" wurde abgeschlossen durch Aufnahmen von KZ-Greueln und Geiselerschießungen, so daß ein naiver Zuseher den Eindruck gewinnen mußte, Waldheim sei mit den nationalsozialistischen Verbrechen aufs engste verquickt gewesen. Aus der Umgebung des Bundespräsidenten verlautet, Waldheim habe genau registriert, welche Länder bei der Vorstellung des Diplomatischen Korps' entweder überhaupt nicht vertreten oder „unterbesetzt" waren. Das Fehlen des US-Botschafters Shakespeare konnte niemanden überraschen. Auch die Abwesenheit des holländischen Botschafters mochte hingehen. Gewisses Aufsehen erregte es allerdings, daß der italienische Vatikan-Botschafter Cagiati nicht erschienen war. Rätselraten setzte ein, ob es sich um einen Alleingang des Botschafters gehandelt habe, oder ob er der Weisung seines Außenministers (Andreotti) bzw. des Präsidenten Cossiga gefolgt sei.

Ich schneiderte für die FAZ einen Routinebericht zurecht, der niemanden, am allerwenigsten den Bundespräsidenten, verletzen konnte. Ich verkniff mir aber nicht den Seitenhieb, Cossiga habe sich totgestellt und den Bundespräsidenten nicht einmal zum Kaffee gebeten. (Eine stärkere Version – „Kotau Cossigas vor den Amerikanern" – unterdrückte ich).

Ich folgte nicht dem Beispiel mancher Journalisten, in die

Papstrede allerhand hineinzugeheimnissen. Waldheim habe der Papst „nur" *aufrichtig* willkommen geheißen, seine Gattin hingegen *herzlich*, wurde unter anderem releviert. In dem Hinweis auf Waldheims „verantwortungsschwere Tätigkeit bei den Vereinten Nationen im Dienste der Friedenssicherung" wollten manche die Mahnung erblicken, man möge von den Angriffen gegen Waldheim endlich absehen. Auch bleibe dahingestellt, ob es wirklich ein Appell an die österreichischen Katholiken war, brav und romtreu zu bleiben, als der Papst die österreichische Musikkultur lobte und dabei das kirchenmusikalische Schaffen, das „geistliche und liturgische Gotteslob" Haydns, Mozarts und Schuberts, betonte. Eilen derartige Interpretationen nicht den Absichten des Redners voraus?

Mitte November erschien in Rom, anläßlich einer Tagung des Katholischen Laienrates, eine geheimnisumwitterte Persönlichkeit (schwarzer Anzug, Homburg, silbergraue Krawatte, assortiertes Stecktuch). Von diesem Besucher, und nicht vom österreichischen Botschafter, erfuhr ich Näheres über die Auf- und Abschwünge, welche die Vorbereitungsarbeiten zum Staatsbesuch des Bundespräsidenten beim Hl. Vater begleitet hatten. Dafür, daß es mir versagt ist, die Identität meines Informanten zu lüften, bitte ich um Verständnis.

„Man weiß nicht recht", führte diese Persönlichkeit aus, „ob die Besuchsidee vom Bundespräsidenten selbst stammt oder ob sie ihm von dritter Seite eingegeben wurde. Manche vermuten, der auch Ihnen wohlbekannte Univ.-Prof. Schambeck sei der Urheber des Planes gewesen."

„Das halte ich durchaus für möglich", warf ich ein.

„Der Besuch beim Hl. Vater sollte als Durchreißer dienen. Die außenpolitischen Wunderknaben waren davon überzeugt, daß Staatspräsident Cossiga nicht darum herumkommen würde, eine Geste der Höflichkeit zu setzen und mit Waldheim zusammenzutreffen, zumal man ihn ja als Christdemokraten, somit als Parteifreund, ansprechen und in die Pflicht nehmen konnte. Ich glaube, daß damals in der Hofburg eine ziemliche Realitätsferne geherrscht hat. Die Umgebung des Bundespräsidenten hegte bis zuletzt (die österreichische Delegation saß bereits im Flugzeug nach Rom) die Illusion, Staatspräsident Cossiga werde über seinen eigenen Schatten springen und mit Waldheim zusammentreffen. Aber warum sollte er sich Ärger und unfreundliche Schlagzeilen einwirtschaften?

Ende 1986", fuhr die geheimnisumwitterte Persönlichkeit fort, „erteilte Waldheim unserem Botschafter beim Hl. Stuhl streng geheim den Auftrag, bei der Kurie wegen eines offiziellen Besuchstermines zu sondieren. Es war natürlich ungewöhnlich, diesen Auftrag nicht über das Außenministerium laufen zu lassen, aber der Bundespräsident wird schon seine Gründe dafür gehabt haben.

Tatsächlich sprach der Botschafter Mitte Jänner bei Kardinal-Staatssekretär Casaroli vor und fragte in diplomatisch gedrechselter Rede an, ob dem Hl. Vater ein offizieller Besuch des Herrn Bundespräsidenten genehm wäre. Als Katholik und Staatsoberhaupt eines katholischen Landes läge Dr. Waldheim außerordentlich viel daran, seinen ersten offiziellen Auslandsbesuch dem Oberhaupt der Katholischen Kirche abzustatten und damit der engen Verbundenheit Österreichs mit dem Hl. Stuhl Ausdruck zu verleihen. Könnte – trotz der enormen zeitlichen Inanspruchnahme Seiner Heiligkeit – ein Termin noch vor dem Sommer in Erwägung gezogen werden?

Casaroli ließ sich seine Überraschung in keiner Weise anmerken und antwortete freundlich-unverbindlich, man werde darüber nachdenken; er wolle unverzüglich den Hl. Vater informieren.

Einige Wochen später gab der Kardinal-Staatssekretär Bescheid, Johannes Paul II. stehe dem Ansuchen grundsätzlich

positiv gegenüber. Datum, Näheres über die formelle Abwicklung etc. müßten noch geprüft werden.
Mitte Februar kam aus dem Staatssekretariat die Mitteilung, der offizielle Charakter des Besuches gehe in Ordnung. – Mit Vorstellung des Diplomatischen Korps'? wollte der Botschafter wissen. – Nein, dies allerdings nicht. – Trotz der Einschränkung löste die Nachricht in der Hofburg Frohlokken aus. Der Schritt aus der Isolierung schien zu gelingen; danach würde niemand mehr behaupten können, dem Bundespräsidenten lägen nur Einladungen aus arabischen Ländern vor.
Dann aber dürfte der Vatikan Angst vor der eigenen Courage bekommen haben. Vieles spricht dafür, daß massive Interventionen einsetzten, vor allem aus den USA, die ja in der Causa Waldheim die Feder führten. Auch die Farnesina scheint gewarnt bzw. den Hl. Stuhl auf die negativen Auswirkungen einer offiziellen Begegnung zwischen dem Papst und Waldheim hingewiesen zu haben.
Ende März machte der Hl. Stuhl fast einen Totalrückzieher: Keine Nationalhymnen, kein Redeaustausch, keine Präsentation des Diplomatischen Korps', kein Gegenbesuch Casarolis. Der österreichische Botschafter, dem diese Hiobsbotschaft kühl und sachlich mitgeteilt wurde, war einem Nervenzusammenbruch nahe. Er sah sich getäuscht, desavouiert, hatte er doch stets auf der Basis eines offiziellen Besuches verhandelt. Jetzt bot man plötzlich ein „incontro", wenn auch „solenne", oder eine „visita private" an. Mit zitternder Nackensteife brachte er sein stärkstes Argument vor: Bundespräsident Franz Jonas sei 1971 mit allen Ehren einer „visita ufficiale" empfangen worden, man könne doch den praktizierenden Katholiken Waldheim nicht schlechter behandeln als einen seiner sozialistischen Vorgänger. „Ich hätte", fuhr mein Mitredner fort, „den Herren auch unter die Nase gerieben, daß sogar der Erzkommunist Tito, der zahllose kroatische Katholiken

auf dem Gewissen hatte, dem Papst – ich glaube, es war Paul VI. – einen Staatsbesuch abstatten durfte.“

Was zwischen der ursprünglichen Zustimmung und dem Rückzieher passiert ist, „wissen wir bis heute nicht“, berichtete die geheimnisumwitterte Persönlichkeit weiter, „doch gab sich Waldheim nicht geschlagen. Man entschloß sich zu einer Feuerwehraktion. Univ.-Prof. Schambeck begab sich nach Rom, suchte seine dortigen Freunde auf und wurde unter anderem von Kardinal-Staatssekretär Casaroli empfangen. Auch die Intervention des Botschafters zeigte Wirkung. In jener Zeit lief die Kampagne gegen Waldheim wieder einmal auf Hochtouren. Im April war die Watchlist-Entscheidung gefallen. Der Hl. Stuhl, das muß fairerweise zugegeben werden, befand sich damals wahrlich in einer schwierigen Lage.“

„Ich kannte diese Details nicht“, antwortete ich, „mir wurde aber von fast allen ausländischen Kollegen und einer Reihe namhafter italienischer Presseleute im nachhinein versichert, es habe höchste Verwunderung geherrscht, daß der Besuch überhaupt zustandegekommen sei. Die lückenlos durchgezogene Geheimhaltung habe dazu wesentlich beigetragen. Bei Bewertung des Besuches gingen die Meinungen allerdings erheblich auseinander. Offene Kritik, ja scharfe Ablehnung, herrschte vor. Das hörte sich etwa so an: Es war eine Kette von Peinlichkeiten… Bedenken Sie doch, der Petersplatz, ein Ort der Begegnung, gesperrt für die Öffentlichkeit. Welche Blamage!… Dadurch, daß die italienische Regierung von seiner Anwesenheit keine Notiz nahm, ist Waldheim noch stärker ins Abseits geraten… Zwielichtige Rolle des Papstes… Hatte er es notwendig, sich ausgerechnet mit den Juden anzulegen? – Es gab aber auch andere Stimmen: Der Papst war gut beraten, sich von der jüdischen Lobby nicht ins Bockshorn jagen zu lassen… Großartig, mit welcher Allüre Wojtyla den Fehdehandschuh aufgenommen hat! Die anderen Staatsmänner sollten sich daran ein Beispiel nehmen... Ein Monsignore, im katholisch-jüdischen Dialog stark engagiert, sagte mir, ein Vertreter der israelischen Botschaft habe bei Erzbischof Silvestrini vorgesprochen und in höflicher, aber dezidierter Form Kritik an der Haltung des Papstes geübt. Ein durchaus ungewöhnlicher Schritt! Der Leiter der päpstlichen Diplomatie habe geantwortet, die Begegnung sei als Ausdruck der Wertschätzung des Hl. Stuhles für Österreich anzusehen und spiegle den guten Stand der beiderseitigen Beziehungen wider. Rom mische sich nicht in die Entscheidungen der israelischen Regierung, erwarte aber von dieser die gleiche Rücksichtnahme gegenüber dem Hl. Stuhl. Das Verhalten Israels und bestimmter jüdischer Kreise im Zusammenhang mit dem Besuch von Bundespräsident Waldheim sei „übertrieben und disproportioniert" gewesen. Ganz schön stark, finden Sie nicht auch? Silvestrini habe noch ein Weiteres getan und dem israelischen Diplomaten folgende „freundschaftliche Ratschläge" mitgegeben: Israel möge doch bedenken, daß Österreich als neutraler, demokratischer Staat, an der Grenze von Ost und West gelegen, eine sehr positive Rolle im Konzert der Nationen spiele. Es bringe Israel keinen Vorteil, Österreich zu schwächen oder antisemitischen Strömungen Vorschub zu leisten. Israel sollte vielmehr die Nützlichkeit einer angesehenen internationalen Position des Landes erkennen, die nicht zuletzt bei einer allfälligen Nahost-Friedensinitiative zum Tragen kommen könnte. Soviel ich weiß", bemerkte ich abschließend, „hat Johannes Paul II. auch *in camera caritatis* seine Entscheidung in keiner Weise bedauert oder rückwirkend in Zweifel gezogen. Auf die negativen Reaktionen angesprochen, soll er gesagt haben: ‚Ich habe das Richtige getan.' "

XIX. Kapitel,
in welchem Justinus der Gerechte diverse Betrachtungen zum Manuskript Algerichs anstellt.

Justinus, der Gerechte, hielt in der Lektüre des Manuskriptes inne und schüttelte bedenklich den Kopf. „Es ist ja alles sehr lebendig geschrieben, die Dialogpartien sind unterhaltend, aber“, fragte er sich, „entspricht Algerichs Darstellung der historischen Wahrheit? Manches mag ja so gewesen sein, aber mischt sich nicht viel Spekulation, ja Erfundenes oder Ergrübeltes in seinen Text? Wie kann er etwa wissen, welche Gespräche der Nuntius, den er“, Mißbilligung trat in Justinus' Gesichtsausdruck, „unentwegt ‚Heckenschütze‘ nennt, wirklich in Rom mit seinen Oberen geführt hat? Oder ob es ein Papier gibt, das Krenns angebliche Sondervollmachten umreißt? Läßt er uns nicht letzten Endes an Intentionsprozessen teilhaben? Wer ist – last not least – die ‚geheimnisumwitterte, schwarzgekleidete Persönlichkeit‘, von der Algerich spricht? Ist sie Wirklichkeit und somit ein besonderer Geheimnisträger, oder hat sie mein Schwager schlicht und einfach erfunden, um seinen Phantastereien mehr Glaubwürdigkeit zu verleihen? Als historische Quelle wird man Algerichs Buch“, ereiferte sich Justinus der Archivar der 8. Dienstklasse (mit begründeter Aussicht, als Leiter des Haus- Hof- und Staatsarchivs die 9. Dienstklasse zu erreichen), „wohl nicht betrachten können, gleichwohl“, Justinus lächelte in sich hinein, „würde ich sein Opus nicht einfach ‚abkanalisieren‘. Wer weiß, ob nicht selbst die angesehensten Botschafter in

ihren Berichten gelegentlich fabulieren. Aber die historische Wahrheit eines Dokumentes zu beurteilen, ist ja nicht Aufgabe des Archivars.
Einen Mangel weist die Darstellung Algerichs allerdings auf: Die Stimmen der Konservativen und ihre Argumente kommen etwas zu kurz. Die Parteilichkeit Algerichs ist unverkennbar, er müßte um etwas mehr Ausgewogenheit bemüht sein, zum Beispiel dem Leser Kardinal Ratzingers hohes Verantwortungsbewußtsein näher bringen. Der Glaubenspräfekt ist beileibe kein herzenskalter Finsterling, und wenn es stimmt, daß er bei der Regelung und Nachfolge von Kardinal König seinen Einfluß geltend gemacht hat, verdiente er doch ein paar anerkennende Worte. Der Papst freilich... das ist eine schwierige Frage", sinnierte Justinus. „Er begann so überzeugend, als Träger großer Hoffnungen. Wenn tatsächlich alles so ist, wie es Algerich schildert (ohne böswillige Unterstellungen, ohne mißliebige Deutungen), dann... "
Justinus wagte es nicht, seine Gedanken zu Ende zu führen. Das Manuskript, gestand er sich ein, versetzte ihn mit fortschreitender Lektüre in Unruhe. In eine Unruhe, die vielleicht den Blick weitete, schärfte und in tiefere Erkenntnisschichten vordringen ließ, die aber sein religiöses Grundgefühl durcheinanderbrachte. Es stand zu befürchten, daß ihn Algerichs Gedankenexperimente bei der morgigen Tennispartie mit dem Generaldirektor der Nationale Registrierkassen Ges.m.b.H. um die notwendige Konzentration bringen würden. Sein, Justinus' Aufschlag ließ ohnedies seit einiger Zeit zu wünschen übrig. Doppelfehler beim Service wie beim letzten Match durfte er sich keinesfalls leisten, wenn er in der Seniorenklasse auf der Rangliste A bleiben wollte...
„Die Ansprache des Hl. Vaters beim Ad-limina-Besuch der österreichischen Bischöfe war eigentlich gar nicht so streng. Von einer *Kopfwäsche* zu sprechen, ist kraß übertrieben, der Papst sagte durchaus nichts Ungewöhnliches, Anstoßer-

regendes. Sich als den Nachfolger Petri zu bezeichnen, ist wohl sein gutes und verbrieftes Recht. Man kann auch von ihm'nicht verlangen, daß er die Enzyklika ‚Humanae vitae', um die, wie man weiß, Paul VI. so lange gerungen hat, einfach für hinfällig erklärt… Ich werde jedenfalls noch einige Trainerstunden nehmen müssen, um mein Service zu verbessern… "

XX. Kapitel,
in welchem sich der deutsche Botschafter zum Päpstlichen Rundschreiben „Mulieris dignitatem“ äußert und ein Telephongespräch mit Frau Bundesminister Bartmann (CDU) führt.

Es erwies sich, daß der deutsche Botschafter eine ungeheure Hochachtung vor Johannes Paul II. hatte. Die Behauptung, daß sich der Papst Kardinal Ratzinger als „Denkprothese“ halte, „bei ihm arbeiten lasse“, wie es mitunter hämisch hieß, wies er entschieden zurück.

„Nein, nein, der Hl. Vater hat schon seine eigenen Ideen“, meinte der Botschafter. „Schrieb und schreibt ja auch selbst über dies und jenes. Seine Abhandlungen sind mir ein bißchen (Hengstorff sagte ‚ein büschen‘) zu hausbacken, aber das mögen manche Leute ganz gern.

Ratzinger ist jedenfalls der Interessantere“, fuhr der Botschafter fort. „Ich war neulich bei ihm, wollte ihm wegen der Bischofsernennungen etwas auf den Zahn fühlen, aber er sagte natürlich nix. Ich brachte dann das Gespräch auf das soeben veröffentlichte Päpstliche Rundschreiben ‚Mulieris dignitatem‘, das von der Glaubenskongregation ausgearbeitet worden war. Mir lag sehr an einer authentischen Interpretation des Dokumentes. Der Bundesminister für Frauenfragen im Bonner Kabinett, Frau Bartmann, hatte den vollständigen Text im Wege des Auswärtigen Amtes angefordert und auch eine Analyse erbeten. Es ging darum, den linken Feministinnen, die sich gerne auf Papa Wojtyla als Verbündeten berufen würden, den Wind aus den Segeln zu nehmen, aber vielleicht war man im Ministerium zu bequem, die einhundertsechzig

Seiten des Dokumentes zu lesen. Also für mich war die Sache sonnenklar: Lob der Frau einerseits, mit Hochgesang auf Jungfräulichkeit, Samariterdienste und Mutterschaft, aber kategorische Ablehnung der Frauenordination. Die Argumente der Glaubenskongregation zu diesem Punkt fand ich, unter uns gesagt, ein wenig simpel: Jesus habe nur Männer in sein Apostelkolleg berufen; nur Männer seien am Mysterium des Letzten Abendmahls und an der geheimnisvollen Umwandlung von Brot und Wein beteiligt gewesen; nur ein Mann-Priester *in persona Christi* könne daher die Erneuerung des Kreuzesopfers vollziehen.
Ich sagte also zu Kardinal Ratzinger, das Thema der Stellung der Frau in der Gesellschaft sei derzeit in der Bundesrepublik Deutschland, wie er wohl wisse, höchst aktuell und bilde einen der Streitpunkte in der politischen Auseinandersetzung zwischen CDU/CSU und der FDP einerseits, sowie der SPD und den Grünen andererseits. Mir scheine, die Linken hätten den Tenor des päpstlichen Rundschreibens mißverstanden. Das Dokument betone zwar die volle Gleichwertigkeit zwischen Mann und Frau, weise aber den Geschlechtern doch spezifische Aufgaben zu. Ob ich das wohl richtig sähe? Der Kardinal antwortet mir gütig und milde, wie es seine Art ist, ja, daran sei nicht zu zweifeln. Also, versetze ich mit einem Seufzer der Erleichterung, die Verwaltung der Sakramente bleibt demnach den Männern vorbehalten. Ratzinger nickt; jawohl, er nickt! Es war eigentlich nur ein Nickerchen, hahaha, aber immerhin, er hat genickt, der Kardinal. Ich füge noch hinzu – weiß nicht, ob das besonders geistreich war und gut ankam – also ich füge noch die Bemerkung hinzu, Gott sei in allen monotheistischen Religionen männlichen Geschlechtes. Nicht ohne Sinnbezug sprächen wir vom Gott*vater*, vom *Herr*gott, vom König der himmlischen Heerscharen etc. Gott habe seinen eingeborenen Sohn auf die Erde geschickt, wo er zweifelsfrei als *Mann* aufgetreten sei. Auch

der Heilige Geist wäre ein Maskulinum, wie die lateinische Bezeichnung Spiritus Sanctus intimiere. – Daß der Unglücksrabe Johannes Paul I. einmal gesagt hatte: ‚Gott ist mein Vater und meine Mutter', erwähnte ich lieber nicht, der Luciani-Papst verstarb ja auch ganz kurz danach. Manche behaupten sogar, diese Äußerung habe ihn frühzeitig ins Grab gebracht. Also ich weiß nicht. Jedenfalls konnte ich in meinem Bericht über das Apostolische Rundschreiben ‚Mulieris dignitatem', den ich abschriftlich direkt Frau Bundesminister Bartmann übermittelte, gewisse falsche Ansätze zurechtrücken und mich, wenn schon nicht auf konkrete Aussagen, so doch auf das Kopfnicken des Präfekten der zuständigen Kongregation berufen." In diesem Augenblick läutete das Telephon. Der Botschafter nahm den Hörer ab. „Hengstorff", meldete er sich, dann sagte er, die Muschel abdekkend, mit bedeutungsvollem Blick zu Algerich: „Bonn am Apparat. Man ruft mich über die direkte Leitung für Krisenfälle!"

Algerich erhob sich, um den Raum zu verlassen, doch Hengstorff hielt ihn zurück. „Bleiben Sie nur. Vor Ihrem Blatt habe ich keine Geheimnisse." Wieder in den Apparat: „Ja, hier Hengstorff... Ich höre... Frau Bartmann persönlich?" – Zu Algerich: „Die Frau Bundesminister für Frauenfragen!" – „Selbstverständlich... Ich gab in meinem Bericht über 'Mulieris dignitatem'... di–gni–ta–tem... ganz recht: Über die Würde der Frau... die große Linie wieder... Wie meinen? Das Apostolische Schreiben fängt gut an und hört übel auf, die Öffentlichkeit werde an der Nase herumgeführt... Natürlich muß man den ganzen Text, bis zum Ende, lesen... Pardon, ich sehe nicht... ein marxistisches Machwerk... ah, ein machistisches Matschwerk, eh... matschistisches Machwerk... so kann man wohl nicht... Nein, es gibt nichts zu rütteln und zu deuteln. Vom Priesteramt *absolut* ausgeschlossen. Keine Hintertür. Auch der Zölibat steht in Rom nicht zur

Diskussion… Ah so… interessiert Sie nicht… Der Zölibat ist ihr schnurz!" zischte der Botschafter zu Algerich hinüber. „Ob ich bei Kardinal Ratzinger nicht vorstellig werden könnte? Pardon, Frau Bartmann, es handelt sich um eine rein kirchliche Lehraussage… sicherlich, ich gebe zu, für die Frauen von größter Bedeutung, aber eine Intervention meinerseits, ausgeschlossen, auch wenn der Kardinal Bundesdeutscher ist, genauer gesagt, *gerade* weil er Bayer ist… Ich bedaure, Frau Bartmann… privat, bei einem Essen? – Vielleicht im Beichtstuhl", feixte der Botschafter zu Algerich hinüber. – „Tut mir leid, Frau Bartmann, müßte mich erst mit dem Auswärtigen Amt ins Benehmen setzen, ins Benehmen, jawohl, ich sagte Be-neh-men. Sie würden den Herrn Bundeskanzler persönlich bemühen? Ich darf bemerken, daß der Einfluß des Herrn Kohl auf Herrn Genscher gering ist… Jaaaa, wenn Herr Franz Josef Strauss noch lebte, aber Herr Strauss ist nun mal tot… Ich glaube nicht", der Botschafter tippte sich an die Stirn, „ich glaube nicht, daß Herr Strauss den hochwürdigsten Herrn Kardinal *zusammengestaucht* hätte, wie Sie zu sagen beliebten. Die Bayern stauchen nur andere zusammen, untereinander greifen sie zum Bierkrügel, ha, ha, ha! Aber Kardinal Ratzinger würde sich, selbst wenn er *kein* Bayer wäre, nicht zusammenstauchen lassen… Auch keine Ministrantinnen… selbst mit kurzgeschnittenem Haar nicht, ich wiederhole, *nicht* zugelassen zum Meßdienst… Ob sie Hosen tragen, spielt keine Rolle… Sie verstehen, daß ein *polnischer* Papst frauenfeindlich eingestellt ist, aber daß ein *deutscher* Kardinal ebenfalls… Ich betone nochmals, er ist aus Bayern… Nein, man kann absolut nichts unternehmen… Kulturkampf ist doch wohl nicht der richtige Ausdruck, Frau Bartmann, eher Kampf der Geschlechter… Also ich sehe nicht… bitte zu beachten, daß keiner der Apostel weiblichen Geschlechtes war… Ist laut Drewermann kein Argument? Die Berufung auf Drewermann wäre beim Hl.

Stuhl kontraproduktiv... kon-tra-pro-duk-tiv, nicht kontrazeptiv, Frau Bartmann... Wenn passiv homosexuelle Priester die heilige Kommunion spendeten, sei es fast schon so, als würde eine Frau die Kommunion spenden? Also nein, diese Argumentation würde ich ebenfalls für keine sehr überzeugende halten... Hallo... Frau Bartmann, sind Sienoch dran? Hallo?"
Der Botschafter legte den Hörer auf die Gabel zurück und sagte zu Algerich:
„Jemand hat die Frau Minister aus der Leitung geworfen. Vermutlich ein Macho! Sie sehen, verehrter Freund, wohin wir mit weiblichen Regierungsmitgliedern kommen! Ich glaube, die Kirche hat recht mit ihrem Grundsatz ‚Mulier tacat in ecclesiam!' "

XXI. Kapitel, in welchem der Hl. Augustinus ein drittes Mal erscheint.

Algerich wurde durch einen Luftzug geweckt, der über sein Gesicht strich. Schlaftrunken richtete er sich auf und sah, daß der Hl. Augustinus im Zimmer stand.

„Ich habe dich nicht gerufen!" sagte Algerich bockig.

„Ich komme nur, wenn man mich nicht ruft."

„Laß mich in Ruhe! Ich will mit dir weder über den Gottesstaat noch über die Heilige Dreifaltigkeit debattieren. Wenn du wenigstens nicht diese Verkleidung, diese lächerliche Schwarzwälder Regenpelerine anhättest. Einen Bischof, geschweige denn einen Kirchenvater deines Ranges, stellt man sich anders vor."

„Ich bin nicht gekommen, um mit dir zu debattieren."

„Sondern?"

„Um mit dir zu beten."

Algerich war verblüfft. „Doch nicht etwa das Glaubensbekenntnis?" fragte er mißtrauisch.

„Das Vaterunser", schlug der Hl. Augustinus vor.

„Ich habe es erst gestern mehrmals gebetet, in der Canisiuskirche."

„Ich weiß. Ich stand hinter dir, aber du sahst mich nicht. Du gingst nicht zur Heiligen Kommunion, aber du betetest." (Algerich wunderte sich ein wenig über die altmodische Form des Imperfekts). „Du versuchtest, das Glaubensbekenntnis zu beten, aber es gelang dir nicht."

„Ja“, räumte Algerich ein, „ich stockte gleich zu Beginn.“
„Warum?“
Algerich zögerte einen Augenblick. „Vielleicht deshalb, weil Gottvater dabei zu kurz kommt. Es ist kaum von ihm die Rede. Er wird gerade noch als ‚Schöpfer des Himmels und der Erde‘ apostrophiert, dann kommt schon Jesus Christus an die Reihe. Dem Sohn sind weit mehr Glaubensartikel gewidmet als dem Vater. Es herrscht keine Ausgewogenheit. Nun, ich verstehe, Jesus Christus ist das eigentlich Geheimnisvolle, Mystische, das uns erklärt werden soll. Trotzdem: Gott scheint mir etwas an den Rand gedrängt.“
„Wie kann *er*, der *ist* und immer *sein wird*, an den Rand gedrängt werden? Du bist nicht aufrichtig, mein Sohn! Du hast dein Gebet unterbrochen, weil du nicht daran glaubst, daß Jesus Christus der eingeborene Sohn Gottes ist. Gib es zu!“
Der Hl. Augustinus blickte Algerich herausfordernd an.
Dieser sah sich ertappt. Er versuchte, sich mit einer *volte face* aus der Schlinge zu ziehen: „Die kirchliche Gebets-Maschinerie…“
„Wie bitte?“
„Pardon, das kirchliche Gebetsritual… ich meine, die Quasi-Exklusivität der drei Hauptgebete – Glaubensbekenntnis, Vaterunser und Gegrüßet-seist-du-Maria – erscheint befremdlich. Ich vermisse den Gleichklang, es gibt da ein Gefälle… Das Glaubensbekenntnis ist ja eigentlich gar kein Gebet, sondern ein verkürzter Katechismus – man plappert den theologischen Wissensstand der Konzile von Nizäa bis Konstantinopel nach. Das Gegrüßet-seist-du-Maria richtet sich an einen Menschen, an die Hl. Maria. Ist das nicht im Grunde eine Gotteslästerung?“
Die Augen des Hl. Augustinus blitzten zornig auf. Algerich sagte daher einlenkend:
„Nun gut, ich lasse den Gedanken fallen. Aber das ‚Gegrüßet-seist du Maria‘ ist mir schon als Kind gegen den Strich

gegangen. Meine Großmutter hingegen hat das *Gegrüßezeistu* geliebt. Sie betete stundenlang den Rosenkranz und radelte die *Gegrüßezeistu* nur so herunter. Das lautlose Bewegen der Lippen, das langsame Weitergleiten der Rosenkranzkügelchen von Finger zu Finger, die pagodenartige Haltung erdferner Entrückung machten meinen Vater nervös. Hörst du mich denn nicht, rief er, um Großmutter in ihrer Andacht zu stören, ich hab' dich etwas gefragt! Er stellte die banalsten Fragen: Den wievielten haben wir heute? War der Kohlenträger schon da? Wo zum Teufel sind die Essiggurkerln, die ich mir gekauft hab'? Zwischendurch fluchte er gottserbärmlich. Aber selbst die Frage, ob ich mit meinen Schulaufgaben schon fertig sei, konnte meine Großmutter nicht aus der Ruhe bringen. Sie blieb steif, unangreifbar hinter ihrem Schutzwall aus *Gegrüßezeistu*. Nur bei dem Gesätz ‚Jesus, der von den Toten auferstanden ist', erhob sie die Stimme. Bisweilen schrie mein Vater, ob sie denn nichts Besseres zu tun wüßte als den Rosenkranz, dieses ewige *Gegrüßezeistu*, herunterzuleiern. Ich saß da, in meiner Ecke, las Karl May und hielt mich aus dem Ganzen heraus. Was ging mich des Vaters Anti-Rosenkranz-Kreuzzug an? Aber du verstehst, das *Gegrüßezeistu* ist mir in unguter Erinnerung.
Bleiben wir beim Vaterunser. Ich ziehe die vorkonziliare Fassung vor, an den neuen Text habe ich mich nie so richtig gewöhnen können. Weißt du, warum man es geändert hat?"
„Nein", sagte der Hl. Augustinus ein wenig irritiert. „Ich bete es immer auf lateinisch." Damit breitete er seine Arme aus und begann: „Pater Noster..." Algerich fiel sogleich ein.
Bei dem Passus: „... wie auch wir vergeben unseren Schuldigern" verhaspelte sich Algerich, und sie gerieten aus dem Takt. Es war die zentrale Stelle des Vaterunsers: Schuld anhäufen, Schuld vergeben, darin bestand und besteht die tragische Geschichte des Menschengeschlechtes. Auch der Hl. Augustinus ist diesem Fatum nicht entronnen...

Als sie geendet hatten, trat der Heilige auf Algerich zu und schlug über seiner Stirn das Zeichen des Kreuzes: „Der Herr segne dich und deine Familie!“
Algerich war perplex: „Woher weißt du, daß ich Familie habe?“
„Ich las es in deinem Gesicht. Du schlossest die Familie in dein Gebet ein.“
„Und wenn ich es getan hätte: Kann man an Stelle eines anderen beten?“
„Jeder, der betet, betet für jeden.“
„Auch wenn der andere gar nicht will?“
„Das, mein Sohn, müssen wir Gott dem Herrn überlassen“, antwortete der Hl. Augustinus ungewöhnlich milde. Dann wandte er sich zum Gehen.
„Warte!“ rief Algerich. „Beten wir noch ein Vaterunser für Adeodatus, deinen Sohn!“ Statt einer Antwort hob Augustinus die Arme. An seiner Hand blitzte der Bischofsring auf und warf einen hellen Schein über das Gesicht des Heiligen.
„Vater Unser…“
Langsam verklangen die Worte des Gebets, eine friedliche Stille breitete sich aus. In diese Stille hinein sagte Augustinus:
„Sein Leben war kurz. Eine Flamme, die beim ersten Windstoß erlosch. O Herr, der Du den Stolz seines Geistes und die Traurigkeit seines Herzens gekannt hast, gewähre ihm, einzugehen in den Ort der Erquickung und der Freude. Schenke ihm einen Platz in den geheimen Zufluchtsstätten und Wohnsitzen der Seele, wo er Deine Glorie schaue in alle Ewigkeit. Amen!“
„Amen!“ wiederholte Algerich mit fester Stimme.

XXII. Kapitel, in welchem über die bevorstehende Reise des Hl. Vaters nach Österreich 1988 berichtet wird. Algerichs Mißgeschick.

Aus Algerichs Manuskript:

Ingenieur Plessnig sagte, er habe 1983 den Besuch Johannes Pauls II. in Österreich ganz genau im Fernsehen verfolgt, sozusagen Zeile für Zeile, aber er hätte nie im Traum daran gedacht, an den einzelnen Veranstaltungen, die ja „Massenkarambolagen" glichen, persönlich teilzunehmen. „Diese Europavesper, ausgerechnet auf dem Heldenplatz unseligen Angedenkens, muß ja etwas Greuliches gewesen sein. Das riesige Holzkreuz, das vor dem Burgtor gestanden ist, hat überhaupt nicht hingepaßt!" Der Architekt schüttelte sich vor Abscheu. „Auf noble Massenregie verstand sich nur der Zefirelli! Am ärgsten fand ich die Festmesse auf der Donauinsel. Es hat gegossen wie aus Schaffeln, die Leut' sind bis zu den Knöcheln im Wasser gestanden. Sie hätten ja wegrennen können, sind aber geblieben. Unverständlich! Das bestätigt nur meine alte These, daß Religion etwas mit Masochismus zu tun hat." Jedenfalls habe er, Plessnig, keinesfalls die Absicht, auch die zweite Österreichreise des Papstes 1988 auf dem Bildschirm nachzuvollziehen, zumal ihm einzelne Programmpunkte absolut gegen den Strich gingen. „Muß sich der Papst im Burgenland und in Kärnten unbedingt mit den Kroaten und anderen Balkanesen treffen? Sogar die Zigeuner haben sich angesagt, die ‚Roma', wie man sie neuerdings nennt, als ob sie etwas mit den alten Römern – Cäsar, Lucullus, Cicero – zu tun hätten! Einzig der Besuch in Salzburg wird vielleicht sehenswert sein, na ja, die Stadt eignet sich nun einmal für Festspiele. Und in Innsbruck wird das Hafelekar eine photogene Kulisse abgeben."

Die Unkereien des Stadtplaners hielten mich natürlich in keiner Weise davon ab, der Frankfurter Redaktion meine Bereitschaft zu signalisieren, die Reise journalistisch wahrzunehmen. Genauer gesagt, ich bestand in langwierigen Telephonaten darauf, als Sonderkorrespondent nach Österreich entsandt zu werden. Ich kam dadurch allerdings meinem Wiener Kollegen ins Gehege, der – mangels anderer berichtenswerter Ereignisse – darauf brannte, den Papstbesuch gehörig ausschlachten zu können. Ich begründete die Notwendigkeit meiner Teilnahme damit, daß man die Reise aus römischer Sicht, also von einer übergeordneten Warte aus, analysieren müsse, wofür logischerweise nur ich in meiner doppelten Eigenschaft als Vatikanist *und* Österreicher in Betracht käme. Die Angelegenheit wurde zu meinem Ärger dadurch kompliziert, daß Reibenscheidt, mein ewiger Kontrahent, die Berichterstattung selbst in die Hand nehmen wollte. Er kenne sowohl den österreichischen als auch den vatikanischen Aspekt zur Genüge, nur jemand aus der zentralen Redaktion könne eine Zusammenschau, die „Koinzidenz der Widersprüche", gewährleisten. Schwachsinn! Ich ließ damals alle Minen springen, vielleicht die eine oder andere zuviel, um meine Akkreditierung zu erreichen. Es hieß schließlich, ich möge auf eigene Kosten an der Reise teilnehmen, zumal der Hin- und Rückflug ohnedies im offiziellen Journalistentroß erfolge. Dann werde man sehen, ob ich etwas Druckbares liefern könne, die Hauptverantwortung für die Berichterstattung (mit Namensnennung) werde jedenfalls bei Reibenscheidt liegen.

Es war eine kränkende, demütigende Zurücksetzung, die

meine Berufsehre verletzte. Ich gab mich aber trotzdem nicht geschlagen, im Gegenteil, das Thema begann mich umso mehr zu beschäftigen.
Wichtige Hinweise verdanke ich ausnahmsweise dem österreichischen Botschafter beim Heiligen Stuhl. „Auch die Papstreise 1983," meinte dieser, „hat sich zäh angelassen. Darüber steht natürlich nichts in den Akten, sonst dürfte ich ja darüber nicht sprechen. Zu Beginn hat man sich auf nichts einigen können. Kaum ist ein Vorschlag gemacht worden, hat sich schon eine Gegenpartei gebildet und ihn abgelehnt. Je katholischer das Lager, desto mehr streiten die Leut'. Die einen waren für einen möglichst langen Aufenthalt des Hl. Vaters in Österreich, die anderen wollten den Besuch im Blitztempo herunterhudeln. Gerade in der Frage der Koppelung mit dem Katholikentag hat's heftige Auseinandersetzungen gegeben. ‚Mir brauchen kan Papst beim Katholikentag!' haben die Gegner erklärt. ‚Ohne den Hl. Vater wird das Ganze eine Riesenpleite!' sind ihnen die Befürworter ins Gesicht gesprungen. Dann haben sich die Lokalpatrioten zu Wort gemeldet: Jeder Wallfahrtsort mit einem Marienheiligtum ist happig darauf gewesen, den Papst zu empfangen. Die Bischöfe haben eifersüchtig auf ihr Prestige geschaut: Kommt der Papst nach Salzburg, muß er auch das Heil' ge Land Tirol besuchen, und wenn schon Tirol, kann er doch Vorarlberg nicht auslassen… Das Vorbereitungskomitee hat schließlich nach endlosen Debatten für eine Zusammenlegung von Papstbesuch und Katholikentag entschieden, nicht zuletzt, weil der Kardinal König für eine ‚Vereinfachung' eingetreten ist. Später hat er dann gesagt, daß sonst der Katholikentag ‚seiner Bedeutung entleert worden wäre'. Das Ganze hat natürlich keinesfalls den Vorstellungen des Hl. Vaters entsprochen. Der sieht sich einfach nicht als ‚Aufputz' eines Katholikentages. Überdies hätte er außer Wien gerne noch andere Städte kennengelernt, zum Beispiel Linz. Im Juli 1982 sind

dann die österreichischen Bischöfe nach Rom aufgebrochen und haben dem Hl. Vater ihre Vorschläge unterbreitet: Bloße zwei Tage sollte der Besuch dauern! *Mich* hat man ja vorher nicht konsultiert, sonst hätte ich mein Veto eingelegt. Es wäre der kürzeste Papstbesuch aller Zeiten gewesen, ein Weltrekord! Prompt ist es dem Papst herausgeschossen: ‚Was, nur so kurz wollt ihr mich haben?' Das hat natürlich die Stimmung sehr getrübt. Glücklicherweise ist den Bischöfen die Idee gekommen, den Papst gleich zu einem zweiten Besuch nach Österreich einzuladen, da konnte er nicht gut nein sagen, er reist ja gern. Außerdem haben die Bischöfe noch ein Zuckerl dazugelegt: Sie haben vorgeschlagen, den ersten Besuch im September 1983 abzuhalten und mit dem Gedenktag an die 300. Wiederkehr der Befreiung Wiens von den Türken zu verbinden. So würde man drei Fliegen mit einem Schlag treffen: Papstbesuch, Katholikentag und Huldigung für den Polenkönig Sobieski, der 1683 das christliche Entsatzheer befehligt hat. Dabei ist der Sobieski damals nur rein zufällig zum Oberstkommandierenden bestellt worden, weil er der ranghöchste Fürst war. Der Kaiser Leopold hat sich ja derweil nach Linz ‚zurückgezogen', wie es in den G'schichtsbücheln heißt. Eigentlich hätte es ja einem Habsburger gebührt, Europa zu retten, aber wenn man halt nicht da ist… Jedenfalls war der Papst von dem Gedanken sehr angetan, daran zu erinnern, daß schon vor dreihundert Jahren ein Pole den Untergang des christlichen Abendlandes verhindert hat. Die ‚Affari Pubblici' waren über diesen Zusammenfall weniger glücklich. Sie haben eine Demarche der Türken befürchtet, die ja inzwischen der NATO beigetreten sind und ungern an ihre alten Streitereien mit den Österreichern erinnert werden wollen. Soviel ich weiß, ist es aber zu einer solchen Demarche nicht gekommen."
Soweit der Botschafter. Seit dem von ihm erwähnten Faktenstand hatte sich jedoch die kirchliche Großwetterlage in

Österreich geändert. Der unbestreitbare Erfolg des Besuches von 1983 war verblaßt, Kardinal König abgetreten, die Regelung seiner Nachfolge und die Ernennung Krenns zum Weihbischof hatten zu Spannungen nicht nur innerhalb der Kirche Österreichs, sondern auch mit Rom geführt. Johannes Paul II., 1983 heftig umjubelt und von den Medien kajoliert, war ins Kreuzfeuer der Kritik geraten. Wollte man überhaupt noch seinen Besuch?

Die traditionellen „Papstschauer", die in jeder Papstreise ein Jahrhundertereignis erblicken, fieberten natürlich nach wie vor einer neuerlichen Begegnung mit Johannes Paul II. entgegen. Die Konservativen Katholiken erhofften sich eine Stärkung ihres Lagers; je eher der Papst käme, desto besser.

Hingegen waren weder die Bischöfe, noch die katholischen Organisationen, die das Schwergewicht der Vorarbeiten zu tragen hatten, auf einen baldigen Besuch des Papstes erpicht. Notabene den Bischöfen schien ein angemessener Zeitabstand wünschenswert. Sie fürchteten den Abnützungseffekt, das heißt ein Nachlassen des allgemeinen Interesses. Würde die Mobilisierung der Massen gelingen? Der Alptraum jedes Ortsbischofs ist es ja, der Hl. Vater könnte, Gott bewahre, vor gähnender Leere sprechen. Außerdem scheuten die Bischöfe die hohen Kosten. Die Finanzierung der Papstbesuche obliegt bekanntlich weitgehend der Ortskirche, und in den „Kriegskassen" der österreichischen Diözesen herrschte Ebbe. Die Leute murrten ohnedies wegen der Höhe des Kirchenbeitrags und bisweilen allzu strenger Eintreibungsmethoden.

In dieser Situation kam der Landeshauptmann von Salzburg auf die Idee, den Papst zu einem Besuch der Salzburger Festspiele einzuladen. Er überschätzte wohl die Bedeutung dieser Veranstaltung in den auf die Ewigkeit gerichteten Augen der Kirche bzw. unterschätzte den Papst, indem er ihn auf die gleiche Stufe mit weltlichen Staatsoberhäuptern herabzog, die in der Tat Einladungen zu Festspielbesuchen gerne an-

nahmen. Daß der Hl. Vater weder Vergnügungs- noch Bildungsreisen unternimmt, war dem Landeshauptmann nicht beizubringen. Als im Petersdom die Krönungsmesse von Mozart (einem Salzburger) durch Herbert von Karajan (einen Salzburger) aufgeführt wurde, pilgerte der Landeshauptmann (ein Salzburger) nach Rom und übergab eine Einladung zum Besuch der Salzburger Festspiele. Der Papst antwortete höflichkeitshalber und vielleicht auch ein wenig müde mit den später pressenotorisch gewordenen Worten: „Ja, ich komme gerne auf einen Sprung." Der Landeshauptmann selbst und seine Umgebung wollen es jedenfalls so gehört haben.
Der österreichische Vatikan-Botschafter erzählte mir, er habe damals die Hände über dem Kopf zusammengeschlagen (er ist überhaupt ein ziemlicher Die-Hände-über-dem-Kopf-Zusammenschlager). „Es kann doch nicht jeder Landeshauptmann hergehen und den Hl. Vater einladen!" rief er aus. „Ich habe dem Landeshauptmann begreiflich zu machen versucht, daß eine Papsteinladung von der Bischofskonferenz ausgehen und vom Staatsoberhaupt beziehungsweise von der Regierung abgesegnet werden muß. Vergebliche Liebesmüh. Du kennst doch den Landeshauptmann: Der kann recht zuwider werden, wenn ihm was nicht paßt. Er hat geglaubt, ich will den Besuch torpedieren!"
„Auch andere sind mir deswegen nahegetreten", fuhr der Botschafter fort. „Dabei hab' ich's nur gut gemeint, meine Absicht war, den Zug auf die richtigen Schienen zu stellen. Ich bin ja selber höchst interessiert daran gewesen, daß der Besuch zustande kommt. Es wäre die absolute Krönung meiner Laufbahn gewesen, einmal im Flugzeug neben dem Papst zu sitzen! Man soll sich aber nichts antun und die Leute schalten und walten lassen, bitte, ist gefällig, wie der Herr belieben! So kommt man als Beamter am besten über die Runden. Na, zum Glück ist dann eine offizielle Antwort des Vatikans gekommen. Der Kardinal-Staatssekretär hat die

Salzburger im Namen des Papstes wissen lassen, Seine Heiligkeit werde gern zu einem späteren Zeitpunkt in einem *größeren* Zusammenhang auch Salzburg besuchen. Am meisten hat die Salzburger das Wort *auch* gegiftet. Damit wollte ihnen Casaroli sagen: Bildet euch ja nicht ein, daß der Hl. Vater, nur um Salzburg zu sehen, nach Österreich kommt!"

Da es also mit dem „Abstecher" Essig war, setzten der Landeshauptmann und die konservativen Schildknappen alles in Bewegung, um den Termin für den offiziellen Besuch des Papstes in der Salzburger Kirchenprovinz vorzuverlegen.

Ich will ja dem Landeshauptmann nichts unterstellen. Aber es fällt bei derartigen Besuchen immer etwas zur höheren Ehre der Politiker ab, die daran maßgeblich beteiligt sind: Sie kommen mit Prominenten ins Fernsehen, können den großzügigen Gastgeber spielen, Reden halten usw. In den Köpfen der Politiker spukt noch immer der Glaube, daß solche Szenen politisch etwas abwerfen. Die Herren meinen, ein gemeinsames Photo mit dem Papst, Ronald Reagan oder der britischen Königin lasse sie in der Wählergunst steigen, beeindrucke die Leute. In Wirklichkeit bringt ein solches Bild nicht mehr ein, als daß sich die Parteifreunde darüber ärgern (was allerdings auch ein Motiv sein kann!) und die politischen Gegner beschließen, sich ebenfalls bei nächster Gelegenheit entsprechend in Szene zu setzen.

Ich persönlich befürchtete, der Papst werde bei seinem Besuch nur das bestätigt sehen, was er bei der Ad-limina-Kopfwäsche im Juni 1987 bemängelt hatte: die angeblichen Unzulänglichkeiten und Schwächen der Bischöfe, die „Abweichungen" der Theologen sowie das aufmüpfige Treiben der „Linkskatholiken." Wie sollte sich – das war meine bange Frage – der Papst im Zuge einer dreitägigen, von einem Programmpunkt zum anderen hetzenden Reise davon überzeugen können, daß die österreichischen Bischöfe alles andere als unsichere Kantonisten sind, geschweige denn Revolu-

tionäre, sondern verdienstvolle, bewährte Kirchenmänner, fromm und romtreu, ihrem Amte hingegeben? Jeder einzelne, von Laszlo (Eisenstadt) über Zak (St. Pölten), Aichern (Linz), den guten Erzbischof Berg (Salzburg), den herausragenden Stecher (Innsbruck) bis hin zu Weber (Graz) und Kapellari (Kärnten), Bischof Wechner (Feldkirch) nicht zu vergessen, war ein wahrer *pastor bonus*, volksverbunden und volksnah, seiner „Herde“ (ich hasse diesen Ausdruck) in wechselseitigem Vertrauen zugetan. War es möglich, daß dies der Papst begreifen, erfühlen würde, er, dem man über die österreichischen Bischöfe so viel Negatives erzählt hatte? Man wird unter diesen Umständen meine Teilnahme-Insistenz gegenüber meiner Redaktion in Frankfurt verstehen: Ich war geradezu die ideale Besetzung, um die Vielschichtigkeit dieses Besuches zu erfassen und in einer von den Schlacken der Vorurteile befreiten Weise wiederzugeben. So gedachte ich insbesondere der Frage nachzugehen, welche Überlegungen der Papst auf Grund seiner Reiseerfahrungen (so oberflächlich sie auch sein mochten) anstellen würde, um die Nachfolge für die demnächst frei werdenden Bischofssitze zu regeln.
Bei allem Respekt vor meinem in Wien ansässigen Kollegen: Aber wie sollte dieser freundliche, im deutschen Zitatenwald so wohlbewanderte Moselfranke imstande sein, die kirchliche Seelenlage Österreichs auszuloten? Ihm fehlte einfach der Schuß Bosheit, der notwendig ist, um österreichische Verhältnisse zu durchschauen. Vize-Chefredakteur Reibenscheidt gebot zwar über diese Boshaftigkeit, aber er war von dem Gedanken besessen, zu allem eine originelle Meinung haben zu müssen. Er glaubte an seinen besonderen „Riecher“ und zog aus reiner Besserwisserei beständig die falschen Schlüsse. Reibenscheidt wäre ein Fall für den Psychiater gewesen, aber er hätte selbst auf der Couch des Arztes aus Bestemm die Unwahrheit gesagt.

Kurz, ich sah schwarz für eine objektive und zugleich in die Tiefe gehende Berichterstattung meines Blattes, wenn es mir nicht gelänge, in entscheidender Weise korrigierend einzugreifen.
Ich bat schließlich, sehr gegen meinen Willen, aber was blieb mir anderes übrig, Hengstorff um Intervention. Ich muß zugeben, daß der Botschafter viel Durchschlagskraft bewies; er schaffte es jedenfalls, ich weiß nicht wie, daß ich beim Bundespressedienst in Wien für die Dauer der Papstreise als Sonderkorrespondent akkreditiert wurde.
Meinen Freund Markowitsch bat ich, mir für alle Veranstaltungen in Wien Eintrittskarten zu beschaffen, koste es was es wolle. Für die Begegnungen im Burgenland sollte es Markowitsch, der aus diesem Bundesland stammte und mit dem Bischof weitschichtig verwandt war, nicht schwer sein, mich „einzuschleusen". Ich hatte da einen entscheidenden Platzvorteil gegenüber Reibenscheidt, da ich die burgenländische Besuchs-Etappe besonders interessant fand. Der Hl. Vater würde es sich nicht entgehen lassen, gewissermaßen in „Rufweite" von der Grenze, auf die christlichen Wurzeln Europas hinzuweisen und die Überwindung der Ost-West-Spaltung des Kontinents zu fordern. Es bot sich ferner eine gute Gelegenheit, den Völkern des „realen Sozialismus" durch das pannonische Fenster zu signalisieren, daß sie der Westen noch nicht abgeschrieben habe (ein Leitgedanke der österreichischen Außenpolitik) und daß das Zusammengehörigkeitsgefühl des „christlichen Abendlandes", um diesen verblassenden Ausdruck wieder aufzugreifen, nicht am Eisernen Vorhang ende. Das Treffen mit den Katholiken war in Trausdorf geplant, und ich nahm mir schon jetzt vor, Trausdorf als eine Bestätigung, ja Erfüllung der Ostpolitik Casarolis hinzustellen. Casaroli war von der Notwendigkeit eines Dialogs mit den kommunistischen Regimen überzeugt gewesen. Nun folgte die Begegnung der Gläubigen über die Staatsgrenzen

hinweg. Der vatikanische Pressechef Novarra-Valls sagte mir später, der Reise des Papstes nach Österreich habe von Anfang an ein grenzüberschreitendes Konzept zugrunde gelegen.
In jenen Wochen der Vorbereitung auf den Papstbesuch hatte ich übrigens einen skurrilen Dialog mit einem Franziskanerpater, der – in Barfüßersandalen und grobgewalkter Kutte – die Frage aufwarf, warum der Papst die Befreiungstheologie für Amerika verurteilt habe, während er gegenüber den Ostblockstaaten selbst wie ein Befreiungstheologe auftrete. „Natürlich nicht mit der Maschinenpistole in der Hand", schränkte der Franziskaner ein. Ein Thema, das jedenfalls zu vertiefen wäre.
Etwa eine Woche vor Beginn des Besuches rief mich der Wiener FAZ-Korrespondent an: Ob ich ihm eine Liste der vatikanischen Teilnehmer beschaffen könne? – Leider nein, die Zusammensetzung der päpstlichen Delegation werde bis zum letzten Augenblick geheimgehalten. – Aha! (Pause) Also es ist ja nicht für mich, Reibenscheidt will es wissen. – *Tant pis pour lui*! antwortete ich kurz angebunden.
Schon am nächsten Tag war der Moselfranke wieder am Apparat: Reibenscheidt sei davon überzeugt, daß der Kardinal-Staatssekretär den Papst begleiten werde, auch der päpstliche Außenminister – wie heiße er doch schnell? – solle mit von der Partie sein. Reibenscheidt wünsche Lebensläufe dieser Herren. – Nichts leichter als das! Die Redaktion möge im päpstlichen „Who is Who" nachschauen (ich begann zu improvisieren): *qui pro quo* auf Lateinisch. Aber man könne auch den Nuntius in Bonn fragen; wie der heiße, werde Reibenscheidt doch wissen!
Wenn der Mann verstimmt war wegen meiner kaltschnäuzigen Antworten, so ließ er sich's nicht anmerken. Ich verstand seine Beflissenheit. Als jüngerer Kollege hatte er natürlich seine Karriere im Auge und legte daher Wert darauf, seinem Chef zu Diensten zu sein. Ich meinerseits sah keinen besonderen Grund, ihm dabei zu helfen. Es gibt einen Punkt, wo

man das Berufsethos höher stellt als die kollegiale Solidarität, und dieser Punkt war bei mir erreicht.
Gegen Mitternacht läutete mich der Bursche buchstäblich aus den Federn: Reibenscheidt möchte wissen, ob die Begegnung mit der jüdischen Kultusgemeinde etwa mit dem schlechten Gewissen des Papstes zu tun habe, da er ja wieder mit Waldheim zusammentreffen werde. – „Was reimt sich der Reibenscheidt da wieder zusammen!" rief ich ins Telephon. Ich war jetzt wirklich böse. „Antworten Sie ihm halt irgendwas, vielleicht fällt Ihnen ein passendes Zitat von Goethe ein!"
„Daran hab' ich schon gedacht!" erklang es munter vom anderen Ende der Leitung.
Am folgenden Tag war er schon wieder am Telephon: „In der Präsidentschaftskanzlei heißt es, der Botschafter bereite die Redetexte für Waldheim vor. Stimmt das? Könnten Sie das herausfinden? Es ist diesmal für mich und nicht für Reibenscheidt."
„Na ja", sagte ich versöhnlich, „der Botschafter arbeitet daran. Im Schweiße seines Angesichtes, wie er behauptet. Aber er gibt seine Entwürfe natürlich keinesfalls preis. Wenn der Bundespräsident dann etwas ändert, ist er blamiert."
„Aber die Themen, schon die Themen wären interessant!"
„Also, ich glaube kaum, daß dem Botschafter etwas Originelles einfällt. Die üblichen Stehsätze halt: Österreich als Drehscheibe Europas, Brückenfunktion zwischen Ost und West, Geschichtsträchtigkeit des österreichischen Bodens usw. (Tatsächlich sprach dann der Bundespräsident von der „schicksalshaften Geographie unseres Landes"; die Formulierung fand sogar Eingang in die Weltpresse). Ich hoffe nur, der Botschafter bringt auch einige Papstzitate, über die Friedenspolitik des Hl. Stuhles zum Beispiel. Ein Satz wie ‚Der Friede ist die Frucht der Solidarität der Völker' – er stammt aus der Enzyklika ‚Sollicitudo rei socialis' – ist zwar im Grunde genommen eine Tautologie, hört sich aber gut an."

„Wissen Sie schon, daß man im Burgtheater ausgerechnet am Tag des Papstbesuches den ‚Stellvertreter' von Hochhuth aufführen wird? Könnte der Papst darin nicht eine Provokation oder zumindest eine Negativ-Werbung erblicken?"
„Dann dürfte man auch so manchen Klassiker nicht spielen. Denken Sie an ‚Nathan den Weisen'. Lessing läßt den Patriarchen von Jerusalem unentwegt ausrufen: ‚Der Jude wird verbrannt!' Lessing nimmt damit geradezu prophetisch den Holocaust vorweg!"
„Danke für den Tip", versetzt der Moselfranke, „ich werde davon keinen Gebrauch machen!"
Der Satz „Der Mensch denkt und Gott lenkt" war mir nie im Leben so schmerzhaft (im wahrsten Sinn des Wortes) zu Bewußtsein gekommen wie anläßlich des 2. Österreich-Besuches von Johannes Paul II.
Ich hatte alle meine Reisevorbereitungen peinlich genau getroffen. Die kleine Reiseschreibmaschine, Marke „Olympia", stand bereit; ich hatte vorsorglich ein frisches Farbband eingespannt. Der Koffer war gepackt, er enthielt einen anthrazitfarbenen Anzug für die Galaveranstaltungen, genug Hemden, ein Paar leichter Sommerschuhe und – falls es regnen sollte, was in Salzburg zu erwarten war – auch Schuhe mit doppelt dicken Sohlen. Das Allerwichtigste aber trug ich bereits angesteckt: das Schildchen des Bundespressedienstes mit meinem Namen, das mir Zutritt zu den einzelnen Veranstaltungen sichern sollte.
Ich befand mich, der Leser möge es mir glauben, in freudigster Stimmung, war geradezu „aufgekratzt", um dieses modische Umgangswort zu verwenden.
Am Vortag des Abfluges – ich stand in extrem vorgebeugter Stellung, um mein Bett zu machen – verspürte ich plötzlich einen stechenden, ja brennenden Schmerz in der rechten Leistengegend. Ich fühlte nach und unterdrückte mit Mühe einen Aufschrei. Der Lokalaugenschein zeigte eine faustgroße

Schwellung über der schmerzenden Stelle. Was war passiert? Was war zu tun? Rasch zum Arzt! Der Internist konstatierte einen akuten Leistenbruch, der sofort operiert werden müsse. Ich war wie vom Blitz getroffen. „Ist es tatsächlich unvermeidlich? Ich begleite morgen den Papst zu einem Besuch nach Österreich!" – „Ausgeschlossen, das Risiko ist zu groß. Denken Sie an das Kofferschleppen, das Aus- und Einsteigen! Nein, nein, höchste Eile ist geboten, ich reserviere gleich ein Bett in der Gemelli-Klinik…!" Ich hatte nicht die geringste Absicht, meine Pläne zu ändern, und entschlüpfte den Fängen des Internisten mit Mühe.

Wenige Stunden später saß ich in der päpstlichen Maschine zum Flug nach Wien. Eingekeilt zwischen laut schwatzenden italienischen Kollegen, erlebte ich dramatische, angsterfüllte Flugstunden.

Dann kam der große Triumph: Ich entstieg, mit der Elite der römischen Presse, der Sondermaschine des Papstes, unter mir, inmitten der Masse von Journalisten, stand – Reibenscheidt, der, bereits völlig durchnäßt von dem strömenden Regen, bestrebt war, einen Blick auf die weiße Gestalt Johannes Pauls II. zu erhaschen. Ich muß gestehen, daß ich mich einen Augenblick wie erhoben, emporgeschleudert, fühlte. Diese Hochstimmung war jedoch von kurzer Dauer. Die heftigen Schmerzen kamen wieder, und ich konnte gerade noch Eileen erreichen, die mich im Eiltempo ins Spital brachte. Der Eingriff verlief ohne Komplikationen und ich bin seither beschwerdefrei, hüte mich aber vor dem Bettenmachen.

Den Papstbesuch verfolgte ich im Fernsehen; darüber hinaus ließ ich mir alle relevanten Zeitungen kommen. So gelang die exakte Archivierung der Ereignisse, was mich später in die Lage versetzte, eine historisch-kritische Analyse des Papstbesuches, wenn auch zunächst nur für die Schreibtischlade, zu erarbeiten. Was mein Blatt und andere Zeitungen damals schrieben, ist nicht der Rede wert, es zeigte nur eine beängstigende Unkenntnis der Situation. Ich hingegen konnte in meinem Spitalsbett in Ruhe nachdenken und kam schon damals zu dem Schluß, daß die überzogenen Hoffnungen, die die österreichischen Bischöfe in die Reise setzten, Hoffnungen, die sie auf die Mehrheit des Kirchenvolkes übertrugen, eine Illusion waren.

Markowitsch, der mich im Spital besuchte, behauptete, die Stimmung in Wien sei weniger begeistert gewesen als beim ersten Besuch vor fünf Jahren. Ein kühler Empfang? Nein, das gerade nicht. Es habe, wie er im „Kristall" schrieb, eine „freundliche Gelassenheit" geherrscht. Ohne Zweifel hätten die Bischofsernennungen dämpfend gewirkt. Groer sei es ja nicht gelungen, in der Diözese so etwas wie eine Aufbruchsstimmung zu erzeugen, Krenn ecke überall an, wo er auftrete. Sonderbarerweise habe auch die Predigt des Papstes im Stephansdom niemanden wirklich mitgerissen; von einem verbrauchten Charisma des Papstes zu sprechen, sei aber voreilig, denn die Stimmung sei zunehmend besser geworden, je weiter Johannes Paul II. nach dem Westen „vorrückte". Der Besuch habe seinen Höhepunkt bei der Eucharistie-Feier auf der Bergisel-Schanze erreicht. „Da konnte der Papst seine Talente ganz groß ausspielen, und die Leute kamen wirklich in Fahrt. Freilich hat auch Bischof Stecher brilliert und dem Hl. Vater ein gläubiges Bergvolk zu Füßen gelegt. Salzburg, na ja, Erzbischof Berg war bedrückt, sichtlich von der Sorge um seinen Nachfolger gepeinigt. Seit seinem Zusammenstoß mit dem Kardinal Stickler weiß er, daß sein Wort in Rom wenig gilt.

Im übrigen sei der Papst in seiner Rede auf dem Bergisel ganz schön auf die Presse losgegangen", fuhr Markowitsch fort. „Wir schreiben angeblich nicht objektiv, betreiben Schwarzmalerei! Leider gibt es halt über die Kirche nicht nur Triumphalisches zu berichten. Am liebsten möchte uns der Papst durch den Nuntius zensurieren lassen. Ich bin über-

zeugt, daß der ‚Heckenschütze' hinter der päpstlichen Rüge steckt, er schneidet mich ostentativ, weil er mich für den Rädelsführer der unabhängigen Geister hält. Cecchini hat mich sogar von der Einladungsliste der Nuntiatur gestrichen!" Soweit mein Freund Markowitsch über den Papstbesuch.
Es überraschte mich, daß selbst eine seriöse Zeitung wie „Le Monde" die „europäische Dimension" des Besuches überhaupt nicht begriff, sondern hauptsächlich herumnörgelte, daß der Papst neuerlich mit Waldheim zusammengetroffen sei.
Die geheimnisumwitterte Persönlichkeit, die ich schon mehrfach erwähnt habe, äußerte Befriedigung über das Ergebnis des Besuches. Dieser sei, *summa summarum*, harmonischer verlaufen als allgemein erwartet. Auch der Papst selbst müsse zufrieden sein. Ihm habe geholfen, daß es die Österreicher, die wegen Waldheim und ihrer „unbewältigten Vergangenheit" ins Gerede gekommen waren, Johannes Paul II. hoch anrechneten, sich ohne Scheu mit dem international verfemten Bundespräsidenten gezeigt zu haben. Durch diese „Solidaritätsbekundung" sei der Besuch „gerettet" worden.
Nun, die geheimnisumwitterte Persönlichkeit mag durchaus recht haben. Ich möchte indessen noch auf ein anderes Element hinweisen.
Johannes Paul II. verstand es sehr geschickt, in den Österreichern die Hoffnung zu erwecken, er werde in Hinkunft bei Bischofsernennungen mehr Verständnis für die lokalen Wünsche aufbringen und habe, wenigstens bis zu einem gewissen Grade, das Unbegründete seiner Österreich-Kritik eingesehen. Dieses Täuschungsmanöver ist ihm glänzend gelungen, sogar Kardinal König und Erzbischof Berg sind ihm darauf hereingefallen. Nach einem nächtlichen Meinungsaustausch auf dem Kapuzinerberg bei Salzburg herrschte jedenfalls Euphorie im Lager der österreichischen Bischöfe. Man fühlte sich vom Hl. Vater verstanden und pardoniert. Kardinal König drückte es in einem Interview folgendermaßen aus:

„Bei den Bischofsernennungen ist es zu einer Vorgangsweise gekommen, bei der… leider nicht alles so gewesen ist, wie es der Papst selbst gewollt und beabsichtigt hat. Nun habe ich den Eindruck, daß man in Rom aus den Erfahrungen im Zusammenhang mit den Bischofsernennungen in Österreich gelernt hat… Ich bin auf Grund meiner Kontakte sicher, daß man (zu ergänzen: in Hinkunft bei uns in Österreich) nicht mit dem Wagen drüberfährt.… Man will vielmehr in Rom eine einvernehmliche Lösung suchen.“ Eine kapitale Fehleinschätzung, wie sich später herausstellen sollte.

Ich persönlich war auf Grund meiner römischen Erfahrungen, Gespräche und Hinweise skeptisch. Welche konkreten Gründe hatte Kardinal König für seine Zuversicht? War er nicht einfach zu gutgläubig? Mir fiel auf, daß es weder Erzbischof Berg noch Bischof Wechner gelungen war, mit dem Hl. Vater ein Gespräch über die Frage ihrer Nachfolger zu führen. Das Besuchsprogramm sei zu dicht gewesen, hieß es, man habe keine Zeit erübrigen können. Eine lächerliche Ausrede! Ein Meinungsaustausch über Bischofsernennungen wäre für die österreichische Kirche sicherlich wichtiger gewesen, als zum x-ten Mal über die Enzyklika „Humanae vitae“, über die Maria Troster Erklärung zu „Humanae vitae“ und über die Erklärung der Österreichischen Bischofskonferenz zur Maria Troster Erklärung zu palavern. „Der Papst“, sagte mir Markowitsch in diesem Zusammenhang, „findet Zeit, mit Protestanten, Juden und Kirchengegnern zu parlieren, aber seine Bischöfe läßt er abblitzen.“ Man mag einwenden, daß Bischof Wechner den Hl. Vater mit seiner Erklärung am Vorabend des Papstbesuches („Weder Krenn noch Küng!“) verärgert hat, daß Johannes Paul II., um seine Autorität zu wahren, gar nichts anderes übrig geblieben sei, als einen der beiden zu ernennen, aber die Wirkung bleibt die gleiche!

Ich war kaum nach Rom zurückgekehrt und noch im Rekonvaleszentenstadium, als mich Hengstorff anrief. Teilnehmend

sagte er: „Sie hatten wirklich Pech! Ausgerechnet beim Papstbesuch in Österreich mußte Ihnen das mit dem Hodenbruch passieren!" – „Leistenbruch", korrigierte ich. – „Ach, is ja schnurz! Jedenfalls schade um unsere Bemühungen (er meinte natürlich *seine* Bemühungen), Sie einzuschleusen. Was ich Sie bitten wollte: Irgendwie haben Sie doch die Reise auch von Ihrem Spitalsbett aus mitgekriegt. Könnten Sie mir da nicht gelegentlich ein paar Notizen über Ihre Eindrücke zur Verfügung stellen? Es wäre mir nützlich für meinen Jahresbericht." – „Aber selbstredend, ich mache das gerne", antwortete ich, gewisse Vorstudien hatte ich ja bereits geleistet. – „Ich hörte hier an der Kurie auch so ein bißchen herum", fuhr er fort. „War gar nicht so uninteressant. Der Papst soll sehr zufrieden gewesen sein, das sagen sie zwar immer, aber diesmal glaub' ich's. Die reibungslose Organisation beeindruckte den Papst, er hob auch die ‚schönen liturgischen Zeremonien' hervor." – „Das ist unser barockes Erbe!" – „Gewiß! Haben wir in Bayern auch. Einer der Reisebegleiter sagte mir, der Besuch habe in nachhaltiger Weise die *Brückenfunktion* Österreichs bezeugt. Diesen west–östlichen Spagat macht Ihr Österreicher geschickter als wir! Der Papst, so mein Informant, wolle diese Rolle Österreichs aber *spirituell* und nicht politisch verstanden wissen, daher habe er sich bewußt politischer Anspielungen enthalten. Die Österreicher sollen durch Glaubensernst, christliche Lebensführung und das Hochhalten traditioneller Werte den Menschen hinter dem Eisernen Vorhang ein Beispiel geben. Dem stimme ich völlig bei: Anstand in Beruf und Privatleben ist immer gut."
Interessant fand der deutsche Botschafter die Bemerkung seines Gesprächspartners, das Verhältnis zwischen Kirche und Judentum sei durch die Reise entkrampft worden. Die Begegnung des Papstes mit den Vertretern der Wiener Kultusgemeinde und der Besuch im ehemaligen Konzentrationslager Mauthausen hätten doch deutlich gemacht, daß es dem

Hl. Vater mit der Versöhnung zwischen Christen und Juden ernst sei. Der Papst habe allerdings die abgedroschene, unsinnige Behauptung von der Mitschuld der Kirche am Holocaust ausdrücklich zurückgewiesen. Eine Anspielung auf die Kriegsvergangenheit des österreichischen Bundespräsidenten habe der Hl. Vater souverän ignoriert. Für den Vatikan sei Herr Waldheim kein Thema mehr, allerdings habe man es geschätzt, daß der Bundespräsident nicht nach Mauthausen gekommen sei.

Hengstorff zitierte dann noch den Substituten, der gemeint habe, die Beteiligung der Bevölkerung sei stärker als erwartet ausgefallen. – „Na, ich weiß nicht", warf ich ein. – „Allerdings soll es auch negative Seiten des Besuches gegeben haben: Protest- bzw. Parallelveranstaltungen, kritische Äußerungen ausgerechnet in katholischen Blättern etc. Aber", fuhr der Botschafter fort, „Rom nimmt's nicht tragisch; Nestbeschmutzung aus Profilierungssucht ist die Kirche ja gewohnt. – Also wie gesagt, ich sehe Ihren Notizen mit großem Interesse entgegen."

Unter dem Titel „Überlegungen zum Papstbesuch 1988 in Österreich" verfaßte ich nachstehende Information für Hengstorff:

„Die Voraussetzungen für einen erfolgreichen Verlauf der zweiten Papstvisite in Österreich waren nicht gerade optimal. Manche Angehörige der kirchlichen Hierarchie hatten das Gefühl, der Besuch käme noch etwas zu früh. Die Auseinandersetzungen um die letzten Bischofsernennungen hatten Zwist in die Reihen der Katholiken getragen; darüber hinaus stand zu befürchten, daß die vorausgesehenen Begegnungen des Papstes mit dem Bundespräsidenten die Anti-Waldheim-Kampagne neuerlich beleben würden.

Hingegen sind die österreichischen Organisatoren, nachdem die Besuchseinladung einmal erfolgt und der Termin fixiert worden war, mit Energie, Schwung und Einfallsreichtum an

ihre Aufgabe herangegangen. Sie verstanden es, der Reise ein besonderes, eigenständiges Profil zu geben. Das sprichwörtliche Charisma des Papstes und seine einmalige Begabung im Umgang mit den Massen konnten sich vor dem Hintergrund des sorgsam ausgewählten, ‚interessanten' Programmes, das die Mitte hielt zwischen Spiritualität und Augenweide, voll entfalten. Der Besuch hat, alles in allem, gezeigt, daß der österreichische Katholizismus durchaus lebendig, gegenwartsbezogen ist, dabei aber gleichzeitig aus seiner historischen Tiefe und geographischen, grenzüberschreitenden Breite schöpfen kann.
Ist im Verhältnis Hl. Stuhl–Kirche Österreichs durch den Papstbesuch eine Veränderung eingetreten? Die Antwort erscheint schwierig. Ich würde glauben, daß die Papst- und Romtreue der österreichischen Katholiken nach diesem Besuch nicht ernsthaft in Zweifel gezogen werden können. Auch haben der Papst und seine Begleitung sicherlich einen ausgezeichneten Eindruck von den österreichischen Ortsbischöfen mit nach Hause genommen. Daß diese über Ansehen und Autorität verfügen, war wohl nicht zu übersehen. Ob sich dadurch im Vatikan ein Gesinnungswandel anbahnt, der Auswirkungen auf die heranstehenden Bischofsernennungen haben wird, bleibt abzuwarten.
Sicher glaubt der Papst nicht, daß in Österreichs Kirche Häretiker und Linksüberholer den Ton bestimmen. Ich könnte mir aber vorstellen, daß Johannes Paul II. manche Geistliche und Theologen, vielleicht sogar einzelne Bischöfe, in Fragen der Doktrin und der Moraltheologie für „unsichere Kantonisten" hält, die das 2. Vatikanische Konzil allzu weitherzig auslegen und es eher mit Karl Rahner (wenn auch nicht mit Hans Küng) halten als mit Kardinal Ratzinger. Möglicherweise", (schloß ich vorsichtig meine Analyse) „wird der Papst in dieser Auffassung von der Nuntiatur und gewissen politischen Kreisen Österreichs bestärkt."

XXIII. Kapitel, welches den vorläufig abschließenden Betrachtungen Algerichs über die Befreiungstheologie Raum gibt.

Aus Algerichs Manuskript:

Seit ich meine Artikel über die Theologie der Befreiung schrieb, sind Jahre vergangen. Was ist aus der Bewegung geworden?
Nicht allzu viel, will mir scheinen. Der große Flächenbrand ist ausgeblieben. Die einen sagen, die Befreiungstheologie sei gezähmt, andere meinen, sie sei am Ende. Habe nicht sogar der kämpferische P. Leonardo Boff das Handtuch geworfen? Dagegen wird eingewendet, die Resignation Boffs sei nur ein persönlicher Akt, das Ausspringen eines einzelnen lasse keinen Schluß auf die allgemeine Situation der Befreiungstheologie zu. Der Franziskanerpater habe sich in seinem Kampf gegen die Glaubenskongregation übernommen: „Er war nie ein ernstzunehmender Gegner für Kardinal Ratzinger. Er hat dieses Manko erkannt und gespürt, daß seine Zeit abgelaufen ist bzw. nie kommen würde. Also hat er Priesterrock und Mönchskutte an den Nagel gehängt und geheiratet. Es war ihm wichtiger, Vater zu werden, als Padre zu bleiben. Damit endet ein Stück Befreiungstheologie… in der Kinderstube."
Daß Leonardo Boffs Resignation nur eine Einzelerscheinung darstelle und die Befreiungstheologie aktueller sei denn je, dürfte ein frommer Wunsch jener allerdings zählebigen Rest-

bestände sein, die, besonders in den unteren und jüngeren Rängen des Klerus, noch an die umgestaltende Kraft der Bewegung glauben. Der Schwung ist jedoch dahin, es erscheint heute kaum verständlich, daß die Befreiungstheologie einmal einen ganzen Kontinent und die zuständigen Kurienämter in Atem hielt.

Hat der Vatikan durch konservative Bischofsernennungen, disziplinäre Maßnahmen und andere Druckmittel der Befreiungstheologie das Rückgrat gebrochen, oder bedeutet der Rückgang der Bewegung, daß sich in der Kirche die restaurative Linie weltweit durchgesetzt hat?

Eine tiefer schürfende Analyse wird die Dinge differenzierter beurteilen.

Der Rückschlag der Befreiungstheologie fällt zeitlich mit dem Ende des Sowjetimperiums bzw. des „realen Sozialismus" in Osteuropa zusammen. Diese Koinzidenz ist so offenkundig, daß für mich kein Zweifel an einem Kausalzusammenhang besteht. Der Befreiungstheologie ist der ideologische Boden unter den Füßen weggezogen worden. Aber auch der materielle Sukkurs des Ostblocks: Geld, Instruktoren, Propagandamaterial etc. blieb aus. Die linksrevolutionäre Option, mit oder ohne Bezug auf das Evangelium, ist nicht mehr aktuell. Es erhebt sich nur die Frage, ob und allenfalls welche Alternativlösungen bestehen. Kann es eine Rückkehr in den Schoß der Amtskirche mit ihren honetten, rotwangigen und romtreuen Bischöfen geben, die beim lokalen Establishment aus und ein gehen? Eine solche Rekonversion erscheint angesichts des weiter anhaltenden Elends kaum vorstellbar.

Schon seit geraumer Zeit wenden sich die Armen Lateinamerikas in zunehmendem Maße den Sekten zu. Es ist ein buntes Mosaik von Quasikirchen, die – hauptsächlich aus den USA kommend – ihre Seelenfänger-Netze auswerfen. Geld fehlt ihnen nicht; sie haben mehr zu bieten, mehr zu

verteilen als die Katholische Kirche, die sich, seit sie ihre Bande mit den Reichen gelockert hat, selbst in finanziellen Nöten befindet und schwer unter dem Priestermangel leidet.
Die Papstreisen, früher gerade unter den Massen Lateinamerikas glaubensstärkende Begegnungen, haben ihre Anziehungskraft eingebüßt. „Johannes Paul II. erzählt uns immer dasselbe", heißt es etwa. „Es ist sehr schön, daß er die Option für die Armen bekräftigt, aber praktisch geschehen ist bisher gar nichts. Er erweckte Hoffnungen, die sich nicht erfüllt haben. Er predigt die Liebe, gleichzeitig verbietet er uns aber, mit unseren Frauen zu schlafen, wenn wir nicht jedesmal ein Kind zeugen wollen."
Tatsächlich verlief die letzte Reise des Papstes nach Brasilien im Oktober 1991 enttäuschend. Die Zahl der Teilnehmer blieb stark hinter den Erwartungen zurück. Vieles spricht dafür, daß dieses nachlassende Interesse auch mit der Krise der Befreiungstheologie zusammenhängt, mit der Ablehnung der *iglesia popolar* durch Rom und der bloß halbherzigen Unterstützung der Basisgemeinden, denen nach wie vor „Linkslastigkeit" vorgeworfen wird.
Trotzdem will mir rückblickend scheinen, daß die starken Töne Roms gegen die Befreiungstheologie berechtigt waren und die Reaktion der Kurie – keineswegs überzogen – zur rechten Zeit und mit den richtigen (intellektuellen) Mitteln erfolgt ist.
Im Grunde genommen stellt die Befreiungstheologie den Versuch dar, Heilsbotschaft und Klassenkampfdoktrin unter einen Hut zu bringen. Die Rede von Gott wird mit der Rede von Karl Marx verquickt. Ein Buch wie „Das Kapital" erhält denselben Stellenwert wie das Evangelium. Gerade bei Clodovis Boff habe ich den Eindruck, daß sich hinter seinem Begriff der „Volkstheologie" (das Volk schafft sich seine Theologie selbst auf Grund der gesellschaftlichen Erfahrungen, die es macht, wobei es den Zustand seiner permanenten Un-

terdrückung erkennt) weniger ein Aufruf zur entsprechenden Seelsorge verbirgt, als die Aufforderung zur Revolte gegen die herrschende Klasse. „Christo Libertador“ ist der Träger einer Befreiung von den sündigen gesellschaftlichen Strukturen verheißenden Botschaft.

Nun ist dazu zu sagen, daß sowohl das Alte als auch das Neue Testament Passagen enthalten, die eine solche Interpretation zumindest nicht ausschließen. Es gibt z. B. eine durchaus plausible befreiungstheologische Lesart des Auszuges aus Ägypten. Mose führt sein Volk aus der ägyptischen Gefangenschaft (dem „Sklavenhaus Ägypten“) ins Gelobte Land, in die nationale und soziale Freiheit.

Das Magnifikat läßt sich ebenfalls befreiungstheologisch deuten. Nach der Verkündigung durch den Erzengel Gabriel (Lukas 1, 26 ff.) sucht die Hl. Maria freudig bewegt Elisabeth auf. Diese begrüßt sie mit den Worten: „Du bist gepriesen unter den Frauen und gepriesen ist die Frucht deines Leibes!“, worauf Maria antwortet: „Hoch preist meine Seele den Herrn... Die Gewaltigen stürzt er vom Throne (sic!) und erhöht die Niedrigen. Die Hungrigen erfüllt er mit Gütern und die Reichen läßt er leer ausgehen...“ Man wird also kaum leugnen können, daß nach den Vorstellungen der Bibel in der Person Jesu Christi ein religiöser und weltlicher Messianismus angelegt sind. Genau das lehren die Befreiungstheologen.

Bemerkenswert ist, daß sich weder beim Apostel Paulus noch beim Hl. Augustinus befreiungstheologische Ansätze finden. Bei ihnen gilt das Wort: „Gebt Gott, was Gottes, und dem Kaiser, was des Kaisers ist.“ Der Hl. Augustinus ist geradezu ein Anti-Freiheitstheologe; es kommt ihm gar nicht in den Sinn, für eine Verbesserung der gesellschaftlichen Verhältnisse einzutreten.

Ich halte es durchaus für möglich, daß das Projekt „Befreiungstheologie“ in den Hinterzimmern des KGB ausgeheckt worden ist. Der ideologischen Führung des Weltkommunismus ging es darum, das Christentum in eine sozialrevolutionäre Bewegung umzufunktionieren und dem Wolf der Revolution den Schafspelz des Christentums überzuziehen. Aus fünfzig Jahren des *realen Sozialismus* hatte man gelernt: Die russische Revolution war im Kampf gegen die Popen verwirklicht worden, ganz im Sinne des Marx'schen Grundsatzes, daß Religion das Opium des Volkes sei und ausgemerzt werden müsse. Die Erwartung vom Absterben der Religion hat sich jedoch als Trugschluß erwiesen. Es ist dem Kommunismus nicht gelungen, den Glauben zum Verlöschen zu bringen. Für die Strategen der Weltrevolution lag daher die Schlußfolgerung nahe: Wenn nicht gegen die Religion, so mit ihr! Benützen wir die Religion (die religiösen Gefühle der Menschen) zur Erreichung unserer politischen Ziele! Christentum plus Dialektischer Materialismus: Welch unwiderstehliche Allianz zur Erringung der Macht! Man sah schon die Massen, abwechselnd das Vaterunser betend oder die Internationale singend, die Barrikaden erstürmen, hinter denen sich die Söldlinge der Reichen verschanzt hatten. Für diese Operation schien Lateinamerika eine geradezu ideale Spielwiese, herrschte doch dort nach marxistischer Auffassung eine typische prärevolutionäre Situation: drückende Armut, schreiender Luxus, Korruption und Lasterhaftigkeit jeder Art, aber auch allmähliches „Erwachen" des Proletariats. So wurde mit Hilfe wohlmeinender, linksorientierter, in Wirtschaftsfragen wenig versierter Theologen, denen die kirchliche Soziallehre nicht radikal genug war, die Befreiungstheologie in die Welt gesetzt. Gutierrez, die Brüder Boff und *tutti quanti* waren im Sinne Lenins die „nützlichen Idioten" der ideologischen Kampfzentrale in Moskau. Inzwischen scheinen die Befreiungstheologen selbst erkannt zu haben, daß sie einem falschen Pferd aufgesessen waren. Eine – freilich entscheidende – Frage bleibt allerdings offen: Wie soll den Armen Lateinamerikas wirklich geholfen werden?

„Man kann den Armen in der Dritten Welt *nirgendwo* helfen“, hatte Plessnig gemeint, „am allerwenigsten in Lateinamerika, wo man sie dem Voodoo-Zauber überlassen muß.“ Diese Art des landläufigen Aberglaubens sei der Mentalität der Indios angemessen, nicht aber überg'scheite theologische Thesen, wie sie von dem Mestizen Gutierrez und von Leonardo Boff verzapft würden. Dem Planungsrat und seinen Freunden waren während einer Lateinamerika-Reise die Augen aufgegangen: Sie sahen in der Befreiungstheologie eine kommunistische Subversion, das gehe schon daraus hervor, daß einzelne Priester wie dieser Torres in den Untergrund gegangen waren und mit der Waffe in der Hand gegen anständige Leute kämpften. Die linken Orden, allen voran die Franziskaner und die Jesuiten, betrieben mit ihrem Dritte-Welt-Getue einen ausgesprochenen Verrat an der schicksalhaften Zugehörigkeit Lateinamerikas zum Westen. Die „Kerle“ gingen in ihrem Haß gegen den Kapitalismus so weit, daß sie sich mit den Zores der Armen identifizierten! Typisch dafür sei das Gefasel von der *Option für die Armen*!

Bei diesem Punkt angelangt, legte Justinus der Gerechte das Manuskript zur Seite und begann sich das Kinn zu reiben, als wollte er die Härte seiner Bartstoppeln prüfen. In Wirklichkeit irritierte ihn ein Speiserest, der an der Innenseite seiner Brücke klebte und den er schon die längste Zeit durch angestrengte Arbeit seiner Zunge zu entfernen suchte. Da ihm dies nicht gelang, nahm er einen Schluck Mineralwasser und durchspülte kräftig seinen Mund, was aber ebenfalls ohne Erfolg blieb.
„Algerich hat da ja sehr viel Material über die Befreiungstheologie zusammengetragen“, sann Justinus vor sich hin. „Alle Achtung – *chapeau* – vor soviel Fleiß! Algerichs Orthographie ist passabel, in der Analyse geht er aber manchmal zu weit. Ich will zwar nicht sagen, daß mir die allgemei-

ne Tendenz der Arbeit mißfällt, aber die Befreiungstheologie als Ausgeburt strategischer Überlegungen ‚in einem Hinterzimmer des KGB in Moskau' zu sehen, scheint mir übertrieben. Es *kann* dafür keinerlei Beweise geben, also sollte sich Algerich mit derartigen Behauptungen, ja Unterstellungen – so wahr ich kein Anhänger des Kommunismus bin! – zurückhalten. Er schreibt, als wäre er selbst in einem dieser Hinterzimmer gesessen, als hätte er mit eigenen Augen gesehen, wie sowjetische Agenten harmlosen brasilianischen Theologieprofessoren Plastikbomben in die Tasche schoben. Ich muß Algerich doch fragen, welche *konkreten* Beweise er für seine Insinuationen hat. Es ist natürlich nicht auszuschließen, daß ihm besondere vatikanische Quellen zur Verfügung standen. Mit der CIA hatte Algerich meines Wissens nie etwas zu schaffen, aber wer weiß, Rom ist eine *plaque tournante*, wo viele Spuren zusammenlaufen…
Es kommt mir vor", spann Justinus der Gerechte seine Gedanken weiter, während er neuerlich den lästigen Speiserest mit der Zunge bearbeitete, „ich muß mich um einen anderen Zahnarzt umsehen, vermutlich ist es die Faser einer Burenwurst aus der Werksküche des Bundeskanzleramtes, das Essen wird dort immer schlechter, jetzt müssen wir sogar schon für das Dessert, die ‚Möspeis', wie der Sektionschef sagt, extra bezahlen, es kommt mir da eine interessante Idee, aber vielleicht habe ich sie schon irgendwo gelesen oder gehört."
Justinus grübelte: „War es ein Buch? Ein Vortrag an der Katholischen Sozialakademie? (Universitätsprofessor August Maria Knoll scheidet aus, der hatte dort Vorlesungsverbot)."
Justinus kramte in seinem Archivargedächtnis.
„Die Manichäer – auch der Hl. Augustinus hing eine Weile dieser Irrlehre an – hielten die Weltgeschichte für einen Kampf zwischen Gut und Bös, zwischen den Mächten des Lichtes und der Finsternis. Ist die Lehre vom Klassenkampf nicht eine Profan-Version des Manichäismus: Das Gute ist

besetzt durch die Arbeiterklasse; das Böse, die Kräfte der Finsternis und der Zerstörung, durch die Unternehmerschaft. Beide liefern sich einen Kampf auf Leben und Tod…"

Der Gedanke, Karl Marx sei ein Manichäer gewesen, wenn auch nicht im religiösen, so doch im soziologischen Sinn, gefiel Justinus. Wieder gab er sich der Grübelei darüber hin, wann und wo er diese These aufgeschnappt haben mochte. Vielleicht stammte sie doch von ihm? „Ich werde mit Algerich darüber reden. Er ist seit einiger Zeit ansprechbarer und geduldiger geworden, hört sich an, was man sagt und geht nicht gleich in die Luft, wenn man anderer Meinung ist… Kein Zweifel, die Lehre vom Klassenkampf ist ein profanierter Manichäismus, also hat auch Karl Marx, dem ich immer mißtraute, abgeschrieben!"

Justinus der Gerechte legte die Blätter säuberlich aufeinander, klopfte das ansehnliche Päckchen durch rasches Aufschlagen auf der Tischplatte – zuerst der Länge, dann der Breite nach – zurecht (es störte ihn sehr, wenn ein Blatt hervorlugte) und verstaute das Manuskript in einem grünen Bene-Aktenumschlag, wobei er mißmutig das Fehlen seitlicher Flügel konstatierte.

Die Uhr schlug zehn. „Ah, die Spätnachrichten!" Justinus gähnte und schaltete seinen Radioapparat Grundig Satellit 400 ein, der auf die Wellenlänge von Radio Monaco vorprogrammiert war. Die Fleischfaser saß noch immer fest; Justinus würde sie mit seinem elektrischen Zahnreinigungsgerät Braun Dentofix entfernen.

XXIV. Kapitel, in welchem der Schulfreund Grossemann erscheint.

Eines Tages erhielt Algerich überraschend den Besuch eines Klassenkameraden, den er schon seit vielen Jahren aus den Augen verloren hatte.

Grossemann…

Groß, blond, guter Turner, Draufgänger. Saß in der letzten Bank beim Fenster. Spuckte immer auf den Boden, wenn er an die Tafel oder zum Katheder gerufen wurde. Hatte als erster die Susi Weiermann herumgekriegt.

Als Repetent war Grossemann den andern im Alter um ein Jahr voraus. Eines Tages, kurz nach Erreichen des 17. Lebensjahres, meldete er sich zur Waffen-SS.

„Hier, im schleißigen Radetzky-Realgymnasium, kann ich nichts für Großdeutschland tun. Jetzt den „Bellum iugurthinum“ zu übersetzen oder blöde chemische Formeln auswendig zu lernen, kommt mir vor, wie in einem brennenden Haus Versteckerl zu spielen. Und an den Winterhilfe-Sammlungen teilzunehmen, macht das Kraut auch nicht fett!“

So oder so ähnlich äußerte sich Grossemann damals zu seinen Freunden. Gegen Ende des Krieges ließ er sich noch einmal in der Klasse, die schon recht zusammengeschmolzen war, blicken. Er war am Bein verletzt worden und hinkte. „Partisaneneinsatz!“ sagte er lakonisch. Er trug das EK zwo und die Nahkampf-Spange. Um diese zu erwerben, mußte man mindestens drei Tage lang „das Weiße im Auge des Gegners“ gesehen ha-

ben. „Bajonett-Kampf, eine tolle Sache!“ Grossemann war zwar ein guter Soldat, brachte es aber nie zum Offizier. Es gab da einen dunklen Punkt in seiner militärischen Laufbahn. Jerzabek, sein heftigster Rivale um die Gunst der Susi Weiermann und eingefleischter Monarchist, behauptete, Grossemann habe sich bei einem verbotenen Puffbesuch den „weichen Schanker“ geholt, eine Krankheit, die eines Waffen-SS-Mannes absolut unwürdig sei.
Vor der Klasse renommierte Grossemann: „Die Waffen-SS ist nichts für euch Schlappschwänze. Wir sind ein verschworener Haufen: Kameraden, die für dich durch dick und dünn gehen. Du weißt, daß immer einer neben dir steht, wenn du fällst. Das Raushauen des anderen ist es, was zählt, nicht deine eigene Sicherheit.“
Auch die strenge Disziplin hatte es Grossemann angetan. „Wenn du dein Koppelschloß mit der Aufschrift ‚Unsere Ehre heißt Treue‘ nicht ordentlich geputzt hattest, kriegtest du nicht vielleicht drei Tage Bau, das wäre zu bequem gewesen, sondern eine Woche Strafarbeit mit Hungerration. Disziplin wird auch in der französischen Fremdenlegion groß geschrieben. Aber die Fremdenlegionäre haben keinen Glauben. Wir glauben an unseren Führer Adolf Hitler. Wir wissen, wofür wir kämpfen: für Großdeutschland. Die Deutschen haben lange genug geschlafen und sich von allen auf den Kopf machen lassen. Das ist jetzt vorbei. Wir marschieren: nach Polen, nach Frankreich, nach Afrika. England wird zerbombt, coventrisiert, und die Russen werden wir schon wieder zurücktreiben und ihnen dann in Sibirien Wohnstätten bzw. Arbeitslager zuweisen. SS-Wehrbauern werden den europäischen Osten zivilisieren und diese Gebiete mit Hilfe der slawischen Arbeitskräfte in ein Paradies verwandeln. Die Engländer, die ja auch Germanen sind, werden an unserer Macht mitnaschen dürfen, aber mit ihrer Seeherrschaft wird Schluß sein. Auf den Meeren wird dann nicht mehr englisch,

sondern deutsch gesprochen werden, ebenso wie in Rußland, in Skandinavien und in Afrika, wo wir uns die Kolonien wieder holen werden.
Den Krieg haben wir ausgelöst, das ist doch klar, Mensch! Die SS wollte schon bei der Sudetenkrise losschlagen, aber die Wehrmachtsgeneräle hatten damals die Hosen voll."
So sprach Grossemann noch nach Stalingrad und als die Alliierten schon in Frankreich gelandet waren, während die Einsichtigen längst wußten, daß Hitler den Krieg verlieren würde.
„Wirst sehen", hatte Grossemann zu Algerich gesagt, „die große Wende kommt, wenn wir die V 2 einsetzen. Die Wunderwaffe steht schon bereit. Es heißt nur durchhalten, auch wenn man den Gürtel auf Null schnallen und noch ein paar Tausende, vielleicht auch Hunderttausende, ins KZ schmeißen muß. Wir von der Waffen-SS werden lieber fallen als kapitulieren!"
Nun, die Kapitulation war nicht aufzuhalten. Grossemann hatte Glück, er wurde nicht von den Sowjets, sondern von den Briten gefangengenommen. Er tauchte, ohne seine SS-Identität anzugeben, in der Masse des Kriegsgefangenenlagers Altona unter; das Koppel „Unsere Ehre heißt Treue" hatte er längst weggeworfen. Es ging jetzt darum, zu „türmen", ehe man seine eintätowierte SS-Nummer (die „Kontonummer") entdeckte. Die Kriegsgefangenen wurden nach und nach entlassen, wenn sie nachweisen konnten, daß sie einer „unverfänglichen" Einheit angehört hatten. Grossemann, mit seiner Nummer in der Achselhöhle, riskierte, an die Sowjets ausgeliefert zu werden.
Er spähte zunächst aus, wie die Entlassungen vor sich gingen. Die „Landser" wurden alphabetisch aufgerufen, Grossemann war noch nicht an der Reihe. Er entdeckte, daß der Entlassungsoffizier, ein Jude aus Deutschland, einen Packen fix und fertig gestempelter und unterschriebener Entlassungsscheine auf seinem Schreibtisch liegen hatte.

Eines Tages tat er, als wäre sein Name schon aufgerufen. Er drängte sich ins Zimmer und rief: „Käptn Murphy von nebenan will Sie sprechen!“ (Den Namen hatte er an einer der Türen gelesen). Der Offizier erhob sich wortlos und ging hinaus. Grossemann flitzte ins Zimmer und nahm einige Entlassungsformulare an sich, dann „machte er sich dünn“, wie er später, in den Soldatenjargon von damals verfallend, erzählte.

Grossemann gelang es, sich mit Hilfe des Entlassungsscheines nach Salzburg durchzuschlagen. Nach Wien wagte er sich nicht, weil er fürchtete, von den Sowjets geschnappt zu werden. Er nahm eine Stelle als Magazinverwalter bei den Amerikanern an, das ermöglichte ihm gewisse Schwarzmarktgeschäfte. Dann aber trat eine plötzliche Wendung ein. Die Nachricht, daß seine Eltern und seine Schwester bei einem Luftangriff umgekommen seien, erschütterte ihn zutiefst. Es wäre, angesichts seiner Nazivergangenheit, naheliegend gewesen, wenn Grossemann den „verbrecherischen Amerikanern“ die Schuld gegeben hätte, die Bombenangriffe gegen die „wehrlose Zivilbevölkerung“ führten. Für Grossemann begann vielmehr eine Periode des Zweifelns. Er war überzeugter Hitlerianer gewesen, einer, der bereit gewesen war, Gut und Blut für Deutschland zu opfern, jetzt aber lebte *er* („durchgeschwindelt“) und seine Familie war tot. Er fragte sich, ob seine Jugend, sein Idealismus, sein Tatendrang und jünglingshaftes Stürmen nicht mißbraucht worden waren. Viele seiner Kameraden, treu bis in den Tod, waren gefallen; die einen mit einem letzten Landserfluch auf den Lippen, die andern schmerzverzerrt und schweigend, nur wenige beteten. Aber keiner sprach das Wort *Deutschland* aus, obwohl sie es zu Lebzeiten so oft im Mund geführt hatten. Ja, manche beteten. Hitler hatte zwar den Herrgott durch das Wort *Vorsehung* ersetzt (denn zur Vorsehung konnte man nicht beten), aber manche beteten trotzdem.

So kam es, daß Grossemann nach vielen Jahren wieder einmal eine Kirche betrat.
Es war stimmungsvoll und dämmrig in der Stiftskirche von St. Peter. Die Kerzen vor dem Opferstock flackerten. Grossemann nahm drei Kerzen mittlerer Länge, die er langsam entzündete: für seinen Vater, für seine Mutter und für seine Schwester Geraldine.
Er wohnte damals nahe der Stiftskirche. Hie und da schlenderte er durch den alten Friedhof, hörte sich mitunter auch die Sonntagspredigt an. Die Sprache des Predigers rüttelte ihn auf. Es war Pater Steinwender, der das Buch „Mit Christus im KZ“ geschrieben hatte. Er formte klare, einfache Sätze, die stets zwei Themen umkreisten: Liebe und Tod. Ja, Grossemann würde sich Zeit seines Lebens an den unverwechselbaren Duktus der Predigten Steinwenders erinnern.
Eines Tages kam er mit dem Geistlichen ins Gespräch. „Ich habe Sie schon lange bemerkt“, meinte Steinwender. „Warum sitzen Sie immer in der letzten Reihe? Kommen Sie doch nach vorne, ich beiße ja nicht.“
Grossemann faßte Vertrauen zu Steinwender. Eines Tages, nach der Messe, die Kirche hatte sich bereits geleert und der Pater war soeben aus der Sakristei getreten, spürte Grossemann das Bedürfnis zu sagen: „Wissen Sie, ich war bei der Waffen-SS, aber ich habe nie…“
„Sprechen Sie nicht weiter; was immer Sie getan haben, hier ist der Ort der Vergebung.“ Steinwender deutete auf den Gekreuzigten, der in gespenstischer Verrenkung über dem Hochaltar hing. „Wenn Sie beichten wollen, stehe ich zur Verfügung. Aber ich weiß, daß Sie noch nicht so weit sind. Ob Sie jemals so weit kommen, hängt nicht nur von Ihnen ab. Besuchen Sie mich einmal im Kloster am Mattsee. Es ist ganz unverbindlich.“ Über die tiefen Falten Steinwenders glitt ein Lächeln.
In jener Zeit stellte Grossemann seine Schleichhandelsge-

schäfte ein. Er verdiente ja nicht schlecht, seit er zum Dolmetsch avanciert war. Er entdeckte auch, daß es ihm nichts ausmachte, in einer gewissen Bedürfnislosigkeit zu leben.
Grossemann fuhr immer öfter nach Mattsee hinaus. Steinwender empfing ihn stets freundlich, unaufdringlich, sogar mit einer gewissen Distanz. Mit einer Distanz, die einem der nahende Tod verleiht. Tatsächlich war Steinwender von seiner Krankheit schwer gezeichnet. Er predigte nur noch selten. Bei seinen kurzen, knappen Sätzen ging ihm bisweilen der Atem aus. Aber diese Pausen, da man sozusagen den Flügelschlag des Todesengels spürte, waren von großer Eindringlichkeit.
In einer kalten, feuchten Winternacht (der See war fest zugefroren) starb P. Steinwender. Die Ordensbrüder bereiteten ihm ein schlichtes Begräbnis, wie es der Tote gewünscht hatte. Sein Testament, das nur wenige Sätze enthielt, denn er hatte nichts zu vererben, enthielt auch die Bestimmung: „Bitte eine Hl. Messe für Grossemann feiern."
Am Tag nach dem Begräbnis entschloß sich Grossemann, in das Erzbischöfliche Priesterseminar einzutreten. Mit der Abfertigung, die er von den Amerikanern erhielt, kleidete er sich ein und kaufte die notwendigen theologischen Lehrbücher. Überdies erstand er ein leicht beschädigtes, mit kritischen Randbemerkungen versehenes Exemplar der „Confessiones" des Hl. Augustinus.
„Willst' ein Schnapsl?" fragte Algerich, der sich vage an gewisse alkoholische Exzesse in den Nachkriegsjahren erinnerte. Grossemann winkte ab. „Oder ein Glas Frizzante?"
„Nein, danke. Mein Magen verträgt nix mehr. Ich hab' zu viel Dreck hinunterschlucken müssen."
Es stellte sich heraus, daß Grossemann eigens nach Wien gekommen war, um einen ehemaligen Schulkollegen auszuforschen, der aber inzwischen das Zeitliche gesegnet hatte.
„Hat sich verfressen, der Arme", sagte Algerich. „Die hundertzwanzig Kilo waren zu viel für seinen Kreislauf."

„Ja, wer hätte das gedacht – Übergewicht. Der Hölzl war doch immer so ein schwindsüchtiges Bürscherl, dünn wie ein Strich!"
„So holt halt manchen das ein, was er in seiner Jugend entbehrt hat."
Hölzl, dessen Vater Kohlenträger gewesen war, kriegte daheim nie genug zu essen; hungrig kam er in die Schule. Grossemann schenkte ihm ab und zu sein Gabelfrühstück; die andern taten so, als merkten sie nichts.
„Ich sehe", sagte Grossemann, als er ein Exemplar des „Gottesstaates" auf Algerichs Schreibtisch erblickte, „daß du dich mit dem Hl. Augustinus beschäftigst. Ich habe ihn überwunden. Ich bin ihm nicht böse wegen seiner Scheinheiligkeit. Nur eines vergebe ich ihm nicht: Wie konnte er, intelligent und umfassend gebildet (auch wenn er das Griechische nie erlernt hat), an die Dreifaltigkeit glauben? An einen Gott, welcher sich vervielfacht! Das ist doch ärgste Gotteslästerung, äußerste Häresie, wenn man davon ausgeht, daß Gott der Eine, der Unwandelbare, der In-sich-Ruhende ist. Ich muß da immer an einen jüdischen Witz denken: Ein jüdischer Architekt gewinnt die Ausschreibung für den Bau einer Kirche, weil er der Billigstbieter ist. Der Dombaudirektor zögert: Wird es für Sie nicht schwierig sein, die Kirche zu errichten, als Angehöriger eines anderen Glaubens? – Wir sind ja im Glauben nicht so weit auseinander, sagt der Architekt. Daß Gott der Gerechte ist, glauben Sie und ich. An die Dreifaltigkeit glaubt mein Bauzeichner. Daß Jesus gekreuzigt wurde und gestorben ist, glauben wieder Sie und ich. Daß Jesus von einer Jungfrau geboren wurde, glauben Sie; ob es mein Bauzeichner glaubt, weiß ich nicht mit Bestimmtheit. Die *Firma* jedenfalls glaubt's! – Kein Wunder, daß uns die Moslems für Polytheisten halten und ironisierend bemerken: Der Gott der Christen gleicht einem Prinzipal mit zwei Gesellschaftern."

Algerich war ziemlich bestürzt über den Ausritt Grossemanns. Er hat in seiner Jugend doch zu viel den „Pfaffenspiegel“ gelesen, dachte er. Grossemann, der spürte, daß er etwas zu weit gegangen war und die Gefühle Algerichs verletzt hatte, fuhr, einlenkend, fort:
„Ich weiß natürlich die Lehre von der Dreifaltigkeit zu begründen, das habe ich schließlich gelernt. Aber zwischen etwas *einsehen, intellegere*, das heißt intellektuell erfassen, und *glauben* ist ein himmelweiter Unterschied. Wie kann man glauben, was wie eine Gotteslästerung klingt? Ich bitte dich, Zyzarz (Grossemann kannte Algerich noch unter diesem Namen): Eine Jungfrau, die einen Gott zur Welt bringt! Das war auf die Dauer zu viel für mich, über diesen Punkt bin ich gestolpert. Ich kehrte der *Kirche* den Rücken, nicht Gott. Der Herrgott wird mir verzeihen; er kann von mir keine intellektuelle Unredlichkeit erwarten; zu predigen, zu unterrichten, zu beten, was ich nicht glaube. Nimm unser gutes, altes Glaubensbekenntnis: ‚Ich glaube an Gott, den allmächtigen Vater, Schöpfer des Himmels und der Erde‘, bis hierher ist alles o. k.“, sagte Grossemann ein wenig burschikos, „aber dann kommt’s: ‚und an Seinen eingeborenen Sohn… aus dem Vater geboren vor aller Zeit… Gezeugt, nicht geschaffen, eines Wesens mit dem Vater… Er hat Fleisch angenommen durch den Heiligen Geist aus Maria der Jungfrau…‘ Kannst du an so etwas *wirklich* glauben, Zyzarz, Hand aufs Herz?“
Algerich schwieg. Ähnliche Gedanken waren ihm selbst schon durch den Kopf gegangen. „Ja“, sagte er schließlich, „die Lehre von der Trinität ist schwierig. Aber ohne die Trinität fällt die ganze Erlösungslehre in sich zusammen.“
„Zyzarz, ist das so wichtig?“ fragte Grossemann seltsam erregt und umklammerte Algerichs Hand. „Was lehrt Christus? ‚Liebe deinen Nächsten wie dich selbst!‘ Christus lehrt die *Mitmenschenpflege* und nicht die *Dogmengerechtigkeit*! Aus

dem Satz: ‚Gib alles, was du hast, den Armen und folge mir nach!' haben manche die Flucht auf die Säule abgeleitet, nach dem Grundsatz: Meine Seele zuerst, *pereat mundus*! Die Welt war ihnen keinen Pfifferling wert. Glaube mir, ein schlichter, einfältiger Kuhhirte, der etwas Gutes tut, bringt die Menschheit weiter, und sei es auch nur um einen allerwinzigsten, kaum wahrnehmbaren Schritt. Der Anachoret aber, der Heilige auf der Säule, der nur an sein eigenes Seelenheil denkt, bewirkt *gar* nichts. Er läßt sich von frommen Menschen, die – ganz im biblischen Sinn – im Schweiße ihres Angesichts ihr Brot verdienen, das Essen bringen und seinen Dreck wegputzen. Wem nützt sein hehrer Weltverzicht, seine Verachtung irdischer Belange? Er wird nicht verhindern können, daß weiterhin Menschen verhungern oder einander den Schädel einschlagen. Ich sage dir: Die Menschen brauchen nicht mehr Heiligkeit, sondern mehr soziales Engagement!

Ich habe meiner Meinung nach richtig gehandelt, daß ich – wie man so schön zu sagen pflegt – in den Schoß der Kirche zurückgekehrt bin. Ich bereue es auch nicht, Priester geworden zu sein. Gerade das hat mir die Augen über die Kirche geöffnet. Suche bei mir nicht nach der Frau, Zyzarz. Ich bin nicht wegen einer Frau abgesprungen. Mein Entschluß war intellektuell, nicht fleischlich. Den Zölibat hab' ich immer verteidigt, für etwas Sinnvolles und Heilsames gehalten. Ich wußte, gerade als ehemaliger Landser, der lange auf Frauen verzichten mußte, was ich mit dem Zölibat auf mich nahm. Ich bin nicht ein Adolf Holl, der sich seiner sexuellen Eskapaden sogar noch öffentlich rühmt." Grossemann schüttelte den Kopf: „Ich habe nie verstanden, daß ihn die Amtskirche so lange gehalten hat!

Religion existiert nicht ohne Raum- und Zeitbezug, ohne geographische und kulturelle Zuordnung. Es wird schon einen Grund dafür gegeben haben, daß Jesus im Jahre Null in

Bethlehem geboren wurde und nicht Tausende von Jahren früher am Ufer des Ganges oder bei den Höhlenmenschen von Lascaux. Nur – Weltbild und Daseinsgefühl der Menschen haben sich seit Christi Geburt radikal verändert. Der Bildungsgrad des einzelnen ist doch so gewaltig angestiegen! Die Kirche aber tut so, als könnten die Leute weder lesen noch schreiben. Wir stehen an einer Zeitwende, Religionswende. Das Christentum wird in hundert, vielleicht schon in fünfzig Jahren, nichts mehr mit dem Christentum des 1. Vatikanums gemein haben. Die vaterlose Gesellschaft ist angebrochen. Der *père-roi* ist tot, der *paterfamilias* hat ausgespielt, und die Konzernherren sind in Pension gegangen. Nur *Gott* soll noch immer als Vater (*Pater noster*) geglaubt und angebetet werden? Auch das Bild des Priesters als Pater – père – padre ist überholt. Dabei gehört nicht dem Materialismus die Zukunft (der Dialektische Materialismus ist ja soeben spektakulär zusammengebrochen). Die Zukunft, Zyzarz, gehört einem transzendentalen Seinsverständnis. Die uralte Sehnsucht des Menschen, sich an der Hand Gottes zu wähnen, will wieder zum Tragen kommen. Wer aber begreift das in unserer Kirche? Kardinal Ratzinger kommt mit dem Teufel daher, Johannes Paul II. ernennt ununterbrochen neue Heilige, und Bischof Krenn nimmt den Anderl-von-Rinn-Kult in Schutz!

Du solltest dich als Religionsgründer versuchen!“ scherzte er.

„Nein, nein, du mißverstehst mich. Ich glaube nur, daß die Zeit der normativen Religionen, die Ära der Dogmen, vorbei ist. Wenn der Papst von Re-Evangelisierung spricht, meint er Re-Dogmatisierung. Aber in seinem Kampf um die alte Dogmenherrlichkeit steht er auf verlorenem Posten. Es fehlen ihm die Überzeugungsmittel von früher. Der Staat dient der Kirche nicht mehr. Kaum eine der politischen Parteien Europas führt noch das hohe C im Wappen. Die kirchlichen Bildungseinrichtungen, von den Volksschulen bis zu den

Universitäten, sind längst keine Brutstätten mehr für brave, romtreue Gesinnung, sondern vermitteln Lehrstoff, auch wenn vereinzelt noch Kruzifixe in den Klassenzimmern hängen. Und für Posten- und Pfründenbeschaffung steht der Kirche längst kein großes Inventarium mehr zu Gebote. Am stärksten aber ist der Verlust des Einflusses in den Medien und in der Buchproduktion. Soweit es noch sogenannte katholische Journalisten und Autoren gibt, sind die meisten längst auf kritische Distanz gegangen. Ein ‚angepaßter Autor' wird erst gar nicht gekauft!
Grossemann", sagte Algerich unvermittelt, „weißt du, daß mir manchesmal des Nachts der Hl. Augustinus erscheint?"
Der Schulfreund brach in ein gewaltiges Lachen aus: „Der Hl. Augustinus? Dieser alte Knacker? Warum ausgerechnet der Hl. Augustinus?"
„Er sieht ein bißchen komisch aus", sagte Algerich, ohne auf Grossemanns Frage einzugehen. „Er erinnert mich irgendwie an Heidegger, trägt auch so eine sonderbare Pelerine, eine Art Meßgewand zum Drüberziehen, das aber mehr einem Schwarzwälder Wetterfleck gleicht."
„Und was redet ihr denn da so miteinander?" erkundigte sich Grossemann, immer noch lachend.
„Na ja, wir reden meistens über Themen, die mit meinen römischen Jahren zusammenhängen. So Religiös-Philosophisches halt. Ich frage mich natürlich, warum der Hl. Augustinus ausgerechnet zu mir kommt. Nun, ich habe mich ziemlich eingehend mit seinem ‚Gottesstaat' beschäftigt, vielleicht will er mich aufklären, wie's eigentlich gemeint war…"
„Dich über den ‚Gottesstaat' aufklären! Hahaha! Zyzarz, du Schwarmgeist! Ich sage dir, laß ihn fahren, deinen Hl. Augustinus!"
„Aber er ist doch höchst aktuell! Der Ratzinger liegt genau auf seiner Linie."

„Ja, und eben deshalb mußt du mit dem Ratzinger selbst reden. Wenn du schon nächtliche Gesichte hast, dann schau, daß du den Ratzinger kriegst. Dem Ratzinger würd' ich's hineinsagen an deiner Stelle, aber gehörig! Mit allem Respekt, dem man einer Eminenz seines Kalibers schuldet."
„Und was würdest du ihm sagen?" fragte Algerich gespannt.
„Ich würde ihm sagen: Weniger herumgrübeln, Eminenz! Kirche als *corpus Christi mysticum*? Das liegt doch quer zur Welt! Kirche als Gemeinschaft, ja, das verstehen die Leute. Hören Sie auf, ständig von ‚erhabenen Geheimnissen' zu reden, wenn eine Sache unklar ist! Lehren Sie das Einmaleins, aber nicht Algebra! Schicken Sie einen Gläubigen nicht in die Hölle, weil er sich – nicht in böser Absicht, sondern aus Überzeugung – weigert, die Dreifaltigkeit anzuerkennen!"
„Ist das alles nicht stark übertrieben?"
„Nicht im geringsten, denn ich bin Realist. Ein Sachmann. Du, Zyzarz, bist der Alte geblieben: Keine Entscheidung pro oder contra. So wirst du dich durch die Ewigkeit hindurchzweifeln. Man sagt zwar, wer zweifelt, irrt nicht, aber zu irgendetwas muß man sich doch durchringen! Ich wette, daß du noch immer Gedichte schreibst. Ich erinnere mich, es war in der Fünften, als du uns deine lyrischen Ergüsse vorgelesen hast. Manche, vor allem die Trotteln in der ersten Bank, der Walczsinsky zum Beispiel, haben darüber gelacht. Ich nicht, ich hab' dich immer ernst genommen. Eines deiner Gedichte hieß ‚Lindengrüner Abgesang', ein anderes nanntest du ‚Vom Senkblei'. Ja, ein Senkblei hatte es dir angetan."
„Ich weiß. Das Senkblei suchte Tiefe und Vergessen, deshalb kehrte es nicht an die Oberfläche zurück. Das Schiff aber fuhr auf ein Riff und zerschellte."
„Sind eigentlich jemals Gedichte von dir gedruckt worden?"
„Nein, sie waren zu traurig. Ich meine, sie waren von einer falschen Traurigkeit."
„Nun, dafür bist du ja eine Zeitlang Schauspieler gewesen.

Da konntest du dich wenigstens beim Rezitieren anderer austoben. Hamlet zum Beispiel: ‚Der Rest ist Schweigen‘. Ein ganz unchristlicher Gedanke! Tja, fast alle Dichter waren Atheisten, die Dichtung ersetzte (oder verstellte) ihnen Gott. Du stehst ein bißchen in ihrer Nähe. – Ich frage mich, wie du es so lang am Vatikan aushalten konntest. Aber die Wege des Herrn sind unerforschlich. Wer weiß, wo er mich noch hinführt?“
„Vielleicht seh’ ich dich das nächste Mal als Hippie wieder?“
„Kann sein, kann auch nicht sein. Das einzige Geheimnis, das ich nicht enträtseln möchte, ist meine Zukunft. – Ist das dein Sohn?“ Er deutete mit dem Kinn auf eine Photographie, die auf dem Kaminsims stand. Und als Algerich nickte, sagte er: „Gratuliere! Zu einer Familie hab’ ich’s leider nicht gebracht. Aber es ist durchaus möglich, daß in Rußland ein paar Kinder von mir herumlaufen! – Servus, Zyzarz, und halt’ die Ohren steif!“

XXV. Kapitel, in welchem Algerich seiner Betrübnis darüber Ausdruck gibt, daß der Hl. Stuhl die Nachfolge von Erzbischof Berg gegen den Willen der Salzburger geregelt hat.

Fortsetzung von Algerichs Manuskript:

Am 5. September 1988 nahm der Papst das Rücktrittsansuchen des Salzburger Erzbischofs an, das dieser vor beinahe fünf Jahren, gemäß den Bestimmungen des Codex Iuris Canonici, unterbreitet hatte.
War es Fairneß gewesen, die den Papst bewogen hatte, den um seine Diözese hochverdienten, aber in Ungnade gefallenen Salzburger Oberhirten noch bis zur Absolvierung seines zweiten Österreich-Besuches im Amt zu belassen? Mag sein. Ich glaube nicht so recht an diese „Gutherzigkeit". Der Papst wußte sehr genau einzukalkulieren, daß eine vorhergehende Rücktrittsannahme und die Bestellung eines neuen, konservativen und vom Domkapitel sowie der Mehrheit der Gläubigen nicht gewünschten Nachfolgers zu einem Proteststurm geführt und den Erfolg der Reise in Frage gestellt hätte. Johannes Paul II. zog es daher vor, zu „passen" und bei seinem Aufenthalt geschickt den Eindruck zu erwecken, er habe ein geneigtes Ohr für die Wünsche der Salzburger.
Es war allerdings bezeichnend für die damalige Situation wechselseitigen Mißtrauens und Finassierens, daß Erzbischof Berg innerhalb der letzten sechs Monate eine Teilerneuerung des zwölfköpfigen Domkapitels vorgenommen hatte. Von den vier neuen, durchwegs jüngeren Mitgliedern

durfte der Erzbischof annehmen, daß sie seiner pastoralen und kirchenpolitischen Linie anhingen.
Für die Besetzung des Salzburger Bischofssitzes gilt eine im Konkordat festgelegte Sonderregelung, die das Recht des Papstes auf freie Bischofsernennung einschränkt. Die Bestimmung lautet:
„Bei Erledigung des erzbischöflichen Stuhles von Salzburg benennt der Hl. Stuhl dem Metropolitankapitel in Salzburg drei Kandidaten, aus denen es in freier, geheimer Abstimmung den Erzbischof zu wählen hat." (Art. IV., § 1,3. Absatz).
Ohne Frage sind dem Hl. Stuhl und vor allem dem autoritär regierenden Johannes Paul II. derartige Sonderregelungen ein Dorn im Auge. Sie auszuhöhlen, wegzueskamotieren oder in ihrer praktischen Bedeutung zum Verschwinden zu bringen, ist ein klar erkennbares Ziel des Papstes. Ein absoluter Monarch läßt sich halt seinem Wesen nach nicht gern die Hände binden.
Als Grund für den Abbau derartiger Privilegien führt der Hl. Stuhl das Argument von der notwendigen Einheit der Kirche ins Treffen; nur eine zentral gesteuerte Bestellung der maßgeblichen Amtsträger, der Bischöfe, könne gewährleisten, daß es weder zu Ab- noch zu Aufweichungen komme. Diese Auffassung widerspricht allerdings dem vom 2. Vatikanischen Konzil bekräftigten Prinzip der Kollegialität der Bischöfe, denn diese müßten doch gerade in einer so wichtigen Frage wie der Bestellung ihrer Nachfolger mitbestimmen können. Im Gegensatz dazu hält Rom an einem autoritären Amtsverständnis fest, das alles von oben nach unten, nach dem „Führerprinzip", regeln möchte. Während sich weltweit demokratische Strukturen durchsetzen, die auf der Delegierung der Macht von unten nach oben beruhen, hängt die Kirche überholten Herrschaftsmustern an. Ich habe schon wiederholt darauf hingewiesen, daß mir das Argument, in der Kirche habe eine Demokratisierung keinen Platz, weil die „christliche", die „göttliche" Wahrheit von oben komme, also hierarchische

Strukturen bedinge, nicht einleuchtet, und schon gar nicht im Bereich der Personalpolitik. Es mangelt dem Papst an bona fide, wenn er sich darauf beruft, das freie Ernennungsrecht sei ein kostbares Gut, das sich das Papsttum erst mühsam im Laufe seiner Geschichte erkämpft und erstritten habe, man dürfe diese Errungenschaft daher nicht leichtfertig preisgeben. Ja, erkämpft und erstritten wurde dieses Recht, aber es ging dabei um die Abschüttelung der staatlichen Bevormundung, die in der Laieninvestitur, also in der Bestellung geistlicher Würdenträger durch Kaiser, Könige und Fürsten, gipfelte.
Das Papsttum schoß über dieses durchaus legitime Ziel hinaus, als es nach und nach die Mitwirkung des lokales Klerus fast gänzlich, die des Volkes restlos beseitigte. Der Kirchenhistoriker Peltris behauptet, das Papsttum sei, indem es sich erfolgreich gegen den landesfürstlichen Absolutismus zur Wehr gesetzt habe, selbst dem Absolutismus verfallen. Später habe die Kirche dann die Entwicklung zur konstitutionellen Monarchie und zu demokratischen Lebensformen „verpaßt“ beziehungsweise „verschlafen.“
Für den Anspruch des Papstes, die Bischöfe frei zu ernennen, gibt es weder eine biblische noch eine theologische und schon gar keine praktische Begründung. Die Berufung auf die „Einheit der Kirche“ geht ins Leere, ist ein falsches, geradezu heimtückisches Argument, indem es den römischen Zentralismus stützt, der – zumindest in der Form, wie er von Johannes Paul II. gehandhabt wird – zu einer Quelle des Ärgernisses wird und der Spaltung des Kirchenvolkes Vorschub leistet. Wie die Fälle Wien, Köln (Erzbischof Meisner) und Chur (Bischof Haas) beweisen, tragen Ernennungen gegen den erklärten Willen des Ortsklerus und entgegen den Vorstellungen der Mehrheit der Gläubigen nicht zur Einheit der kirchlichen Gemeinschaft bei.
Doch zurück zu den Ereignissen in Salzburg. Es war kein „Investiturstreit“, kein „innerkirchlicher Kulturkampf“, wie

manche Blätter liberaler oder linker Tendenz in Unkenntnis der wahren Problematik schrieben. Es war ein tragisches Mißverstehen der Situation durch das Metropolitankapitel, die Mehrheit des Klerus und der Laien. Die Salzburger konnten einfach nicht daran glauben, daß der Hl. Vater gesonnen war, ihre Wünsche nach einem Kandidaten der Mitte, nach einer integrativen Persönlichkeit, beiseitezuschieben und daß – um ein Wort Kardinal Königs zu gebrauchen – „der Wagen drüberfahren würde“.

Man hatte – landauf, landab – treu und brav um einen „guten Oberhirten“ gebetet. Das Metropolitankapitel war sogar nach Mariastein ins Tirolerische gewallfahrtet, um die Gnadenmutter anzuflehen, im Wahlvorschlag des Hl. Stuhles möge doch auch ein Kompromißkandidat enthalten sein. Vergebens…

Vieles spricht dafür, daß die Domherren das Schreiben des Nuntius mit dem Dreiervorschlag erst am 12. September in Marienstein, im Angesicht der dortigen Muttergottes, öffneten. Der Schock muß beachtlich gewesen sein. Der Vorsitzende des Domkapitels, Prälat Lüftenegger, soll dabei einen Kreislaufkollaps erlitten haben, der ihn mehrere Tage niederwarf.

Über die Fortsetzung des Katz- und Mausspieles sind wir, zum Teil auf Grund offizieller Quellen, gut unterrichtet, es gab allerdings auch Gerüchte in Hülle und Fülle. Schon 1986 hatten Namen wie der des Salesianer-Theologen Andreas Laun, des österreichischen Regionalvikars von Opus Dei, Klaus Küng, und des Pfarrers von Altenmarkt im Pongau, Georg Eder, die Runde gemacht.

In der letzten Septemberwoche 1988 berichteten die Gazetten, auf dem päpstlichen Dreiervorschlag stünde außer Laun und Küng auch der – offenbar unvermeidliche – Kurt Krenn. Dazu meldete sich wieder einmal Kardinal Stickler aus Rom zu Wort, und zwar in der von ihm bevorzugten „Kronenzeitung“ (29. September 1988). Die Berichte über den päpstlichen Vorschlag dürften nicht in allen Punkten stimmen, meinte er, da es

den Usancen des Hl. Stuhles entspreche, auch einen Angehörigen des Ortsklerus aufzunehmen. Woher wußte Stickler das? Er sollte recht behalten, wie sich später herausstellte. Hat er (neuerlich?) als Sprachrohr des Hl. Vaters fungiert?
Verstörte Salzburger flatterten ob dieser trostlosen Perspektive wie aufgescheuchte Hühner umher, waren aber zunächst noch nicht bereit, klein beizugeben. Das Gebet zur Hl. Muttergottes hatte – in ihrem Sinn – nichts gefruchtet, also versuchten sie, weltliche Mittel einzusetzen. Das Domkapitel veröffentlichte eine Erklärung über „Grundgedanken und Leitlinien, die bei der Bestellung des neuen Erzbischofs Berücksichtigung finden sollten", eine Vorgangsweise, die ohne Beispiel dasteht. Aber der Schritt kam nicht nur zu spät, er war auch ein Versuch mit untauglichen Mitteln. Johannes Paul II. hat sich noch nie einem medialen Druck gebeugt und zu einer Revision seiner Ansichten bestimmen lassen.
In einer Predigt am 24. September plädierte Erzbischof Berg für einen „Weg der goldenen Mitte" und rief, seine Skepsis nun nicht mehr verhehlend, den Gläubigen zu: „Nehmt, so bitte ich, den neuen Bischof an, wer immer es sein wird!" Tiefe Resignation, aber auch unwandelbare Treue zur Kirche, sprechen aus diesen Worten.
Für die Redlichkeit der Salzburger zeugt ihr Bemühen, in Gesprächen mit Rom eine Modifizierung des Dreiervorschlags zu erwirken. Im Oktober reisten zwei Mitglieder des Metropolitankapitels in die Ewige Stadt, um beim Papst persönlich vorzusprechen oder wenigstens in seine unmittelbare Nähe zu gelangen. Ich konnte damals nicht herausfinden, bei welcher Hürde sie steckengeblieben sind, erreicht haben sie jedenfalls nichts. In einer „Erklärung des Salzburger Domkapitels zur Neuwahl des Erzbischofs", veröffentlicht am 31. Dezember 1988, heißt es diesbezüglich: „Der Hl. Stuhl hat der Bitte um Anhörung einer Delegation des Domkapitels nicht stattgegeben."

Es folgte noch ein weiterer verzweifelter Versuch der Salzburger auf höchster Ebene.
Am 27. November 1988 empfing Johannes Paul II. den Alt-Erzbischof von Salzburg mit einer Reihe von Vertretern des Organisationskomitees für den Papstbesuch zur Danksagung. Das entsprach durchaus den Gepflogenheiten. Der Papst hielt eine kühle, distanzierte Ansprache: Na ja, ich hab' euch diese Audienz gewährt, weil ihr mich darum gebeten habt. (Unterschwellig hieß das: Aber ich weiß schon, was der emeritierte Salzburger Erzbischof von mir will.) War sehr schön bei euch in Österreich, hat mich sehr gefreut. Vergelt's Gott und Apostolischer Segen für die Heimfahrt...
Berg hatte anschließend noch ein Tête-à-tête mit dem Papst. Als ich ihn in journalistischer Neugier nach der Audienz am Bronzetor des Vatikans erwartete und quer über den Petersplatz in das Hotel Columbus geleitete, wollte er mir partout nichts über den Inhalt des Gesprächs sagen. Der Erzbischof schien in besonderer Weise niedergedrückt. Er hatte eine achtenswerte, allgemein anerkannte bischöfliche Karriere hinter sich. Nun standen Bitterkeit und Enttäuschung in sein Gesicht geschrieben, gepaart mit dem Gefühl, trotz jahrzehntelanger, aufopferungsvoller Arbeit verabsäumt zu haben, das Feld für die Zukunft zu bestellen. Ich insistierte nicht, stellte meine Fragen, die mir auf den Lippen brannten, zurück, fand aber auch kein Wort des Trostes, das ich dem Unglücklichen hätte sagen können.
In welchem Kontrast zu der Niedergeschlagenheit Bergs stand das arrogante, selbstherrliche Gehabe des damaligen Substituten! (Er übte diese Funktion allerdings nur kurze Zeit aus, vermutlich war er dem Papst doch zu klotzig). Erzbischof Cassidy hatte mir auf Vermittlung von Botschafter Hengstorff eine Audienz gewährt. Er kriegte sehr bald heraus, daß ich papstkritisch eingestellt war und behandelte mich mit dementsprechender Herablassung.

Ich verfehlte nicht, über das Gespräch eine Gedächtnisnotiz anzufertigen, die folgendermaßen lautete:
„Die Härte und Intransigenz Cassidys überraschten mich, obwohl ich ihm andererseits für seine unverblümte Offenheit dankbar war. (Er ist absolut linientreu und hat sich im Kampf gegen kircheninterne Abweichungen bestens bewährt. Als Nuntius in den Niederlanden trug er wesentlich zum ‚Umdrehen' der holländischen Bischofskonferenz bei).
In Salzburg, stieß Cassidy gleich ins Herz der Dinge vor, herrsche eine schwierige, ernste Situation, doch wäre es verfehlt, von einer ‚Sackgasse' zu sprechen, denn der Hl. Vater könne ja bei Unterbleiben der Wahl durch das Domkapitel frei entscheiden und werde von diesem Recht nötigenfalls auch Gebrauch machen. Verhandeln? Über einen neuen Dreiervorschlag oder dessen Ergänzung? Nein, das komme nicht in Frage. Die Ablehnung sämtlicher drei Kandidaten durch das Domkapitel habe der Papst als Beleidigung aufgefaßt (wörtlich: ‚He took it as an offence'). Es sei unverständlich, daß die Salzburger auf ihren Positionen beharrten. Der Hl. Vater habe sich doch seine Vorschläge genau überlegt, seine Linie sei klar, es kämen nur Persönlichkeiten in Frage, die mit den vom Papst vorgegebenen moraltheologischen Grundsätzen voll übereinstimmten. Dies sei bei den Kandidaten Erzbischof Bergs nicht der Fall.
Die Argumente Cassidys fallen wie Keulenschläge, sind auch nicht differenziert, geschweige denn subtil. Der Substitut schlägt drein wie ein Berserker. Ich nehme mir daher ebenfalls kein Blatt vor den Mund. Ob denn der Hl. Vater nicht das Opfer falscher Informationen sei? – Den Einwand weist der Substitut kategorisch zurück; er *kann* ihn gar nicht gelten lassen, denn sonst würde er seinen ‚Kollegen', den Nuntius in Wien, desavouieren. – Ich lasse nicht locker: Es sei doch nicht wünschenswert, daß durch umstrittene Bischofsernennungen Spannungen und Polarisierungen innerhalb der Orts-

kirche eintreten. – Er: Ja, aber daran trügen jene die Schuld, die die Entscheidungen des Papstes nicht akzeptierten. – Nun, man könne es auch anders herum sehen... – Cassidy dazu unverblümt:
‚Wir sehen es aber nicht so!' – In Köln herrsche doch eine ähnliche Situation, stoße ich nach, Salzburg sei kein Einzelfall! Cassidy belehrt mich: Das Kölner Domkapitel habe immerhin gewählt, dabei sei die erforderliche absolute Mehrheit nicht erreicht worden. (Anmerkung: Der Hl. Stuhl hat daraufhin *ex auctoritate* die Wahlstatuten geändert!) In Salzburg, und darin liege das Gravierende der Situation, habe sich das Domkapitel schlicht und einfach geweigert, zur Wahl zu schreiten. Es sei doch ein starkes Stück, daß man alle drei Kandidaten des Hl. Vaters ablehne! Die Dreimonatsfrist sei allerdings noch nicht abgelaufen, es gelte wohl der Zeitpunkt der Eröffnung des Kuverts mit der Dreier-Liste, das sei seines Wissens der 15. September.
Per saldo: Der Substitut sieht angespannte Beziehungen zwischen Rom und der Kirche Österreichs voraus, vielleicht für die nächsten zehn (sic!) Jahre. Man werde mit diesem Umstand leben müssen.
Das Gespräch bestätigt meine Vermutung, daß Johannes Paul II. bei seinem Besuch in Österreich die Bischöfe richtiggehend ausgetrickst hat. Er nützte die gute, herzliche und spirituell erhebende Atmosphäre aus, ließ die Österreicher darin baden und erweckte den Eindruck, er sei durchaus geneigt, ihnen in der Frage der Bischofsernennungen entgegenzukommen. Kaum war der Besuch vorbei, kam die kalte Dusche aus Rom."
So weit meine Gedächtnisnotiz über mein Gespräch mit dem Substituten.
Selbst ein Mann wie Hengstorff runzelte mißbilligend die Stirn, als ich ihm die rund zweieinhalb Maschinschreibseiten umfassende Gesprächsanalyse zeigte. Vom Schreiben eines

Artikels für mein Blatt sah ich wohlweislich ab. Unter Reibenscheidts wachsamen Augen wäre mein Text niemals *tel quel* in Druck gegangen. Reibenscheidt hätte ihn abgeschwächt, bis zur Unkenntlichkeit verstümmelt und dann noch seinen privaten Senf dazugegeben. Nicht einmal Markowitsch mutete ich eine pressemäßige Verwertung zu, da der Inhalt die „Kristall"-Leser zweifellos schockiert hätte.

Das Ende des ungleichen Kampfes um die Nachfolge Erzbischof Bergs ist rasch erzählt.

Um weitere Ausweichmanöver der Salzburger zu verhindern und die Angelegenheit zu einem raschen Abschluß zu bringen, stellte der Vatikan mit Schreiben vom 14. Dezember eine Nachfrist, besser ein Ultimatum. Entweder ihr wählt innerhalb von fünf Tagen aus dem Dreiervorschlag einen neuen Erzbischof, oder der Papst entscheidet frei. Punktum!

Das Domkapitel zögerte noch immer. Es trat mehrfach ergebnislos zusammen, bis endlich, am letzten Tag der Frist, die Entscheidung fiel. Die Domherren wählten den Dechanten von Altenmarkt, Georg Eder, der wenigstens ein engerer Landsmann von ihnen war.

„Er ist uns nicht fremd", sagte mir der Seelsorger einer Salzburger CV-Verbindung, der seine Bundesbrüder zum Papstschauen nach Rom geführt hatte. „Wir wissen, daß ihm die Pongauer Berge ein wenig den Blick verstellen, aber Eder ist für uns wenigstens ein kalkulierbares Risiko."

Durch die Indiskretion eines stadtbekannten, als schrullig geltenden Prälaten im Ruhestand gelangte der Name des Designierten in die Presse, noch ehe der Dechant von Altenmarkt die Wahl angenommen hatte und das *Nihil Obstat* der Bundesregierung erteilt worden war. Die Extratour des Monsignore, der seinerzeit durch die Klage gegen einen namhaften österreichischen Autor von sich reden gemacht hatte, trug naturgemäß nicht zur Beruhigung der Gemüter bei.

Das Domkapitel entschloß sich in der Folge zu einem weiteren ungewöhnlichen Schritt. In der vorerwähnten Erklärung vom 31. Dezember nahm es zu den Vorfällen rund um die Neuwahl des Salzburger Erzbischofs Stellung. Mehr im Stile einer Anklage als einer Rechtfertigung heißt es darin, das Domkapitel habe zur Kenntnis nehmen müssen, daß die Auswahl der Kandidaten für den Dreiervorschlag „nicht in so ausgewogener Weise vorgenommen war, wie man dies aus den Namenslisten... der Diözese... und der Praxis früherer Bischofsernennungen erwarten konnte."
Die Formulierungen des Domkapitels grenzten an Insubordination; es waren harte Bandagen, die dem Papst da zugemutet wurden, der Groll der Salzburger saß tief und fest. Das Domkapitel sprach darüberhinaus von einem „schweren Gewissenskonflikt", der auf seinen Mitgliedern lastete, als diese schließlich zur Wahl schritten (lies: schreiten mußten).
Während meines Winterurlaubs besuchte mich Markowitsch im Waldviertel.
„Was sagst du zu Salzburg?" fragte ich.
Er schüttelte traurig den Kopf und versetzte: „Eine Bischofswahl nach der Methode: Friß, Vogel, oder stirb! Die Salzburger haben gefressen, was ist ihnen anderes übrig geblieben?"
„Und du kannst Gift darauf nehmen, daß es in dieser Art weitergehen wird. Es besteht keine Hoffnung, daß sich der Papst ändert." Ich dachte an mein Gespräch mit Erzbischof Cassidy und fuhr fort: „Der einzige Befähigungsnachweis, den ein Bischofskandidat derzeit zu erbringen hat, ist seine absolute Treue zur Pillenenzyklika ‚Humanae vitae'."
Markowitsch fuhr auf: „Aber wie soll die Kirche dann ihren Weg durch das dritte Jahrtausend schaffen?"
„Nur keine Bange", entgegnete ich sarkastisch, „wahrscheinlich wird schon der nächste Papst die Katholiken dafür um Entschuldigung bitten, daß ihnen Paul VI. die Bürde von ‚Humanae vitae' auferlegt hat."

XXVI. Kapitel, in welchem eine fiktive Fernsehdiskussion über den „Gottesstaat" des Hl. Augustinus stattfindet.

Die Hinterwand des Studios bedeckt ein Prospekt, das für den Anlaß präpariert ist: In der Mitte eine stilisierte Abbildung des Colosseums zu Rom, darüber schwebend die Kuppel des Petersdomes. Links ein römisches Feldzeichen mit der Buchstabengruppe S.P.Q.R., rechts – dem Stil der Nazarener nachempfunden – die Figur des auferstandenen Christus, der seine durchbohrten Hände zeigt.

Der Diskussionsleiter, auch Moderator genannt, sitzt in einem pompösen, mit glänzendem Leder überzogenen Klubfauteuil. Er trägt ein modisches Button-down-Hemd mit abgerundeten Kragenenden und eine sorgfältig geknüpfte Krawatte. Er hat vor sich diverse Papiere ausgebreitet, in die er von Zeit zu Zeit Einsicht nimmt. Die stark herabgezogenen Mundwinkel lassen auf gastrische Probleme schließen. Vor dem Moderator steht eine Tafel mit der Aufschrift: Nikolaus Bückeführ; Verleger.

Die Diskussionsteilnehmer bilden ein Halbrund; die im Vordergrund placierten „Flügelmänner" sind lediglich in Rükkenansicht zu erkennen. Schalten sie sich in die Diskussion ein, zoomt die Kamera auf das Gesicht des Sprechers.

Moderator: Meine sehr geehrten Damen und Herren! Ich begrüße Sie in der 4. Sendung der Reihe „Gestalter Europas". Wir wollen uns heute mit dem Hl. Augustinus beschäftigen und dabei insbesonders der Frage nachgehen, inwieweit der

angesehenste aller Kirchenväter auch heute noch aktuell ist, ja ob seine Erheblichkeit über die Schwelle des dritten christlichen Jahrtausends hinausreichen könnte. Wir haben aus der schier unerschöpflichen Fülle seiner Schriften ein Werk ausgewählt, das nach gängiger Auffassung wesentlich zur Ausformung des europäischen Menschen- und Weltbildes beigetragen hat. Im Mittelpunkt unserer Diskussion soll aber weniger der religiös-philosophische Inhalt stehen, sondern die Frage nach der politisch-gesellschaftlichen Relevanz. Das Werk, in welchem manche die Ansätze einer christlichen Gesellschaftslehre zu erkennen glauben, heißt „Vom Gottesstaat", lateinisch „De civitate Dei", und wurde von Augustinus in den Jahren 413 bis 426 verfaßt. Das ehrwürdige Alter sollte uns nicht davon abhalten, darüber freimütig, aber *sine ira et studio*, zu diskutieren.
Gestatten Sie mir nun, Ihnen die Teilnehmer an der heutigen Diskussionsrunde vorzustellen. Zu meiner Rechten (Bückeführ verneigt sich, soweit dies in seiner sitzenden Position möglich ist) der hochwürdigste Erzbischof Joachim Kardinal Theumer. Die Teilnahme eines Kirchenfürsten Ihres Ranges verleiht unserem Konveniat eine, ich darf wohl sagen, *außergewöhnliche* Note. Wir danken Euer Eminenz für Ihr Erscheinen.
Erzbischof Theumer wird in Großaufnahme ins Bild gebracht; er lächelt freundlich.
Zu meiner Linken sitzt Frau Univ.-Prof. Dr. Jutta Schmidt-Mommsen, nicht nur Trägerin berühmter Namen, sondern vor allem hervorstechend als erste Frau der Welt, die einen Lehrstuhl für katholische Theologie innehatte. Ich sage *innehatte*, denn der Lehrstuhl für Neues Testament und Alte Kirchengeschichte ging ihr verloren, weil sie, wie ich meinen Unterlagen entnehme, die Jungfrauengeburt Jesu bestreitet. Ihr 1989 erschienenes Buch mit dem provokanten Titel „Eunuchen für den lieben Gott" hat beträchtliches Aufsehen

erregt. (Frau Univ.-Prof. Schmidt-Mommsen neigt zustimmend das gutfrisierte Haupt und schaut kampfeslustig drein). Nun komme ich zum Dritten im Bunde, dem Politologen und Soziologen DDr. Benno Neuhertz. Er war seinerzeit aktiv in der 68er Bewegung tätig. Ob er unter dem Eindruck der Wende im Osten seine radikalen Ansichten von damals revidiert hat, weiß ich nicht. Es wird sich möglicherweise (Bückeführ zieht seine Mundwinkel zu einem Lächeln nach oben) im Laufe dieser Debatte herausstellen.
(Der Politologe hebt lässig die Hand und sagt: Hi!)
Ich begrüße ferner als Vertreter der Vatikanischen Glaubenskongregation Monsignore Ildefonso Urban...
Urban (leicht errötend): Nicht Monsignore, bitte!
Moderator: Aber Sie werden es bestimmt bald sein! Welchen Titel darf ich Ihnen einstweilen geben?
Urban: Am besten gar keinen. Aber wenn es Ihnen weiterhilft: Ich bin Doktor der Theologie.
Moderator (verbindlich): Vielen Dank, Herr Doktor Urban. Sie arbeiten in der wichtigsten, nämlich für Glaubensfragen zuständigen Instanz der Katholischen Kirche, der (er konsultiert seine Papiere, die etwas durcheinandergeraten sind) „Congregazione per la Dottrina della Fede“, wobei man Ihnen, als persönlichem Referenten Kardinal Ratzingers, einen nicht zu unterschätzenden Einfluß zuschreibt.
Dr. Urban (bescheiden abwehrend): Ich bin ein winzigkleines Rädchen im Getriebe der Glaubenskongregation; ein wie immer gearteter Einfluß auf die Entscheidungen derselben kommt mir nicht zu, noch steht mir danach der Sinn.
(Während Kardinal Theumer beifällig nickt, blitzen die Augen von Frau Schmidt-Mommsen auf, als wollte sie sagen: Gut gebrüllt, mein Bürschchen!).
Moderator: Ich möchte nun, vor allem im Interesse der Zuseher, versuchen, in Kürze zu erklären, was der Hl. Augustinus unter „Gottesstaat“ (im Gegensatz zum „Weltstaat“ versteht.

Schon im ersten Satz seines 22bändigen Traktates stößt uns der Hl. Augustinus gewissermaßen mit der Nase drauf. Er sagt wörtlich: „In diesem Werk... suche ich den ruhmreichen Gottesstaat zu verteidigen, ihn, der in dieser Weltzeit unter Gottlosen pilgert und im Glauben lebt." Zugegeben, die Definition ist etwas vage. In XII. 9 (Bückeführ nimmt ein Papier auf) teilt uns der Hl. Augustinus Genaueres mit. (Liest):

„Gott anzuhangen ist mein höchstes Gut. Alle, die an diesem Gut in gleicher Weise Anteil haben, bilden mit dem, dem sie anhangen, und miteinander eine heilige Gemeinschaft und sind der eine Gottesstaat... Der eine Teil dieses Staates, der aus sterblichen Menschen besteht und dereinst den unsterblichen Engeln zugesellt werden soll, pilgert noch, der Wandelbarkeit unterworfen, auf Erden, oder aber er ruht, soweit bereits aus dem Leben geschieden, in den geheimen Zufluchtsstätten und Wohnsitzen der Seelen." (Mit einer Geste der Ratlosigkeit legt der Moderator das Papier wieder ab. Sammelt sich):

Auch diese, äh, langatmige Definition wird die Rationalisten unter Ihnen nicht befriedigen. Lassen wir es daher bei der Feststellung bewenden, daß dem Begriff des „Gottesstaates" bei Augustinus etwas... äh... (sucht nach einem passenden Wort)... äh...

Dr. Urban (bemüht, zu helfen): Etwas Eschatologisches...

Moderator: Ich bitte, keine ausgefallenen Fremdwörter zu benützen. Bleiben wir auf dem Boden der Allgemeinbildung. Ich wollte sagen: etwas *Ungegenständliches* anhaftet. So! (Blickt erleichtert).

Nach dieser Einführung darf ich den Herrn Kardinal bitten (der Moderator versucht wieder eine Verbeugung im Sitzen), das Wort zu ergreifen.

Der Kardinal: Ja, ich tue es, tue es gerne und ergreife die mir gebotene Gelegenheit.

Das Wirken des Hl. Augustinus ist in besonderem Maße durch seinen Kampf gegen den *Pelagianismus* gekennzeichnet. Diese Auseinandersetzung, die schließlich zur Niederringung des Pelagianismus führte, hat natürlich auch im „Gottesstaat" seinen Niederschlag gefunden…
Der Moderator: Darf ich Sie unterbrechen, Eminenz. Sie haben einen Terminus gebraucht, den vermutlich nur die wenigsten Zuschauer kennen. Wäre es Ihnen möglich, Monsignore… Pardon Doktor Urban, den Begriff des Pe-le (berichtigt sich) des Pe-la-gri… (stockt; Zwischenruf: Pelagianismus!) – sagte ich doch eben – näher zu erläutern?
Dr. Urban: Gern! Der Pelagianismus ist eine Häresie, das heißt also eine von der Kirche offiziell verurteilte Irrlehre, die von einem Laienmönch vermutlich irischer Herkunft, einem etwas älteren Zeitgenossen des Hl. Augustinus, vertreten wurde. Pelagius lehrte, die menschliche Natur sei wesenhaft gut, könne aus eigener Kraft das Gute tun, auch außerhalb der christlichen Offenbarung. Der Wille des Menschen, meinten Pelagius und seine Schüler, sei frei und nicht durch die Erbsünde geschwächt, deren Übertragung auf die Nachkommen Adams sie leugneten. Natürliche Vernunft und Klugheit genügen, um Gott zu erkennen und seine Gebote zu erfüllen. Der Mensch vermag daher auch ohne die Gnadenhilfe Gottes das ewige Leben zu erlangen. Damit fällt natürlich die gesamte christliche Erlösungslehre in sich zusammen, denn wenn der Mensch aus eigener Kraft selig werden kann, bedarf es ja nicht der Fleischwerdung und Kreuzigung des Gottessohnes. Der Pelagianismus, die Lehre von der Selbstgenügsamkeit des Menschen (der Hl. Augustinus stellt ihr die Lehre von der menschlichen Insuffizienz entgegen), ist eine der gefährlichsten Häresien, denn diese Theorie macht eigentlich das ganze Christentum überflüssig.
Der Moderator: Wir danken für diese präzisen Ausführungen. Eminenz, wollen Sie bitte fortfahren?

Der Kardinal: Im Grunde sagt der Pelagianismus: Alles ist machbar. Wir brauchen Gott nicht mehr. Genau das ist die Versuchung des heutigen Menschen. Dieser will keine Beschränkung seiner Freiheit hinnehmen. Erlaubt ist, was gefällt! Man vergißt die Rolle der Kirche als Mater et Magistra. Sie haben nach dem aktuellen Bezug des Hl. Augustinus gefragt: Uns droht die Gefahr des *Europelagianismus*.
(Der Moderator zieht die Mundwinkel tief nach unten, Frau Schmidt-Mommsen schaut verdutzt drein).
Der Moderator: Könnten Sie das näher erklären?
Der Kardinal: Wie Dr. Urban soeben ausgeführt hat, leugnet der Pelagianismus die Notwendigkeit der Erlösung durch Christus und die Notwendigkeit der Gnade. An ihre Stelle tritt das Gerede von der Selbstbefreiung des Menschen. Abtreibung und Liberalismus sind die Folge. Man glaubt, im Wege der Vereinigung Europas das Glück zu finden und ein neues Paradies ohne die Beziehung des Menschen zu Gott, ohne Gnade und ohne Gebet aufbauen zu können – ein schwerwiegender pelagianischer Irrtum, vor dem uns der Herr bewahren möge. Wenn die Gnade Gottes geleugnet wird, kommen leicht gnadenlose Zeiten. Wenn Geld und Macht die letztlich bestimmenden Werte sind, dann wird Europa allen Leidenschaften preisgegeben sein.
Schmidt-Mommsen: Herr Erzbischof, mir macht Ihr Gespenst des Europelagianismus keine Angst, obwohl das Wort ja kaum auszusprechen ist. Wenn sich die europäischen Politiker auf ein bestimmtes Konzept der wirtschaftlichen Zusammenarbeit einigen, wenn sie also zum Beispiel die Sozialgesetzgebung harmonisieren, ökologische Schutzbestimmungen erlassen oder einen gemeinsamen Investitionskodex ausarbeiten, spielt es doch überhaupt keine Rolle, ob die handelnden Personen beziehungsweise die betroffenen Menschen der Meinung sind, sie benötigten für ihr Seelenheil die Gnade Gottes oder nicht. Das ist für die Einigung Europas

vollkommen gleichgültig! Ich glaube, bei allem Respekt, daß Ihre Ausführungen über den Europelagianismus das vom Zweiten Vatikanum festgeschriebene Prinzip der *Autonomie der zeitlichen Dinge* außer acht lassen.
Moderator: Könnte jemand erklären, was unter „Autonomie der zeitlichen Dinge“ zu verstehen ist?
Schmidt-Mommsen: Damit sind Bereiche angesprochen, in denen der Sachverstand geschulter Laien das erste und das letzte Wort hat. Der Gynäkologe muß entscheiden, ob er zum Kaiserschnitt ansetzen soll oder nicht. Desgleichen sind Wirtschaftsfachleute zuständig für Wirtschaftsfragen und nicht Theologen. Ich sage also: Aufbau, Gestaltung, Weiterentwicklung usw. der EU obliegt den Fachleuten. Damit leugne ich selbstverständlich nicht, daß die Kirche ihre Stimme erheben soll, wenn im vereinten Europa die Religionsfreiheit gefährdet wäre. Das ist aber, nicht zuletzt dank des von Ihnen verunglimpften Liberalismus, nicht der Fall!
Moderator: Herr Dr. Neuhertz, Sie haben bisher geschwiegen.
Neuhertz: Die Schlacht um die Gleichstellung der Frau, die Schlacht um das Recht auf Arbeit und gerechten Lohn.
(Alle rufen durcheinander).
Moderator: Ich bitte um Ruhe! Herr Dr. Neuhertz ist am Wort!
Neuhertz: Für mich ist der „Gottesstaat“ des Augustinus ein feudal-kapitalistisches Machwerk. Augustinus war nicht zufällig Sohn eines Grundbesitzers und Angehöriger der damals in Nordafrika herrschenden Rasse und Klasse. Er folgte getreulich den Fußstapfen seines Lehrmeisters Paulus. Sklaven, seid gute Sklaven! schrieb der Hl. Paulus. Augustinus, paulinisch bis in die Knochen, kommt nicht in den Sinn, das Los der Millionen von Arbeitssklaven, Galeerensträflingen und Bergarbeitern zu mildern. Arbeitet nur brav, der Lohn im Jenseits ist euch gewiß, lauten seine Trostesworte. Außer dem Himmelreich hat Augustinus nichts anzubieten!

So wie die Pelagianer verfolgt Augustinus auch die Donatisten, eine unter den nordafrikanischen Christen weitverbreitete Sekte. Sie werden natürlich sagen (er wendet sich an Dr. Urban), es waren religiöse Fanatiker, die mordend und plündernd durch die Lande zogen und mit den aufständischen Bauern gemeinsame Sache machten. In Wirklichkeit vertraten die Donatisten die reine Lehre des Urchristentums und bildeten mit ihren sozialrevolutionären Ideen eine Vorstufe des Kommunismus. Im Sinne des Christuswortes „Liebe deinen Nächsten!“ wäre es Augustinus wohl angestanden, die Forderung der Donatisten zu unterstützen, die unter anderem die Abschaffung der Sklaverei verlangten, zur Bestürzung der herrschenden Klasse, wie Sie sich vorstellen können. Augustinus begrüßte es vielmehr, daß die Donatisten von der Staatsgewalt in die Zange genommen, verjagt, enteignet und nach Bedarf auch gekreuzigt wurden. Er tritt uns als treuer Diener der Pax Romana entgegen, so wie sich – rund tausend Jahre später – Martin Luther als gefügiger Fürstenknecht erweist. Die Zeche bezahlten in beiden Fällen die Armen.
Die Urchristen glaubten an eine soziale Revolution, an eine Umkehr der Machtverhältnisse, an ein messianisches Geschehen, das die Sklaven befreien und den Armen genug Brot geben würde. So verstanden sie die Botschaft Christi, so verstanden sie auch die Verheißung seiner baldigen Wiederkehr. Augustinus hat mit dieser Hoffnung Schluß gemacht. In seinem Werk „Vom Gottesstaat“ lehrt er, Staat, Recht, Gesellschaft, Wirtschaft etc. können so bleiben, wie sie sind, auch ein Unrechtsstaat ist zu akzeptieren, selbst dem blutigsten Tyrannen ist zu gehorchen, denn die Erlösung hat bereits stattgefunden. Kein Wunder, daß sich aus der Lehre vom Gottesstaat das Staatschristentum entwickelt hat, die Päpste weltliche Herren und Unterdrücker wurden, Machtbesessene, die um ihres Vorteils willen skrupellos Kriege vom Zaun brachen. Viele christliche Herrscher waren nicht besser als Ma-

rius und Sulla, vor denen sich der Hl. Augustinus so entsetzt. Das Schreckenskabinett der römischen Geschichte fand seine Fortsetzung in der Inquisition, den Kreuzzügen und dem Kolonialismus. Die Kirche rückte zur staatstragenden Potenz auf, wurde Establishment, upper class, einflußreiche Lobby. Es war genau so, wie Erich Fromm schreibt: „Das Christentum, das die Religion einer Gemeinschaft gleicher Brüder war, ohne Hierarchie und ohne Bürokratie, wird zur Kirche, zum Spiegelbild der absolutistischen Monarchie des römischen Imperiums."

Dr. Urban: Der Hl. Augustinus war selbstverständlich weder ein Verteidiger des Feudalismus noch des Kapitalismus. Er hat die Welt so beschrieben, wie er sie vorfand. Gleichwohl gibt er Ratschläge, Empfehlungen und Orientierungen zum Besseren. Diese Passagen sind berührend und zeugen von erhabener Menschlichkeit. Das Porträt, das er vom christlichen Herrscher zeichnet, ist wahrhaft eindrucksvoll. Der christliche Herrscher sei langsam im Strafen, übe gerne Nachsicht, verteile Strafen nur dann, wenn Leitung und Schutz des Staates es erforderten, aber nicht um Rachgier zu befriedigen; er gleiche harte Erlässe durch erbarmende Milde und gütige Freigebigkeit aus; halte sich vor Ausschweifungen zurück und giere nicht nach eitlem Ruhm, sondern handle aus Verlangen nach der ewigen Seligkeit. Der Hl. Augustinus redet also den Herrschern ins Gewissen, wie sie sich ihren Untertanen gegenüber verhalten sollen. Das ganze Buch ist ein moralischer Appell, gut zu sein und den wahren Gott zu verehren. Hätten sich nur die Regierenden mehr an diesen Appell, an diese goldenen Regeln des Zusammenlebens gehalten, wieviel Unglück und Leid wäre der Menschheit erspart geblieben! Als Endziel des Staates bezeichnet der Hl. Augustinus den *Frieden*. Er macht sich damit zum Vorreiter der Friedenspäpste. Klar erkennt er, daß Rom an seiner Ruhmsucht – es sollten ja immer neue Länder und Völker unter seine Gewalt gebracht werden – zu-

grundegegangen ist. Das Reich zerbrach schließlich an seiner eigenen Größe. – Auf Ihren Vorwurf, Herr Dr. Neuhertz, der Hl. Augustinus habe den Sklavenstaat gutgeheißen und verherrlicht, kann ich nur mit einem Zitat antworten: „Im Hause des Gerechten dienen auch die, welche befehlen, denen, welche sie zu befehlen scheinen. Denn nicht die Lust zu herrschen, sondern die Pflicht zu helfen heißt sie befehlen, nicht ehrgeiziger Hochmut, sondern fürsorgliches Erbarmen.“ Im übrigen war der Hl. Augustinus eher ein sozialer Aufsteiger als ein Privilegierter des Establishments.
Schmidt-Mommsen: Nun, ich sehe ja auch im Hl. Augustinus kein feudal-kapitalistisches Monster. Ich habe aus anderen Gründen ein Hühnchen mit ihm zu rupfen: Er ist ein Weiberfeind *par excellence.*
Kardinal Theumer erhebt protestierend beide Arme, der Moderator verzieht seine Mundwinkel, Dr. Urban bleibt kühl, Neuhertz grinst zustimmend.
Schmidt-Mommsen (ungerührt): Augustinus ist der größte Sexmuffel aller Zeiten.
(Die Teilnehmer reagieren wie oben).
Schmidt-Mommsen (fortfahrend): Seine These, daß die Erbsünde durch den geschlechtlichen Akt, genauer: durch die sündhafte Lust des Geschlechtsaktes, übertragen wird, stürzt doch jeden Christenmenschen in eine persönliche Katastrophe! Zeugt er ein Kind, infiziert er es gleichzeitig mit der Erbsünde. Ein schrecklicher Gedanke!„Warum hat man uns das Geschlecht heimatlos gemacht, statt das Fest unserer Zuständigkeit dort hin zu verlegen?“ schrieb schon Rainer Maria Rilke in „Der Brief des jungen Arbeiters“. Der große Dichter spricht von Verdrängung und Entstellung im Zwielicht des Christentums.

Was mir aber am meisten gegen den Strich geht, ist das Los der ungetauften oder totgeborenen Kinder. Augustinus läßt sie schnurstracks zur Hölle fahren. Die Pelagianer haben sich mit Recht gegen diese Auffassung gewendet. Bischof Julian von Eclanum greift Augustinus deswegen scharf an; er nennt ihn einen „Verfolger der Neugeborenen, der winzige Säuglinge in das ewige Feuer wirft".

Besonders ausführlich beschäftigt sich Augustinus im „Gottesstaat" mit der Frage, ob Adam und Eva sich im Paradies geschlechtlich vereinigten, und wenn ja, auf welche Art und Weise. Mit den Organen, die wir kennen? Höchstwahrscheinlich, muß Augustinus einräumen, aber es geschah ohne Lust. Was ist das für ein Paradies, dem die Lust fehlt? muß hier der Skeptiker fragen. Rilke meint wörtlich in dem oben zitierten Brief: „Es ist mir, wenn ich es sagen darf, immer unbegreiflicher, wie eine Lehre, die uns *dort* ins Unrecht setzt, wo die ganze Kreatur ihr seligstes Recht genießt, in solcher Beständigkeit sich, wenn auch nirgends bewähren, so doch weithin behaupten darf." Dieser daseinsbejahende Gottsucher spricht mir aus dem Herzen! Augustinus meint, daß die Geschlechtsorgane Adams und Evas dem freien Willen unterworfen waren, also auf Befehl – Sie verzeihen, aber der Hl. Augustinus schreibt sehr ausführlich darüber – sich aufrichten oder öffnen konnten. Sie wurden zeugungsfähig nicht durch die Begierde, sondern durch einen Wink des Willens. So wie manche Menschen, meint Augustinus, mit den Ohren zu wackeln vermögen. Warum sollten die Geschlechtsorgane Adams und Evas nicht ebenso willensabhängig gewesen sein wie wackelnde Ohren? fragt der große Kirchenvater.

Die Geschlechtslust oder Libido ist nach Augustinus eine der üblen Folgen der Erbsünde, ist des Menschen Fluch. Ich kann, möge Gott mir vergeben, nicht an eine solche Konsequenz glauben. Alles in mir sträubt sich dagegen, anzunehmen, daß Gott Adam und Eva ohne Geschlechtslust erschaffen habe. Er hätte sie damit geradezu „hinters Licht geführt".

Von diesem Punkt aus – Geschlechtlichkeit als Fluch, als Unsegen – wird die ganze Lehre der Kirche über die Frau, die

Ehe, und die Sexualität verständlich. Von diesem Punkt aus ist auch ihre Position aufzurollen, als leib- und lebensfeindlich zu entlarven. Körperliche Vereinigung als notwendiges Übel, erlaubt nur, um die Menschheit vor dem Aussterben zu bewahren, welche Verirrung! Die augustinische Formel „Zeugung gut, Lust schlecht" geistert noch immer durch die katholische Kirche. Ich habe da meine private Erklärung: Lust ist autonom und antiautoritär, somit unkontrollierbar! Aber das nur nebenbei. Der Hl. Augustinus ist damit auch heute noch aktuell. Ohne Augustinus gäbe es die Pillenenzyklika Pauls VI. nicht. Von Augustinus führt ein gerader Weg zu Johannes Paul II. Augustinus schreibt: „Wer die Unfruchtbarkeit des ehelichen Aktes herbeiführt, ist ein Ehebrecher mit der eigenen Frau und die Frau ist eine Hure" (aus: „Ehe und Begierlichkeit"). Nichts anderes schärft Johannes Paul II. den Katholiken ein: „Ehebruch mit der eigenen Frau betreibt, wer unnatürliche Verhütungsmethoden anwendet" (aus einer Rede vom 8. 10. 1980).

Augustinus trägt auch in besonderem Maße Schuld an der inferioren Rolle, welche die Frau nach wie vor in der Kirche und in katholischen Kreisen spielt. Ich muß allerdings zugeben, daß sich starke Belegstellen sowohl im Alten als auch im Neuen Testament finden. Es beginnt damit, daß die Frau ein sekundäres Geschöpf Gottes ist, aus einer Rippe Adams geformt. Dann erst kam Gottes Hauch hinzu. Auch daß Eva in der Schöpfungsgeschichte „Gehilfin" des Mannes genannt wird, trägt nicht gerade zu ihrem Prestige bei. Augustin präzisiert die Stellung Evas im Sinne einer weiteren Einschränkung: Sie sei als „Gehilfin bei der Fortpflanzung des Geschlechtes geschaffen" (XII. 24). An anderer Stelle ergänzt er: „Wozu wäre sonst die Frau dagewesen? Ihr Daseinsgrund ist Kindergebären. Zur Arbeit wäre ein Mann besser geeignet, desgleichen als Trost in der Einsamkeit. Auch in geistigen Dingen wäre die Frau dem Mann keine Hilfe gewesen." In

XIV. 11 nennt Augustinus die Frau einfach den „schwächeren Teil des Menschenpaares“. Punktum! Ich könnte noch genug Belegstellen anführen…

Moderator (will das Wort ergreifen).

Schmidt-Mommsen (fährt fort): Lassen Sie mich bitte ausreden, ich habe noch etwas auf Lager. Augustins Eheideal ist der „keusche Elefant“: Die Paare kommen nur alle zwei Jahre „im Verborgenen“ zusammen, um Nachkommenschaft zu zeugen. Wie schön! Auch der alttestamentarische Tobias gibt ein gutes Beispiel ab: Er wartet nach der Eheschließung drei Nächte, die sogenannten „Tobiasnächte“, ehe er den Beischlaf mit Sarah vollzieht. Dadurch will er Gott beweisen, daß er nicht aus Lust, sondern aus Gründen der Nachkommenschaft geheiratet hat.

Der Kardinal: Frau Professor, ich darf Sie wohl noch so nennen?

Schmidt-Mommsen (nickt):

Der Kardinal: Das, was Sie da über Ehe, Fortpflanzung und Sexualität gesagt haben, war *sehr* schlimm und hat mir in den Ohren und in der Seele wehgetan.

Kein Zweifel, Gott hat dem Mann sein *membrum virile* gegeben, aber nicht, damit er schrankenlos seine Lust befriedigen kann, sondern um damit in der Ehe Leben zu erzeugen. Alles andere ist großer Unfug. So lautet nun einmal die Lehre der Kirche.

Warum immer nur abschätzig über die Dinge, welche die Kirche lehrt, reden und schreiben? Ja freilich, es ist interessanter, wenn man kritisiert. Dann wird es gelesen, dann steigen die Auflagenziffern. Da ist immer von der *Konkubine* des Hl. Augustinus die Rede, als ob es nicht die spätere Bekehrung, den Verzicht auf Ehe und Familie, gegeben hätte. Augustinus wählte freiwillig die Askese, auch wenn ihm dieser Weg bei seinem Temperament nicht leicht gefallen ist. Jede Kritik an ihm muß verstummen, liest man die schönen Worte, die er für seine innigstgeliebte Mutter gefunden hat, die Hl. Monika, das christliche Vorbild der heiligmäßigen Gattin und Mutter, wohl auch Schwiegermutter. Ergreifend, zu Tränen rührend, das letzte nächtliche Gespräch, das Augustinus mit der Sterbenden in der Hafenstadt Ostia führt. Eine literarische Kostbarkeit, vermutlich vom Heiligen Geist inspiriert, in höchstem Maße von gläubiger Hingabe an die Mysterien Gottes getragen. Aber es ist nicht im geringsten obszön, dieses Gespräch, deswegen wird es nicht beachtet, wird sein Wert für diejenigen, die Familie, Eltern und Kinder haben, verkannt. Schade, liebe Frau Professor, daß Sie zu diesem Aspekt nicht Stellung genommen haben.

Schmidt-Mommsen: Die „Confessiones" sind ja nicht das Thema unserer Diskussion. Ich wüßte dazu allerdings eine Menge zu sagen. Die Liebe des Augustinus zu seiner Mutter war schön und lobenswert – aber hat nicht gerade Augustinus auf das schändlichste gegen die Mutterliebe verstoßen, indem er – angestiftet von seiner Mutter, seine Konkubine nach Nordafrika zurückschickte, um sich mit einer reichen Mailänder Erbtochter zu verloben. Er zwang somit seine langjährige Lebensgefährtin (deren Namen er nirgends nennt!), sich von ihrem Sohn zu trennen, raubte dem Sohn die Mutter. Wo bleibt denn da das von Ihnen so hochgehaltene und verherrlichte Prinzip der Mutterliebe? Gilt es etwa nur für die Beziehung Augustinus–Monika? Diese possessive Mutter, die mit ihrem Sohn noch herumzog, als dieser schon in der Mitte seines Lebens stand, verstärkte in Augustinus den widerwärtigen Dualismus von „Heiliger" und „Hure", welcher muttergeschädigte Männer zeitlebens ausgesetzt sind. Die Gefühle gehören der Mutter (der Reinen) – der Körper der Geliebten (Unreinen). Nachdem sich die Mutter mit dem Sohn nie vollkommen (also auch körperlich) vereinen kann) wird der unerreichbare Liebesakt eifersüchtig diskriminiert. Solche Mütter geben acht, daß die wunderbare

„Seelenpaarung“ zwischen ihnen und ihren Söhnen intakt bleibt und dulden bei ihren Söhnen nur Frauen, bei denen die seelische Umarmung wegfällt. Also „leichte“ Mädchen oder „gute Partien“! Ausgerechnet eine Frau zum Prototyp christlicher Mutterliebe und christlichen Familiensinnes zu erküren, die ihren Enkel so hartherzig von der Seite seiner Mutter riß, scheint mir absurd. Die Hl. Monika mag eine gute Christin gewesen sein, aber ein Vorbild an Mütterlichkeit ist sie für mich nicht!

Dr. Urban: Ich möchte nochmals auf die Gnadenlehre zurückkommen. Sie haben, Herr Dr. Neuhertz, in Ihrer Intervention den Eindruck vermittelt, der Kampf Augustins gegen Pelagius sei letzten Endes nicht durch die Kraft der Argumente, sondern durch das Einschreiten der Staatsgewalt entschieden worden. Ich würde meinen, daß der Pelagianismus keine Chance hatte zu bestehen. Augustinus hatte die größere Plausibilität für sich. Wer von uns, ich nehme weder Dr. Neuhertz noch mich aus, hätte nicht schon das Gefühl der eigenen Unzulänglichkeit und Insuffizienz gekannt? Wer erreicht schon alle seine Ziele? Wer muß nicht Abstriche von seinem Wollen in Kauf nehmen? Spätestens im Alter erfahren wir unsere Unzulänglichkeiten: Nachlassen der körperlichen und geistigen Fähigkeiten, Krankheiten, Depressionen, Tod… Der Mensch ist seiner Natur nach ein Wesen, welches scheitert. Das ist die Grunderfahrung unseres Daseins. Während die Pelagianer versuchten, sich darüber hinwegzusetzen, die Willentlichkeit des Menschen betonten, idealisierten, ja hymnisch überhöhten – sah es der Hl. Augustinus, wie es wirklich ist: Der Mensch ist schwach und klein, er ist defekt. Hoffnung, diesen defekten Zustand zu überwinden, kann ihm nur von oben zuteil werden, durch seinen Schöpfer, der ihn in seiner Hinfälligkeit und Schwäche nicht im Stich läßt, sondern seine Gnade über ihn ausgießt. Rein erfahrungsmäßig erscheint diese Lehre viel einsichtiger, ja geeignet, die

Nebel, die über Wollen und Nicht-Wollen, über Können und Nicht-Können, über Anspruch und Verwirklichung ausgebreitet sind, zu zerteilen. Diese Plausibilität, Herr Dr. Neuhertz, hat der Lehre des Hl. Augustinus zum Siege verholfen, der zu Hilfe geeilten Kohorten hätte es nicht bedurft. Auch erscheint die Vorstellung des Pelagius, es gebe zwei Stufen der Seligkeit, eine niedrigere, die man ohne Gnade, lediglich durch eigene Willensanstrengung, erreichen könne, und eine höhere, zu deren Erlangung die Gnade notwendig sei, zu weit hergeholt, unglaubwürdig, ja verstiegen. Im Grunde wollte diese These nur die von den Pelagianern an sich nicht bestrittene Lehre vom Opfertod Christi retten.
Dr. Neuhertz: Ich habe nicht die Absicht, mich in die kniffelige Frage der Gnade einzumischen. Sie führt zu immer neuen Widersprüchen und Fragen, auf die es keine Antworten gibt. Wie verträgt sich menschliche Freiheit mit göttlicher Allmacht und göttlichem Vorherwissen? Wie die Prädestination mit der menschlichen Verantwortung? Wie können Verantwortung mit Unfreiheit des Willens, mit Insuffizienz, *corruptio naturae* in Übereinstimmung gebracht werden, wie die *corruptio naturalis* mit der Schöpferrolle und der Gerechtigkeit Gottes? Ist der Ausguß der Gnade zufällig oder von Gott gelenkt, hat er gar Zwangscharakter? Alle diese Verträglichkeits-Fragen bleiben letztlich ungelöst, unser Dasein erscheint als Vollzug des Unvereinbaren. Darüber zu diskutieren bringt nicht viel. Ich komme daher wieder auf den Europelagianismus zurück. Wenn ich Sie, Herr Erzbischof, richtig verstanden habe, wollen Sie an Stelle eines pelagianischen Europa ein augustinisches setzen, an Stelle des Europelagianismus den *Euroaugustinismus*. Dann müßten Sie aber die Sklaverei wieder einführen, die Befehlsgewalt des Mannes über seine Ehefrau, die mittelalterliche Ausgrenzung der Nichtchristen. Die Abtreibungsgesetze müßten abgeschafft werden, und man würde in das Schlafzimmer jedes

Ehepaares einen Eurotugendwächter plazieren, der aufpaßt, daß die Zeugung der Nachkommenschaft lustlos geschieht. Aber im Ernst: Was Sie im Europelagianismus bekämpfen, ist letzten Endes der Liberalismus. Ihnen ist, ebenso wie dem Glaubenspräfekten Ratzinger, ein liberales Europa ein Dorn im Auge.

Schmidt-Mommsen: Unser junger Freund hier (wendet sich Dr. Urban zu) bescheinigt der Gnadenlehre des Augustinus, die von einem unvollkommenen, sündhaften Menschenbild ausgeht, das Gewicht der größeren Plausibilität. Nun, ich gebe Ihnen durchaus recht, was Augustinus selbst betrifft. Er stahl in seiner Jugend Birnen, hatte eine Konkubine und später noch eine zweite, pflegte Empfängnisverhütung und machte sich noch einer Reihe anderer Verfehlungen schuldig. Zu seiner Entlastung setzte er seine besondere Lehre von der erbsündengeschwächten Natur des Menschen in die Welt. Er schob alle Schuld, die er dann noch eine glückliche nannte, auf Adam und seine Verführerin.

Sein Gegner Pelagius bedurfte dieser Lehre nicht. Er stahl weder Birnen noch unterhielt er sündige Verhältnisse. Er war ein sittenreiner Mann. Augustinus hingegen brauchte ein Remedium, um seine Schuldkomplexe loszuwerden. Er suchte die Ursachen seines moralischen Versagens nicht bei sich selbst, sondern bei Stammvater Adam. Nach der Bekehrung kompensierte er sein schlechtes Gewissen wegen des Treuebruches an der Geliebten durch Verachtung der sexuellen Liebe. Seither betrachtete er alles, was mit der sogenannten Fleischeslust (ich kann dieses schreckliche Wort nur in Anführungszeichen aussprechen!) zusammenhängt, als Verirrung, als Verdunkelung des Geistes. Geschlechtlichkeit wird Augustins Feindbild Nr. 1. Die Kirche hat uns dieses Feindbild bis in unsere Tage hinein eingebleut.

Moderator: Trotzdem scheint mir das Menschenbild des Hl. Augustinus humaner als das des Pelagius. Nach Augustinus kann sich der gefallene Mensch mit Hilfe der Gnade immer wieder aufrichten, das ist ja an und für sich ein sehr tröstlicher Gedanke. Was aber blüht dem voluntaristischen Menschen des Pelagius, wenn er sich für das Böse entscheidet? Er fährt zur Hölle.

Andererseits würde ich doch einem pelagianischen Europa den Vorzug geben. Die derzeitigen „Macher" Europas wissen genau, daß die Bäume nicht in den Himmel wachsen, daß ihr Europa nicht vollkommen sein kann und immer verbesserungsbedürftig bleiben wird. In der Prädestinationslehre des Hl. Augustinus steckt ein Fatalismus, dessen Maxime – primitiv ausgedrückt – lautet: „Wie's kommt, ist's recht; mit diesem Fatalismus läßt sich für die Zukunft Europas nicht viel gewinnen.

Meine Damen und Herren! Soeben flammt das rote Warnlicht zum dritten Mal auf: Unsere Sendezeit ist zu Ende.

Wir konnten das vorgegebene Thema nicht in allen seinen Tiefen ausloten, haben uns aber bemüht, über wichtige Punkte Klarheit, wenn nicht auch Einverständnis, zu gewinnen. Ich danke für Ihr Engagement. Dem einen oder dem anderen ist das Temperament durchgegangen, andere haben durch ihre kühle Distanziertheit Eindruck gemacht. Auch das Schweigen war gelegentlich ein redlich gemeinter Einwand.

Zusammenfassend möchte ich sagen:

Die Diskussion um die Wirkung des Hl. Augustinus auf die Gegenwart wird noch lange nicht verstummen. Er ist großartig in seinen Widersprüchen, erhaben in seiner Intransigenz, sein Charakter läßt bisweilen dunkle Stellen erkennen. Auch er, der wortgewaltige, stilsichere und scharfblickende Kirchenvater, war nicht gefeit vor menschlicher Unzulänglichkeit.

XXVII. Kapitel,
in welchem Algerich versucht, den bisherigen Verlauf des Pontifikates zu analysieren.

Fortsetzung von Algerichs Manuskript:

Als Johannes Paul II. 1978 den päpstlichen Thron bestieg, machte er schlagartig Furore. Seine kraftvolle und männliche Erscheinung verdrängte fast augenblicklich das Bild des schüchtern lächelnden Kurzzeit-Papstes Luciano und stand in scharfem Kontrast zu dem zögerlichen Paul VI. und dem aristokratisch durchgestylten Pius XII.
Was erwartete man von ihm? Den Kirchenkurs Johannes' XXIII. fortzusetzen und gleichzeitig die postkonziliaren Wucherungen zu beschneiden, schien damals noch eine realistische Vorgabe. Vor allem aber dachte man, der neue Papst, der vierzig Jahre unter einem kommunistischen Regime gelebt hatte, würde die Bedürfnisse und Sorgen der Menschen besser verstehen als ein italienischer Schreibtisch-Kardinal.
Selbst die Römer, die doch gewiß abgebrüht waren – sie hatten Sarazenen, Normannen, den Sacco di Roma, Garibaldisten, Faschisten, Deutsche und Amerikaner überstanden – begegneten dem Papst mit Sympathie. Seinen Namen konnte man zwar schwer aussprechen, aber sein Italienisch war ganz in Ordnung. „Ich komme aus einem fernen Land“, hatte der Papst bei Antritt seines Amtes gesagt. Wie würde sich dieser Pole, der erste Slawe auf dem Stuhle Petri, zurechtfinden? Die Erwartungshaltung der „Herde“, aber auch der professio-

nellen Beobachter, der Journalisten und Diplomaten, war entsprechend groß.
Zunächst lief alles hervorragend. Ein erfolgreiches Pontifikat zeichnete sich ab. Der Papst machte „bella figura", er erwies sich als Meister der Kommunikation, der Präsentation. Seine zahlreichen Auftritte erweckten Beachtung und wohlwollendes Erstaunen in der nichtkatholischen Welt, blanke Begeisterung bei den Katholiken. Der Papst mit seinen hellen Augen, der mächtigen, gewölbten Stirn war so etwas wie eine messianische Lichtgestalt. Er verbreitete Sicherheit und fand klare Worte, an die man sich halten konnte.
So war die erste Phase des Pontifikates von Euphorie, wenn nicht von Triumphalismus, gekennzeichnet. Vor aller Augen demonstrierte der Hl. Vater, daß die Kirche wieder Tritt gefaßt hatte und nach wie vor zu den großen gestaltenden Kräften der Geschichte zählte. Ich zitiere in diesem Zusammenhang gerne meinen Freund Markowitsch: „Der Papst fiel über die Welt her wie ein Bulldozer. Er kümmerte sich um alles: von der Politik bis zum Kinderkriegen."
Man konstatierte einen neuen, volksnahen Stil. Der Wandel im äußeren Verhalten des Papstes, verglichen mit dem seiner Vorgänger, war in der Tat gewaltig, schockierend für die Traditionalisten. Die Mehrheit aber fand: Endlich ein Papst, der einen breiten Rücken hat, in unsere Zeit paßt und sich nicht hinter überholten Formen versteckt! Johannes Paul II. geriet dadurch sogar eine Zeitlang in den Geruch, ein „Linker" zu sein.
Sehr bald aber wurde offenkundig, daß der Papst autoritär regierte und in Fragen der Doktrin, der Moral und der Disziplin konservative Positionen bezog. Die Bischofssynode 1980, die Fragen der Ehe und der Familie gewidmet war, zeigte deutlich: Eine Anpassung an zeitgenössische Verhaltensweisen und -muster kam keineswegs in Frage. Der Ausspruch des damaligen Präsidenten der Synode, des Kardinals

Primatesta („La vita deve adattarsi alla dottrina" – „Das Leben muß sich an die Lehre anpassen") sollte das Pontifikat Johannes Pauls II. wie ein roter Faden durchziehen.
In der Folge vermeinte man einen Dualismus in Wojtylas Kirchenkurs zu erblicken: Er stehe „rechts" in Fragen des Glaubens, der Ethik und Disziplin, hingegen „links" im Bereich der Soziallehre. Progressive Kreise zeigten Befriedigung über Johannes Paul II. erste Enzyklika „Redemptor hominis" vom März 1979, in welcher der Papst die Konsumgesellschaft des Kapitalismus ebenso anprangerte wie den Kommunismus. „Laborem exercens" vom Oktober 1981 mit dem Grundsatz, die menschliche Arbeit gehe dem Kapital vor und dürfe nicht als bloße Kommerzware angesehen werden, geriet dann völlig in den Ruf einer „linken Enzyklika", was sie natürlich ebensowenig war wie die sechs Jahre später veröffentlichte Enzyklika „Sollicitudo rei socialis" – „Die soziale Sorge der Kirche". Univ.-Prof. Hajdanek begründet seinen Vorwurf, den Sozialenzykliken Pauls II. hafte eine gewisse „Linkslastigkeit" an, damit, daß die Nachdenkweise des Papstes über den „realen" Kapitalismus wenig differenziert sei. Zum Beispiel weise der Kapitalismus in den USA gegenüber der sozialen Marktwirtschaft in Westeuropa beachtliche Unterschiede auf. (Dazu Markowitsch polemisch überzeichnend: „Was der Wojtyla über den Kapitalismus weiß, stammt aus kommunistischen Nachschlagwerken."
Die Bischofssynode 1983 über *Versöhnung und Buße* erteilte der Generalabsolution eine klare Absage: Es bleibt bei der obligaten Ohrenbeichte. Hätte der Kirche etwas Flexibilität in dieser Frage geschadet? Das Einschwenken auf eine Fakultativlösung wäre den ökumenischen Bestrebungen zweifellos entgegengekommen.
Im Sommer 1984 gab Kardinal Ratzinger sein aufsehenerregendes Interview zu Brixen. Der Schlüsselsatz: „Die Restauration ist nicht nur wünschenswert, sondern bereits im

Gange", zunächst als „Ausrutscher" eingestuft oder bestenfalls als Versuchsballon angesehen, erwies sich im Lichte der weiteren Entwicklung als Kampfansage an den Reformkatholizismus, als Startsignal einer Art Gegenreformation. Ratzingers Aufforderung, die postkonziliare Krise zu beenden, zielte vor allem auf eine Wiederherstellung des Gehorsamschristentumes, auf eine unreflektierte Akzeptanz des Lehramtes der Kirche ab. Ratzingers Einstellung ist ganz vom Geist des Hl. Augustinus geprägt, der den ungeheuerlichen Satz wagt: „Ich würde dem Evangelium keinen Glauben schenken, wenn mich nicht die Autorität der katholischen Kirche dazu bewegte."

Obwohl der Papst noch im August 1985 (!) auf dem Flug nach Afrika vor den mitreisenden Journalisten erklärte, Kardinal Ratzinger habe lediglich seine persönliche Meinung geäußert, war die Tendenzwende, das heißt die Abkehr vom offenen Kirchenkurs Johannes' XXIII., längst eine beschlossene Sache. Johannes Paul II. beteuert zwar immer wieder, er stehe voll zu Vatikan II, aber seine Berufung auf die Konzilsdokumente ist so selektiv, daß praktisch das Gegenteil herauskommt. Von den Grundideen, dem „Geist des Konzils" (ein Ausdruck, den Kardinal Ratzinger vehement ablehnt), bleibt nicht mehr viel übrig. Der Papst nimmt nur das zur Kenntnis, was seinem konservativen Glaubensverständnis entspricht, das übrige fällt unter den Tisch. Man hat manchesmal den Eindruck, daß er den Positionen des Rebellenbischofs Lefebvre näher steht als dem Kirchenbild Johannes' XXIII.

Johannes Paul II. verlangt totale Zustimmung und Unterwerfung unter alle päpstlichen Aussagen (Bernhard Häring). Ein Beispiel: 1985 wagte es „Civiltà cattolicà", das von den Jesuiten herausgegebene „Weltanschauungs-Organ" des Hl. Stuhles, gegen den Infallibilismus, das heißt gegen eine überzogene, das eigene Denken zurückstellende Papsthörigkeit, anzuschreiben. Es sei nicht alles verbindlich und für ewige Zeiten gültig, was der Hl. Stuhl äußere. Überflüssige Anfragen solle man vermeiden, denn die Rolle des Lehramtes bestehe nicht darin, zu allem und jeglichem Stellung zu nehmen. Damit hatte „Civiltà cattolicà", nichts gegen das päpstliche Unfehlbarkeitsdogma als solches gesagt, auch nichts gegen allgemeine Orientierungshilfen, aber dennoch nahm Rom die Sache krumm. Der Chefredakteur der Zeitschrift, P. Bartolomeo Sorge, S. J., wurde seines Postens enthoben und in die Verbannung nach Sizilien geschickt.

Hat der Papst die interne Auseinandersetzung um den zukünftigen Weg der Kirche bereits gewonnen? Die außerordentliche Weltbischofssynode von 1985 brachte keine definitive Entscheidung. Weder die konservativen, von der Kurie massiv unterstützten Kräfte, noch die Anhänger eines offenen Kirchenkurses konnten sich damals durchsetzen. An dieser Pattstellung dürfte sich bis heute nichts geändert haben. Viele Geistliche, auch in den oberen Rängen der Hierarchie, stehen nach wie vor zur Linie Johannes' XXIII. und lehnen eine Rückkehr in vorkonziliare Zeiten entschieden ab. Ihre Position gestaltet sich allerdings immer schwieriger.

Johannes Paul II. wird in die Geschichte des Papsttumes sicherlich als großer missionarischer Weltreisender eingehen. Ein zweiter Heiliger Paulus! Dennoch begann Mitte der Achtzigerjahre das Interesse an seinen „Ausfahrten" abzuflauen. Nach den anfänglichen Triumphen des „Geschäftsreisenden in Sachen Glauben" ließ die Begeisterung der Massen nach, aber auch das Wohlwollen der Regierenden. Nicht immer sagte der „Eilige Vater" Angenehmes und Bequemes: Seine moralischen Standpauken in Fragen von Ehe, Sex und Familie störten die einen, seine Aufrufe zur Einhaltung der Menschenrechte und sozialer Gerechtigkeit irritierten die anderen. Die „Rentabilität" der Reisen wurde in Zweifel gezogen: Standen die oft außerordentlich hohen Kosten in einem vernünftigen Verhältnis zu den erzielbaren Resultaten? Es ist selbstverständlich unmöglich, darauf eine befriedigende Antwort zu geben.

Die Reise nach Holland 1985 brachte den ersten eklatanten Mißerfolg. Es war bezeichnend, daß der katholische Ministerpräsident den Hl. Vater als „Bischof von Rom" begrüßte, als wollte er sagen: „Als Papst bist du hier nicht gefragt!" Bei einer Begegnung mit der Jugend sah sich der Papst durch aggressive Fragen herausgefordert – kein einziges heißes Thema blieb ihm erspart. Rückblickend kann man vielleicht sagen, daß manche Entgleisungen, Übertriebenheiten und der Radikalismus holländischer „Reformkatholiken" dazu beigetragen haben, bei Johannes Paul II. die Überzeugung zu festigen, in der Kirche müsse die strenge, aber bewährte alte Ordnung wiederhergestellt werden.

Gerade die Italiener fanden immer weniger Gefallen an der ständigen Herumreiserei des Papstes. „Sein Platz ist schließlich im Vatikan und nicht im Flugzeug!" meinten die Römer, die bei all ihrer Skepsis und Laizität doch stolz darauf waren, daß „ihre" Stadt den Stuhl Petri beherbergte.

Auch breitete sich das Gefühl aus, der Papst verstünde von den Problemen der einzelnen Länder doch weniger, als er vorgebe. „Er sieht alles durch seine polnische Brille", hieß es, „da mag er noch so viele Reisen machen und Besucher empfangen." Man fand weiters, daß er zu wenig zuhöre: „Er liest nur seine vorbereiteten Texte herunter!"

Vielleicht war der Hl. Vater wirklich nicht gut beraten, die Sequenz seiner Auslandsreisen derart in die Höhe zu treiben. Mitte der Neunzigerjahre wird man an die sechzig Besuchstouren zählen. Zum x-ten Mal den Boden eines Flughafens geküßt, da den Federschmuck der Wapiti-Indianer aufgesetzt, dort das Muschelkollier der Fidschi-Insulaner umgehängt, stumpft auf Dauer ab. Immer wieder abgewandelt, verlieren die Worte ihr Gewicht; selbst die stärksten Bilder verblassen, ihre Botschaft kommt nur mehr verschwommen über die Rampe.

So geriet der Hl. Vater schließlich auch den Journalisten zur Verlegenheit. Es wurde zusehends schwieriger, Johannes Paul II. in die Schlagzeilen zu bringen. Er sagt nichts Neues, klagten sie, die Reden wiederholen sich. Sein Repertoire ist erschöpft. Der Hl. Vater in Spanien? Zum dritten oder vierten Mal? Das mag die Spanier freuen, sie sehen ihn halt gern, aber uns ist es eigentlich ziemlich egal. Bestenfalls horchen die Leute noch auf, wenn Johannes Paul II. irgendeinen exotischen Inselstaat besucht, von dem man bisher gar nichts gewußt hat. Aber was macht der Papst dort eigentlich? Will er evangelisieren? Zahlt sich das überhaupt aus bei den paar tausend Einwohnern? Oder sind die sowieso schon katholisch? Man stellt nicht einmal mehr die Frage nach den Reisekosten.

Im Grunde genommen waren es nie zündende Parolen, die der Papst verkündete. Das Besondere lag in dem Umstand, daß er die Menschen in ihrer Heimat aufsuchte und ihnen dort, als ein *Hl. Paulus redivivus*, das Christentum einleuchtend zu machen versuchte. Im Banne der Persönlichkeit des Papstes, seines Charismas und seiner rhapsodischen Stimme wurden die Massen mitgerissen.

Johannes Paul II. gab Hoffnung, und seine Ermahnungen wurden angenommen.

Später erging es den Leuten wie im Märchen von des Königs neuen Kleidern. Der Papst sagte nichts, was ein x-beliebiger Pfarrer oder Katechet nicht auch gesagt haben könnte. Johannes Paul sagte es nur ernster und strenger: in der Fassung der Glaubenskongregation. In den Jahren 1989/90, als der Kommunismus in Osteuropa zusammenbrach, stand Johannes Paul II. auf dem Gipfel seines internationalen Prestiges. Viele schrieben ihm zu, diese welthistorische Wende bewirkt oder zumindest gefördert zu haben. Man sah in ihm den personifizierten Sieg des Glaubens über den Unglauben.

Ex-Präsident Gorbatschow, Kronzeuge der Entwicklung, hat sich dazu wie folgt geäußert: „Alles, was in diesen letzten Jahren in Osteuropa geschah, wäre ohne die Gegenwart dieses Papstes nicht möglich gewesen, ohne die große, auch politische Rolle, die er auf der Weltbühne zu spielen verstand" („La Stampa", Turin, 3. März 1992).
Der Papst selbst gibt sich bescheidener: Er danke der Jungfrau von Fatima, die Völker Osteuropas in die Freiheit geführt zu haben (Johannes Paul II. am 12. Mai 1991 in Fatima, Portugal).
Ein anderes Mal meint er sinngemäß, ein Regime, das Gott leugne, könne sich auf Dauer nicht halten.
Sei's drum! Wir dürfen annehmen, daß es nicht nur Glaubensnotstand und Religionsverfolgung waren, welche die Menschen hinter dem Eisernen Vorhang bewogen haben, sich des verhaßten, unfähigen Regimes zu entledigen. Sicherlich spielte auch der Wunsch nach einem besseren Leben hier und heute, nicht erst in der übernächsten Generation oder im Jenseits, eine Rolle. Zu sagen, Glaube und Gebet allein hätten die Wende herbeigeführt, erschiene übertrieben. In Prag zum Beispiel ist die „sanfte Revolution" sicher nicht mit dem Blick auf Gott gemacht worden.
Vergessen wir auch nicht den Beitrag des Westens, der sich einer Ausweitung des kommunistischen Macht- und Einflußbereiches entschlossen entgegengestellt und größte Anstrengungen entfaltet hat, um die Sowjetunion in Schach zu halten und schließlich zu Fall zu bringen.
Zusammenfassend wird man sagen können: Die Religion hat sich im Kampf um die Seelen der Menschen stärker erwiesen als der staatliche Atheismus. Der Zusammenbruch des Kommunismus kennt viele Väter, die Person des Papstes ragt daraus dervor.
Erstaunlicherweise verflachte die Popularitätskurve des Hl. Vaters im Augenblick seines größten Triumphes. Johannes

Paul II. erweckt nicht mehr das gleiche Interesse wie früher. Zeigt die ständige Kritik gewisser Kreise („das Trommelfeuer der Linken", so ein besonders papsttreuer Monsignore) allmählich Wirkung? Geht es ihm wie dem Mohren, der seine Schuldigkeit getan hat? In dem Maß, in welchem seine politische Rolle schrumpft, sucht der Wojtyla-Papst seine kirchliche Lehrautorität zur Geltung zu bringen. Die Rigorosität seiner Ansichten, Einmahnungen und Belehrungen stößt allerdings zusehends auf Widerspruch und verringert seine Akzeptanz. (Eine Jugend, welcher der voreheliche Geschlechtsverkehr zur Selbstverständlichkeit geworden ist, kann mit den Keuschheitsappellen Wojtylas nichts anfangen). Ohne Zweifel wirken sich aber auch die „normalen Abnützungserscheinungen" aus, denen jeder, der längere Zeit im Scheinwerferlicht der Öffentlichkeit steht, früher oder später unterliegt. Auch Pius XII. und Paul VI. wußten ein Lied davon zu singen; gegen Ende ihres Pontifikates wirkten sie freudlos, niedergedrückt und ausgebrannt.

Rien ne va plus – über diese Erkenntnis wird man bei einer Analyse der frühen Neunzigerjahre des Pontifikates nicht herumkommen.

Die vom Hl. Vater propagierte „Neuevangelisierung" des europäischen Kontinents ist über die Anfangsschwierigkeiten nicht hinausgekommen.

Abgesehen davon, daß ein klares operatives Konzept fehlte, traten sehr bald die Rivalitäten der Großkirchen auf den Plan. Protestanten und Orthodoxe verübelten es den Katholiken, die Idee der Neuevangelisierung allein auf ihre Fahne heften zu wollen. Die Orthodoxen kamen mit dem alten Vorwurf, Rom betreibe Proselytismus, „wildere in fremden Gärten"; man brauche weder Rat noch Belehrung, habe man doch siebzig Jahre staatlichen Atheismus' überdauert. Ungeschicklichkeiten der vatikanischen Diplomatie haben die Situation nicht verbessert. Die Basis für ein gemeinsames Wirken ist schmal. Der Glaube, heißt es, versetze Berge; manchmal aber reißt er noch heute Gräben auf, die unüberbrückbar scheinen.

Alles in allem war das religiöse Potential in den vom Kommunismus befreiten Ländern doch weniger stark, als der Papst erwartet haben mochte. Die vielen Jahrzehnte kommunistischer Herrschaft waren nicht ohne Einfluß geblieben, man konnte nicht einfach am *status quo ante* anknüpfen. Schon vor Jahren hatte der Papst vom „gemeinsamen christlichen Wurzelgrund Europas" gesprochen, aber es fragte sich jetzt, ob dieser Wurzelgrund den Völkern überhaupt noch etwas bedeutete.

Die spirituelle Erneuerung in Osteuropa ist bisher ausgeblieben, von dem erhofften Überschwappen auf den Westen ganz zu schweigen. Manche glauben sogar, die Glaubens- und Kirchenkrise des Westens greife auf den „östlichen Lungenflügel Europas", um einen Ausdruck Johannes Pauls II. zu gebrauchen, über.

Die Hoffnung, der Ökumenismus, ein Hauptanliegen des Zweiten Vatikanums, werde zu einer Verbesserung der Beziehungen zwischen den Kirchen Osteuropas beitragen, hat sich bisher nicht erfüllt. Der zwischenkirchliche Dialog ist trotz aller gegenteiligen Beteuerungen ins Stocken geraten. Johannes Paul II. schraubt die Bedingungen zusehends höher, so daß der Eindruck entsteht, Rom sei an einer Zusammenführung der getrennten Kirchen nur insoferne interessiert, als sie unter katholischen Vorzeichen erfolgt. Gestützt auf Ratzingers geschickte Auslegungstechnik, pflastert der Papst den Weg der Verständigung immer wieder mit neuen Hindernissen, statt „konstruktive Grauzonen" beizubehalten oder zu erweitern. Die doktrinären und sonstigen Besonderheiten der römisch-katholischen Kirche werden in den Dokumenten der Kurie mit großer Akribie „herauspräpariert" und vom Papst in Predigten und Ansprachen betont. Das gegenwärtige Pontifikat kann geradezu als *Ausgrenzungs-Pontifikat* gelten. Daß Johannes Paul II. eine Lockerung des Pflichtzölibats ablehnt, die Frauen wieder in die Kinder-Küchen-Ecke zurückstellen möchte und bei jeder Gelegenheit geradezu herausfordernd seine Lehrtätigkeit betont, läuft naturgemäß den ökumenischen Bestrebungen zuwider. Viele Protestanten stoßen sich an der ihrer Meinung nach übertriebenen Verehrung für die Hl. Maria („Marienkult"). Nach dem mißglückten Attentat auf dem Petersplatz ließ Johannes Paul II. an der Außenwand des Vatikanpalastes ein großformatiges Mosaikbild der Muttergottes anbringen und die Kugel, die ihn fast getötet hätte, dort einmauern. Dazu sagte mir ein protestantischer Geistlicher: „Aber das ist doch reinster Aberglaube! Die Mörderkugel als Amulett!"

Am 15. Juli 1992 veröffentlichte die Glaubenskongregation das Dokument „Über einige Aspekte der Kirche als Communio", das die französische Zeitung „Le Monde", in kirchlichen Fragen durchaus bewandert und objektiv, ohne Umschweife als „kalte Dusche für den Ökumenismus" bezeichnete. Kardinal Ratzinger habe dem ökumenischen Dialog „neue Grenzen gesetzt". Tatsächlich muß Ratzingers Betonen des päpstlichen Primats und der Universalität der Katholischen Kirche als Querschuß gegen die Zusammenführungs-Bestrebungen gewertet werden.

Wenn man die Prälaten der Kurie auf den Ökumenismus anspricht, setzen die meisten eine bekümmerte Miene auf. Ja, leider, es gehe nichts weiter, die Katholiken seien zwar voll des guten Willens und auch die Protestanten, Orthodoxen usw. redeten verständnisvoll, klug und weise; Theologenberatungen, Komiteesitzungen, Symposien und dergleichen gebe es in Hülle und Fülle, doch sei die andere Seite nicht um die Burg dazu zu bewegen, in entscheidenden Punkten nachzugeben. Schade, wirklich sehr schade! Man werde sich mit Geduld (frommer Augenaufschlag) wappnen müssen…

In Wirklichkeit wissen die Monsignori genau, daß die Ökumene unter Papst Johannes Paul II. tot ist. Es haben sich jene Kreise durchgesetzt, welche die Wiedervereinigung der getrennten Kirchen für eine versponnene Idee des für etwas einfältig empfundenen Johannes XXIII. halten.
Man kann natürlich die Frage aufwerfen, wozu die ökumenischen Einigungsbestrebungen überhaupt gut sind. Vielleicht ist das Bestehen getrennter Kirchen gar nicht so etwas Furchtbares. Kommt es nicht vielmehr darauf an, daß sich der einzelne in „seiner“ Kirche wohl fühlt? Sitzen wir nicht alle in demselben Zug, der auf die Ewigkeit – im christlichen Sinn auf das Reich Gottes – zubraust, aber eben in getrennten Coupés?
Gibt es überhaupt ein Zurück zum „Urknall“ Jesu Christi? Ich erinnere mich eines Gesprächs, das ich mit dem serbisch-orthodoxen Patriarchen in Belgrad führte – zu einer Zeit, da das 2. Vatikanische Konzil schon im Gang war und der ökumenische Gedanke bereits Fuß gefaßt hatte.
Der Patriarch sagte mir damals: „Das Christentum ist ein Baum mit vielen Verzweigungen. Wir haben uns geteilt in zahlreiche Kirchen, aber wir besitzen noch immer einen gemeinsamen Stamm und gemeinsame Wurzeln. Nur zusammenwachsen werden wir nie wieder.“
Sein römisch-katholisches Pendant, dem ich die Geschichte erzählte, war wenig angetan von dem Bild des Patriarchen. „Bei Gott“, versetzte er, „ist alles möglich.“ Heute, da so viele Jahre vergangen sind, meine auch ich, daß das Zusammenwachsen möglich ist, aber es liegt in weiter Ferne, in der Unendlichkeit Gottes, wo sich alle Linien treffen.
Daß die guten Jahre des Pontifikates vorbei sind, wird auch kirchlicherseits offen zugegeben.
Dieser Tage fiel mir eine Broschüre der „Legio Mariae“ in die Hände. Darin werden die Gläubigen aufgefordert, besonders inständig zur Heiligen Muttergottes zu beten und nach

Maria Roggendorf zu pilgern, um noch schwereres Unrecht vom Hl. Vater abzuwenden. Man liest wörtlich:
„Kaum ein Papst wurde von den Medien zu Beginn seiner Amtszeit so umjubelt wie der jetzige... Eigenartigerweise wandelte sich die Freundlichkeit der Medien in Feindseligkeit und Ablehnung... Zuerst Jubel, Hosianna, Halleluja – kurze Zeit später aber – ans Kreuz mit ihm!“
Für den Ansehensverlust des Papstes werden also die Medien verantwortlich gemacht.
Ich glaube nicht, daß man es sich so einfach machen darf. Unter Johannes XXIII. und zur Konzilszeit genossen Papsttum und Kirche höchsten Respekt, wenn man von gelegentlichen Scharfmachereien der Kommunisten absieht. Es herrschte Burgfriede, ja eine gewisse Sympathie in den Beziehungen zwischen Kirche und den „Klugen dieser Welt“; das Bestreben, zum allgemeinen Besten zusammenzuarbeiten, war unverkennbar.
Die Kirche Johannes Pauls II. versagt sich solche Möglichkeiten. Sie vergißt dabei, daß es einen Unterschied macht, ob man die „Zeichen der Zeit“ einfach ignoriert oder sich mit ihnen auseinandersetzt. Die Verdrängung (an Stelle der Bewältigung) des Zeitgeistes kann nur in die Neurose führen. Darüberhinaus besteht die Gefahr, daß ein Teil der Gläubigen, dem Inkonditionalismus des Papstes verfallend, in ein elitäres Abseits gedrängt wird, wo eine überhebliche, den Dialog meidende Niemand-ist-so-gut-wie-wir-Mentalität, der bereits sektiererische Züge anhaften, um sich greift...
In den Staaten mit fortgeschrittenem Wohlstandsniveau setzt sich weltweit der Liberalismus durch. (Sollte eine Definition des Liberalismus gewünscht werden, würde ich vorschlagen: Der Liberale ist ein Mensch, der nicht erwartet, von Religionen oder Ideologien Antworten auf sämtliche Fragen seines Lebens zu erhalten). Selbst der Kommunismus ist dem liberalen Zeitgeist erlegen; er hat vielleicht noch nicht aufgege-

ben, seine geschichtliche Rolle ist vielleicht noch nicht ausgespielt, aber er hat sich gewandelt, er akzeptiert eine pluralistische Gesellschaftsordnung.

Was aber tut Johannes Paul II.? Er bekämpft den Liberalismus, als stünden wir in der Ära Pius' IX. Eine seiner schwer verständlichen Ideen ist es, mittels des Opus Dei, einer Art katholischer Freimaurerbewegung, den bürgerlichen, liberalen Staat zu unterwandern, indem Opus Dei-Leute an die politischen, wirtschaftlichen und medialen Schaltstellen gebracht werden. Gleichzeitig ist buchstäblich vor seinen Augen die Christdemokratische Partei Italiens zerbrochen, aber nicht unter den Schlägen der Opposition, sondern als Folge ihrer eigenen Verderbtheit. Giulio Andreotti, jahrzehntelang engster Vertrauter der Päpste und der Kurie, der in den Zimmern und Vorzimmern des Vatikanpalastes aus und ein ging, kämpft um Kopf und Kragen gegen die Vorwürfe, es mit der Mafia gehalten zu haben. Welch ein Debakel! Mit den kommunistischen Regimen des Ostens ging auch dieser vermeintliche „Retter des christlichen Abendlandes" unter.

Daß der Papst versucht, die weltweite Einheit der Kirche zu wahren, ist sein gutes Recht, ja seine Pflicht. Aber er betreibt in Wirklichkeit Gleichmacherei. Einseitige Bischofsernennungen, Berufsverbote für aufsässige Theologen, das Prokrustesbett eines allgemein verbindlichen Weltkatechismus, ständig neue, „verfeinerte" Lehraussagen, deren Begründung oft keiner mehr versteht, sind sein Instrumentarium. Nur geht die Rechnung nicht auf: Die umstrittenen Bischofsernennungen tragen natürlich in keiner Weise zur Einheit bei, sondern zur Polarisierung; die gemaßregelten Theologen lassen sich natürlich nicht den Mund verbieten, sondern treten die Flucht nach vorne – in die Medien – an; uneinsichtige Lehrsätze werden ignoriert.

Das Verhalten des Papstes ist in vielen Bereichen, gerade wenn man von seiner Interessenlage ausgeht, kontraproduk-

tiv. Johannes Paul II. hat mit seiner Gleichschaltungspolitik eine Lawine von Widersprüchen ausgelöst. Gerade indem er gegen den Pluralismus wettert, provoziert er abweichende Meinungen; gerade weil er auf seinen Lehraussagen beharrt, fördert er eigenwillige Interpretationen. Früher dachte man über das, was man aus Kindertagen über die Religion wußte, nicht weiter nach. Der Glaube wurde unreflektiert übernommen. Man beherrschte den Schülerkatechismus und die Grundgebete. Ob man ein Knabe war oder ein Greis, der liebe Gott blieb immer derselbe: ein alter Herr, der einen Vollbart trägt und mild aus den Wolken herabblickt. Heute fragen sich diejenigen, die „Humanae vitae" als kapitalen Irrtum des päpstlichen Lehramtes ansehen, was denn von anderen Glaubenssätzen zu halten sei, etwa vom Sturz der Engel oder von der leiblichen Aufnahme Marias in den Himmel.
So besehen, hat Johannes Paul II. einen großen Nachdenkprozeß, ein Bewegtwerden der Menschen von religiösen Fragen in Gang gebracht, wenn auch sicherlich gegen seinen Willen und seine Absichten, denn für ihn soll der Glaube vor allem Gewißheit bieten und nicht in eine von Zweifeln geplagte Erkenntnissuche, ja Erkenntnissucht, ausarten.
Die Katholische Kirche lehrt uns, Religion sei kein Selbstbedienungsladen, wo die Beliebigkeit des Konsumenten herrscht, der sich aussucht, was ihm paßt, während er das nicht genehme Angebot beiseite schiebt. Der Wiener Pastoraltheologe Paul M. Zulehner spricht in diesem Zusammenhang von „Auswahlchristentum". Ist dieser Eklektizismus wirklich so schlimm? Die religiösen Bedürfnisse der einzelnen Menschen sind doch sehr verschieden. Sicherlich untertreibt der Auswahlchrist, der vom kirchlichen „Angebot" lediglich Taufe, Eheschließung und eine „schöne Leich'" in Anspruch nimmt, aber gibt es nicht auch ein übertriebenes katholisches „Getue", das verstimmt, weil es den Glauben zu einem Demonstrationsobjekt herabwürdigt? Gerhard Schmied fragt in

seinem Büchlein „Kirche oder Sekte?“, ob Religion nicht stets Auswahl bedeute. Und er meint: „Niemand kann schon die verschiedenen, oft nicht vereinbarlichen biblischen Standpunkte gleichzeitig realisieren.“ (Wie verhält sich zum Beispiel der Satz: „Gebt Gott, was Gottes ist, und dem Kaiser, was des Kaisers ist!“ zu dem Gebot: „Du sollst Gott mehr gehorchen als den Menschen“?)
Zu bedenken ist, daß der Hl. Vater kein Thema ausläßt, wenn er durch die Lande reist. Er schöpft aus dem Fundus der französischen Revolution, wenn er die Einhaltung der Menschenrechte, der Glaubens- und Gewissensfreiheit fordert; er macht Anleihen bei Karl Marx, wenn er die Ausbeutung der Armen und Entrechteten geißelt; er nimmt das Engagement der Linken für die Anliegen der Dritten Welt in seine Dienste und ist auch bereits auf den ökologischen Zug der Grünen („Rettet den brasilianischen Regenwald!“) aufgesprungen. Nichts von diesen Ideen ist hinter den Mauern des Vatikan „erfunden“ worden. Es stimmt wohl bis zu einem gewissen Grad, wenn behauptet wird, die Kirche schmücke sich mit fremden Federn und laufe dem Zeitgeist hinterher.
Als der Papst nach seiner im Frühjahr 1992 erfolgten schweren Darmoperation zum ersten Mal wieder an der Öffentlichkeit erschien, wirkte er müde und erschöpft. Tiefe Falten durchfurchten sein Gesicht. Man sah ihm an, daß es ihn große Anstrengungen kostete, seinen Alltagsverpflichtungen nachzukommen.
Seither scheint der große, atemberaubende Schwung des Pontifikates dahin, der Bann der Unwiderstehlichkeit gebrochen. Selbst die getreuesten unter den Mitarbeitern des Papstes zucken nur vielsagend die Achseln, wenn man sie fragt: „Was ist los mit Seiner Heiligkeit?“ Meine linksliberalen Journalisten-Kollegen sprechen offen von einer Phase des Niedergangs. Andere, freundlich-bemüht und wohlgesinnt, wenn auch nicht unkritisch, räumen zwar ein, daß das Ponti-

fikat stagniere, meinen aber, Johannes Paul II. sei eben durch die Erkrankung nachdenklicher und weniger apodiktisch, vielleicht auch weniger „himmelstürmerisch“ geworden. „Es ist ein Schwebezustand“, deutete einer meiner Vertrauten die Situation; „der Hl. Vater versucht, möglicherweise zum ersten Mal in seinem Leben, zu verstehen, was der Herrgott von ihm will.“
Wieder einmal scheiden sich die Geister an der Person von Papa Wojtyla.

Soweit Algerichs Manuskript. Handschriftlich und mit Bleistift hatte er hinzugefügt: Stand Mitte 1992.

XXVIII. Kapitel,
welches von einem Treffen im „Zwölf-Apostelkeller“ handelt.

Herbst 1992.
Der Ober des „Zwölf-Apostelkellers“ hatte für Markowitsch und seinen polnischen Freund eine gemütliche Ecke im hinteren Teil des Lokals reserviert. Die Kerze über der angetropften Flasche, die in einem Bastgeflecht steckte, flackerte; leichte Zugluft, mit Modergeruch vermischt, war zu spüren.
„Während seines Aufenthaltes in Wien, es muß 1957 oder 1958 gewesen sein, saß Reinhold Schneider oft an diesem Tisch“, begann Markowitsch. „Von seinem Quartier bis hierher waren es nur ein paar Gehminuten. Der Dichter ist kurz nach seiner Rückkehr ins Breisgauische, ins Vorderösterreichische also, gestorben, hat aber sein Manuskript, das dann unter dem Titel ‚Winter in Wien‘ erschienen ist, noch fertiggestellt. Mein Freund Algerich meint, Reinhold Schneider habe in Wahrheit Wien nie mehr verlassen, er sitze noch heute hier an seinem Platz im ‚Zwölf-Apostelkeller‘, ein Glas Wein vor sich. Na, ich weiß nicht recht. Meines Erachtens paßt der Dichter eher in die Kapuzinergruft zu den Kaisern des Heiligen Römischen Reiches als zu den teilweise recht lockeren Gestalten, die sich hier herumtreiben.
Reinhold Schneider gab den Menschen in den dunkelsten, schwersten Tagen des Krieges Zuspruch und Hoffnung. Die Leute sagten: Freiburg kann nicht zerstört werden, weil der Reinhold Schneider unter uns lebt! Nach dem Krieg hat sich

sein Leben verdüstert. Aber vielleicht war er schon immer ein religiöser Melancholiker gewesen. Er war ja umfassend gebildet, und Bildung macht traurig. ‚Wenn ich weinen will, weine ich nicht, und manchmal weine ich, ohne zu wollen', zitiert er einen spanischen Autor, in der Originalsprache natürlich. Ich wandle den Ausspruch ab: Dort, wo wir über das Christentum weinen sollten, tun wir es nicht, aber wir brechen in Tränen aus, wenn es keinen Grund dafür gibt. Die Leute weinen über den Papst Wojtyla, jetzt, da er alt und krank ist. Ich habe geweint, als er umjubelt wurde, auf der Höhe seines Ruhmes stand, bei den Mächtigen dieser Welt aus und ein ging und ihnen die Leviten las. Da hab' ich geweint, weil er mir von Anfang an als Katastrophenpapst erschienen ist. – Einen Liter Veltliner!" sagte Markowitsch zum Ober. „Du trinkst doch Weißwein?"

„Ich liebe ihn", antwortete der Pole, dann zog er das Gespräch an sich.

„Also weißt du, der Papa Wojtyla macht mir weniger Kummer als meine Landsleute. Die Polen sind eine Mischung aus katholischen Normalverbrauchern und Chaoten…"

„Paßt irgendwie zusammen!"

„So, meinst du wirklich? Es trifft nur nicht auf den Karol zu. Der hat genau in seinem Dickschädel, was er will. Es ist nur manchmal das Falsche!"

„Er kann doch nichts dafür, daß es mit der Kirche Polens bergab geht."

„Der Glemp, in allen Ehren, auch nicht! Glaub' mir, auch der Karol hätte das… (er suchte nach einem Wort) … das Ausrinnen des Glaubens in meinem Land nicht verhindern können. Wie werden einfach vom Konsumdenken des Westens überrollt. Andererseits bietet uns die Kirche nur alte Hüte aus der Zwischenkriegszeit an!"

Der Ober stellte einen Weinkrug auf den Tisch, Markowitsch schenkte ein und prostete dem Freund zu:

„Sagt ihr noch immer ‚Servus' in Polen?"
„Klar, in Krakau; in Warschau weniger und in Wroclaw gar nicht."
„Also dann: Servus!"
Beide nahmen einen kräftigen Schluck. Markowitsch fuhr fort:
„Du meinst also, das Konsumdenken ruiniert euch?"
„Dafür sorgen schon die ehemaligen Kommunisten. Sie führen sich auf wie die ärgsten Kapitalisten, gehen über Leichen. Aber man muß zugeben, daß auch die Kirche Fehler macht. Sie kriecht zurück."
„Vor das Konzil?"
„Was heißt vor das Konzil – in die verdammte Zwischenkriegszeit! Deswegen haben die Exkommunisten leichtes Spiel: Sie geben sich als die wahren Liberalen aus!"
„Als Liberale?"
„Ja. Die Abtreibung wird freigegeben, und man schaut niemanden schief an, weil er nicht die Sonntagsmesse besucht. Das Kreuz in den Schulen lassen sie ruhig hängen, aber die Kinder werden nicht mehr mit Beichtzetteln traktiert, außer in den Klosterschulen natürlich. Der Papa Wojtyla schwebt in den Wolken, befindet sich schon in Mondnähe!"
Er leerte sein Glas in einem Zug, das Markowitsch schnell wieder nachfüllte. „Der Karol will eine vom Christentum durchatmete Gesellschaft, eine Gesellschaft, deren Blutkreislauf christlich (soll heißen: katholisch) ist. Das halte ich im Prinzip für eine gute Idee. Der Karol möchte aber eine Vatergesellschaft, verstehst du, eine hierarchische Gesellschaft, mit Leithammeln. Von Gottvater an geht es abwärts: Hl. Vater, Landesvater, Beichtvater, Familienvater, Herbergsvater usw. Alle sind miteinander verbunden durch den Gehorsam. Ein feudales System, ein katholischer Lehensstaat! Papa Wojtyla wünscht nicht gerade eine klerikale Ordnung (Priester gehören für ihn in den Beichtstuhl und nicht in die Politik,

im Beichtstuhl sind sie nützlicher als im Parlament), aber die Kirche soll im Land den Ton angeben: Das hohe C in allen Lebenslagen. “

Er trank aus, Markowitsch schenkte ein. „Aber es gibt kein Zurück in die Dreißigerjahre, in die Ära Pilsudski, seit damals ist zu viel passiert. Die Leute wollen endlich atmen, die Freiheit spüren. Sie wehren sich gegen den permanenten Zugriff, sei es der Partei, sei es der Kirche. Der Pfarrer als Beichtvater-Berater, als *social leader*, diese Zeit ist vorbei. Früher, vor dem Krieg, wußte der Pfarrer über alles Bescheid im Dorf und man tat, was er sagte: Wann es am besten wäre, mit der Aussaat zu beginnen, in welches Kloster man die jüngste Tochter schicken sollte usw. Die Kapläne organisierten Fußballwettkämpfe und Beskidenwanderungen, um die Jugend von körperlichen Begierden abzulenken. Jeder schaute jedem auf die Finger, damit nichts Unziemliches geschähe. Die gesellschaftlichen Zwänge wurden von der Kanzel aus überwacht. Das alles wollen die Menschen nicht mehr, sie wollen keine Beichtiger-Republik. Die Kirche muß herunter vom hohen Roß. Wojtyla weigert sich, das einzusehen. Er verlangt von uns Politikern, daß wir mit dem Kopf gegen die Leute rennen, in der Abtreibungsfrage zum Beispiel. Aber ich sage dir“, der Pole bohrte seinen Zeigefinger in Markowitsch' Gilet, „wenn die Leute nicht freiwillig folgen, das heißt aus Überzeugung, nützen auch die schärfsten Gesetze und Strafen nichts. Die Kirche ist drauf und dran, ihren Einfluß auf die Massen zu verlieren, weil sie von ihren überzogenen Forderungen nicht Abstand nimmt. Viele wenden sich ab, gehen auf Distanz. Weißt du, was man einmal bei einer Wahlversammlung zu mir sagte: ‚Früher hatten wir rote Kommissare; sie wurden durch schwarze ersetzt, die uns sogar unter die Bettdecke schauen!‘ “

Nachdem Markowitsch einen weiteren Liter Veltliner bestellt hatte, erkundigte er sich: „Und wie war's in Rom?“

„Na, was willst du, es herrscht eine allgemeine Malaise. Nur die polnischen Monsignori sind glücklich und ziehen an den Fäden der Macht, die man hat, wenn man die Moral bestimmt. Allerdings gibt es einen Lichtblick: Die Ökumene ist nicht mehr aktuell. Die brauchen wir ja in Polen auch nicht. Sonst kommen eines schönen Tages die preußischen Junker wieder. Und vom ökumenischen Dialog mit den Orthodoxen wollen die Leute erst dann etwas wissen, wenn uns die Russen die geraubten Ostgebiete zurückgeben. Mit den ökumenischen Gesprächspartnern verbindet uns leider die Erinnerung an böse Zeiten unserer Geschichte. Hindenburg, Mackensen, lauter Protestanten. Die Schweden haben uns ja auch ganz schön aufgegeigt! Es hat keinen Sinn, die alten Feinde zu vergessen. Ihr Österreicher wart wenigstens katholisch."
Markowitsch goß, quasi als zustimmende Antwort, das Glas seines Freundes wieder voll, wechselte aber das Thema.
„Wann fährt Johannes Paul II. wieder nach Polen? Ich hab' fast den Eindruck, er war unter Jaruzelski willkommener als unter Walesa."
„Was hätte er denn bei dem derzeitigen Chaos in unserem Land verloren? Helfen kann er so oder so nicht. Er blamiert sich höchstens, wenn ihm das Friedenstiften mißlingt. Außerdem liegt ihm der Glemp nicht so besonders."
„Ich begreif' schon: Ihr steht's nicht mehr auf den Papst! Das ist, lieber Freund, ein bisserl undankbar von euch. Jetzt, wo ihr ihn als Schutzpatron und Kummernummer nicht mehr braucht's, wollt's ihr ihn als Moralprediger auch nicht mehr hören. Na ja, der Gebrauchswert des Papstes ist halt gesunken, seit ihr den Kommunismus losgeworden seid!"
„Das trifft nicht nur auf die Polen zu! In Rußland ist für Wojtyla der Eiserne Vorhang heruntergegangen. Zu Gorbatschow hatte er ein fast herzliches Verhältnis, aber der Jelzin will nichts mehr von ihm wissen. Der hat andere Sorgen, als sich mit der Frage der Rückgabe kirchlichen Vermögens herum-

zuschlagen. Und das Moskauer Patriarchat ist sauer, weil der Papst Apostolische Administratoren in Moskau, Novosibirsk und Karaganda (Kasachstan), wo es kaum Katholiken gibt, eingesetzt hat.
In der Ukraine, diesem kirchenpolitischen Wespennest, ist die Wiedererrichtung der von Stalin aufgelösten ukrainisch-katholischen Kirche ein Stein des Anstoßes. Die Orthodoxen sind unter sich gespalten und zerstritten, wenn es aber gegen die Katholiken geht, ziehen sie am gleichen Strang. Die Unierten wiederum finden es empörend, daß der Papst ihren sogenannten ‚Großerzbischof' (ein grotesker Titel!), den Metropoliten von Lemberg (das urpolnisch ist!), nicht zum Patriarchen erhoben hat. No, das wäre einer Kriegserklärung Roms an die Orthodoxen gleichgekommen!"

„Aber in der Ukraine führen die Leute wenigstens nicht Krieg gegeneinander wie im ehemaligen Jugoslawien. Dort ist ja der helle Wahnsinn ausgebrochen!"

„Was willst du? Das entspricht doch nur der jahrtausendealten Stammestradition dieser Wilden! Einer der größten Fehler des christlichen Abendlandes war es, die Balkanvölker vor den Türken gerettet zu haben. Man hätte sie den Türken zur Zähmung überlassen sollen! Die Rückeroberung Belgrads war ein Mißgriff, der sich bitter gerächt hat. – Aber sag' mir einmal, wie sieht es mit der Kirche in Österreich aus? Die ruhigen Zeiten scheinen ja vorbei zu sein."

„Also der Papst will den offenen Kirchenkurs der Ära Kardinal Königs abmurksen." Markowitsch deutete das mit einer Geste an, die seine flache Hand gegen seine Kehle führte. „Dieses Ziel soll mit Hilfe der konservativen Bischöfe erreicht werden, koste es, was es wolle, auch wenn die Leut' aus der Kirche davonrennen und nur noch ein Häuferl gehorsamer Gartenzwerge übrigbleibt. Dafür fischt sich der Krenn, der allmählich selbst eiserne Konservative zu nerven beginnt, unter den Haider-Wählern ein paar Neonazis."

„An und für sich", fuhr Markowitsch fort, „ist der letzte Adlimina-Besuch im März 1992 nicht so schlecht gelaufen. Im Gegensatz zu 1987 zeigte sich der Papst mild und versöhnlich, sparte nicht mit Lob und Anerkennung."
„Da müssen eure Bischöfe ja selig gewesen sein!"
„Nicht so ganz, die kalte Dusche kam noch. Bei der Vorsprache in der Glaubenskongregation regnete es Vorwürfe und Ermahnungen: Der Glaube rinne aus, die Moral werde immer brüchiger, die Österreicher pflegten die Lust um der Lust willen usw. Remedium: Ihr Bischöfe müßt strenger sein, dürft nicht alles durchgehen lassen, wer ein Auge zudrückt, drückt bald auch beide zu!
Weihbischof Krätzl spielte der Glaubenskongregation den Ball zurück: In einem Interview mit der ‚Furche' meinte er, vor dem 2. Vatikanischen Konzil sei die Kirche allzu straff geführt worden. Danach habe sie sich zur Weltkirche mit größerer Selbständigkeit am Ort geweitet. Nun aber fürchte er, die Grenzen könnten wieder enger werden."
Das Gespräch kam jetzt zum Stillstand. Der Pole war schon den letzten Sätzen Markowitsch' nicht mehr gefolgt, sondern hatte auf die Treppe gestarrt, die in das Lokal hinunterführte. Dort waren zwei junge Frauen erschienen. Man sah zuerst die schlanken, ziemlich kurzberockten Beine, die in schwarzen, glitzernden Strümpfen steckten. Nach und nach zeigte sich, daß auch die anderen interessanten Körperpartien der Damen „auf das vorteilhafteste gestaltet" waren. Hüftendrehend und gesäßschwenkend, mit ihren Handtäschchen spielerisch tändelnd (es gibt eine Sprache der Handtäschchen) schlängelten sich die beiden Schönen zwischen den Tischen hindurch und zogen die Aufmerksamkeit der Gäste auf sich.
Markowitsch' Freund folgte ihnen mit den Augen; es war nicht schwer zu erraten, was ihm durch den Kopf ging.
Jetzt ist ihm die österreichische Kirche nicht mehr wichtig, von der Weltkirche ganz zu schweigen, dachte Markowitsch.

Das Konsumdenken hat ihn überrollt! Ob Reinhold Schneider solchen Erscheinungen begegnet sein mochte? Und wenn ja, hätte er sie wahrgenommen? In seinem Buch finden sich keine diesbezüglichen Hinweise. Natürlich treten gelegentlich auch Frauen auf, aber als Wesen jenseits aller fleischlichen Verführbarkeit.

„Blumen", murmelte der Pole, „man müßte ihnen Blumen schicken." Dann wandte er sich wieder Markowitsch zu und trank einen kräftigen Schluck, ehe er sagte:

„Glaubst du, daß es möglich wäre, diesen Weihbischof Krätzl zu treffen? Er wäre für mich ein interessanter Gesprächspartner. Morgen vormittags habe ich ohnedies kein Programm."

„Nun, das ließe sich schon arrangieren. Ich will es jedenfalls versuchen. Wenn der Weihbischof Zeit hat, ist er sicherlich zu einem Kolloquium bereit."

Das Treffen kam nicht zustande. Es hieß, der Politiker aus Polen habe noch eine Besprechung mit dem Direktor der „Österreichischen Osteuropahilfe" einschieben müssen. Die Fama, der in Wien nichts verborgen bleibt, will allerdings wissen, daß Markowitsch' Freund zur fraglichen Stunde mit einer schwarzbestrumpften Dame in der Köllnerhofgasse gesehen worden sei, in unmittelbarer Nähe des „Zwölf-Apostelkellers".

XXIX. Kapitel, in welchem Grossemann eine überraschende Eröffnung macht.

Algerich fragte sich: Was will Grossemann in Italien, in Rom? Ein leichtes Unbehagen beschlich ihn. Vielleicht war Grossemann in die Geheimdienstaffäre „Gladio“ verwickelt gewesen, stand (steht) er rechtsextremen Terroristen nahe? Er wird doch, um Himmels willen, nichts mit der Mafia zu tun haben? Na, wir werden ja bald mehr wissen, beruhigte sich Algerich.

Grossemann erschien fast ohne Verspätung. Er war sichtlich bei bester Laune und sprungbereit wie ein Panther.

„Wie geht's denn dem Papst?“ lautete seine erste Frage. Algerich ging bereitwillig darauf ein:

„Die Darmoperation hat ihn sehr hergenommen.“

„Aber was fehlt ihm wirklich? Die ärztlichen Bulletins sind nicht sehr überzeugend.“

„Es gibt zahlreiche Gerüchte. Die Palette der Krankheiten, die man ihm andichtet, reicht von Krebs über Osteoporose bis zu Parkinson.“

„Du sagst ‚andichtet‘. Es ist also alles nicht wahr? Johannes Paul II. ist pumperlg'sund? Nein, nein, mein Lieber, das Fernsehen und die Bilder in den Gazetten zeigen einen müden, alten Mann, dem das Gehen schwer fällt und der gestützt werden muß, wenn er bei einer seiner seltener gewordenen Reisen die Gangway hinuntersteigt!“

„Das trifft zwar zu, aber…“

„Also red' schon! Sag mir, was du weißt!“

Algerich zuckte mit den Schultern: „Manche sagen, er habe sich nicht an die Weisungen der Ärzte gehalten und sein Krankenlager zu früh verlassen. Auch von Depressionen, psychosomatischen Störungen und dergleichen ist die Rede, die der Papst aber kraft des Gebetes und seines eisernen Willens überwinde. Wie dem auch sei: die Spekulationen über seinen Nachfolger haben schon eingesetzt. Es ist wi-der-lich! Aber das war zu erwarten. Du wirst sehen: Noch ehe der einstige ‚Sensationspapst', der ‚Papst aus einem fernen Land', der ‚Liebling der Medien' abtritt, werden die Leute nichts anderes im Kopf herumwälzen als über seinen Nachfolger zu spekulieren. Ein Lateinamerikaner? Ein Schwarzer? Kardinal Vlk aus Prag…"

„Der Herrgott möge uns vor einem weiteren slawischen Pontifex bewahren!"

„Vielleicht kommt ein ganz gewöhnlicher Italiener heraus. Das wäre noch das beste, was der Kirche passieren kann!"

„Ist dir der Hl. Augustinus wieder erschienen?" fragte Grossemann in seiner sprunghaften Art.

„Nein, doch ich bedaure es. Aber wahrscheinlich haben wir einander nichts mehr zu sagen."

„Der Hl. Augustinus hat nichts mehr zu sagen! Seine Zeit ist abgelaufen. Der *Gottesstaat* ist eine hirnrissige (Grossemann sagte tatsächlich ‚hirnrissig') Spekulation, die nur durch Mißverständnisse und absichtliche Fehlinterpretationen ihre Geschichtsmächtigkeit entfalten konnte. Unser Welt- und Menschenbild, das zum Teil noch in den lateinisch-augustinischen Vorstellungen des Mittelalters wurzelt, geht seinem Ende entgegen. Es ist etwas Neues unterwegs!"

„Ich sag's ja immer: du bist der Mann, es zu verkünden!"

„Nein, nein", wehrte Grossemann ab, „es müßte ein Papst sein, der sich das traut. Ein ganz Großer, ein neuer Hl. Paulus. Er müßte sagen: Wer weiter an die Erbsünde, die Jungfrauengeburt, die Dreifaltigkeit usw. glauben will, möge es getrost tun. Es ist aber nicht verpflichtend. Es ist für den Glauben nicht wichtig, der letztlich nur darin bestehen kann, den einen und einzigen Gott, den Schöpfer des Himmels und der Erde, zu erkennen und zu verehren. Alles andere ist Aberglaube, Häresie, Regenmacherzauber... Das Kirchenbild Ratzingers liegt ganz auf dieser Linie. Sein Polit-Essay ‚Die Ekklesiologie des zweiten Vatikanischen Konzils', erschienen 1987, beginnt mit den Worten: ‚Kurz nach dem Ersten Weltkrieg hat Romano Guardini den Satz formuliert, der im deutschen Katholizismus bald zum geflügelten Wort wurde: ‚Ein Vorgang von unabsehbarer Tragweite hat begonnen: Die Kirche erwacht in den Seelen.' " Ich frage mich, ob Gott bei dieser Aussage Guardinis nicht zu kurz kommt. Sollte es nicht in erster Linie darum gehen, *Gott* in den Herzen der Menschen zu wecken?

Ich bin überzeugt, daß die metaphysischen Bedürfnisse der Menschen heute größer sind denn je. Aber mit apodiktischen Lehrsätzen wird man diese Bedürfnisse nicht befriedigen können. Das Christentum muß aufhören, eine Dogmenreligion zu sein. Was wir brauchen, ist eine ganz starke Transzendentalität, die wie ein gewaltiger Pfeil auf Gott, den *Einen*, den *Einzigen*, hinzielt.

Überholt ist der Glaube an Gott, der hier auf Erden herumg'schaftelhubert: Der da auf den Hl. Antonius hört, den ein Student wegen einer Prüfung angerufen hat, dort auf die Hl. Barbara, die einer schon überwuzelten Jungfrau einen Mann verschaffen möchte."

Und nach einer Pause kam die definitive Attacke Grossemanns: „Es geht darum, das Christentum in seiner derzeitigen Form als eine Verdrängung Gottes zugunsten Christi und der Hl. Maria zu entlarven."

Jetzt protestierte Algerich heftig: „Was du dir da zusammenfabulierst, ist ein Christentum ohne Christus. Das ist wie Musik ohne Instrumente!"

„Christus bleibt ja! Als Zeuge Gottes, als Prediger, als Menschensohn, der uns sagt, wie wir zu leben haben. Also ich sehe deine Heftigkeit nicht ein. Ich sage doch nur: Gebt Gott, was Gottes ist, und Christus, was Christus' ist. Das kann dich doch nicht so aus dem Häuschen bringen! Aber lassen wir die theologischen Diskussionen. Ist ja eh alles Stroh! (Algerich wunderte sich, daß Grossemann einen Gedanken aussprach, den er selbst erst vor kurzem gehabt hatte). Ich bin gekommen, um mich von dir zu verabschieden und dich zu bitten", Grossemann zögerte einen Augenblick, „mir den Gebrauch deiner Adresse zu gestatten. Ich will nicht *poste restante* sein, wenn mir etwas passieren sollte."

Algerich starrte seinen Schulfreund an: „Wie meinst du das?"

„Nun, ich habe mich entschlossen, nach Tschetschenien zu gehen, um gegen meine alten Feinde, die Russen, zu kämpfen."

„Bist du verrückt geworden? Du willst in ein kriegerisches Gebiet ziehen? In deinem Alter? Und noch dazu in eine Auseinandersetzung, die uns gar nichts angeht?"

„Die Russen", versetzte Grossemann mit Bestimmtheit, „haben die Welt nur ins Unglück gestürzt. 1914, als sie den Serben den Rücken steiften, zündeten sie den Ersten Weltkrieg. Zehn Millionen Tote! 1917, mit der Oktoberrevolution, brach eine siebzig Jahre währende Katastrophe an, eine Katastrophe für uns alle, denn die Russen wollten mit ihrem System die gesamte Menschheit beglücken. Viele von uns sind ja nur deshalb Nazis geworden, weil Hitler gegen die Kommunisten war. Lieber Hitler als Stalin! lautete die Parole. Und die jetzigen Machthaber im Kreml? Jelzin, dieser herzkranke Alkoholiker, hat noch immer nicht erfaßt, daß sein multinationales Reich von den Aasgeiern belauert wird, schon ein übelriechender, von den Würmern angefressener Kadaver ist. Das hält ihn aber nicht davon ab, die serbischen Kriegszünder zu decken, mit dem Segen des Moskauer Patriarchates! Die Tschetschenen brauchen Waffen – man wird sie einschmuggeln müssen – brauchen militärisches Know-how – Fronterfahrung. Du siehst, es gibt dort eine Menge zu tun. Ich bin ein alter Haudegen. Ich möchte einmal meinen Schädel für die richtige Sache hinhalten. Ich glaube, daß die Russen unrecht haben, und die Tschetschenen recht. Ihnen muß man helfen, das ist eine moralische Verpflichtung, ein Gebot der Nächstenliebe. Ich könnte natürlich auch Behinderte im Rollstuhl schieben oder nach einer Überschwemmung Decken verteilen. Ist mir aber nicht riskant genug. Das sollen andere an meiner Stelle tun."

„Aber du begibst dich doch auf ein Himmelfahrtskommando!"

„Ich weiß", sagte Grossemann. „Deshalb bitte ich dich ja auch, deine Adresse angeben zu können, für den Fall des Falles. Ich habe keine Verwandten mehr. Und die Mattseer Ordensbrüder wollen nicht allzuviel von mir wissen, seit ich meinen Priesterrock an den Nagel gehängt habe. Wie du dir vorstellen kannst, sind sie enttäuscht von mir. Steinwender allerdings hätte mich verstanden. – Es ist noch Geld auf meinem Konto, um für das Grab meiner Eltern und meiner Schwester – Geraldine, du hast sie ja, glaube ich, gekannt – aufkommen zu können. Alljährlich wäre die Grabschmückung zu begleichen. Sonst habe ich, Gottseidank, keine Verpflichtungen mehr. Die Wohnung in Salzburg ist schon aufgelassen."

Nach einer kurzen Pause fragte Algerich: „Wirst du zum Islam übertreten?"

„Das habe ich schon getan", antwortete Grossemann. Dann rezitierte er die erste Sure des Korans, die Al-Fatiha:

„Im Namen Allahs, des Allbarmherzigen! Lob und Preis sei Allah, dem Herrn der Weltbewohner, dem gnädigen Allerbarmer… Führe uns den rechten Weg, den Weg derer, welche

sich Deiner Gnade freuen – und nicht den Pfad jener, über die Du zürnst oder die in die Irre gehen."
So also nahm Grossemann, der alte Draufgänger, von seinem Schulfreund Algerich Abschied. Wieder einmal begab er sich furchtlos in die Hand seines Schöpfers.

XXX. Kapitel,
in welchem sich Algerich mit der Enzyklika „Der Glanz der Wahrheit" auseinandersetzt.

Während sich über den Dächern von Rom noch die wärmende Herbstsonne ausbreitete, blickte Algerich versonnen auf ein Exemplar der langerwarteten und langbefürchteten Enzyklika „Der Glanz der Wahrheit – Veritatis splendor", die vor kurzem, genau am 5. Oktober 1993, veröffentlicht worden war.

Forschung und Bücherschreiben hängen irgendwie zusammen. Es kommt wieder die Zeit der frommen Kalendergeschichten und der katholischen Erbauungsliteratur, dachte er. Dabei wollen die Theologen gar nichts Böses, fuhr Algerich in seinen Überlegungen fort. Sie haben und hatten keineswegs die Absicht, die katholische Morallehre zu zerstören. Auch die Kühnsten („Fortschrittlichsten") unter ihnen sind nur bestrebt, das Aggiornamento zu verwirklichen, um die Kirche in das dritte Jahrtausend hinüberzuretten und von Rückständigkeiten zu befreien. Weniger Mystik, dafür mehr Einsichtigkeit! Aber der Papst hat die Theologen für dieses Bemühen nicht bedankt, im Gegenteil, ihnen Irrtümer und die Verbreitung falscher Wahrheiten vorgeworfen, von Wahrheiten, die im Gegensatz zur „gesunden Lehre" stünden. Welch schreckliches Wort! Es erinnert fatal an das „gesunde Volksempfinden" der NS-Zeit; damit konnte alles repariert, manipuliert und falsifiziert werden.

„Veritatis splendor" – das ist die Schuldzuweisung des Pap-

stes an die Theologen für die Krise der katholischen Morallehre. Bezeichnenderweise werden die Defizite an moralischer Haltung vorwiegend im sexuellen Bereich gesehen. Der Papst ist wie versessen auf dieses Thema. Es stimmt gar nicht, daß es immer wieder von den rosaroten Mediengruppen aufs Tapet gebracht wird, wie die kirchlichen Instanzen behaupten: Der Papst selbst ist es, der immer wieder damit anfängt.
Nichtkatholiken bemängeln an der Enzyklika vor allem, daß das Papsttum einmal mehr davon ausgehe, im alleinigen Besitz der Wahrheit zu sein. „Diese Anmaßung per Dekret festzuhalten, sei ein einziges Ärgernis", schreibt die Züricher „Weltwoche".
Pontius Pilatus hatte bekanntlich gefragt: „Was ist Wahrheit?" Er konnte die Frage nicht beantworten, aber er wusch nachher seine Hände in Unschuld.
Wir heutigen Menschen sind weniger hygienisch, wenn es um die Wahrheit geht. Die einen erklären: es gibt keine Wahrheit, alles ist relativ oder erfunden. Die anderen meinen: das Lehramt entscheide für uns; wahr ist, was die Kirche sagt.
„Der Glanz der Wahrheit!" – Algerich sprang auf und schlug sich mit der Faust gegen die Stirn, bis es schmerzte. Der Glanz der Wahrheit, da war er sich jetzt ganz sicher, besteht darin, daß der Mensch die Wahrheit selber sucht und findet, daß er sie von niemandem, auch vom Papst nicht, vorgekaut bekommt, sie nicht hinunterschluckt wie eine Medizin, die der Arzt verordnet hat. Glaube pur ist nicht nur ein Anachronismus, er ist die Anleitung zu Verstellung, Plattheit, Arroganz; Glaube pur fördert die Trägheit des Denkens, nimmt den Menschen „the benefit of the doubt", den *Glanz des Zweifels.*
„Der Zweifel ist die Energie des Glaubens", hatte Robert Danek einmal gesagt. Der Zweifel (die Hinterfragungssucht) hat den Entwicklungsprozeß…

Algerich erinnerte sich eines Gespräches mit Hengstorff. Er hatte dem deutschen Botschafter gegenüber seine Ratlosigkeit vor dem Dogma der Himmelfahrt Mariens gestanden. Hengstorff war ihm gleich ins Wort gefallen: „Also wenn Sie da Probleme haben, rufen Sie Monsignore Urban von der Glaubenskongregation an, der wird Ihnen alles klitzeklein erklären!" – Ja, so einfach stellte sich der deutsche Botschafter beim Vatikan die Lösung von Glaubenszweifeln vor: Über die offene Frage wird einfach das lehramtliche Leukoplast gepickt!

Dann stieß Algerich sein eigenes Credo aus sich heraus:

Der Mensch ist nicht autonom. Es gibt ein göttliches Sittengesetz, dem wir zu folgen haben. *Einer* thront über den Sternen. Der Mensch ist ein transzendentales Wesen… In diesen Punkten gehe ich mit dem Papst konform.

Aber heißt das auch, daß der Papst das Recht hat, dieses Sittengesetz in allen Einzelheiten zu definieren, aus den oft widerstreitenden Aussagen der Hl. Schrift und den manchesmal geradezu schwachsinnigen Kommentaren der Kirchenväter eine „katholische Hausordnung" zusammenzubrauen? Überschreitet er nicht seine Kompetenz, wenn er Pille und vorehelichen Geschlechtsverkehr untersagt und für diese vermeintlichen Todsünden ernste Folgen in Aussicht stellt? Die Päpste der Inquisitionszeit, welche Häretiker und Glaubenszweifler, zwischendurch auch Hexen, verbrennen ließen, haben ihre Kompetenzen sicherlich überschritten, mehr noch: sie haben die „Schlüsselgewalt Petri" in verbrecherischer Weise mißbraucht.

Algerichs Blick fiel auf die Enzyklika. Sie gehört noch in mein Manuskript aufgenommen, entschied Algerich, mit allem Drum und Dran. Was die einfachen Leute dazu sagen, die Pfarrer, die „linken" Intellektuellen, die bauchbindenbewehrten Domherrn, die zurückgepfiffenen Theologen und natürlich die Konservativen vom Schlage eines Krenn, der sich im Glanz der Wahrheit bewegt und selbstherrlich diesen Glanz verkündet.

XXXI. Kapitel,
in welchem Markowitsch einen Leitartikel über den Fall Groer schreibt, Justinus eine Davidoff Nr. 1 anraucht und Algerich um eine Fortsetzung seines Manuskriptes bittet.

Zu Beginn der Neunzigerjahre spitzte sich das Verhältnis zwischen Algerich und Reibenscheidt zu. Dem Stellvertretenden Chefredakteur war es gelungen, die Leitung des Blattes allmählich gegen seinen Erzrivalen einzunehmen; steter Tropfen höhlt eben den Stein, und wer näher an der Futterkrippe sitzt, ist im Vorteil. Reibenscheidt hatte alle angebotenen Korrespondentenposten abgelehnt, sei es in Paris, London oder New York. Er wollte unbedingt nach Rom, obwohl er, nach einem „Sager" Algerichs, dorthin paßte wie die Faust aufs Auge.

1994 war es dann soweit: Algerich ging in Pension. Reibenscheidt übernahm die Stelle in Rom und horcht seither, soweit wir wissen, im Vatikan herum, „ohne etwas zu hören" (Algerich).

Unser geschaßter Held kehrte nach Wien zurück. Er kam mit umfangreichem Gepäck, darunter auch vertraulichem Archivmaterial, am Südbahnhof an, wo ihn sein journalistischer Freund Markowitsch erwartete.

Dieser sprudelte gleich nach der Begrüßung los:

„Die Situation in der Diözese St. Pölten ist fürchterlich, die in Salzburg nicht minder. Es gibt ständig Streit und Hickhack. Die Progressiven werden gewürgt, bleiben aber den Herren Krenn und Eder nichts schuldig. Du kannst dir nicht vorstellen, wie's zugeht! Es ist pathologisch! – Dafür erstrahlt in Wien ein Hoffnungsschimmer: Weihbischof Schönborn. Groer wird ja im Herbst dieses Jahres 75 Jahre alt und muß daher dem Papst sein Rücktrittsgesuch überreichen. Vielleicht schafft Schönborn den Sprung zum Big Boß Krenn und seine Anhänger geben allerdings den Kampf um die Position des Erzbischofs von Wien nicht auf. Der erzkonservative Klüngel um die „Postille Der 13." gebärdet sich besonders perfid: als Theologe gehe Schönborn ja in Ordnung, für höhere Hirtenaufgaben sei er allerdings zu ‚weich'. Leider scheint die polnische Garde im Vatikan Krenn zu forcieren, aber darüber müßtest *du* mehr wissen."

„Ja, ja", sagte Algerich versonnen, „der Polenclub, wie es in Anspielung auf k. u. k. Zeiten heißt. Aber wie geht es dir? Bist du noch immer das *enfant terrible* unter den katholischen Journalisten?"

„Natürlich! Aber die Rolle ist ermüdend. Ich überlege in letzter Zeit immer häufiger, alles hinzuschmeißen. Das fromme Gesäusel Groers – sonst sagt er ja nichts – ist auf die Dauer kaum auszuhalten. Und wie soll ich eine einheitliche Blattlinie zustandebringen, wenn das katholische Lager so auseinanderdriftet? Geld muß ich natürlich von beiden Seiten nehmen; es stinkt zwar nicht, aber es verpflichtet... Die Spalten des ‚Kristall' stehen dir übrigens jederzeit offen."

„Ich danke dir!" sagte Algerich. Das war knapp, aber ehrlich.

„Chiesa dove vai" – Kirche, wohin gehst du? Diese Frage blieb weiterhin im Mittelpunkt von Algerichs Denken. Rund zwölf Jahre hatte sie ihn beruflich beschäftigt, ja verfolgt, zwölf Jahre lang war er am Guckloch gesessen, um die Wege der Kirche aus nächster Nähe zu beobachten. Unmerklich hatten sich seine ursprünglichen Befürchtungen gelegt, daß die Kirche eines Tages aus der Geschichte verschwinden könnte. Zweifel kamen Algerich erst wieder, als ein protestantischer Theologe aus der ehemaligen DDR zu ihm sagte: „Die Reformbestrebungen Roms sind ja rührend. Aber der

protestantische Weg wird euch auch nicht retten. Wittenberg, was bedeutet den Deutschen noch Wittenberg?" Damals stand das Lutherjahr vor der Tür.
Eileen war inzwischen Leiterin des Staatlichen Münzkabinetts geworden. Sie flog häufig zu Kongressen, da sie als internationale Kapazität auf dem Gebiet der Numismatik des Mittelalters galt. Der gemeinsame Haushalt war eine neue Erfahrung, die sich harmonisch entwickelte. „Hattest du Angst vor dem Zusammenleben zu zweit?" fragte Algerich eines Tages – „Ja, ein bißchen", antwortete sie zaghaft, „aber jetzt fürchte ich mich vor der Einsamkeit, die früher oder später einen von uns ereilen wird."

***

Am 26. März 1995, einem Sonntag, verließ Markowitsch zu später Stunde in ziemlich angeheitertem Zustand den „Zwölf-Apostelkeller". Unter den Arm hatte er einen Packen der letzten Nummer des „Kristall" geklemmt. Taumelnd bewegte er sich die Köllnerhofgasse entlang, schwankend überquerte er den Fleischmarkt. Immer wieder verlor er eines seiner Exemplare, und jedes Mal, wenn er sich danach bückte, fiel ein anderes zu Boden.
Macht nix, die Auflage steigt eh! brabbelte er vor sich hin.
An der Ecke zum Restaurant „Griechenbeisl" setzte er sich auf den alten Prellstein und starrte durch eine Kellerluke, die den Blick auf ein hellerleuchtetes Gewölbe freigab. Dort lag die mannsgroße Puppe eines gefesselten Türken mit gewaltigem Schnurrbart und überdimensioniertem Turban im schmutzigen Stroh.
„Komm herauf, du Türkenhu-hund! Es ist Zeit zur nächtlichen Entwässerungstour!" – Markowitsch erschrak: war da nicht soeben eine Ratte über das Gesicht des Türken gehuscht?
In diesem Augenblick kam ein Kolporteur vorbei. Markowitsch richtete sich auf: „Salemaleikum, du Wü-wüstensohn!

Hast du Leila, die Stute, pardon, Rose von Stambul, gesehen? Gestehe, du bist auf dem Weg zu ihr!"
Der Wüstensohn, eher verschreckt, antwortete: „Kurier, Kronenzeitung, Profil..."
„Was, den ‚Kristall' hast du nicht? Eine Scha-schande! Marsch, ab in den Keller! Leiste dem Türkenbund... äh - hund dort unten Gesellschaft! Aber vorher gibst du mir noch ein Exemplar der ‚Kronenzeitung', damit ich weiß, was der Cato sagt und der Martin in den Wind reimt. Macht acht Schilling, ich weiß, es ist auf jeden Fall gut investiertes Geld. Und dann gibst du mir noch das ‚Profil', der Hubertus Czernin will auch leben!"
Eine umständliche Geldwechselprozedur begann. Der Kolporteur, schlau wie er war, gab immer wieder entweder zuviel oder zuwenig heraus, ehe er mit einem Fünfzigschillingschein abzog, der aus Versehen den Besitzer gewechselt hatte.
Markowitsch nahm das „Profil" zur Hand, und sein Blick erstarrte. Auf der Titelseite prangte eine Großaufnahme des Wiener Erzbischofs mit folgender Schlagzeile:

Der Fall Groer
Ex-Zögling klagt an: Groer hat mich sexuell mißbraucht!

Markowitsch' erster Gedanke war: Der Czernin muß wahnsinnig geworden sein! Dann fiel ihm ein, daß es Gerüchte in dieser Richtung schon bei Groers Ernennung zum Erzbischof gegeben hatte. Das Ganze ist eine Bombe, die der Czernin da auf die Stufen des Erzbischöflichen Palais' gelegt hat, murmelte Markowitsch. Eine Riesenintrige! Aber wer will Groer in die Luft sprengen?
Markowitsch schlüpfte in das nahegelegene Restaurant Mahringer, nahm an der Theke Platz und bestellte einen doppelten Mokka, um sich auszunüchtern. Dann las er – sorgfältig, aber mit zunehmendem Degout – die einschlägigen Beiträge im Inneren des Blattes. Der Barkeeper schien freundlich und

vertrauenserweckend. Markowitsch zeigte ihm das Titelblatt des „Profil“ und fragte:
„Kennen Sie den Mann?“
„Na freilich! Das ist der Nachfolger von Kardinal König. Hat er was ang'stellt?“
„Lesen Sie halt einmal!“
Der Barkeeper ließ seine wässrigen blauen Augen über den Begleittext gleiten und sagte dann, ohne Häme, aber auch ohne Entrüstung zu zeigen:
„Na ja, ham halt auch ihre Bedürfnisse, die geistlichen Herren, net wahr? Soll sich des vielleicht gar in der Köllnerhofgassn abg'spielt ham? Ich hab davon noch nix g'hört, und dabei kommen die Madln oft zu mir und erzähl'n mir allerlei, des wos allerhand is.“
„Nein, nein, die Vorfälle liegen ja mehr als zwanzig Jahre zurück und sollen im Knabenseminar von Hollabrunn passiert sein.“
„Ja gengan'S, zwanzig Jahr is des her!“ staunte der Barkeeper. „Wem intressiert denn des heut noch?“
„Eine Menge Leute, glauben Sie mir, mehr als Sie denken. Das kann nämlich das Ende der Ära Groer einleiten!“ Für sich aber setzte er hinzu: „Was mich dabei aber wirklich stört, ist der Gedanke, daß ich einen Leitartikel über die Affäre schreiben muß“' Markowitsch schlug mit der flachen Hand auf den schmalen Packen, der ihm von den Exemplaren des „Kristall“ noch geblieben war: „Das ist jetzt Makulatur! Wen lockt noch mein Artikel über die Lage der Katholiken in Namibia?“
Zufällig kam der Besitzer des Lokals vorbei.
„Und was sagen Sie zu der Geschichte?“ wollte Markowitsch wissen. „Finden Sie, daß das ‚Outing‘ des ehemaligen Seminaristen richtig war?“
„Ich sage gar nichts, mein Herr. Ich bin ein Gastwirt. Ein einfacher Gewerbetreibender, der seine Steuern zahlt. Ich sage

dazu absolut nichts. Meine Verehrung!" Damit ging er weiter zum nächsten Tisch, wo er sich erkundigte, ob das Dessert, eine Spezialität des Hauses, genannt Nockerl-Soufflée Mahringer, geschmeckt habe.
Markowitsch, beeindruckt von soviel Sensibilität, verließ das Lokal. „Verdammter Leitartikel, verdammter!" rülpste er mehrere Male, als er mit wehenden Mantelzipfeln die Griechengasse hinunterstieg.

***

Zwei Tage nach seiner nächtlichen Zechtour saß Markowitsch im „Chefkammerl" des „Kristall". Sein Blick fiel auf das Aquarium, in welchem ein bleicher Goldfisch seine vergeblichen Kreise zog. Ein gläserner Sarg, dachte Markowitsch; was mochte sich der Gründer der Zeitschrift gedacht haben, als er dieses fragile Behältnis und ein so stummes Lebewesen seinen Mitarbeitern zum Geschenk gemacht hatte?
Markowitsch versuchte, sich zu konzentrieren. Das Übel nistete in seinem Magen und bestand darin, daß er noch immer nicht wußte, wie er den Fall Groer journalistisch anpacken sollte. Die Meinung des Kirchenvolkes und damit auch seiner Leserschaft war sicherlich geteilt; er konnte sich nicht leisten, die falsche Seite zu wählen.
Markowitsch beschloß, Algerich anzurufen. „Hast du schon etwas über Groer geschrieben?" fragte er.
„Ja. Ich gab eine kurze Sachverhaltsdarstellung – bis auf die Knochen reduziert – keine Details. Erwähnte die Irritation der Öffentlichkeit und das Mauern der Bischöfe. Wies auf die bevorstehende Herbsttagung der Österreichischen Bischofskonferenz hin. Schluß, aus, Amen! Keine Spekulationen, keine Parteinahme!"
„Also das ist für meine Leser zu wenig. Sie sind zwar über die Tagesmedien genau informiert, wollen aber natürlich einen Leitartikel. Sie erwarten, daß ich für ihr Geld Farbe bekenne. Aber kann ich? Ich war doch nicht dabei!"

„Das ist ja die Crux! Niemand war dabei! Genau genommen: Niemand war auch nicht dabei…"
„Mit unserem verflixten Anspruch, Meinung zu bilden, sitzen wir manchmal ganz schön in den Nesseln… Aber was soll ich wirklich schreiben?"
„Hör jetzt gut zu, Markowitsch! Die Affäre hat Österreich, grob gesprochen, in drei Gruppen gespalten. Die einen sind überzeugt davon, daß alles nicht wahr ist. Unser hochwürdigster Herr Erzbischof ein Knabenschänder? Undenkbar! Präge dir das ein: Es ist undenkbar, daß ein hoher geistlicher Würdenträger, ein Kardinal gar, im 20. Jahrhundert ein Knabenschänder ist. Früher, na da war manches anders. Die Renaissance zum Vergleich heranzuziehen, wäre unfair. – Eine zweite Gruppe glaubt, daß etwas dran sein könnte, hält es zumindest für möglich. Sie sagen: Wenn der Kardinal wirklich unschuldig ist, warum schweigt er dann? Warum erklärt er nicht: Dieser Hartmann, dieser abgesprungene Seminarist, lügt! Heißt es nicht, wer schweigt, scheint zuzustimmen? Ich weiß nicht, ob du dich dieser Schlußfolgerung anschließen sollst. Du hast ohnedies eine Reihe von Feinden in der Rotenturmstraße. – Schließlich gibt es noch eine dritte Gruppe. Sie ist nicht abgeneigt, die Anschuldigungen zu glauben, fragt aber, warum Hartmann erst nach rund zwanzig Jahren damit herausgekommen ist. Statt den psychologischen Gründen, die es für ein solches Verhalten gibt, nachzugehen, schiebt diese Gruppe die Schuld – den Medien zu. Den Herren Czernin und Votzi sei es um die Auflagenhöhe und nicht um die Wahrheitsfindung gegangen. Wenn du also einerseits nicht den ‚Undenkbarkeitsgedanken' vertreten willst, dir aber andererseits eine ‚Unrechtsvermutung' nicht leisten kannst, nimmst du die dritte Variante. Dabei ziehst du auch gegen die ‚Linksjournalisten' vom Leder, wodurch du die Konservativen auf deiner Seite hast. Die linke Presse habe vor nichts Respekt und kenne keine Tabus, wenn es sich dar-

um handelt, die Kirche anzupatzen. Man schlägt den Sack (Groer) und meint den Esel (die Kirche). Du schreist: Enthüllung nach zwanzig Jahren, *cui bono* – wem nützt es? So kannst du dich entrüsten, ohne Farbe zu bekennen und ohne deinen Freund Groer in Schutz zu nehmen, was du ja, glaube ich, nicht willst."

In Markowitsch' Leitartikel las man dann, auch für einen Kardinal müsse die Unschuldsvermutung gelten, aber die „linke" Presse lasse keine noch so fragwürdige Gelegenheit verstreichen, um der Kirche eins auszuwischen. Der Text schloß mit den Worten: „Urteile jeder nach dem Grade seiner Mündigkeit und der Schärfe seines Geistes und Gewissens; dann hätten wir ein schönes Beispiel für Toleranz und Pluralismus innerhalb der katholischen Kirche gesetzt."

***

Algerich und sein Schwager begrüßten einander mit freundlichem Schulterklopfen. Dann zeigte Justinus, der vom Tennis kam und nach einem teurem Duschmittel roch, Algerich ein paar „Schattenschläge", wie er es nannte: drei Backhands und drei Forehands, ehe er einen Volleyball, knapp an der Deckenleuchte vorbei, abschmetterte.

„Bravo", sagte Algerich, „bist ja in Topform!"

„Also meine Backhand war schon besser. Montecatini hat mir heuer nicht so gut getan wie in den vergangenen Jahren."

Sie nahmen im Wohnzimmer Platz, dessen Hinterwand bis zum Plafond mit alten Münzen ausgelegt war.

„Heute hat man einen besonders schönen Blick auf den Entsorgungsturm des Liechtenwerder Fernheizwerks."

„So, findest du?" fragte Algerich, der keinerlei Unterschied erkennen konnte.

„Ich meine, der Rand der Rauchfahne hat eine unglaublich zarte Abtönung. Beachte doch den melodiösen Goldton, der offensichtlich vom Widerschein der goldenen Kugel herrührt."

Damit zog er eine aluminiumverpackte Zigarre aus der Tasche und hielt sie seinem Schwager entgegen: „Du rauchst noch immer nicht?“ – „Nein!“ – „Aber es stört dich nicht, wenn ich mir eine anzünde?“ – Algerich machte eine einladende Handbewegung. Er mußte unwillkürlich über das Zigarrenritual lächeln, das sich bei den monatlichen Treffs zwischen den beiden herausgebildet hatte. Dann sagte er:
„Ich sehe, du hast noch immer Davidoff Nr.1 auf Lager.“
„Ja“, die Augen Justinus' leuchteten auf, „die Erben Dom Pedros haben mir wieder ein ganzes Kistchen geschickt. Ich freue mich jedesmal, mit dir zu diskutieren und dabei dieses edle Kraut“, er beschnupperte liebevoll seine Davidoff Nr. 1, „zu schmauchen. Zu Hause, du weißt ja, Elsa hält den Geruch nicht aus, bekommt fürchterliche Migräne, und überdies bleibe der ‚Gestank‘, wie sie sich ausdrückt, an den Vorhängen haften und sei nicht mehr herauszubringen. Also da rauch' ich lieber erst gar nicht.“
Nachdem Justinus seine Davidoff Nr.1 angezündet und genüßlich die ersten Züge getan hatte, sagte er:
„Ich habe den Eindruck, daß sich die Kirche Österreichs nach all den Turbulenzen, und ich möchte meinen: Turbulenzen nie dagewesenen Ausmaßes, allmählich wieder beruhigt. Erzbischof Groer“, Justinus blies den blauen Rauch durch die Luft, „wäre auf Dauer nicht zu halten gewesen. Ich sage das, obwohl ich ihn nach wie vor für unschuldig halte. Der Schönborn war eine gute und weise Entscheidung. Er ist schließlich“, fügte Justinus nicht ohne Koketterie hinzu, „in Vorarlberg aufgewachsen. Daß er einer alten, hochadeligen Familie entstammt, kann mir nicht imponieren, denn ich glaube nicht an den Satz ‚Bon sang ne peut pas mentir‘. Mir ist auch der Sohn eines Straßenkehrers recht, wenn er nur die richtigen Plätze fegt!“
Algerich entgegnete: „Ich habe seinerzeit, als es um die Nachfolge Kardinal Königs ging, (damals war ich ja in Rom),

die Ernennung eines Konservativen prophezeit, der Papst kann gar nicht anders, er, der das traditionelle polnische Kirchenbild vor Augen hat. Ich vertrat aber auch die Auffassung, daß es ein Mann des Dialoges mit integrativem, ausgleichendem Charakter sein müsse, kein Fettnäpfchentreter, kein Zufleißmensch, kein Dompteur, bei dem die Liebe durch den Gehorsam geht.“

„Nun, Schönborn entspricht durchaus diesen Kriterien.“

„Gewiß.“ Nachdenklich fügte Algerich hinzu: „Obwohl... ich weiß nicht... Manches an seinen Eigenschaften paßt mir nicht zusammen, ist von Fragezeichen begleitet.“

„Du meinst seinen positiven Artikel in der ‚Furche‘ über ‚Tod und Teufel‘, ein recht gewagtes Stück von Turrini, das am Burgtheater – übrigens mit mäßigem Erfolg – aufgeführt wurde?“

„Ja. Es heißt, Schönborn sei mit Turrini seit Jahren befreundet. Sonderbar. Die Konservativen verstehen auch nicht, warum Schönborn ausgerechnet den als links eingestuften Caritasmenschen Helmut Schüller zum Generalvikar ernannt hat. Damit hat er das erzkonservative Lager verprellt, vor allem die ‚Haider-Katholiken‘, die sich in der Freiheitlichen Partei wichtig nehmen. Ich halte aber Schüllers Berufung für einen *absolut* notwendigen Ergänzungsschritt. Schönborn ist in erster Linie Intellektueller, Wissenschaftler; er braucht einen Mann wie Schüller, der die Dinge managt und bewegt. Wenn es mit dem Gespann klappt, sehe ich gute Tage auf die Kirche Österreichs zukommen. Freilich, es bleibt ein großes Handicap: der Episkopat ist zerstritten. Das beengt natürlich die Handlungsfähigkeit Bischof Webers, der als Vorsitzender der Österreichischen Bischofskonferenz weder in Österreich noch in Rom so stark auftreten kann, wie es angezeigt wäre: mit einer einheitlichen Phalanx der Bischöfe im Rücken.“

Nach einer Pause fragte Justinus: „Schreibst du eigentlich noch weiter an deinem Manuskript?“

„Natürlich! Das Thema ist ja nach meinem Abgang aus Rom nicht weniger aktuell geworden. Es ist sozusagen eine Endlosgeschichte, in die ich mich da eingelassen habe…"
„Also ich erwarte mit Ungeduld deine nächste Lieferung. – Aber jetzt sag mir: Ist dir eigentlich schon aufgefallen, daß in der Belletristik von heute fast nur mehr Geld, Sex und Verbrechen eine Rolle spielen?"
„Justinus, denke nach! Das war doch schon immer so!"
„Mit Maßen, mit Maßen, Algerich. Es gab doch auch andere Themen: Gerechtigkeit, Opfergesinnung, Treue, das Ausbreiten universeller Bildung. Hölderlins Seele suchte Griechenland als geistiges Asyl."
„Und ist darüber wahnsinnig geworden!"
„Schiller erblickte im Theater eine ‚moralische Anstalt', und schau dir heute ein Stück von der Jelinek an! Ich habe nichts gegen die Auseinandersetzung mit dem Faschismus, die permanent geführt werden muß, ich habe auch nichts gegen das Stochern in den Abgründen des Österreichertums, aber mit dem Seelenkatheter herumzurennen, um alles schlecht zu finden, ist mir zu wenig. Wie oft stoße ich selbst in meinem trockensten Archivmaterial auf den Hauch Gottes! Aus der Belletristik aber ist Gott so gut wie verschwunden, wenn man von Werken à la Rushdie absieht."
„Na ja", wandte Algerich ein, „du darfst nicht vergessen, daß sich seit den Zeiten der Klassik vieles geändert hat. Die heile Welt des sonntäglichen Familienkirchganges gibt es kaum mehr. Auch die abgeschiedenste Dorfpfarre ist vor Skandalen nicht mehr gefeit."
„Und glaubst du, daß man das durch die Abschaffung des Pflichtzölibates wieder in die rechte Ordnung zurückbringen kann?"
„Nein, da gebe ich dir recht. Aber die Atmosphäre würde sich ändern."
„Der Atmosphäre gegenüber bin ich mißtrauisch. Man hat

uns Historikern genug Unsinn darüber eingebleut. *Ich* halte mich an die Dokumente. – Du warst also *für* das Kirchenvolksbegehren, hast unterschrieben? Stehst auf Seiten dieser Glaubensspalter?"

„Selbstverständlich! Schau, Justinus, was wollen die Leute? Daß Rom Bischöfe ernennt, die den Vorstellungen der Ortskirche entsprechen. Anders ausgedrückt, sie wünschen sich keine Bezirkshauptmänner, sondern Lokalmatadore. Die Frauen wollen mehr mitreden. Na ja, das wird sich nicht vermeiden lassen. Auch die Arbeiter haben lange Zeit nicht mitreden dürfen. Jetzt sitzen sie oder ihre Vertreter in den Regierungen."

„Ist das so ein Vorteil? Draufgezahlt hat das Bürgertum."

„Also laß mich ausreden! Dann gibt es selbstverständlich die Forderungen im Sexualbereich. Rom soll sich nicht in alles einmischen, sondern den ‚mündigen Christen' entscheiden lassen. Gib es zu, Justinus, auch du bist überzeugt davon, daß die ‚Pillenpäpste' ihr Mandat überziehen. Und bei dem Kapitel Kommunionempfang für wiederverheiratete Geschiedene verstehe ich die Haltung Roms überhaupt nicht: Die Kirche wird auch noch die Letzten verlieren, die zur Kommunion gehen."

„Ich bleibe trotzdem dabei: das Kirchenvolksbegehren war ein Akt der Gehorsamsverweigerung. Wie kann sich eine schüttere antiklerikale Liga in dem winzigen Österreich anmaßen, Weltforderungen zu stellen und zu verlangen, daß jahrhundertelange Traditionen abgeschafft werden? Wir führen uns ja auf wie die bösen Buben in der Schule, die mit tintengetränkten Löschpapierkugeln auf ihre Lehrer schießen!"

„Versuch', das Kirchenvolksbegehren positiv zu sehen. Schon die Tatsache als solche, vor allem aber das überraschende Ergebnis von über einer halben Million Unterschriften, zeigt Ersprießliches an: Daß der Glaube in Österreich lebt, daß sich die Katholiken für ihre Anliegen mobilisieren lassen und versuchen, den Abschwung der Kirche zu stoppen. Das Menetekel des Falles Groer *muß* in Rom gehört und verstanden werden. So kann sich die Erschütterung heilsam auswirken." Algerich geriet in Fahrt: „Wir können tun, was wir wollen, wir werden Gott nicht los. Christus wird anders werden. Ob sich der Heilige Geist so halten kann, wie's im Büchl, pardon, im Ratzinger-Katechismus steht, weiß ich nicht. Gott allein bleibt unwandelbar derselbe."

„Und die Kirche?" fragte Justinus.

„Die Kirche wandert durch die Fährnisse der Zeit, lehrt uns das Zweite Vatikanum. Und wenn die Kirche wandert, wandert auch der Fels, auf welchem sie steht. Aber niemand wird uns mehr zwingen, in die Kirche hineinzugehen. Das *coge intrare* ist überholt. Wenn wir erst einmal draußen stehen, an den Wegen und Zäunen, wenn wir frierend und in Lumpen gehüllt hinter Dornenhecken kauern, werden wir den Mut aufbringen, von selber hineinzugehen."

Justinus blickte skeptisch drein, saß aber mit gespanntem Gesichtsausdruck da.

„Laß gut sein!" sagte Algerich und klopfte seinem Schwager auf die Schulter. „Ich mache uns jetzt einen Kaffee."